孺子帝

扫边患雄远国

大结局

冰临神下
◎著

北京联合出版公司
Beijing United Publishing Co.,Ltd.

图书在版编目（CIP）数据

孺子帝. 大结局 / 冰临神下著. — 北京：北京联合出版公司，2019.3

ISBN 978-7-5596-2777-3

Ⅰ. ①孺… Ⅱ. ①冰… Ⅲ. ①长篇小说－中国－当代 Ⅳ. ①I247.5

中国版本图书馆CIP数据核字（2018）第248464号

孺子帝. 大结局

作　　者：冰临神下
选题策划：北京磨铁图书有限公司
责任编辑：李艳芬
装帧设计：Violet　刘珍珍

北京联合出版公司出版
（北京市西城区德外大街83号楼9层　100088）
三河市文通印刷包装有限公司印刷　新华书店经销
字数440千字　700毫米×980毫米　1/16　印张23.5
2019年3月第1版　2019年3月第1次印刷

ISBN 978-7-5596-2777-3
定价：42.00元

目录

扫边忠雄远国

扫边患雄远国

扫边忠雄远国

第一章

以民为本

码头外面人山人海，连房顶上都站满了人，大家看的不是战船与士兵，而是皇帝，虽然什么都看不到，每个人还是努力向任何一处皇帝可能所在的位置望去。

一批新战船加入水军，比之前的更大、更高，船上旗帜飘扬，终于吸引了围观者的目光。

经过十余天的相处与磨合，新任将领得到了水军将士的认可，指挥得比较顺畅，虽然没有展示复杂的战术，但是已能显出几分实力。

岸上搭建了三处高台供皇帝与众官员选用，能从不同方向观赏水军演练，同时也是一种掩饰，不让外人轻易看到皇帝的确切位置。

演练从清晨持续到中午，非常顺利，皇帝看得也非常满意，连换了几次位置，与群臣讨论哪艘船个头更大、威力更强，东海国的一些武将被叫到皇帝身边，讲解船上的装置，气氛融洽而热烈。

午时过后，水军众将前来复命，皇帝犒赏全军，赐食给群臣，并当场颁旨，免除东海国五年赋税，消息由几队宿卫骑士传至码头以外，分散在各处的官府公差于是引导围观百姓山呼万岁，气氛更加热烈。

皇帝毕竟年轻，喜欢热闹，官员们也愿意配合，东海王名义上是这里的诸侯，率领当地众官员，连续三次向皇帝磕头谢恩，一跪一片，码头外面的百姓看不到这边的情形，却总能恰逢其时地山呼万岁。

韩孺子接受跪拜，忍不住想，负责调控百姓的官员今天大概会很累。

皇帝再换高台，这回只允许少数品级较高的官员跟随，总数不到三十人。

外面的欢呼声偶尔还能传来，皇帝却保持沉默，脸上也没了笑容，群臣立刻明白，热闹该结束了，一个个也都不吱声，眼观鼻，鼻观口，口观心。

韩孺子的目光扫过众人，开口道：“朕要向众卿提一个问题：大楚以何为本？”

皇帝突然提出这么严肃的问题，众人都很意外，但是这个问题并不难回答，千百年来，早就留下标准的答案，只不过是朝代名称换一下。

“兵部张侍郎，你来回答。”

“回禀陛下，大楚以民为本。”张擎吃了一惊，按品级，他可不是这里最高的，被皇帝第一个点名，有些古怪。

韩孺子“嗯”了一声，又道：“东海燕国相，你的意思呢？”

燕康也吃了一惊，迈步出列，躬身回道：“以民为本，臣与张侍郎的想法一样。”

“有别的答案吗？”韩孺子目光再次扫过，群臣纷纷摇头。

“如此看来，道理人人都懂，可惜未必人人都能做到。”

张擎和燕康还没有退回队列，这时互相看了一眼，急忙错开目光。

“燕国相，朕问你，家中奴仆多少？佃农多少？”

燕康一愣，不明白皇帝问这件事干吗，同时也稍感轻松，只要不是黄普公事发，他没什么可怕的，立刻回道：“臣多年不问家事，对此不太了解，估计……奴仆上百，佃农二三百口吧。”

这不算很大的数字，韩孺子没说什么，又问道：“东海国驻军多少？”

这不是家事了，燕康回道：“大概一千五百余人，东海国都尉在此，军务可以问他。”

都尉陆大鹏站在武将队中，身子一颤，皇帝却没有叫他的名字。

韩孺子向张擎问道：“一千五百人是实数，张侍郎，东海国按编该有兵多少？”

“回陛下，该有三千。”

韩孺子看向两位大臣：“相差一半，这些兵去哪儿了？”

两人又互视一眼，张擎回道：“连年多战，北边、云梦泽、水军各调去一些，再加上一些死亡，故此差额较多，不仅东海国如此，各地也都与此类似。兵部今年以来连番下文，督促各地充实兵员，又因为朝廷需要分拨钱粮推动垦荒，因此征兵一事就缓了下来。”

这番回答无懈可击，韩孺子的确看到过兵部的这些督促之文，甚至亲自在批复中表示，征兵可暂缓。

那时他还不知道背后有这么多门道。

“这就奇怪了。”韩孺子话说一半，不提究竟“奇怪”在哪儿，停顿片刻，道，“瞿御史，你来说吧。”

“是，陛下。”瞿子晰排在文官第一位，上前两步出列，从袖中取出几张纸，大声道，“我这里有几份文书。大概两年前，东海国奏称共收聚流民一万五千七百三十七人，其中五千余人编入军中，在诸国郡县中名列前茅。这是去年户部收到的计数，东海国归籍者九千六百余人。这是兵部收到的计数，东海国驻军实数一千五百二十人，两者总计一万一千多人，与流民之数相差四千五百多人，不知去向。”

这些奏章分别送往不同部司，时间相差几个月，根本没机会被摆在一起，除非刻意调查，要不然绝不会有人想到其中的偏差。

燕康大惊，怎么也没想到，皇帝发难居然与黄普公无关，一时不知该如何回答，只好看向张擎，寻求暗示。

张擎更惊，立刻想到了金纯忠，他已经找过，金纯忠不在这里。

“流民缺衣少食，亡故得可能比较多。”张擎勉强回道。

“四千五百多人，将近总数三成，流离失所的时候没有亡故，被官府收聚之后，却纷纷得病死去？”瞿子晰一句话将张擎问住。

张擎独木难支，改口道：“兵部只收集各地计数，对实情确实不知，还是……还是燕国相来回答吧。”

燕康恼恨张擎的推卸，却不敢表露出来，只得道：“确实是亡故了，东海国去年发生过一次疫情、两次飓风，海盗也比较多，所以死得多一些。”

“伤亡如此之多，东海国可曾向朝廷上报？”瞿子晰逼问。

“臣……臣一时糊涂，以为……以为不算大事，所以……没有上报，臣愿认罪。”燕康实在没法回答了，只好先承认有罪。

“以民为本。”韩孺子在座位上冷冷地说，“瞿御史，朕命你留在东海国，将这四千五百人找出来，活要见人，死要见尸，速查速报，不得耽误，如有违法之人，朕许你便宜行事，二品以下官员，随你先捕后奏。”

“遵旨，陛下。”瞿子晰领旨。

东海国除了东海王，最高官员国相也只是正三品，皇帝这一道旨意，等于将东海国整个交给了右巡御史瞿子晰。

张擎扑通跪下，终于明白过来，大事败露，皇帝这一剑砍向的不是东海国，而是兵部，是自己。

皇帝拂袖离去，除了一些近臣，高台之上的几十名官员都不敢跟随，站在那里个个噤若寒蝉。

瞿子晰不再客气，当即宣布，国相燕康、兵部侍郎张擎由御史台扣押，其余官员各回衙门，随时接受查问，在朝廷另有旨意之前，东海国大事小情，全部交由御史台处理。

皇帝拨调一百名宿卫士兵给瞿子晰，方便他抓人。

除了燕康与张擎，瞿子晰抓的第一个人是东海国都尉陆大鹏。

陆大鹏早等着被抓，罪名却与预料全然不同，交谈不到一刻钟，陆大鹏全线崩溃，交代了一切，原来他也做过不少枉法之事，曾经杀过一名婢女，诸多把柄都在燕康手中，为了保住家人，只得同意顶替陷害黄普公之罪。

但这不是瞿子晰想要的证词。

陆大鹏身为东海国都尉，对军中情况比较了解，交代了一切：流民入军之后，燕家直接要走了两千人，送到各地庄园耕田，却拨国库供养，慢慢地，再将这些人以种种理由消籍，从户册中消失，成为“不存在”的私奴。

这些人根本没得选择，庄园大都偏远，他们无法得知朝廷的种种旨意，只知道自己吃在燕家、住在燕家，欠下一大笔债，必须留下来还清，他们根本不知道，自己已经不是大楚百姓。

另外一些人则被兵部的人要走，陆大鹏从未过问去向。

陆大鹏甚至不觉得这是多大的罪过，他自己也要走数十名士兵，以为这是该有的权力。

事实上，流失人口远高于四千五百人，为了迎接皇帝，许多士兵都是从庄园临时叫过来凑数的，皇帝一走，他们又得回各家去当奴隶。

瞿子晰连夜调查，允许一部分官员戴罪立功。

从兵部至东海国，千方百计防的都是黄普公之事扩大，全没料到皇帝从别的方向发起一击，突然之间，黄普公是死是活、是降是战都不重要了。

韩孺子却没有忘记这员大将。

当天晚上，金纯忠来到大牢，手持右巡御史的命令，进入宿卫军把守的大牢，来见燕康。

燕康刚刚被审问过，慌乱之余，说了许多不该说的话，此时失魂落魄，一看到金纯忠，吓得浑身发抖。

金纯忠看着燕康，心中竟然有几分同情，可是一想到此人的所作所为，又变得厌恶：“燕康，你可知罪？”

“我……我不服，大家都这么做，为什么偏抓我？陛下想要查清真相，只怕天下没有一个人能做官了。”

“这件事已经交给御史台，我只问你一句话：想要立功吗？”

燕康一愣：“这是……这是陛下让你来问的？”

金纯忠不回答。

燕康就当是这么回事，扑过来，隔着栅栏道：“要立功，我要立功，陛下想让我揭发谁，我都同意，就算是兵部尚书，我也能拉下来。”

金纯忠冷冷地说：“朝廷的事情不用你管，你把黄将军活着弄回来，就是大功一件。”

韩孺子的“进攻”才刚刚开始，布下一片疑云之后，他还是要将黄普公救回来。

数十里外，被海盗扣押的栾凯，也在等这个消息，一群海盗装成渔民，两天前就来了，是那封信“邀请”他们来的。

第二章

群盗无主

即使被当成囚犯，栾凯也改不了抢饭的习惯，而且抢的是看守者的。

数名海盗装成渔民混入码头附近，不敢上岸，吃住都在船上，被抢的看守骂了一句脏话：“饿死鬼投胎吗？非得抢别人手里的饭碗？我吃的和你的一样，都是猪食，看到没？都一样！”

的确一样，一碗糙饭，配两条咸鱼。

海盗的生活近来比较凄惨，他们的“衣食父母”是那些来往的商船、渔船，行情好的时候，还能上岸劫掠，抢来的东西多，日子就好过，喝不完的酒往海里倒，吃不完的肉随手抛掷，抢来的东西少，就只能勒紧裤腰带，有什么吃什么了。

近两年来，海盗根本不敢大规模上岸，只能派几个人偷偷摸摸地进城，不敢明抢，花钱买点必需之物，然后去远海游逛，看到什么抢什么，实在不行，就捕鱼自保。

这可不是他们想要的生活，但他们仍然聚集在一起，为的是能做一笔大买卖。

他们这次前来，就是为了查看风向，确认买卖能否做成。

“不好吃，什么玩意儿？”栾凯一边指责一边大口吃饭，很快吃光两碗，伸手道，“再来一碗。”

另外三名看守立刻加快动作，将剩下的饭吃光。

被抢者大怒，起身走过去，挥手就是一拳：“难吃还要？老子还饿着呢，哪儿来的饭？”

栾凯脸上挨了一拳，事实上，他早已鼻青脸肿，显然经常挨打，但他不躲避，也不还手，除了抢饭，平时特别老实，所以还没有受到捆绑。

他嘿嘿一笑：“没有油水，不禁饿，所以要多吃，真没了？”

另外三人将手中的碗倒过来，给栾凯看，齐声道：“没了。”

栾凯不情愿地坐下，揉揉肚子：“还是皇帝那里比较好，肉比饭多，一碗不饿，两碗能吃饱。”

一名看守不太相信地问："你真是侍卫？"

"跟你们说过多少遍了，我现在是小兵，等我将黄普公带回去，就能升职当侍卫了，皇帝手下第四把交椅的大官儿，是我的上司。"

海盗们也分不清"第四把交椅"是多大的官儿，听上去不小，谁也没好意思提出疑问。

栾凯一通吹嘘，说宿卫军吃得有多好，平时有多闲。

若在从前，这些事情吸引不了海盗，可现在不同，一人没吃饭，三人没吃好，听不得别人描述大鱼大肉，不停地咽口水，最后一人感慨道："还是皇粮好一些，吃得好，还稳当……"

有人推门弯腰进舱，厉声道："想吃皇粮，等下辈子投胎吧，这辈子没机会了。"

栾凯呵呵地笑："我不用等下辈子。"

四名看守讪讪地离开。

来者四五十岁，干瘦精悍，目光偶尔一闪，尽是戾气。

"武游，给我带饭来了？"栾凯问道。

武游原是云梦泽的匪首之一，与栾半雄是结拜兄弟，与栾凯很熟，也极为憎恨栾凯，斥道："卖父求荣的逆子，还想从我这里讨食？"

栾凯不服气，梗着脖子道："王八蛋才卖父，狗杂种栾半雄不是我父亲，就是他杀死我全家的，我这是替父报仇。"

"可他将你一手养大……"

"你爹娘也将你一手养大，还是亲爹亲娘，你孝顺他们了？我可知道，你娘是气死的，你爹是病死的，你都不在身边，在外面吃喝玩乐呢。"

武游张口结舌，竟然被驳得没话说，半晌才道："谁教你的这些话？"

栾凯自己绝对想不出这样的反驳，嘿嘿笑道："杨奉那个死太监，他活着的时候，教我不少东西，说我早晚用得上，还真让他说准了。"

栾凯背叛云梦泽，违背江湖道义，会受到诸多指责，杨奉提前替他想好应对之词，也是为了说服栾凯本人。

栾凯记性差，唯独对这些话背得极熟，脱口而出："不只是你武游，这些当强盗的，有几个真孝顺父母了？不都图自己快乐，哪管家人死活……"

"算了，我不和你争。"武游口才一般，说不过死太监与活栾凯，只能高挂免战牌，"我来找你有事。"

"礼物呢？"

"嗯？"

“找我有事不带礼物吗？你当年对狗杂种栾半雄可不是这样的。”

武游了解栾凯的脾气，在身上了摸了几下，掏出一块碎银子扔过去：“拿去。”

栾凯一把抓住，笑道：“谢了，说吧，啥事？”

“真是侍卫头目王赫让你来找我的？”

“跟你说过多少次了，当然是他，在宿卫军里，我只听他的命令，别人管不着我。”栾凯得意扬扬，以为这是优待。

“那这封信呢，究竟是谁写的？连落款都没有。”武游拿出一封信，正是栾凯带来的。

栾凯瞧了一眼：“我不知道，信里写什么了，让你这么在意？”

武游本不想说，想想还是开口道：“写信的人很狂，邀请我们来看水军演练……”

“原来昨天外面的响声是这么回事，那几个浑蛋，居然对我说是渔民卖鱼，不让我出去观看。”

“写信者还发出威胁，说数月内必将肃清东海，海上群豪要么投降，要么远走他乡。”

“要我说，投降算了，跟我一块给皇帝当差，不是挺好？”

武游冷笑一声，栾凯能当差，他可当不了，就算免去死罪，也要在牢里过一辈子。

信里的内容不止这些，武游没再说下去：“王赫没提过这封信是谁写的？”

“没有、没有，还要我说多少遍？”

又有一名强盗进舱，是海盗的头目之一，名叫林阿顺，又矮又壮，站在船上倒是稳当，冷着脸：“问清楚了？是皇帝的亲笔信吗？”

“这个家伙什么都不知道。”武游回道，在林阿顺面前，他是客人。

林阿顺脸色更加阴沉：“怎么办？官府水军没了一支还有一支，燕家也完蛋了，没人给咱们通风报信，以后的仗没法打。”

“大家都是英雄豪杰，怕死、怕官就别当强盗。”武游还想坚持。

栾凯插口道：“你不怕死、不怕官，怎么从云梦泽跑了呢？和狗杂种栾半雄一块送死啊。”

武游狠狠地瞪了栾凯一眼。

林阿顺道：“信里的提议其实可以考虑。”

“投降，还是远走他乡？”

“都不是，另一个。”

武游拿起信，信里还指出一条出路：“拿黄普公换一艘大船？”

林阿顺点头："有了官府造的大船，咱们就能远走高飞了，据说南方有不少富庶之岛，抢谁不是抢？"

"当心这是诡计。"

"那怎么办？燕家派人来了，说三天之内若不给回信，水军就将出港，给黄普公报仇。"

武游沉吟片刻，骂了一句："干脆，舍得一身剐，敢把皇帝拉下马，一切事情都是狗皇帝指使……"

"不准说'狗皇帝'。"栾凯怒道。

"怎么，你现在也是朝廷忠犬了？"武游冷冷地说。

"忠个屁，栾半雄是狗杂种，岂不成了狗皇帝的杂种？岁数可配不上。"

武游忍了又忍，没说什么，继续对林阿顺道："海上豪杰好不容易聚在一起，回去一说换船，立刻就会四分五裂，莫不如冒把险，多派高手，一块去刺杀皇帝，成了，从此再无后患；不成，也能名扬天下！"

林阿顺犹豫不决，外面突然有人进来，一名出去探风的强盗回来了："皇帝走了。"

"走了？"

"嗯，清晨出发，说是早就定下的日子。"

"水军呢？"

"水军没动，但是开始向外派船了，我不敢靠近。"

"皇帝走了，谁在处理燕家的事？"

"一个叫右巡御史的官儿，据说是皇帝的亲信。城里、城外都轰动了，说燕家变兵为奴、私藏人口，这回彻底毁了。皇帝要回那些士兵，水军是不是就更强了？"

林阿顺没法回答，看向武游。

刺驾计划还没实施就失败了，武游脸色不大好看："回去与其他首领商量一下吧。"

"官府只给三天时间。"

"燕家不是派人来了吗？让他回去告诉官府，多等两天，官府要是连这都不同意，也不用谈了。"

林阿顺没别的办法，只好同意，下令开船回岛。

黄普公兵败之后，水军有一段时间没有出港，海盗得以重拾失地，分散躲在几个近海的岛屿上，回来之后，林阿顺立刻派人去邀请各岛首领。

黄普公也在其中，他表面上是群盗的大首领，其实是囚犯，坐在主位上，脚上却拴着铁链，比栾凯还受忌惮。

一共几十名头目，听说东海国的形势之后，争吵不休，几方意见不统一，谁也说服不了谁。

海盗当中自有强横之人，绝不投降，更赞同武游的刺驾计划，人数不多，没有得到其他海盗的支持，一怒之下，当场退出。

剩下的人还是没法统一想法，有人想接受招安，有人想再次躲入远海，可是对要不要拿黄普公换大船，各持己见。

黄普公听了半天，已经明白大致形势，开口道："诸位听我说一句。"

没人搭理他，黄普公提高声音，又喊了两遍，终于引起众人的注意："我有一个主意，能让你们壮大势力，不必担心官府的剿灭，还能得到不止一条大船。"

"什么主意？"有人问道。

黄普公目光扫过众人："你们劫过一些从远方来的海上商旅，可曾听说过极西方有一位神鬼大单于？"

第三章

谋自己的反

韩孺子离开东海国，将后续事务全都交给瞿子晰和御史台，他总得依靠朝中的一股力量，不可能事事亲为，但是一路慢行，随时能够接到东海国传来的消息。

刚过东海国边界，巡狩队伍停下，名义上是要最后一次检阅地方军，实际上是给瞿子晰助阵。

就是在这里，韩孺子进行了下一步计划，颁发了一连串的圣旨，其中最重要的有两道。

一道是退兵归农，要求各地驻军进行一次彻底清理，允许士兵返回原籍或是前往新开荒地区落户，根据情况，免除若干年的租赋，并由官府贷给种子、耕具等物。

另一道是借奴垦荒，向天下的勋贵、富户“借”奴，按数量给予爵位补偿，无爵封爵，有爵提升，最高可到小侯，爵位已为列侯者，可以推恩给子孙，或者延续最多三代。

总之一切以农为本。

韩孺子没法将所有勋贵统统按燕家这样处理，必须恩威并施，这两道圣旨是“恩”，给勋贵们放行奴隶的机会。接下来就是“威”，拿东海国做榜样，从重处置，不仅燕家落网，其他私自蓄奴者，都被抓起来，不仅得不到爵位，还要自己拿钱给官府，为超额的家奴赎身。

圣旨一道接一道地发出，宰相卓如鹤接到命令，即刻准备，三个月后进行一次全国清查，再有私蓄奴者，一律按东海国的办法处置。

兵部尚书蒋巨英接旨，要去洛阳迎驾。

消息传出，天下震动。

私奴不入户籍，不用缴纳税赋，也不用服役当兵，对大楚来说，这是一群不存在的人，却是众多大家族的重要财富，自然不会轻易交出，即使皇帝“恩威并施”，大多数人仍选择观望的态度。

但韩孺子的退却到此为止，不想再做妥协，为了保证成功，在暗中做了一些准备。

早在十多天前，韩孺子刚到东海国的时候，就向京城颁布旨意，借口匈奴人有异动，将南军调往碎铁城、北军调往马邑城，共同防守北疆，宿卫军的绝大部分离京来此与皇帝会合。

当时大家都以为这又是皇帝好大喜功的一个表现，现在才明白，皇帝这是有意掏空京城，只留一批文官，手中无兵，与皇帝相隔数千里，没法反抗。

韩孺子的确紧张了一段时间，如此大规模的军事调动，万一出现意外，大楚又将陷入内战。

他留在东海国边界，也是为了观察事态变化。

这天上午，数名御史台的官吏来到皇帝军营中，带来一份右巡御史瞿子晰的命令，要带走巡狩前驱使者王平洋。

王平洋是临淄人，但是自从攀上皇亲之后，在东海国添置了大批产业，也拥有不少私奴。

王平洋被吓瘫了，当众大哭大叫，嚷着要见皇帝，被宿卫士兵直接架走。

一名御史奉命留在营中，给皇帝解决问题。

南直劲被打个措手不及，几天过去也没缓过劲儿来。当天下午，他受到皇帝的召见。

皇帝正与几名年轻的顾问共同拟定圣旨，还有东海王、崔腾等数名近臣守在外围，随时提供意见，帐篷里人不少，说话声音却都很轻，偶有争议，也都迅速解决，不会没完没了。

南直劲站在门口，看着这一幕，知道这就是皇帝一手制造的小朝廷，与勤政殿的风格截然不同，这里的人只为皇帝一个人服务。

他能认出大多数人，发现其中的勋贵子弟很少，经由吏部正常推荐上来的人更是一个没有，无一不是皇帝亲自选定的人。

规矩全坏了，南直劲心想。

整整一个时辰之后，众人散去，要将写好的圣旨交给随行的官员，分送各地。

朝廷失去了最重要的决策权，成为一个单纯的执行者。

众人经过南直劲身边，都好奇地看一眼这名老吏，南直劲谁也不瞧，等众人走光，只剩两名太监、两名侍卫的时候，他前趋几步，向皇帝磕头。

韩孺子很疲惫，但是也很兴奋，坐在桌后，说：“平身。”

南直劲起身，拱手道：“外戚王平洋违法蓄奴，御史台奉命捉拿归案，卑职特来告知陛下，请陛下裁决。”

“王子犯法与庶民同罪，外戚也一样，无须请示，照常执法即可。”

“是，陛下。”南直劲明白，皇帝将自己留下来还有别的原因。

韩孺子示意太监和侍卫离开，四人互相望了一眼，陆续退出，但是都守在门外，一有异常，立刻就能进来。

韩孺子一点也不担心南直劲会做出格的事，就像不担心一名饱读诗书的儒生，会突然拿起刀剑当刺客，儒生手中有笔，那才是他们最有力的兵器，南直劲的兵器则是朝廷的规矩与惯例。

“南直劲，朕这几天颁布的旨意，你都看到了？”

“看到了，陛下。”南直劲不愿撒谎，他现在是御史台的普通御史，没资格查看全部圣旨，可他的确都看过了，一份不落、一字不差。

“你替朕揣测一下，朝中大臣以及天下大族，会遵从旨意吗？”

“微臣曾因揣测获罪，不敢再行此事。”

“朕赦你无罪。”

南直劲抬头看了一眼皇帝：“陛下这是要众人交出自家的‘命’，大概不会得到太多遵从。”

“朕也是这么想的，所以还要问一句，按朝廷的规矩，这种事该怎么解决？放任自流，还是等大家幡然醒悟？”

南直劲无言以对，沉默良久，回道：“微臣明白陛下意欲力挽狂澜的一片苦心，陛下不希望看到大楚慢慢衰落，可是如此伤筋动骨，只怕大楚……衰落得更快。”

“这又是为何？”韩孺子是在真心请教，从“敌人”这里，他能得到更多帮助。

南直劲将心一横，拱手道：“百姓是乌合之众，他们的喜好与支持对陛下毫无意义，所谓以民为本，应该是以‘治民’为本，万民不乱，朝廷无忧，陛下更无忧。可是靠什么‘治民’？肯定不是陛下一人所能办到的，陛下自行选用了一些人，他们是朝廷的雏形，却没有朝廷的稳定与经验，依靠他们，陛下能治一郡，却治不得天下。最终，陛下还是得用朝廷，京城的那个朝廷，正在被陛下打得七零八落的朝廷。陛下肯定能够击败朝廷，却也击败了自己的左膀右臂，陛下壮士断腕，等到无手可用的时候，便会悔之莫及。”

“即使双手已经不听使唤，也要忍受？”

南直劲轻叹一声：“权贵之家的腐败，的确出乎微臣的意料，可是坏手也比无手强，陛下……做得太急了一些。”

“不得不急，你刚才说得对，朕自行选用的这些人，数量太少，权力也太小，治理不了天下，只能治一郡。”韩孺子停顿片刻，“大楚共有郡国四十七处，朕一地一地治理，大概要用四年吧。”

南直劲惊得目瞪口呆，一个字也说不出来。

“当然，朕明白，这不符合朝廷的规矩，皇帝本应高高在上，通过朝廷治理天下，如此一来，才能事半功倍。可是朕不理解，开国太祖一生都在马背上度过，即使称帝之后，也是马不停蹄，后世的皇帝却深居宫中，为何不肯效仿祖先？”

“大楚定鼎之初，天下不稳，各地常有叛乱，太祖不得不前往四处平乱，非其所愿。”

韩孺子探身，问道：“南直劲，你觉得大楚今日的状况比定鼎之初更稳定吗？齐国谋逆、群匪作乱、匈奴入侵、宫变不止，凡此种种，不都是在要求皇帝离开皇宫吗？”

南直劲再度无言以对。

韩孺子挺身：“韩氏稳坐江山已有一百二十余年，已经够久了，朕要再度‘夺’得天下。”

南直劲跪下，惊讶至极：“陛下这是要……这是要……”

“嗯，我要谋自己的反。”

南直劲不敢相信自己的耳朵。

韩孺子笑道：“也没有那么夸张，朝廷会得到保留，朕相信，不是所有官员都沆瀣一气，下以猛药，朝廷还有的救。比如宰相，朕很想保留，希望卓如鹤能够明白朕的心意。”

南直劲终于明白自己为何没有受到处罚，又为何受到皇帝的召见。

皇帝要通过他给大臣们带个口信。

南直劲不知该如何回答。

外面突然有人说道：“陛下，剑戟营副都尉王赫求见，说有要事。”

“宣他进来。”

王赫匆匆进帐，看了一眼南直劲，拱手道：“陛下，外面抓到五名刺客。”

“嗯。”

“刺客来自海上，为首者名叫武游，正是栾凯……经过初审得知，刺客原本更多，中途散去了一大批，据称海上群盗决定释放黄将军，只是要提出条件。”

“除非见到黄将军本人，否则大楚不与任何人谈判。”

“是，陛下，卑职明白，卑职告退。”

王赫退出，韩孺子向南直劲道：“朕的状况比当初的太祖要好多了，起码能保住十步之内的安全，有人对我说，皇权只在十步以外、千里之内，既然如此，朕要离天下更近一些。”

“恕微臣斗胆直言，皇帝不是这么当的。”

“朕不会坐视大楚衰落。”韩孺子冷冷地道，随后缓和语气，“不如这样，咱们打个赌吧。”

南直劲一愣，他曾经自以为摸透了皇帝，现在才发现他连皇帝最简单的想法都猜不透。

“除赵若素之外，还有人向你告知朕的一举一动，不管还有几位，五天之内，朕必将他们找出来，到时候，你替朕向大臣传话。如果找不出来，你回御史台，朕也不处罚你。”

南直劲想了好一会儿：“还有一位，陛下若能找出来，微臣就算一败涂地，随陛下安排。”

第四章

盯得最紧

一艘小船趁黑将栾凯送上岸，海盗头目林阿顺说：“神鬼大单于什么的我们不关心，只要皇帝肯给我们一个名分，我们自愿离开，从此不再踏进大楚地界，绝不抢劫大楚的船只，你给皇帝讲清楚。”

栾凯点点头：“说完了？”

“嗯，就这些，快点给回信，黄普公还在……”

栾凯站在船头，突然飞起一脚，林阿顺全无防备，小腹被踢到，“啊”的一声惨叫，倒飞进水里。

林阿顺身边还有六名喽啰，全吃了一惊，在他们的印象里，栾凯是个打不还手的老实家伙，据说武功很高，却从来没有显露过，临到分别而且肩负传话使命时却突然出手，着实出乎所有人的意料。

栾凯要打的却不只是林阿顺一个人，脚一落地，整个人冲过去，拳脚齐施，眨眼间就将六名喽啰全都击落水中，反应最快的海盗也只来得及拔出兵器，却没有还手的机会。

七个人在冷水中翻腾，林阿顺破口大骂，威胁说回去就要杀了黄普公，栾凯完全不在乎，大笑道：“王赫说不准打架，好，我听他的，现在我要上岸了，不用再遵守他的命令。这些天我挨了不少打，把你们打下水可不够，以后再还。”

栾凯跳上岸，大步离去，七名海盗水性都不错，陆续爬上船，时值深秋，在水中没待多久也冻得浑身发抖，你一言我一语地咒骂栾凯，可是也都佩服这小子的武功高得出奇。

栾凯不进城，也不见官，自己找地方躲了半夜，清晨打听到巡狩队伍已经离开，大概问清方向，一路追赶，遇到哨卡与巡逻士兵就绕路躲过去，他身手矫健，攀山涉河全都不在话下，平时吃得多，两三天不吃饭也没事，只是要不断勒紧裤腰带。

剑戟营副都尉王赫正在睡觉，被推醒的时候吓得差点从床上跳起来，伸手就去摸刀。

“嘿，头儿，是我。”栾凯在黑暗中说。

王赫听出了这声音，稍稍放下心来，只觉得浑身汗津津的，连衣服都湿透了，随后大怒：“你、你怎么回来了……”

“他们让我回来传话的。”栾凯在床边坐下，脱掉靴子，轻轻揉脚。

王赫发现自己问错了话，又道：“你是怎么回来的？为什么没人通报？”

“通报多麻烦，我自己进来的，你的帐篷跟别人不一样，而且位置也总是固定在一个方向，我一下子就认出来了。快去告诉皇帝，我要见他，然后给我准备一顿大餐。”

王赫松开握刀的手，披衣下地，点燃帐中的蜡烛，看着风尘仆仆的栾凯，又好气又好笑，同时感到不可思议：“你早就不是强盗了，乃是剑戟营士兵，给皇帝当差，干吗还要偷偷摸摸回来？光明正大不好吗？”

栾凯愣了一下，继续揉脚，嘿嘿笑道：“习惯了。”

王赫还感到后怕，这小子竟然能绕过十几重护卫，悄悄潜入营地，万一他直接去见皇帝，麻烦可就大了。

王赫没敢把这个念头灌输给栾凯，他和气地说：“你不是有宿卫腰牌吗？有它，宿卫营会让你进来的，用不着偷偷摸摸，拿给官府看，认得它的人，也会给你提供一切必要的帮助。”

栾凯摸出一块腰牌，看了一眼：“原来这东西的用处这么大，你怎么不早点告诉我？这两天可把我累坏了，就喝了几口溪水，一口饭没吃，瞧我的腰带，收紧了这么多。”

“待会儿有你吃的，先告诉我，海盗怎么把你放回来了？黄将军人呢？”

“黄将军还在海盗那边，写了一封信，让我带给皇帝，海盗还让我捎几句话……反正跟信里的内容差不多。”栾凯从怀里掏出皱巴巴的信封，递给王赫。

王赫接过信，知道皇帝对黄普公极为重视，决定立刻去见驾。

穿好衣服，王赫惊魂未定，嘱咐道：“你留在这里，哪儿也不准去，待会儿我让人给你送吃的来。”

“好咧。”栾凯往王赫的床上一躺，不脱衣服，也不盖被，片刻之后，鼾声大作。

王赫走出帐篷，立刻叫来六名侍卫守住帐篷，又叫来值夜的军官，命令他们加强巡视，然后拿着信去找太监张有才。

张有才睡得迷迷糊糊，听说事关黄普公，没有多问，立刻去皇帝的帐篷，只轻轻叫了一声，就得到回应：“稍等。”

韩孺子睡得不太踏实，这几天他一直关注着天下各地，尤其是京城的动向，没法安然入睡，一听到“陛下”的叫声，立刻坐了起来，他身边的淑妃邓芸睡得倒是很沉，翻了个身，嘟囔一句什么，继续睡。

韩孺子披衣走出帐篷，张有才轻声道：“黄将军那边来信了。”

张有才帮皇帝穿好衣服，转到旁边的书房帐篷里，王赫随后跟进，双手捧上书信。

韩孺子打开看了一遍，疑惑地抬头，随即又看一遍，问道：“栾凯回来了？”

“是，陛下，刚到不久。”

“带他来见朕。”

“陛下……”王赫觉得不太妥当。

“无妨。”

王赫对年轻的皇帝十分敬畏，不敢多说，立刻退下。

将熟睡中的栾凯叫醒是个力气活儿，两名侍卫上前左摇右晃，栾凯突然暴起，击出一拳、踢出一脚，无辜的侍卫倒地，王赫急忙喝止，对栾凯道：“洗把脸，随我去见陛下。”

栾凯这才清醒过来，看着两名倒地的侍卫，不好意思地“嘿嘿”笑了两声，却不道歉：“今天睡得死了，平时你们一近身，我肯定就醒了。”

侍卫起身，悻悻地拍打身上的尘土，当着上司的面不敢多说什么。

有人端来一盆水，栾凯胡乱洗了两下：“好了，去见皇帝吧，说起来我也好久没见过他了。”

王赫在路上好说歹说，进入帐篷之后，栾凯总算单腿跪下，叫了一声“陛下”，不等允许，自己就站了起来。

韩孺子并不介意，仔细询问黄普公与海盗的情况，最后问道：“你还记得海盗所在的岛屿吗？”

“当然，我记性好着呢。”

“海况复杂，你也能找到？”

“呵呵，皇帝你别忘了，我可是在云梦泽长大的，那里的水势更复杂，皇帝要去岛上吗？我给你带路。”

韩孺子当然不会去，他要派一支军队去。

随行的兵部官员被叫来，侍郎张擎在东海国入狱，剩下的官员个个心怀忐忑，被叫来的这位主事，半夜被叫醒之后吓得面无人色，一进帐篷就跪下，皇帝连说两遍，他才明白过来，原来是要通知水军发动一次奇袭，脸色这才缓和。

在皇帝眼皮底下，谁也不敢敷衍，圣旨很快写好，兵部尽快将圣旨转化为具体的军令，凌晨前发出，一些官员即使怀疑这是海盗的陷阱，也没敢说出口。

王赫亲自带着栾凯前往东海国，为水军引路。

金纯忠也跟着去了，他的职责不是督战，而是谈判。

韩孺子愿意与海盗谈判，但是只能在水军围岛的情况下谈。

天快要亮了，韩孺子已无睡意，与南直劲的打赌已过去四天，再次天黑之前，他得给出确切答案。

究竟还有谁在透露皇帝的想法？

黄普公的信打乱了思路，韩孺子仔细考虑了一下信中的提议，觉得这只是黄普公用来迷惑海盗的手段，他配合一下就好，一切等黄普公人回来再说。

从海上进攻极西方的神鬼大单于，韩孺子从未有过这样的想法，对远海的情况更是几乎一无所知。

他坐在帐篷里，让张有才热了一壶酒，饮了两杯，觉得热乎不少。

天一亮，韩孺子又开始执行皇帝的职责，召见群臣，随后与自己选定的小圈子商议朝政，他能明显感觉到，官员在自己面前变得越发小心翼翼，有时随口问句话，半天得不到回应，非得点出某人的名字，才能得到模棱两可的答案。

小圈子则是另一种情形，人人表现踊跃，都想给皇帝留下一个好印象。

忙碌了一上午，韩孺子下午还有许多事情需要处理，只在中午有一小段空闲，他单独召见了东海王。

东海王也在小圈子当中，但是很久没有得到过单独召见，所以很意外，还有一点惴惴不安，皇帝越来越难揣测，他心里也害怕。

“在东海国，你见过谭家人了？”韩孺子笑着问道。

谭家人除了王妃都被迁到东海国，一直以来比较老实，这回的清查私奴，也没有受到牵连。

东海王回道：“见过一次，谭家人都对陛下的宽宏大量感恩戴德。”

韩孺子并不相信，但也不会较真，沉默了一会儿，收起笑容，说：“朕身边只怕还有第二个赵若素。”

东海王脸色一变，急忙道：“不是我，陛下，真的不是我……”

韩孺子挥了下手：“朕知道不是你，但是朕觉得你能猜出是谁。”

东海王神情稍缓：“陛下高看我了，真让我说，我也只能胡乱猜测。”

韩孺子摇头：“不对，你不是胡乱猜测，朕身边的人，数你盯得最紧，肯定有所察觉。”

东海王的神情又变得尴尬：“陛下何出此言？我从来……从来没盯过，更说不上盯得最紧。”

韩孺子微笑：“难道你没想过给崔太妃报仇？没有时刻盯着朕的举动，打算在适当的时候给予上官太后一击？”

东海王脸色骤变，半晌才勉强挤出笑容：“原来我这点小心思，陛下……都知道了。”

“你做得不算出格，朕原谅你，但是你得就此收手了。”

“是，陛下，其实我也一直没有出手。”

“现在你可以告诉我，你怀疑谁了吧？”

“只怕陛下不信，而且会觉得我挟有私心。”

“只要你能拿得出证据，有私心也无所谓。”韩孺子已经猜到答案了。

第五章

无心之失

东海王很清楚，自己的身份过于敏感，不可能直接报仇，只能借刀杀人，于是他暗中观察，寻找上官太后潜在的敌人。

景耀是一个，但他对皇帝的影响过于微弱，告了一状就再也没有下文，令东海王十分失望。

平恩侯夫人算是半个，但她顶多能传传闲话，潜移默化地将慈宁太后对上官太后的好感消磨殆尽，迄今尚未成功。

东海王必须寻找更得力的帮手。

他一直冷眼旁观皇帝的种种做法，揣测谁将兴起、谁将衰落，以备未来之需。

韩孺子对此心知肚明，思考多时，觉得只有东海王能看出泄密者的破绽。

皇帝身边的人见驾时无不小心谨慎，只有离开皇帝的视线，才会显露出一些真实面目，韩孺子看不到，时时都在观察的东海王却能。

“还是要先说一句，我真的只是猜测，可能一点儿都不准，陛下务必查清之后再做定论。”东海王比以前谨慎多了，轻易不敢在皇帝面前指控他人。

韩孺子点下头，东海王还是不肯开口，走到桌前，拉起袖口，用右手食指在桌上轻轻写了一个名字。

“证据呢？”韩孺子对这个名字并不意外。

东海王又写了一个名字。

韩孺子微微皱眉：“这两个人怎么会联系在一起？”

东海王笑道：“陛下可能不知道，这两个人争宠争得厉害，在陛下面前从不显露，私下里却经常打赌，我偶尔听到一两句，他们打赌的内容就是看谁更擅长揣摩陛下的心事。”

“他有这么聪明？”韩孺子很是疑惑。

东海王退后两步：“聪明的未必是他。”

韩孺子醒悟：“朕自会调查清楚，你退下吧。不要再插手宫中事务，你盯着朕，也有人盯着你。”

“是，陛下。”东海王向门口退去，实在忍不住，又说了一句，“思帝绝不是我母亲毒死的，她若有这个心思，就该准备得妥妥当当，绝不会一时惊慌，让我毫无准备地被景耀带进皇宫。”

韩孺子点点头，表示明白东海王的意思，但是未必赞同。

“此事不查清，宫中永无宁日。”东海王还想劝说，皇帝挥了下手，东海王只好退出帐篷。

韩孺子也对思帝之死存有疑惑，但是现在他不能查，那会惹来诸多猜疑，破坏好不容易才恢复的宫中稳定，而且毫无线索，他也没办法彻查到底。

这件事只能等，等朝廷稳定之后再说。

见过东海王之后，韩孺子一切照常，阅读奏章、召见顾问，忙碌个不停，京城的回复还没有到来，但是已有一些地方官员送来奏章，极其委婉地表示本地私蓄奴仆的情况并不严重，多是一些富商所为，即将采取手段给予打击。

官员们在保护权贵世家，也是在保护自己，万一皇帝雷声大雨点小，最后下不了狠手，那么最初表现得过于积极的官员，就要遭到报复。

惩处东海国燕家，震动了天下，却不足以表明皇帝的决心。

韩孺子因此需要南直劲，这名老吏有时候比圣旨还管用，他能让大臣们相信，皇帝真是要背水一战，如此一来，将减少许多争斗，“背水一战”反而不必要了。

眼看天色将晚，韩孺子结束这一天的事务，众顾问告退，几名太监收拾帐篷。

张有才问道：“陛下在这里用膳，还是回寝帐与淑妃一块用膳？”

“就在这里。”

张有才立刻安排，很快，帐篷里被收拾得井然有序，饭菜也送上来了，很简单，一碗米饭，四样菜肴，从厨房送到这里，要经过多次检查，因此稍有些凉。

韩孺子很快吃完，张有才亲自过来收拾碗筷，韩孺子道：“让别人做。”

张有才让开，示意门口的两名太监过来，将碗筷带走。

帐篷里只剩下两人，张有才东张西望，查看有无遗漏之处，韩孺子则盯着张有才。

张有才终于察觉到皇帝的注视，茫然道：“陛下……有何吩咐？”

“你猜不出来？”韩孺子问。

张有才挠挠头：“猜不出来，陛下提个醒吧，是要某件东西，还是要见某个人？”

“听说你最近常与人打赌？”

“打赌？我没有……哦，陛下是说崔腾吧，谁在陛下面前乱嚼舌头？我们根本不是打赌，没有赌注，怎么能叫打赌？”张有才气愤难平。

韩孺子微笑道：“好吧，不叫打赌，可是也有输赢吧，说说，你是输多还是赢多？”

张有才没忍住，咧嘴一笑：“十次当中，我能赢七次，崔腾赢三次，至少一次要靠耍赖。”

“你们两个人为什么要玩……这个游戏？”

张有才收起笑容，有点紧张地说：“陛下，我没做错什么吧？以后我再也不跟崔腾比输赢了。”

“没关系，朕只是好奇。”韩孺子不想吓到张有才，尽量缓和语气与神情。

张有才还是察觉到什么，脸色微变：“其实……其实也没什么，崔腾说我……说我失宠，还说我只是一名太监，武不能打仗、文不能治国，一点用处也没有，我说……我说谁能比我更会服侍陛下？陛下一皱眉我就知道陛下在想什么……”

张有才声音渐小，马上又抬高：“我知道乱说是不对的，可那是崔腾，天天在陛下面前露脸，陛下最信任他，崔腾不会……应该不会乱传吧？”

“不会，崔腾没那个胆量，也没那份聪明。”

张有才终于露出微笑：“但是我乱说也是不对的，今后我只专心服侍皇帝，不跟别人玩了。”

“无妨，玩一下没有大碍，从什么时候开始的？”

“是，陛下，一年多了，算起来可能快有两年了。”张有才答应着，心里却决定再也不跟崔腾“打赌”了。

“以后崔腾再说你，你就告诉他，皇帝连唯一的皇子都肯托付给你，这还叫失宠吗？”

张有才笑逐颜开：“是啊，我怎么没想到呢？”

“因为你和惠妃都是‘苦命人’，你去服侍她的时候，不觉得是在帮朕，而是在帮惠妃，对不对？”

“陛下猜我的心思，比我猜陛下的心思准多了。”

韩孺子笑了笑：“‘苦命人’那么多，我只派你一个去服侍惠妃，这就是信任。”

“我明白了，陛下，我再也不会多想了。”

“嗯，退下吧，把南直劲叫来，如果没有要事，今天朕就不再见其他人了。”

“是，陛下。”张有才退下，脚步轻松了许多。

韩孺子宁愿相信张有才只是无心之失，十步之内，他只剩下这一名太监，实在不想将他也撵走。

南直劲很快就到了，神情恭谨，但也镇定自若，显然不相信皇帝真能找出泄密之人。

韩孺子先没说泄密之事，指着已被收拢好的奏章说："附近几个郡县的官员上奏，都不肯承认蓄私奴情况严重，好像一切问题都是东海国独有的。"

"这些奏章按理应该先送往京城，再转给陛下。"南直劲只关心"规矩"。

"都是副本，原本正在送往京城。"韩孺子并没有将规矩完全打破。

"陛下有心，那就没什么了。"南直劲还是不肯提供建议。

韩孺子沉默了一会儿，说："你很久没和泄密者联系了吧？"

南直劲不肯回答。

"你说泄密者只有一位，朕却觉得不止一位。"

"确实只有一位，陛下想多了，而且此人只提供参考，微臣揣摩圣意，主要靠的还是批复，每位皇帝的批复都有自己的特点，摸清之后，能猜出许多事情，除非……唉。"

南直劲没猜到皇帝会从私蓄家奴这里着手，被打个措手不及，至今耿耿于怀。

其实这是一次意外，韩孺子巡狩途中才了解到有这种事，自然没办法在批复中显露用意："朕的特点是什么？"

"不重要了，微臣自知死罪，已无他想。"

"咱们还打着赌呢。"

"臣不与君赌，微臣认输便是。"

认输，却不肯提供帮助，南直劲用另一种方式拒绝认输。

"别，朕正觉得有趣呢。"韩孺子重重地"嗯"了一声，说出一个名字，"崔宏。"

南直劲低着头，声音没有变化："陛下是在猜，还是在问？"

"不用猜，也不用问，事情明摆着，皇后并未产下太子，崔太傅却心甘情愿交出南军，必然是因为另有所恃。"

"崔太傅遇刺之后身体不好，大概是真心想要退养。"

"有这个可能，但是朕有证据。"

南直劲抬头看了一眼："哦？"

"崔腾一直在与朕身边的小太监张有才打赌，看谁更擅长猜测朕的心意。"

"崔二公子向来以胡闹闻名，此举并不能说明什么。"

"破绽就在这里，崔腾以胡闹闻名，向来没长性，与张有才的打赌却持续多时，他可没有这种毅力。"

“人不可貌相。”

“当然，所以将崔腾叫过来一问便知。崔腾是个糊涂虫，与张有才一样，都不知道自己在做什么，但他肯定得到了父亲的鼓动，朕只要一问，他什么都会说出来。”

南直劲再度沉默。

“朕只要叫来崔腾，就不是随便问问了，必须一查到底，崔宏要为此担责，依靠崔家获得任命的官员，一个也不能留。”韩孺子顿了一下，“皇后不会受到影响，但她从此与崔家再无瓜葛。”

南直劲抬头：“陛下英明神武，何不用于天下，非要与朝臣对抗呢？”

“朝廷即朕，朝中官员的一言一行，最终都会被百姓算在朕的头上，朕欲治天下，必先治朝廷。南直劲，你想杀身成仁，朕不会给你这个机会，你有两条路可以走，一条是继续担任御史，继续揣摩朕的心思，咱们来一番较量，看看到底是你猜得准，还是朕瞒得住；另一条是助朕一臂之力，让大臣们明白，该是他们让一步的时候了。”

南直劲盯着皇帝，良久方道：“陛下知道为何大臣常常虚与委蛇，不愿真心帮助陛下吗？”

“为何？”

“因为陛下的想法不长久，这不是陛下的错，所有皇帝都是这样，可朝廷的规矩一旦确立，却是几十年、上百年的事情，不变、少变的朝廷怎么可能迎合善变、多变的陛下？”

“朕心不变，农为根本，兴大楚必先兴农，私蓄家奴者，朕绝不放过。”

南直劲一躬到地：“好，请陛下先从自己开始。”

第六章

一场硬仗

南直劲被皇帝逼到了绝路，就像是一名孤独的将军，独自受到敌军包围，麾下将士非死即伤，而且被隔绝在遥远的地方，来不及过来搭救。

敌军却不肯立刻发起进攻，只是围着他打转，像是在戏耍，又像是别有用心。

南直劲几十岁了，是一名经验丰富的老吏，如今却有一点恼羞成怒，帐篷里没有外人，更没有史官记录一言一行，他带着孤注一掷的心态，说：“请陛下先从自己开始。”

韩孺子稍作考虑，回道：“那就从朕开始。”

南直劲微微一愣，随后冷笑一声：“陛下真的明白微臣话中之意？”

“少府卿乔万夫是朕选定并任命的，他整理了一份详尽的资料，朕看到，皇帝虽是大楚天子，但是也有私产，而且每一代都在增加，一部分是为了祭祀，每当有一位皇帝的牌位摆进太庙，就要划拨一块田地，专门用来供应每日的香火。还有一些——应该说是很大一部分——是历代皇帝自行增加的‘私产’，比如东海国，专门有一大片海域被划归少府，每年上交大量珍珠，类似的产业还有许多。云梦泽本是烈帝划出的园苑猎场，原住居民因此才被迁出，导致其地荒芜，后来的皇帝不爱去南方，那里慢慢就变成了盗匪的渊薮。”

南直劲呆呆地看着皇帝，越来越感到难以理解。

韩孺子继续道：“少府本是一个很小的衙门，吏员不过十余人，所管理的产业都在京城附近，宫中所用皆由户部定量划拨给少府，成帝继承高祖之位，大概觉得这样很不方便，而且皇帝好像是由朝廷供养，因此扩充少府，增设司局，将划拨改为少府直接掌管各项产业。自此之后，少府历代皆有扩充，武帝中期时规模最大，分派各地的吏员多达五百余人，晚年时稍有收缩，迄今还剩三百多人，至于所掌管的工匠、奴夫，不计其数。”

南直劲终于回过神来，缓缓摇头：“陛下做不到。”

“做不到什么？”

“将皇室产业全交出来，陛下或许还没有完全了解这些产业对皇宫的重要，没有各地的供应，皇宫养不起那么多的太监、宫女，陛下的生活……”皇帝生活俭朴，所费不多，南直劲改口道，“太后与众嫔妃、皇子、公主的生活都将受到影响，陛下再想随意赏赐某人，就没那么容易了。”

韩孺子沉吟片刻：“的确很难，朕本想先立外再治内，你觉得朕应该首先治内？”

“这才只是第一步，纵使陛下放弃诸多产业，权贵世家也未必就会效仿，陛下还得对宗室、外戚下手，然后是身边的宠臣，等到陛下大获成功，陛下的追随者也就所剩无几了。”

“你说得很对。”韩孺子竟然真的思考起来，完全不像是在与南直劲对抗，倒像是一块商议大事。

南直劲迷惑不解，补充道：“陛下若不能以身作则，就只能依靠酷刑峻法，这又回到最初的问题：陛下要依靠朝廷，而不是毁掉朝廷。”

“权贵与富人私蓄家奴、不落名籍，无非是为了隐瞒人口、拒交租税，朕若是大幅减租，反对者会不会少一些？”

“会少一些，但是大楚国库空虚，陛下若是再行减租，只怕国库难以为继。”

“省一省，总能坚持过去，朕不求三年、五年见效，朕规划的是十年、二十年之后的大治。”

“这种事情微臣不大熟悉，微臣只明白一点，陛下这是在倾覆朝廷，谋……”南直劲说不下去，虽然皇帝亲口说过要“谋自己的反”，他却不能重复。

“对，你更了解朝廷的规矩。朕的计划是这样的，供应太庙的田产保留，少府其余产业，凡为供应稀罕之物者，一律裁撤，放民开荒，宗室与外戚，朕会劝他们交出隐藏的产业与家奴。”

“劝？”

“朕自有主意。”韩孺子微笑道，“你可以猜上一猜，不会获罪。”

南直劲稍一寻思：“崔家，陛下要先对崔家下手，崔宏已经将自家送到了皇帝面前。”

韩孺子点点头：“崔宏要么听朕一劝，要么按律接受严惩，我相信他会选择前者。”

崔家的女儿是皇后，与皇帝情投意合，崔家的儿子是皇帝近臣，备受宠信，皇帝却要拿崔家开刀，以示公正。

“陛下既然已有计划，还留微臣做什么？”

“你曾经猜测朕的想法，现在朕需要你猜测大臣的想法，好让朕能打一场有准备之战。”

“君臣之间不该有战争。”

“那就让朕提前做一点准备，好‘配合’大臣的想法吧。”韩孺子并不计较字眼儿。

“陛下何必如此？纵使成功，后世的笔也握在大臣手中，陛下难免留下……骂名。”

“非如此不可，朕既然做了皇帝，就不能让大楚在朕手中衰落，乃至灭亡。朕宁愿做史书中的千古罪人，也不做弱国昏君。”

南直劲长叹一声，皇帝希望通过他向大臣传递坚定的意志，他自己首先得相信皇帝真有破釜沉舟的决心。

现在他开始相信了。

“陛下不会彻底倾覆朝廷？”

“只要得到配合，宰相还是卓如鹤，兵部尚书还是蒋巨英，崔家也还是崔家。”

南直劲再叹一声：“陛下容微臣考虑一天。”

“好。”

南直劲向门口退去，韩孺子补充道：“不要再想什么‘杀身成仁’，你一死，朕与朝廷之间唯一可靠的联系就会中断，只能互相猜忌，朕就不得不先发制人。”

南直劲深深躬身，什么也没说，退出帐篷。

韩孺子长长吐出一口气，觉得无比疲倦，他不得不打起精神对付南直劲，打了一场硬仗，耗费的精力比整个白天还要多。

事实上，韩孺子还没想那么多、那么远，一些计划是他“顺势而为”说出来的，可他的最终目的却不是“顺势而为”，是要“逆势”。

“天下在朕一人手中。”韩孺子喃喃自语，四下无人，他可以不再说什么大楚江山、以民为本之类的话，这就是他的天下、他的利器，从杨奉那里，他得知这件利器蕴藏着极其强大的威力，唯有能用者、会用者，方能发挥出来。

韩孺子握住了这柄天下无双的利器，却发现它已锈蚀不堪，必须重新打磨。

“天下皆在朕一人手中。”韩孺子感到难以言喻的孤独与骄傲。

夜已经深了，韩孺子大声叫进来张有才，准备就在书房帐篷里休息。

张有才很快铺好了被褥：“陛下不再见人了吗？”

韩孺子已经换好衣服，微笑道：“让我猜猜——崔腾在外面？”

张有才睁大双眼：“还好我从来没与陛下打赌……呃，比输赢。”

韩孺子很累，的确不想再见人，但是想了一会儿，还是道：“让他进来吧。”

见崔腾不用太讲究仪表，韩孺子坐在床上，双腿盖着被，打算待会儿就睡觉。

崔腾踅进来，笑呵呵地说：“陛下这就要睡啦。”

韩孺子点点头。

张有才没有离开，小声道："你跟陛下说清楚，别让陛下误解。"

崔腾挠挠头："就是一个小游戏，真的，陛下，我俩的嘴都很严，从来没对外人泄露过一个字。"

"当然，朕相信你们两人。"韩孺子心里却明白得很，所谓的外人不包括崔宏，崔太傅有的是办法让儿子知无不言、言无不尽。

崔腾如释重负，对张有才道："你差点吓死我，我还以为自己要被燕家连累呢。"

"你一说我倒想起来了，你和燕朋师关系不错吧？"韩孺子道。

崔腾苦着脸："我就不该多嘴。还行吧，一块玩过，那时觉得这小子人还不错，没想到他们父子二人表里不一，不仅私蓄家奴，还设计陷害黄普公。"

御史台只查燕家变兵为奴一案，对黄普公失陷之事只字未提，但在私下里传言甚多。

"你们崔家私蓄了多少家奴？"

"一个也没有！"

"只要三个月之内交出来，朕不会问罪，你若是向朕隐瞒，就是辜负了朕对你的信任。"

"我是……真的不知道。"崔腾快哭出来了，真心后悔来见皇帝，"家里的事情都是父亲和几位叔伯在管，根本不让我过问，私蓄家奴这种事，要说崔家没有吧，的确不太可能，但是要说具体有多少，我得写信问问才知道。"

"那你就写信问问吧，告诉你父亲，别乱猜，也别紧张，朕不会专门针对崔家，朕此时正需要你们崔家的支持。"

"那是当然，崔家不支持陛下，还有谁能？"崔腾又松了口气。

"你们家会理解朕的一片苦心吧？"

"理解，太理解了，这些私蓄的家奴都不用交租税，也不用当兵，大楚就因为这个才会国库空虚。"崔腾马上回道，这些天大家天天议论的都是这件事，他也学会了几句。

韩孺子笑了笑："对了，你在信中告诉太傅，朕会派一个人亲自向他解释。"

"不用这么麻烦。"

"太傅是朕的岳父，理应受到优待。"

崔腾咧嘴而笑："派谁去，陛下决定了吗？"

韩孺子想了一会儿："御史南直劲。"

"明白。"崔腾高兴地应了一声，全然不知南直劲的重要与敏感。

第七章

三招

南直劲晋见皇帝，行礼之后直接说道：“陛下希望微臣揣测大臣的应对之法？”

“嗯。”韩孺子身边需要一位军师式的人物，从前是杨奉，后来是赵若素，现在则是南直劲。

“无须揣测，不出十天，陛下将接到大量告罪请辞的奏章，陛下可以体验一下没有朝廷的难处。”

“朕也料到了，所以希望你能向大臣们传递信息：朕这一次不会屈服。”

“陛下高估微臣的能力了，微臣此前揣摩陛下心事的时候，何曾违逆过陛下？无非尽力满足陛下的需要，使得陛下忽略某方面的事情。”

“顺势而为。”韩孺子立刻想到这个词。

“正是，顺势而为。”南直劲并不知晓这个词的来历，“陛下却是要逆势而动，微臣只能提供一点预测，别的做不到，微臣即使向大臣们指天发誓，也是没用，他们只会相信自己的期望，而不是微臣的说辞。”

“那你就再揣测一下，大臣的请辞是真心的吗？”

“没人想丢掉官位，但是无路可走的时候，也只好如此。朝中此刻必然大乱，陛下远离京城，可以为所欲为，却也给了大臣们辗转腾挪的余地，他们可以随意拉拢、硬逼、利诱，群臣将团结一致。”

“即便如此，朕也不会退让。”韩孺子冷冷地说。

“让群臣争斗，陛下居中裁决，这样不好吗？卓宰相上任之后多提拔世家子孙，已然得罪不少人，左察御史冯举争夺宰相之心并未完全消失，众多年轻的读书人则支持右巡御史瞿子晰，这都是朝中现成的裂痕，只因为陛下逼得太紧，这裂痕没有扩大，反而越来越小。”

南直劲还是希望皇帝用更传统的方法治理朝廷。

“现在的问题不是朕能否掌控朝廷，而是朝廷能否掌控天下，朕此次巡狩深有感触，离京城越远，朝廷的影响越弱，若非朕亲临东海国，燕家永远不会倒，朝廷派来的人，不是被蒙在鼓里，就是早被收买。”

南直劲沉默片刻，辅佐一位思路完全不同的皇帝，难上加难，唯有一个办法或许能让皇帝做些让步，那就是让皇帝感觉更难。

“群臣告罪请辞只是第一步。”

“接下来呢？随行官员也会步京城大臣的后尘吗？”

“应该不会，只要是在陛下眼皮底下的官员，都会明哲保身，正如微臣刚才所说，陛下远离京城，得到了自由，也给了大臣胆量。”

韩孺子笑了一声：“你继续说吧，大臣的第二步会是什么？”

“军心不稳。”

韩孺子沉默了一会儿，这的确是他最为担心的事情：“怎么个不稳法？”

“陛下提前从京城调走了南、北军与宿卫军，这是一着好棋，可军中将领一多半是世家后代，陛下意欲收回私奴，这些人的家里受影响最大，一旦受到父兄的鼓动，他们很可能做出点事情。”

“谋反？”

南直劲摇头：“几支军队分散各处，没有哪一支占据明显优势，彼此忌惮，应该不至于走到谋反这一步，最重要的是，他们找不出众望所归的人代替陛下。依微臣的经验，军中将领更常见的做法是告病，声称自己旧疾发作，没法再带兵。”

“文臣告罪，武将告病。”韩孺子忍不住冷笑一声。

“正是，招数虽旧，可历朝历代极少有皇帝能对付得了这两招，无非事后抓几名为首者撒撒气，当时却只能选择退让。”

“还有吗？就这两招？”韩孺子问道。

南直劲看了一眼皇帝，回道：“还有一招，对京中大臣来说，这一招并非根本，却能保护他们的安全。陛下远离京城，失去了地利，也会失去人和，如无意外，太后这一次会被大臣拉拢过去，群臣告罪、告病之后，太后的求情就会来了。”

“太后会为大臣求情？”

“太后会为大楚求情，希望陛下以江山社稷为重，不要一意孤行。太后还会为自己求情，希望陛下……”南直劲没再说下去。

太后当然要提起母子亲情。

韩孺子再度沉默，大臣的应对之法一招比一招狠准稳，他只有坚定的意志，还没有成熟的反击计划。

南直劲躬身道：“陛下若觉得为难，还有回旋的余地：正常惩治燕家，收回‘借奴开荒’的圣旨，改为鼓励开荒，与朝廷原有的规划合而为一，然后继续巡狩，参照东海国，逐地解决问题，而不是像现在这样囫囵吞枣。”

宰相卓如鹤一直在推进开荒，苦于人口不足，进展比较缓慢，只有云梦泽一地情况稍好一些。

南直劲要将皇帝的旨意塞进宰相的策略之中，以此减少阻力。

韩孺子明白他的意思，也明白这的确是一个办法，稍作思考之后，他还是摇头：“朕心意已决。”

韩孺子必须向南直劲显露不可动摇的意志。

南直劲叹了口气：“既然如此，微臣没什么可说的了，微臣只能揣测到这一步，但是想不出应对之策，陛下若能成功攻克这三道关卡，再说以后的事情吧。”

“多谢。”韩孺子真心说出这两个字，南直劲的难得之处是他站在大臣一边说话，揣测的事情更尖锐，也因此可能更准确。

韩孺子得尽快想出办法应对大臣的“三招”，单凭自己毕竟考虑不周，他迫切需要另一位“军师”，南直劲不愿做，其他人要么不可信，要么没才华，韩孺子一时间还真找不出帮手。

“如果杨奉还在……”韩孺子只能叹息一声，接下来几天，轮番召见随行的顾问，希望找出一两位可用之人，同时自己也在深思熟虑，常常熬到半夜才睡。

京中大臣的请辞奏章还没到，黄普公先回来了。

栾凯性子有些糊涂，记忆却极准，带着大楚水军，顺利找到了海盗的藏身之岛，金纯忠亲自上岛谈判，终于要回了黄普公，但是一大批水军俘虏仍被扣押在岛上，海盗们仍不肯就此投降，要等黄普公实现诺言。

给予众海盗大楚水军的名号，让他们去远方“进攻”神鬼大单于，这是黄普公向海盗们提出的建议，许多人真当回事了，一想到能打着大楚旗号去海外劫掠，心中兴奋不已。

韩孺子可没想同意，大楚名号至尊至重，怎么可能给予海盗？

黄普公被连夜送到皇帝营中，没有受到败将的指责，反而立刻得到了召见。

韩孺子起身相迎，笑道：“黄将军平安归来，朕不虚此行。”

黄普公身穿普通人的衣裳，看上去又像是燕家的奴仆，立刻跪下：“败军之将，不值得陛下费此周折，末将无能，失陷贼中，折损大楚将士，伏乞陛下降罪。”

这些话显然不是黄普公能想出来的，他就算有这些想法，也说不出“伏乞降罪”的话，随行的礼部官员在发挥作用，即使对皇帝心存不满，他们仍然尽忠职守，保证礼仪不乱。

“将军为奸人所害，何罪之有？黄将军平身。”韩孺子也要按“礼”回应。

君臣二人聊了一会儿，陪同者陆续退出，最后只剩下七八个人，有太监、侍卫、将领，还有两名官员。

黄普公毕竟是海盗出身，各方都不放心让他单独见皇帝。

“黄将军既然回来了，就继续担任楼船将军，统领水军。黄将军觉得什么时候能再度向海盗开战？”

黄普公拱手道：“末将在信中写过，海盗剿之不尽，不如引向敌国。”

韩孺子微皱眉头：“朕以为那只是营救黄将军的权宜之计，眼下海盗犹疑不定，正是进攻的最佳时机，或可一战而定，救出被俘的大楚将士。”

“末将在岛上见过几位被掳的西方商人，听他们说，大楚水域与西方相通，神鬼大单于的军队已经攻克诸多港口，但是他们不爱乘船，所以毁掉了一切船只，禁止商人通行。末将确实觉得，由海路西进，或有奇效。”

“黄将军相信一群海盗？他们半路上就会操持老本行，四处劫掠，南洋之中颇有向大楚进贡之国，大楚怎能将祸水引向此等小国？”

“陛下如果相信末将，末将自愿带领海盗西进，只需一道圣旨，请求沿途诸岛国提供给养。”

韩孺子吃了一惊：“大楚正值用人之际，朕对黄将军寄予厚望，黄将军为何竟要远走？”

“末将出征之前，曾听闻西域邓将军率军出击，说过的一句话末将颇为认可：大楚为什么非要坐等敌人攻来呢？”

韩孺子还是摇头，一个邓粹就够让人头疼的了，迄今没有下文，绝不能再失去黄普公。

“黄将军受苦多日，先去休息吧。”

黄普公跪下谢恩：“陛下既有远虑，也该有远招，只想不做，想得再多也是无用。”

帐篷中的人都皱起眉头，觉得黄普公不会说话，尤其是礼部的一名小官，深深自责，觉得这都是自己的错，没将黄普公调教好。

韩孺子心中却是一动，众人退出之后，他一个人沉思默想多时，考虑的不是黄普公，而是即将到来的大批请辞奏章。

黄普公想从海上出其不意地进攻神鬼大单于，朝廷一方未设防的“海域”又在哪里？

韩孺子想起一个人，就在营中，是皇帝的众多顾问之一，或许可以叫过来帮忙。

第八章

辩才

康自矫刚过二十岁，出身寒门，没有任何说得过去的背景与靠山，却偏偏恃才傲物，因此人缘不是很好。

他去年高中榜眼，传言都说他本应是状元，因为卷子上的一点笔画错误，与魁首失之交臂，另有一种说法，声称状元早已内定，试官鸡蛋里挑骨头，将康自矫硬生生贬为第二名。

不管怎样，康自矫大名远扬，比状元还受关注。

更让他声名鹊起的是，放榜不久，他就给皇帝写了一份万言书，指点江山、点评朝臣，好像自己就是未来的宰相。

万言书不仅交给皇帝，康自矫还留了一分副本，供人传抄，欢迎任何人上门辩论。

还真有好事之徒登门，结果全都铩羽而归。

康自矫越发得意，也因此越发没人缘，同一年的进士都已外派当官，至少也能去翰林院、国子监这类地方暂时栖身，他却一直在吏部待职，迟迟得不到任命。

韩孺子对此人的印象不是特别好，那份万言书他仔细看过，觉得其中太多浮夸之词，康自矫将万言书四处传播，更是令韩孺子不喜，上一回巡狩时没带康自矫，这一回也是多次犹豫之后，才将其列为顾问。

康自矫能言善辩，每次会议只要有他在场，别人几乎插不上嘴，韩孺子因此很少召见他，从未有过单独交谈。

韩孺子要破例一次，觉得自己既然能容忍南直劲，不妨也给康自矫一次机会。

韩孺子做了一下安排，召见康自矫在内的五名顾问，现场交给他们一项任务，与楼船将军黄普公辩论。

这不是朝堂之争，比较随意，韩孺子坐在书桌后，两名太监、两名侍卫站在身后，其他人赐凳，但是所有人都宁愿不坐，既显气势，也是对皇帝的尊重。

黄普公平安回来才一天，仍未换上甲衣，腰身微微佝偻，怎么看都像是出来公干的奴仆，对面的五人都很年轻，四人进士出身，另一人几年前弃文从武，在军中颇有令名。

黄普公向皇帝躬身行礼，更加详细地讲述自己的想法："末将曾常年在海上讨生活，去过南洋一带，在那里见过八方物产，有大楚的丝绸、纸张，也有极西方的种种珍宝，说明海路可通。末将在岛上时，与几名西方商人关在一起，听他们说，神鬼大单于近些年来势头极盛，已经占据西方的大片土地，众多王族被迫逃亡海上。神鬼大单于因此下令禁船，凡有靠岸者，焚船杀人，不留活口，以为用这种办法能将海上的逃亡者饿死，这说明他并不知道海上还有诸多小国，更不知道海上能与大楚相通。我知而敌不知，正可发起奇袭。"

平时最爱辩论的康自矫，今天却一反常态，站在一边没吱声，一名顾问先开口道："由海路去往西方，费时多久？"

"顺风的话几个月，算上中途停留以及招募船员，至少要一年，也可能两年。"

"途中可安全？我听说海上风波险恶，十船出海，平安回来的不到五成。"

"没那么夸张，七八成是有的，如果船只够大，带队者又经验丰富，基本不会出问题。"

质疑者摇头："一群海盗，最远去过南海，却要前往西方，谈何经验丰富？"

"横行东西的航行者不多，但是一路走一路寻找向导，不会中断，商船能走，水军也行。"

另一人上前道："假如成行，将军准备带多少人？"

"不必动用朝廷军队，只需一些船只以及圣旨，人的话，海盗有几千人，途中再招一些，最后应该能达到七千到一万人。"

"费时一到两年，可能更久，却只有不到一万将士能够登岸，如果神鬼大单于真有传说中那么厉害，这点人能做什么？"

黄普公微微一笑："兵者，诡道也，在皇帝与诸位面前，我说实话，到了海上，自有另一套说辞，南洋小国会以为我带兵十万，到了极西方，那边的人则会以为我有战船千艘、雄兵数十万，再不济，也能牵制神鬼大单于的兵力。"

第三人上前："这就不对了，将军一开始说是要奇袭，如今又要虚张声势，神鬼大单于岂不是会有准备？没准也会建立水军，以逸待劳，专待将军自投罗网。"

"还是那句话，兵者，诡道也，我这边做好种种准备，到了战场上随机应变。"

第四人开口道："海盗皆是亡命之徒，分属不同团伙，将军一人，又曾为海盗所俘，凭什么服众，能带他们一路去往极西方开战？”

“我就是海盗。”黄普公稍稍挺直身子，脸上带着微笑，他知道，这件事迟早会被提起，不如自己先说出来，“诸位对海盗的了解都来自传言，我却是亲身经历。如果说海盗与什么人最相似，不是军队，不是混混无赖，而是商人。商人好利，海盗也好利，别相信那些海盗多么勇猛、多么凶残的传言，真正的海盗只打弱者，危险越小越好，除非利益足够多，他们轻易不会冒险。”

“黄将军要以利诱之？可是朝廷除了船只与名号，什么也不能给你。”顾问瞥了一眼皇帝，相信的确如此。

“船不重要，名号就够了，大楚在南洋的地位颇高，与西域相似，邓将军能组建诸国联军，我也能。”

康自矫终于开口：“不一样，西域处于神鬼大单于与大楚之间，两强相争，西域必然先受其殃，因此愿意向邓将军提供士兵与粮草。南洋诸国远离纷争，如黄将军所言，神鬼大单于甚至有可能不知道海上有这么多小国，诸国完全可以置身事外，为何要向将军提供帮助？”

黄普公被问住了，犹豫片刻：“南洋那边的情况还不清晰，可以到时候再说。”

“随机应变？”

“对，随机应变。”

“听上去，黄将军是要纠集一批海盗，拿着皇帝的圣旨，打着大楚的旗号，在海上四处招摇撞骗，成了，就去西方海上转一圈，不成，就在南洋‘讨生活’，进退两宜，大楚拿这支‘水军’可是一点办法也没有。事成，将军建千古奇功；事不成，骂名皆归大楚。”

黄普公也是弃文从武之人，嘴上并不笨，面对康自矫却是力有不逮，脸色微红，声音也低了：“这个……在外打仗，总得先信任将军，如果不相信，我说什么也没用。”

“朝廷要信任将军，将军也得努力取得朝廷的信任，孤军远赴万里之外，将军凭什么取信于大楚朝廷？”

“呃……西域的邓将军如何取信于朝廷的？”黄普公反问。

“邓将军名门之后，人虽在外，亲友家眷皆在大楚，因此得到信任。”

“这可难了，我就是一个人，连房远亲都没有，可那些海盗一般人管不住，非得我亲自跟着才行——要不然朝廷另派一位将军，我担任副将辅佐他，怎么样？”

“海盗都是你的人，朝廷就算派十位将军，又能怎样？还不是你说了算？”

黄普公无言以对，思忖片刻，转向皇帝：“言已至此，末将没什么可说的了，一切唯请陛下裁定。”

韩孺子对黄普公的了解不是很多，说不上信任还是不信任，但他真心不想将一位大将放走，去进行一场前途难料的远征，邓粹那边迄今没有消息传来，已经让他很担心了。

“今天先到这里，改日再论。”韩孺子没做决定，但是有些事情需要他马上拿主意，大楚水军正在海上包围海盗，是攻是退，需要皇帝尽快下达命令。

韩孺子决定让海盗再担惊受怕几天。

众人告退，韩孺子单独留下康自矫。

康自矫在论战中表现不错，获此殊荣其他人无话可说。

“不做辩论，康卿说说自己的想法。”韩孺子说道。

康自矫毕竟是儒生，注重礼仪，拱手之姿完美无缺，回道：“黄将军在冒险，陛下若派黄将军出征，也是在冒险。”

“哦？朕冒什么险？黄将军会背叛，破坏大楚的名声？”

康自矫摇头：“目前来说，极西方的确有一位神鬼大单于征战诸国，势如破竹，也曾派使者来大楚挑衅。可是这位大单于能在西方坚持多久、究竟会不会东攻大楚，都是未知之数。蛮荒之地，枭雄时起时落，神鬼大单于并非第一位。假如未来真有一战威胁到大楚的生存，则海上远征是陛下的深谋远虑，也是黄将军的千古奇功，如果没有这一战，或者神鬼大单于只是虚张声势，在西域就被拦住，则陛下免不了好大喜功的指责，黄将军更是别有用心，乃是千古一奸臣。这才是陛下的冒险，敌强，陛下强，敌弱，陛下会很尴尬，最终的结果不取决于陛下与黄将军，而取决于神鬼大单于。”

韩孺子也被说得无言以对，笑道：“康卿说得有理。”

韩孺子轻轻抬手，身后的太监与侍卫明白意思，陆续躬身退出帐篷。

皇帝端正坐姿。

刚才的辩论只是一次考验，康自矫通过了，真正的挑战才刚刚开始。

大臣有狠稳准的“三招”，韩孺子要听听一名从未有过为官经验的榜眼如何应对。

第九章

夜饮

向皇帝告退，黄普公回到自己的帐篷里，进去就是一愣，邀月竟然在等着他。

“你……邀月姑娘怎么在这儿？”黄普公十分意外，在他的记忆里，邀月应该在京城，住在自己的府中。

邀月站在那里，脸上勉强挤出一丝微笑，显得有些紧张与局促：“一位姓金的公子带我来的，这是什么地方？到处都是帐篷。”

“这里是皇帝的巡狩营地。”

“怪不得，这么说我离皇帝应该不远了？”

“不远，相隔不到半里。”

邀月的笑容自然了一些：“也不知我哪儿来的好运气。看到将军无恙，我就放心了。”

“姓金的公子……是皇帝身边的金纯忠吧？”

“好像是。”

“他为什么把你从京城带到这里？”黄普公还是没明白。

“京城是我自己离开的，金公子在湖县帮了我一个大忙。”邀月将自己受到燕朋师威胁，追随富商逃亡，打算一路来东海国探听消息的经过说了一遍，“还好遇到金公子，否则的话我可能就陷在湖县，再也离不开了。”

“金纯忠是个好人。”一下子轮到黄普公紧张与局促，想了想，又说，“邀月姑娘请坐。”

这是一顶普通的帐篷，挤一挤能住十名士兵，地方不大，与黄普公身上的衣服一样简朴，只摆着一张床和几只箱子，邀月四处看了看，没有坐床，而是坐在一只箱子上，抬头看着黄普公，脸上带着微笑，这是她多年养成的习惯。

黄普公原地转了一圈，希望找点东西招待客人，可是除了盔甲与兵器，帐篷里什么也没有，他可以命令外面的士兵去要，却不想这么做。

两人对视了一会儿，都等对方开口，结果谁也没说话，这样的对视不免显得过于意味深长，于是同时挪开目光，黄普公张开嘴，还是没话可说。

最后还是邀月笑道："我想金公子可能是误解了。"

"误解什么？"

"他以为我是将军房中的人，其实我只是一名飘零的婢女，蒙将军好心，为我赎身，许我暂住家中。金公子还误解了，以为我去东海国是多了不起的事情，其实我只是逃难。"

"东海国是燕朋师的老家，逃难不应该去那里。"黄普公得为邀月辩解一句。

"我也只是嘴上说说，并没有不顾一切地真来东海国，没准在湖县住惯了，我也就不走了，对于我这种人来说，哪里都是一样，侍候男人、讨好男人，无非如此。"

黄普公看向邀月，正色道："邀月姑娘如果不嫌弃黄某性子粗鄙、年老貌丑——就嫁给我吧。"

邀月不是那种爱脸红的女子，只是有些意外："若说嫌弃，也是将军嫌弃我，将军知道我是怎么从京城一路到湖县的？"

"你既无名无分，又是身不由己，所作所为没有错误。而且，你嫁给我，也是帮我一个忙。"

"嗯？"

"我在大楚无亲无友、无妻无子，得不到朝廷的信任，咱们成亲之后，起码我有了一样。"

邀月点点头："原来是这样，以将军今日的身份与以后的前途，该选一位世家贵女为妻，将军若是有意，留我做一名丫鬟就可以了。"

"不妨明说，成亲之后我就要出海远征，可能几年回不来，更可能永远也回不来，世家不会愿意与我结亲。邀月姑娘帮我这个忙，京城的宅子，还有皇帝的赏赐，都留给你，你也不必委屈自己，想怎么生活就怎么生活，不受束缚。"

邀月低下头："这么说即使成亲，我也不能随将军一块出海？"

"不能，此行过于危险，我要统领的人又是一群海盗，女子不可同行。"

邀月抬起头，笑容更多一些，却稍显僵硬："我竟然能成为将军夫人，从前的姐妹不知有多羡慕。"

黄普公当这是同意了："你在这里休息，我去……给你要点吃的。"

黄普公出帐叫来士兵，命他给帐里的人安排酒食，自己却没有回去，兜了半圈，可是在营中不能乱走，他只好找人帮忙。

他在这里不认识几个人，金纯忠是皇帝宠臣，黄普公不愿接触，最后只有一个选择。

栾凯由普通士兵晋升为侍卫，独占一顶帐篷，很高兴有客人到访，一老一少，一个曾当过海盗，一个在云梦泽匪窝里长大，倒是颇为合得来，毫无紧张、局促。

黄普公叫来食物，栾凯亲自出马，不知从哪里弄来两壶酒，两人边喝边聊，兴致高涨，甚至嬉笑怒骂起来。

外面的士兵不明所以，还以为两人打架，楼船将军可不是栾凯的对手，于是探头进来，却见两人笑容满面，明显喝得尽兴，一点也不像是闹矛盾，尤其是黄普公，平时显得极老实，现在却是神采飞扬。

离此不远，皇帝却享受不到两人的轻松，正与康自矫一来一往地拆招。

如果诸多大臣请辞怎么办？

接受一部分、斥责一部分、惋惜一部分、恐吓一部分，总之要让群臣分化。

如果军中将领告病怎么办？

让告病者就地养病，军队调往其他地方，使得将离兵、兵离将，然后静观其变。

如果太后以孝道施压怎么办？

派最受信任的人回京，亲自向太后解释原委，以大道对孝道。

这就是康自矫给出的办法，并无出奇之处，韩孺子没有失望，可也没有惊喜，事情不像康自矫想象的那么简单，南直劲所说的问题仍然存在：皇帝远离京城，本来应该分化的群臣，这时都会抱成团。

只有右巡御史瞿子晰支持皇帝，因为他就在皇帝身后的东海国，相隔不远。

韩孺子结束谈话，他还是找不到朝廷明显的漏洞。

这是一场硬仗，只能凭实力与意志打下去。

天已经黑了，韩孺子回寝帐休息，淑妃邓芸知道皇帝睡眠没规律，因此从来不等，早早上床安歇，韩孺子躺在她身边，一边练功，一边反复琢磨即将到来的“大战”。

康自矫有一句话说得没错，皇帝的所作所为最终是远见卓识，还是好大喜功，不只取决于自己，更取决于敌人，如果忙碌一番，最后却扑个空，不免被天下人所耻笑。

韩孺子迷迷糊糊的似睡非睡，突然被邓芸的尖叫声惊醒了。

韩孺子侧身抱住她：“淑妃、淑妃。”

“陛下？”淑妃颤声问道，像是受到了极大的惊吓。

外面的太监与宫女听到声音，立刻冲进来数人，韩孺子在邓芸额上拭了一下，觉得没什么大事：“淑妃做噩梦，你们退下吧。”

邓芸也道："我没事了。"

张有才等人退出。

"做什么梦了？"韩孺子问。

邓芸紧紧依偎在皇帝怀中，抽泣两声："我、我梦到哥哥，他浑身都是血，站在我面前，向我求助……"

"日有所思夜有所梦，你哥哥太久没传来消息，你这是担心了。邓将军自有主意，他敢率兵出征，肯定有把握，会平安回来的，没准已经回到西域，消息还在路上。"

"嗯。"邓芸仍在瑟瑟发抖，好一会儿才平复下来，在皇帝怀中睡着。

韩孺子却更睡不着，邓粹出征已久，仍未传来消息，确是不祥之兆。

后半夜，邓芸睡熟，韩孺子悄悄起身，自己穿好衣靴，悄悄向外走去。

皇帝的帐篷很大，中间以厚厚的帷幔相隔，分为内外两层，内层是皇帝与淑妃的住处，外层睡着几名太监与宫女，随传随起。

韩孺子没有叫醒任何人，蹑手蹑脚地走出帐篷。

外面的侍卫可没睡，看到皇帝出来，立刻就要下跪，韩孺子抬手制止，示意四名侍卫跟随，其他人留下。

王赫不在，没有侍卫敢反对皇帝的命令。

韩孺子没有明确去处，只想在寒冷的夜风中清醒一下，于是在营中信步闲逛，也不知是谁将消息传出，身后跟随的侍卫越来越多，很快达到十六七人，连王赫也来了，但是没有打扰皇帝。

营地比较安全，外围警戒也都得到加强，王赫相信，就算是栾凯也闯不进来，侍卫们跟随皇帝，更多是为了防止一些小意外，比如某人夜里出恭，不小心惊吓到皇帝。

寒风吹来，韩孺子的确清醒许多，却没有想出好主意，干脆什么也不想，走出一段路，突然听到一阵笑声。

笑声粗犷而纯粹，在寂静的夜里显得分外突兀，韩孺子惊讶地望去，立刻有侍卫前去查看情况。

笑声停止，侍卫回报："楼船将军黄普公与侍卫栾凯深夜饮酒，违反军令，有司正在纠察。"

"不必了，朕许他们饮酒。"韩孺子有点好奇这两人怎么会混在一块，"带朕去看看。"

侍卫一愣，不由得看向皇帝身后的王赫。

"朕在这里。"韩孺子道。

侍卫吓了一跳，急忙躬身，随后侧转身，在前面带路。

黄普公与栾凯站在帐篷门口，一个满脸通红，一个呵呵傻笑。

“末将一时失态，请陛下降罪。”黄普公是那个满脸通红的人。

“请罪的人马上就会成群结队地涌来，还轮不到你们。”韩孺子看着两人，突然想起他们都曾是强盗，如今却为自己所用。

“皇帝要不要……喝两杯啊？”栾凯是那个呵呵傻笑的人，也不管别人怎么使眼色，一点也不害怕。

“为什么不呢？”皇帝的回答让侍卫们吃了一惊。

韩孺子绷得太紧了，需要放松一下，他还想问个清楚，黄普公为何非要离开大楚。

第十章

一醉

黄普公骨子里还是一位豪杰，本来就有七八分醉意，与皇帝对面而坐，又喝下三杯酒之后，他再无顾忌。

“我为什么要留下来呢？”黄普公反问，脸还是那么红，却没有了奴仆的谦逊与自卑，换以一种无所畏惧的洒脱，“整个朝廷也就皇帝看得上我，我留下，陛下为难，我也为难。陛下为难，因为陛下要因我而与朝廷抗争，我为难，因为我不擅长做这种事。将我扔进战场，我有把握给陛下回报，将我扔进朝廷，就是人为刀俎我为鱼肉，我连怎么死的都不知道。”

“朕与朝廷早有矛盾，与黄将军关系不大。”

黄普公摇头：“那我也不想参与，陛下对我有恩，我总不能旁而观之，可是——真的帮不上忙。”黄普公又用力摇摇头，“把我送到海上吧，陛下，我马上就要成亲了，算是有家有室的人，她会留在大楚。”

“邀月？”韩孺子问。

黄普公点点头：“她是好姑娘，嫁给我委屈了，所以请陛下多给些赏赐，如果今后她犯了错——只要不是谋逆的大错，请陛下原谅。”

韩孺子大笑，饮下一杯酒：“朕真不想让黄将军离开，神鬼大单于不来，天下太平，若来，大楚也不惧他。黄将军留下也不需要做什么，无非是领军打仗，保证这支军队不参与朝廷纷争也就是了。”

“就当我是头野兽吧，是陛下解开我脖子上的绳套，把我放到野外，让我恢复野性，但是再让我像忠犬一样老老实实地守在一边，我真做不到。我就应该去海上闯荡，只有想到明天可能遇到风暴，以致船毁人亡，我才能兴奋起来。实不相瞒，在陛下营地里待了两天，我甚至怀念在海盗那边当俘虏的日子。”

韩孺子再次大笑：“黄将军话说到这个份上，朕还能说什么呢？来，满饮此杯，权当是朕为将军送行。”

君臣二人同时举杯，正要饮下，一边的栾凯突然拍膝而起，将旁边的几名侍卫吓了一跳，全都伸手握刀。

“我也要出海！”栾凯抓起酒壶，“跟黄将军一块出海，他是野兽，我也是啊，跟随陛下虽说吃得好、穿得好，可是太没意思了。”

韩孺子斜睨栾凯：“黄将军会带兵打仗，你除了当刺客，还能做什么？”

栾凯茫然地想了一会儿，转头问黄普公：“我能做什么？”

黄普公点点头：“我还真需要这样一个人，当我的爪牙，海盗不服管的时候，你可以帮我镇压一下。”

“杀人吗？”

“嗯。”

栾凯仰脖喝光剩余的半壶酒，将壶往地上一扔：“就是这样！陛下，我没老婆留下……”向左右看了一眼，“王赫对我不错，陛下有赏赐就给他吧，他要是犯错，也别杀，等我回来。”

王赫面红耳赤，当着皇帝的面却不敢发作，只能怒视栾凯，其他人都憋着笑，连几名侍卫也不例外。

韩孺子招手让栾凯坐下，与黄普公饮下杯中之酒，叹息道：“看来朕留不住人啊。”

“天子志在四方，我等所到之处，即是大楚江山，无论走得多远，我们都是陛下的臣子。我在海上学过一首曲子，愿为陛下献丑。”

黄普公豪性大发，向一名侍卫道：“麻烦借刀一用，权当乐器。”

侍卫看向王赫，王赫看向皇帝，得到示意之后，侍卫轻轻拔刀，双手捧着送过去，王赫与一名侍卫上前一步，靠近皇帝。

黄普公横刀膝上，左手拿起一根筷子，敲打刀身，几声之后，居然隐约有一点调子，然后他扯着嗓门唱起来，既不婉转，也不动听，不像曲子，更像是站在船头对着无尽的海洋呐喊。

他用的是东海国方言，韩孺子等人听不太懂，只明白大概意思，是说一名男子出海闯荡，记挂着家中的父母与年轻的妻子，海上风大浪大，可是男子的志向更大，定要闯出名堂，带着满船的金银回乡。

栾凯听了一会儿，竟然也拿起筷子，时不时敲击酒杯，与黄普公的调子相和。

黄普公看他一眼，以示鼓励。

到了下半阙，曲风一变，低沉而悲伤，男子在海上不幸遇难，同船人将死讯带给他的家人，称他是“乘风破浪男儿汉，纵死留魂在海间”。

一曲歌罢，帐中诸人既悲且振，胸中一股热气上涌，黄普公长叹一声：“我当了十年海盗、十年奴仆，一个极险，一个极稳，不说哪个好哪个坏，可我更适合在海上。陛下大恩大德，黄普公无以为报，只望数年之后，海上诸国不仅知道大楚，更知道我大楚天子的威名。”

黄普公离席，跪地磕头，栾凯跟着照做。

韩孺子亲手扶起两人：“得君等二人，足以证明大楚未老。”

三人再度坐下喝酒，谈天说地，韩孺子也有几分醉意，命令侍卫们解下腰刀，也来共饮，直到天边放亮，夜饮才告结束。

韩孺子回到帐中倒头便睡，张有才等人才起不久，听说昨晚的事情，都是既意外又担心，将侍卫们指责个遍，然后给皇帝更衣，让皇帝睡得舒服一些。

淑妃邓芸也已起床，看着熟睡中的皇帝，面带微笑，似乎很欣赏此举。

“淑妃娘娘，陛下醒来看到您的样子，更不以为自己昨晚做错了。”张有才不满地说，只有他敢对淑妃这样说话。

邓芸笑道：“有什么错？皇帝也是人，天天紧绷着，谁受得了？再说陛下又不是小孩子，是对是错自己还不知道？你们出去吧，我服侍陛下。”

张有才等人只得退出，留两名宫女帮助淑妃。

皇帝喝醉的消息很快传开，众人都是大吃一惊，自从巡狩以来，皇帝每日上午先见随行官员，再见诸多顾问，从未中断过，偶有变化，也是皇帝要见某位重要人物，像这样放纵的行为，可是破天荒第一次。

日上三竿，韩孺子终于醒来，一睁眼，看到了跪坐在身边嫣然而笑的淑妃。

“什么时候了？”韩孺子一惊，腾地坐起来，只觉得头昏脑涨。

“快到午时了吧。陛下别急着起身，当心晕倒。”淑妃扶住皇帝。

“今天的早朝……”

“大臣可以等，真有大事、要事，张有才会来叫醒陛下的。”

韩孺子长出一口气，实在不想动：“给朕弄点水。”

“是，陛下。”邓芸亲自下床去斟茶，又叫宫女去端来早就准备好的醒酒汤。

韩孺子喝下之后，感觉舒服一些，有些歉意地说：“没想喝酒，一时大意……”

“率性而饮，就数这种酒最有意思，每到尽兴的时候，如在云里雾里，和做神仙一样。”

韩孺子笑了笑，淑妃好酒，出巡以来却极少碰酒。

“神仙自在，皇帝却不得自在，朕还是做皇帝吧。”韩孺子下床，穿好衣靴，走出帐篷与张有才等人会合。

今天的朝会气氛有些微妙，官员们还跟平时一样恭谨，但是经常有人快速地瞥一眼皇帝，好像人人都在学南直劲，努力揣摩皇帝的心思。

的确没什么大事，韩孺子于是宣布，由楼船将军黄普公招安海盗，乘船西行，向海上诸国宣告大楚的善意。

重要官员都不在，没人反对皇帝的决定，兵部官吏接旨，立刻去拟定圣旨。

当天下午，黄普公拿到了圣旨，去找栾凯，要带他一块出发，此行只是招安海盗，至于何时出发还要待定，他与邀月的婚事也有许多礼节要走，没有十天半个月无法完婚。

栾凯睡得正死，被黄普公扯耳拽起来，一脸茫然："干吗？"

"出发。"

"去哪儿？"

"海上。"

"为什么要去海上？"

"你不是要和我一块出海，给我当爪牙吗？"

"我说过吗？什么时候？"

"昨晚与陛下一块喝酒的时候。"

"记不起来了，不过——走吧。"栾凯什么也不带，只身跟随黄普公出发。

韩孺子没有送行，整个下午他都在书房帐篷里查看奏章，不见任何人。

京城大臣的请辞奏章来了，不是很多，共有三份，分别来自不同部司，职位都在三四品，不高不低，连先锋都算不上，只算是过来打探情况的斥候。

韩孺子压下不做批复，亲笔写下几道圣旨：一道同时给礼部和兵部，要求两部尽快弄清西域形势以及将军邓粹的去向；一道给宗正府，要求宗正卿监督宗室子弟交出私蓄的家奴；一道给塞外的柴悦，命他即刻入关前来洛阳见驾；又有一道给随行官员，表示三日后出发，继续巡狩行程。

太监们将圣旨带出，自然有官吏重新誊写，再送还给皇帝，加盖印玺之后，成为正式旨意，分送各方。

入夜之前，韩孺子只召见了南直劲，对他说："你回京城吧，想对大臣们说什么，随你的心意。"

南直劲微微一愣，觉得今天的皇帝又有变化，越发让人摸不准："陛下……"

"大臣可能不会相信你，你得自己想办法重新取得他们的信任，至于你想怎么说朕——有一句话送给你，'乘风破浪男儿汉，纵死留魂在海间'，据说这是海盗之诗，朕拿来一用。朕在意大楚吗？说实话，朕不知道大楚是什么、在哪里，人人都将它挂在嘴上，可是没有一个人能说清它究竟为何物。无论如何，朕要成就一番功业，这番功业对朕来说，就是大楚，就是朕的'海间'。"

第十一章

进谏

南直劲离开皇帝的第二天，大臣的待罪请辞奏章终于雪片般涌来，最多的时候，一天有四十余份。

理由全都出奇地相似，先是盛赞皇帝的英明与决绝，大楚积弊已久，确实需要强力手段扫除，接下来是告罪的内容，自己都是清白的，但是亲友、门生等却有违法之处，私蓄数量不等的家奴，最后是自责无能，愧对朝廷俸禄，甘愿交出官印，待罪家中，请皇帝另选贤臣、能臣。

只有一个人的请辞奏章稍微特别一点。

宰相卓如鹤写了一份极长的奏章，主要意思只有一个，自己面对朝廷乱象已是无能为力，他愿意为皇帝效犬马之劳，可是“发坠齿摇、心慌意乱”，纵有捕猎之心，已无奔走之力，最后他请求亲自来见皇帝，但是需要皇帝先指定一位留守大臣。

韩孺子找不到留守大臣，除了少部分闲官，三品以上的大员几乎都递交了请辞书，只有瞿子晰一个人还在东海国苦苦支撑，据说也接到许多私信，都是劝他从众。

韩孺子一份也没批复，全部留在手中，就像没收到一样。

南直劲走了，盯着皇帝一举一动的人却更多了，整个营地里的随行官员以及勋贵子弟，包括许多皇帝亲自选定的顾问，都在揣摩皇帝的心思。

在这场狭路相逢的较量中，比的就是谁更能坚持，只要后退一步，就等于全军溃散。

韩孺子无时无刻不注意自己的言行，绝不显露出半点犹豫，即使是在淑妃邓芸面前，也保持着一股冷酷与满腔斗志。

不久之后，各地武将的告病请辞奏章也来了，没有预料的那么多，文官的请辞书已经达到百份以上，武将的却不到二十份。

韩孺子提前将几支军队从京城调走，这一招影响极大，留在京城的文臣团结一致，分赴各地的武将却各有算盘，相隔千山万水，他们的每一步都要谨慎小心。

巡狩队伍重新上路，按原定行程前往洛阳，出发的前一天，韩孺子再下圣旨，与请辞无关，而是加封黄普公为海西大将军，奉使持节，统领南海、西海诸国军务，得便宜行事，事后上报即可。

韩孺子还送给黄普公二十条两年之内新建成的大型战船，允许他自行在大楚兵民当中招募船员，但是期限只有一个月。

总之他给了黄普公想要的一切，凭借这道圣旨，黄普公带着水军能在海上横行无忌，唯有一点要求：大楚余威尚在，海上诸国欢迎楚军的到来。

巡狩队伍在陆上缓缓西行，黄普公在海上紧锣密鼓地准备，接受招安的海盗越来越多，少量平民与士兵也加入这支奇特的水军，愿意追随黄普公去海上冒险。

邀月与黄普公成亲之后，由官府一路护送回到京城，成为正式的将军夫人。

黄普公的事情算是告一段落，韩孺子不再想他，专心打击私蓄家奴的行为，一方面，他扣押了所有的请辞奏章，另一方面，巡狩路上每到一郡，必然召见七品以上的所有官员，一一责问，虚辞以对者当场免官。

金纯忠和景耀分头行动，查证当地大庄园的情况，韩孺子因此能够心中有数。

请辞之官不予回应，贪恋官位者却被免掉十几名，皇帝的心思越发令大臣们捉摸不透。

重新上路半个月之后，皇帝身边的人开始行动了，他们不敢当着皇帝的面抱成一团，而是一个一个地前来进谏。

第一位是康自矫，因为一次单独召见，他被认为是新兴的“宠臣”，受到鼓动之后，正式求见皇帝，要做诤臣。

队伍行进得比较慢，下午早早扎营，韩孺子在用晚膳之前召见康自矫，不打算给他太多时间。

康自矫明白皇帝的意思，因此行礼之后开门见山：“陛下巡狩在外，京城人心惶惶，百官告罪请辞，朝廷已如大厦将倾，陛下可见否？”

“请辞奏章都在朕这里，朕当然知道。”韩孺子平静地说，他现在要用一切手段向群臣表露自己的决心。

“微臣曾向陛下进言，面对请辞之官，可加以分化，陛下却按兵不动，微臣斗胆进言，以为陛下不可犹豫，或进或退，都可免除一场大动荡。”

“百官因何请辞？”韩孺子反问道。

“因陛下欲改祖制，要对朝廷大动干戈。”

“朕只是废私奴、开荒地，与朝廷何干？”

“私奴、私田虽不合法，历代皇帝却都容忍之，当成朝廷稳定的必要代价，到了陛下这里，却要一朝废除，三个月之内清理完毕，此为改祖制。为官者皆欲锦衣玉食，与世家联姻结亲者早成惯例，便是自家，一旦得势之后，也要广置田地、多蓄奴仆，以为十世、百世无忧，然后才能专心致志为朝廷效力，陛下放奴，无异于动摇百官家中根基，此为大动干戈。”

韩孺子大笑：“时移事易，先代皇帝容忍私奴、私田，因为规模不大，影响不深，可惜人心不足，一代比一代贪婪，如今竟然连官府所养的士兵都成为私奴，朕花费大力气安置流民，结果也送到了各家的庄园里。不是朕与百官争利，而是百官在与朕争利，太祖、烈帝、武帝在世，还会容忍吗？至于身后无忧，朕只放奴，并不收田，不至于让诸家破产，他们只是不肯放弃眼前之利而已。”

“那陛下打算怎么办？就这么一直拖着，等百官幡然悔悟？”别人都在揣摩皇帝的心思，康自矫却直接发问。

“朕自有主意，但是朕绝不会让步。”

康自矫想了一会儿，深躬到地，起身道：“如果陛下真能坚守不退，微臣愿为马前一小卒。”

康自矫受众人所托来向皇帝进谏，结果稍一交手他就倒戈，其实这才是他的本意，之前的劝说只是想听听皇帝是否明白自己在做什么。

韩孺子微微一笑，他需要马前卒，可也不是随便什么人都接纳：“康卿打算怎么做？”

“人人为利而当官，却没有一官肯言利，挂在嘴上的都是‘忠孝’二字，这是他们的门面，也是他们的软肋，微臣无权无势、无兵无武，只有三寸不烂之舌，专戳软肋。”

“你得到朕的许可了。”

“遵旨。”康自矫告退，当晚洋洋洒洒地又写下一份万言书，这回不是给皇帝看的，而是先后对百官、读书人、天下人发声，或指责，或劝说，或激励，总之希望众人支持皇帝。

此前的鼓动者都很尴尬，拒绝再与康自矫来往，万言书没人传抄，康自矫就自己抄写，专门送给那些意见相左者，他打着皇帝的旗号，对方还不敢不接。

每到一县，康自矫都将万言书分送当地官员与读书人，请前者赏鉴，请后者代为传扬。

数日之后，第二位进谏者求见，同样是在傍晚得到召见。

东海王不会开门见山，与皇帝闲聊一会儿，笑道：“陛下听说了吗？康榜眼如今得大名了，天下皆知。”

“进士三甲，皆当扬名。”韩孺子装糊涂。

“这位康榜眼与众不同，并非靠文章成名，而是用陛下的名义为自己造势，人人都说他是狐假虎威，却又不敢肯定。”

“他说朕什么了？”

“那倒没有，他写了一份万言书，言辞狂妄，然后声称自己是‘奉旨传书’，别人不接不行、不看不行。”

韩孺子叹息一声：“这是朕的错，朕的确允许他做点事情，没想到他抓住不放，竟然当成圣旨，可是没办法，君无戏言，只要不是太出格，随他去吧。”

东海王心领神会，笑了几声：“也对，一名在吏部待职的进士，能折腾出什么？无非得些名声。对了，我也要向陛下告罪。”

“何罪？”

“治家不严之罪，我还以为自己是位清廉诸侯，可陛下降旨，要求各家三个月内交出私蓄的家奴，我得遵旨行事，于是给家里写信询问情况，昨天刚接到回信。万万没想到，京城没事，东海国没事，我在洛阳、南阳却各有一块地，佃农数百，其中……有几十户没入籍，属于私蓄之奴，也不知是什么时候留下来的。我已经写信回去，王妃很快就会派人去这两地，让所有人入籍，该怎么办就怎么办。”

“离三个月之期还远，你不用着急。”

“陛下不怪罪我？”

“你既遵旨，自然无罪。”

“谢陛下大恩，老实说，接到家信之后，我还真是担心了一阵。”

“担心什么？”

东海王“嘿嘿”笑道：“担心陛下拿我当出头鸟，狠狠处置，以儆效尤。”

韩孺子心中一动：“大家都以为朕会虎头蛇尾，处置几名不得宠的大臣之后，就将此事草草结束吧？”

东海王笑道：“陛下莫要见怪，陛下所图甚大，百官却都请辞，不肯配合，天下人此时观望，也是正常的。”

韩孺子稍稍向前探身：“等到了洛阳，朕会让大家明白朕有多认真。”

“不用到洛阳，我现在就看到了陛下的认真。”东海王识趣地告退，一句进谏也没说。

韩孺子准备安歇，张有才跑进来通报：“宫里派人来了，刚到。”

文官告罪、武将告病，太后的人也终于来了，韩孺子重振精神，说：“带进来。”

第十二章

朕知道了

自从在那个寒冷的夜里被杨奉带走之后，韩孺子与母亲渐行渐远。

他常常想起小时候的场景，母子二人相依为命，王美人虽然读书不多，却尽自己的最大努力教育儿子，教他认字，教他做人的道理。

韩孺子那时最大的梦想就是永远留在母亲身边。

他永远都会感谢母亲，但是梦想却发生了巨大变化，他坚持出京巡狩，一部分原因就是为了躲避母亲。

他还不知道该怎么与母亲打交道，好在母亲迄今为止还没有做出特别过分的事情，免去了一大难题。

如今难题终于还是来了。

慈宁太后不只写了一封信，还派来一个人。

孟娥奉命千里迢迢来见皇帝，带来慈宁太后与皇后两人的书信与口信。

皇后的信内容比较简单，主要是替崔家私蓄家奴而告罪，崔宏与南直劲勾结的消息还没有公开，她没有提及，可能并不知情。

慈宁太后的信比较长，言辞谦卑，不像是太后面对皇帝，更不像是母亲对儿子说话，而是以臣子的语气自责，声称自己昏聩无能，为外戚所蒙蔽，选中了王平洋这样的人服侍皇帝，希望皇帝将王平洋押回京城，她要亲自质问。

信的后半截内容是劝说，希望君臣和睦，不要发生争斗。

韩孺子放下信，喟然长叹，他是皇帝，却不能让母亲和妻子显耀人前，甚至不能让她们无忧无虑，他的每一个计划都会顺带打击外戚，崔、王两家首当其冲。

太后的这封信将会留存在史官之府，皇帝的不孝之名只怕会被记在史书中。

韩孺子没有立刻召见送信来的孟娥，回寝帐休息，次日下午闲下来的时候，抽空让张有才叫来孟娥。

孟娥一直留在皇后身边，穿着、举止与普通宫女无异，只是神情还与从前一样冷漠，天天留在皇帝身边时是这样，分别多时还是这样。

这不是单独见面，张有才等几名太监在场，孟娥行礼，开始转述慈宁太后与皇帝的口信："太后说：'陛下这是怎么了？如果觉得我做得不对，直接说出来就好，何必为难王平洋？他原是商人出身，贪些小利，不懂朝廷规矩，为奸人所误，应该没犯什么大罪吧？我安排王平洋随侍陛下，原是一片好心，未料到会落得这样的下场，从此再不敢给陛下引荐一人一物。王家皆是庸碌之辈，不入陛下法眼，我会将他们全送回乡下老家，不许他们再踏进京城一步，希望陛下满意。'"

书信要由史官记录下来，语气还算委婉，口信就比较直接了，孟娥语气呆板，但是慈宁太后的怒意还是显而易见。

张有才等人都低下头，假装一个字也听不见，韩孺子"嗯"了一声，示意孟娥继续。

"皇后说：'陛下在外奔波，若有闲暇，请记得皇子与公主。'"

韩孺子也垂下头，崔小君还与从前一样，总是站在他这一边，说不出严厉的话，她这样做，不知要承受多少来自各方的压力与指责。

他很快抬起头，相隔千山万水，不用直接面对母亲与皇后，他的心肠更容易变硬："朕已明白，朕会写信回复，你和张有才一块带回京城。"

孟娥应是，张有才惊讶地"啊"了一声。

韩孺子转向张有才："你是朕的心腹，唯有你能向太后、皇后说明情况。"

"是，陛下。"张有才偷偷瞄了一眼孟娥，她脸上的神情没有半点变化。

孟娥告退，韩孺子提笔写信，就像康自矫建议的那样，在信中以大道对孝道，花费大篇幅讲述私蓄家奴对大楚的危害："譬如病入膏肓之人，唯有猛药可治，若再耽搁下去，虽壮士断腕、虽剖心挖肠，亦难医治。"

这封信同时写给慈宁太后与皇后，会被史官收存，韩孺子叫来康自矫等三名顾问，命他们加以润色修改，并重新誊写。

韩孺子让张有才带几句口信："告诉太后，'顾国难顾家，顾家难顾国，儿不孝，不能两全。请太后静养，儿回京之后，当面谢罪。'告诉皇后……告诉皇后……"

韩孺子沉默良久："皇后问你什么，你照实回答就是了。"

"是，陛下。"张有才道。

康自矫等人改过的信送回来了，加上不少内容，有一些明显是康自矫的手笔："正人先正己，外戚之罪虽小，却为天下所瞩目，百官献媚，自以为可效仿，因此其恶甚大。"这一类的话比较多。

韩孺子再次修改，然后交给顾问誊写清楚，成为正式信件，加盖印玺，交给张有才，他与孟娥次日一早就会出发，快马加鞭赶回京城。

朝廷的三招用过了，韩孺子也一一还招，双方僵持，胜负难料，韩孺子决定到了洛阳之后，再进行下一步计划。

这天傍晚，韩孺子用膳时心不在焉，饭后又回到书房帐篷，反复阅读群臣的请辞奏章，从千篇一律中寻找差异，他相信，大臣们不可能真的团结一致，必有分歧，只是不敢公开表露出来。

将近午夜，韩孺子放下奏章，犹豫一会儿，决定还是回寝帐休息，淑妃早已习惯皇帝的晚归，睡得很熟，不会受到打扰。

今天却是个例外，淑妃竟然没有早睡，坐在床边，正与孟娥手拉手聊天，看到皇帝进来，两人都站了起来。

韩孺子很意外。

淑妃笑道："陛下真是狠心，孟娥姐姐远道而来，不给接风洗尘也就算了，竟然让她明早就走，不怕她累着吗？"

淑妃称孟娥为"姐姐"，显然不当她是普通宫女。

"这是公事……"韩孺子想说孟娥是习武之人，受得了奔波，想想又咽了回去，"为何不早些休息？"

"等陛下回来，有话要说呗。"淑妃笑着向外面走去，"你们先聊，我去外面看看还有没有茶水什么的。"

"太后和皇后还有话要说？"韩孺子问道。

孟娥点头："皇后没话了，太后想问陛下，要与大臣斗到什么时候？"

"到大臣让步为止。"

"好，我就这么回太后。"

"还有吗？"

"没了。"

韩孺子觉得这句话真没必要私下里问："好。请谅解，朕现在的一言一行都会受到关注，绝不能流露出半点犹豫，如果大臣们觉得太后或皇后是朕的软肋，他们会做得更加过分。"

"我明白，我想太后其实也明白，她只是觉得很丢脸，与另一位太后相比，她的权力太小，几乎可有可无。"

"这句话不要传到宫里：太后本来就不应该干政，上官太后是大楚的异数，绝不可再有。"

"嗯。"

两人沉默了一会儿，气氛有些尴尬，韩孺子道：“我还在坚持练功。”

“陛下太忙，内功不会再有提升，但是多练总有好处。”

“是，起码能熬夜，也能经受奔波之苦。”

“练功毕竟不是灵丹妙药，陛下能熬夜，主要是因为年轻，万望陛下注意身体，否则的话，中年以后会有影响。”

韩孺子露出一丝微笑，觉得孟娥变化很大，似乎与从前不太一样。

孟娥没笑，等了一会儿，见皇帝没开口，她说：“吏部元尚书愿意支持陛下。”

韩孺子一愣：“元九鼎？”

元九鼎本是礼部尚书，后来改任吏部尚书，最擅长投机，先后讨好过上官太后、慈宁太后，如今又向皇帝献媚。

“他……找到了太后？”

“不，他托人直接找我。”

韩孺子的眉毛一扬，心生警惕。

孟娥继续道：“太后、皇后命我给陛下送信，元九鼎得知之后，托平恩侯夫人找我，说他愿为陛下效劳，该怎么做，只需一句吩咐。”

“哪儿都少不了这个平恩侯夫人。”

“平恩侯夫人说，她家的田宅很少，私蓄家奴一个没有，如果陛下需要，可以拿她家警示群臣。”

“她不怕平恩侯一家成为朝廷公敌吗？”

“她说平恩侯一家，她特意强调平恩侯的儿子苗援，愿为陛下赴汤蹈火。”

韩孺子想了一会儿：“你觉得呢？元九鼎与平恩侯夫人可信吗？”

“无所谓可信与不可信，平恩侯一家失势已久，田宅大都被卖掉，用来给儿子铺路，平恩侯夫人说自家没有私奴，应该是真的。至于愿为陛下赴汤蹈火，乃是险中求取富贵，不管以后的事。元九鼎却有几分可疑，我猜他是在试探，如果陛下急迫地给予回应，甚至重用元九鼎，则表明陛下孤立无援，快要坚持不住了。”

韩孺子十分惊讶，呆了一会儿，说：“你还在学帝王之术？”

“陛下坚持练功，我也没有放弃。”

韩孺子笑了笑，心中涌起一股怀念之情，若非孟娥经常隐瞒秘密，真想将她留下来。

怀念很快消失，韩孺子必须让自己变得与石头一样又冷又硬，这与孟娥无关，与太后、皇后更无关，而是要通过一切可能的渠道，向外展示自己的坚持。

“告诉平恩侯夫人，谨守妇道，莫要干政，苗援就在朕的队伍里，他想要为朕赴汤蹈火，先得显示出赴汤蹈火的本事。”

“嗯。元九鼎呢？”

“元九鼎……”对这个老狐狸可不好回答，太急露怯，太冷自断退路，元九鼎是吏部尚书，有机会接任宰相，没准真能争取过来。

韩孺子思忖片刻：“对他说，‘朕知道了’。”

第十三章

两军归一人

巡狩队伍到达洛阳时已是初冬，路上一片萧瑟，城内也不是很热闹，当地官员秉承节俭之旨，没有大张旗鼓地迎接皇帝，好奇的百姓被隔在几条街以外，只能看到旗帜飘扬。

东海国传来消息，瞿子晰仍在查案，黄普公则已率军出发，他要在冬天赶往南方，然后利用明年的春夏两季，游说海上诸国，再度扩充水军。

黄普公是一支已经射出去的箭矢，能飞多远、能否击中目标，都要等一段时间才能知道结果。

在洛阳，有许多事情需要皇帝尽快处理。

柴悦已经从塞外赶到洛阳，他是庶子出身，与家族关系不是特别融洽，名下也没有多少田宅、奴仆，因此对皇帝的决定一点也不反对。

经过一番长谈之后，柴悦次日被加封为南军大司马，加上原有的北军大司马，他一个人统领两军，是大楚开国以来前所未有的。

韩孺子必须牢牢掌握住军队，只要没有大规模叛乱，他就能与大臣一直对峙下去，一旦军心混乱，再强硬的皇帝也得低头。

黄普公拒绝参与朝政，韩孺子失去一位南军大司马，放眼看去，满朝武将当中再无合适人选，不是太年轻，就是不可信。

柴悦同时掌管大楚最精锐的两支军队，一支驻扎在碎铁城，一支驻扎在马邑城，职责由拱卫京城变成了保卫边疆。

这项任命招致一面倒的反对。

随行官员品级稍低，一直比较忍耐，没像京城大臣那样告罪请辞，当皇帝宣布将南、北两军交给同一个人，并且两军要在塞外驻扎至少一年时，他们不干了，当场就与皇帝发生了争执。

韩孺子仍住在上次的宅院里，客厅不大，大部分官员只能在庭院里列队，想说话要先通报再进屋，即使这样，也挡不住他们的反对。

最先发难的是兵部，兵部尚书蒋巨英就在洛阳，但他是戴罪之身，三次上书请求致仕，因此没有参加今天的朝会，兵部的一名主事，年近六十，皇帝刚一宣布决定，他就站了出来。

“陛下，此举万……万万不可。”主事姓刘，一着急，说话有些结巴。

“为何？”韩孺子料到了反对，也做好了驳斥的准备。

“南军、北军历来由两位大司马分别统领，从太祖时就已如此，一百多年来，从未变过，怎可轻易改动？而且京城乃天下至重之地，两军专职守卫京城，偶尔派出去抗敌，怎能长驻塞外，成为边疆之军？如此一来，京城空虚，无兵可守，便是两军将士，也会寒心。”

韩孺子点了下头，“嗯”了一声，没有马上发起反击。

又有一名官员站出来，比兵部主事还要激动：“陛下，兵者，国之利器，南、北两军乃大楚最利之器，绝不可授权同一人。柴悦年轻，既无显赫战功，又非宗室重戚，独自统军在外，这个……这个……绝不可以。”

他开了一个头，接下来的官员找到了更合适的目标，纷纷对准了柴悦，都觉得他没有这个资格。

柴悦站在一边，恭谨地低着头，一声不吱，更不辩解。

庭院里的一名官员获准进厅，先向皇帝行礼，随后指着柴悦说：“柴将军从龙有功，但是绝不能同时掌管南、北两军，因为他品行不端。几年前，就是皇帝登基的那一年，柴悦酒后无德，与人打架，还公开声称大楚将要天翻地覆、尊卑颠倒，真英雄就该早谋立身之术，这岂不是叛逆之心？此案由礼部核查，详细记录在案，陛下随时可以调阅。柴悦，你说这是不是真的？”

柴悦得到过皇帝的命令，仍不吱声，但是脸有点红，官员所言显然不是捕风捉影。

十七位官员先后提出反对，分别来自不同部司，颇有不死不休的架势。

等官员们势头稍缓，韩孺子开口道：“理不说不清，事不辩不明，诸卿反对柴悦掌管两军，朕已听到，可有人支持？”

厅内厅外近百名官员，没一个人站出来。

兵部的刘主事上前，拱手准备再度开口，无论如何得给皇帝一个台阶，可是不等他说话，角落里传来一个声音：“微臣觉得这项任命最合适不过。”

众人惊诧，四处寻找，终于在靠墙的位置看到了说话者。

这是每日例行的正式朝会，随行官员参加，皇帝选中的诸多顾问通常要等官员散去之后，才来见驾，今天却有几名顾问留在大厅里，没有加入队列，而是远远地靠墙站立，一直没受到关注。

"康自矫，这里不是你说话的地方。"刘主事斥道。

康自矫连个正式的官职都没有，名声却大，人人都认得他。

康自矫前行数步："我该不该说话，应由陛下决定。"

韩孺子抬下手："说说你的理由。"

皇帝下令，没人敢反对，兵部刘主事悻悻地退回队列。

康自矫走到皇帝面前，深鞠一躬，然后侧身面对刘主事等官员，大声道："诸位只说了坏处，我来说说好处吧。第一，大楚百废待兴，不宜劳动天下，南、北军是现成的军队，用来守卫边疆对天下的影响最小……"

刘主事抢道："难道京城就不需要守卫了？"

康自矫微微一笑："盗匪临家，主人是守院门还是卧房之门？京城的敌人从何而来？当然是塞外，塞外不守，专守京城又有何意义？边疆若是稳固，京城又有何惧？"

"别忘了齐国之乱。"刘主事冷冷地提醒，京城的敌人并不都来自塞外。

"别忘了陛下。"康自矫转身向皇帝行礼，"陛下巡狩四处，就是最强大的威慑，何地还敢效仿齐国？"

刘主事冷笑："你说没有就没有？"

康自矫向刘主事深揖："刘大人在兵部任职，似乎知道一些什么，不如直接说出来，好让陛下有所防范。"

刘主事一惊，急忙向皇帝道："微臣没有隐瞒，更不知何地会是隐患，只是……只是有备无患，有些事情不得不防。"

兵部的警惕其实是有道理的，大楚几起内乱刚刚平定不久，还没到高枕无忧的地步，说不定哪里就会出事。

可韩孺子愿意冒这个险，想要恢复国力，就得多减税、少征兵，兵少则面临两难，守内还是守外，怎么都是冒险的选择。

韩孺子点了一下头，表示自己不会怪罪任何人。

康自矫又道："何况还有数万宿卫军，足以保护陛下吧？"

宿卫军也已奉旨赶到洛阳，正驻扎在城外。

另一名官员开口道："即便如此，也没必要将南、北两军都交给同一人，更不应该交给柴悦。"

康自矫摇头："非也，南、北军在京城时，统领者就是陛下本人，因此分属两位大司马，塞外不同，匈奴已经合为一家，令出一人，若生意外，边疆向京城请示，一来一回，战机早已贻误，非得有一位大将随机应变不可。"

"数十万精锐尽归一人，柴悦担不起此项重责，起码得是一位宗室王侯。"

“兵部刘大人刚才提起的齐国之乱，最初就是由宗室王侯挑起的。”康自矫用这句话堵住对方的嘴，随后抬手指向柴悦，“礼部刚才声称柴将军品行不端，可我想问一句，事情发生的时候柴将军年纪多大？”

柴悦现在也不到三十岁，皇帝刚刚登基那一年，他才二十出头，正是年轻气盛的时候。

康自矫又道：“礼部当年既然查过案子，却没有对柴将军做过任何处罚，想必也是因为觉得事情不大吧？”

礼部的官员还在大厅里，闻言脸色微红，无言以对。

“在我看来，诸位以为柴将军不可统领两军，原因无非有二：一是利器不可以授予外人，对此我没什么可说的，我今天才见到柴将军，对他不了解，可陛下了解，陛下相信柴将军，我没有理由怀疑。第二个原因就是诸位的私心了，天下皆知，京城三军当中，宿卫军里勋贵子弟多，南、北两军当中官员亲眷多，塞外苦寒，又多危险，偶尔去一趟立个军功也就是了，常年驻扎却不合算……”

众官员七嘴八舌地呵斥，康自矫坦然面对，等声音稍歇，他说：“我只问一句，诸位谁敢站出来，说一句南、北军中没有自家的亲戚？”

厅里一下子静下来。

南、北军的地位比宿卫军稍低一些，但是驻扎在京城繁华之地，待遇比普通军队高得多，每次出征皆能立功，因此许多人都愿意加入，官员们自然近水楼台先得月。

但两军的士兵主力仍是京城周围几个郡县的良家子弟，装备精良、供应充足，战力一直不弱，因此也就没人计较。

韩孺子也不会，与变兵为奴相比，这实在不算什么大事。

无言以对就像是默认，几名官员反应过来，急忙向皇帝下跪，赌咒发誓，声称自己在提出反对时绝无私心。

韩孺子仍没有怪罪任何人，宣布廷议结束，明天会有正式旨意。

散朝之后，韩孺子留下柴悦，对他说：“委屈柴将军了。”

柴悦慌忙拱手道：“臣得陛下信任，乃是天大之恩，有何委屈？”

“昨日朕问你，匈奴是否会再次侵边，你说自己要考虑一下，可有结果？”

“臣仔细考虑过了，有七成把握，觉得匈奴人会在明年春天进犯大楚。”

虽然无法宣之于口，可韩孺子心里“盼望”着这场战争。

第十四章

收服罪臣

南直劲奉旨回京，比皇帝提前几天到达洛阳，在这里，他与兵部尚书蒋巨英见了一面。

两人聊了差不多一个时辰，不欢而散，如果只看神情的话，蒋巨英似乎更加不满一些。

南直劲在洛阳住了一晚，次日一早上路，返回京城。

这是景耀收集到的消息，他的确是名收集情报的好手，摊子越铺越大，尤其是在京城、洛阳这样的重地，眼线众多，所需费用皆由少府承担。

景耀很谨慎，极少出现在皇帝身边，也不与其他大臣接触，从前他是中司监的时候，朝中的朋友不少，如今全都断绝联系了。他很清楚，自己还没有得到皇帝的完全信任，多立功劳才是眼下最重要的事情。

韩孺子的确不太信任这名老太监，但是很依赖景耀所获得的情报，哪怕是只言片语，对他也有帮助。

但是京城的情报韩孺子极少关注，皇帝不在，留守的大臣彼此间频繁往来，反而失去了揣测的价值。

信息太多还不如没有信息，杨奉说过的这句话，韩孺子一直记在心中。

廷议是否应该任命柴悦为南军大司马的当天下午，韩孺子召见蒋巨英。

蒋巨英素服，不戴官帽，进厅之后跪地磕头，向皇帝请罪。

他的确有罪，各地驻军的数额与调动都要报给兵部，若是声称自己不知道有大量士兵被变为私奴，实在说不过去。

皇帝身边的人不多，只有两名太监和两名侍卫，蒋巨英虽然承认有罪，但是也给自己找了一个借口。

“罪臣也是没有办法，各地驻军皆由当地的勋贵世家掌握，朝廷委派的官员不过虚有其位，比如东海国驻军，皆由燕家做主，都尉位同家仆。兵部若是查得太严，世家不满，捅到京城，兵部反而要担上无事生非的指责，上一任兵部尚书就是这么被免职的……”

蒋巨英没敢说得太详细，韩孺子却已听明白，问道：“蒋大人入主兵部多少年了？”

“十几年了。”蒋巨英含糊道，他的这番辩解实际上是将责任推到了前几位皇帝头上。

“如此说来，你是支持朕收回军奴了？”

“支持，当然支持，再这样下去，大楚只有京城和边疆军队才能打仗，应付小麻烦足矣，真有大事，只怕一时间征集不到可用之兵。”

“蒋大人能作此想，朕心甚慰。问一句，蒋大人家中挪用了多少兵奴？”

蒋巨英一直没起身，这时再次磕头：“罪臣不敢有所隐瞒，前后挪用过一千余人，都已放归本队，任其选择为兵还是务农。”

韩孺子点点头，这与他了解到的数字相差不多：“蒋大人执掌兵部多年，对朕说说，挪用兵奴之风何时兴起、因何难治？”

蒋巨英抬头看了一眼皇帝，发现这与自己想象的不太一样，皇帝似乎不是特别恼怒，极为平静，反而更让他惴惴不安。

“据臣所知……臣要先请罪，得到陛下宽恕之后，才敢知无不言。”

“今日无论你说什么，朕都赦你无罪。”

“罪臣谢恩。据臣所知，此风始于和帝，当初却是好意。”

“哦，仔细说说。”

和帝是烈帝之子、武帝之父，承前启后的一位皇帝，在史官笔下评价甚高。

蒋巨英又一次叩首：“烈帝在位时，大楚进行过几次战争，兵员倍增，和帝即位，有意休养生息，可是不能立刻修改先帝之命，于是做了一些调整，派出大量士兵在各地筑城修堤，和帝之陵也由士兵修建，如此一来，兵员未减，却很少再动用民力，两全其美。”

“的确是好意，后来为何却变了样子？”

“武帝时，兵员再增，待匈奴分裂，大楚无事，却不能立刻遣散军中将士，于是又拾旧例，武帝……比较喜欢宫室苑囿，许多勋贵世家的庄园恰好也在附近，趁士兵清闲的时候借来一用。因为一直没人管，此风越演越烈，终成今日之势。”

“原来如此。”韩孺子突然想到，自己与和帝倒有几分相似，都是承接前弊，希望通过休养生息以恢复民力、国力，本是一片好心，却在后世酿成大患。

韩孺子此前收流民入军，以及要将南、北军交给同一人掌管，只怕在后世都会成为惯例。

韩孺子先不想这些事，说：“蒋大人在兵部任职已久，也该换个位置了。”

蒋巨英虽然是来请罪，听到这句话还是吃了一惊，以为皇帝这就要处置自己，连连叩头：“臣罪该万死，唯陛下惩治，臣不求……”

“蒋大人不要误解，朕的意思是大将军府一直缺人，蒋大人或可补缺。”

蒋巨英一直没猜透皇帝的意图，这句话最让他感到震惊，以至于半天说不出话来。

大将军虽是虚职，但是位居一品，对于没机会接任宰相的武官来说，乃是最好的归宿。

可大将军一职通常由武将和勋贵担任，通常是宗室老人，上一任大将军崔宏乃是皇后的父亲，兵部尚书却是文职，蒋巨英没带过兵、没打过仗，家世一般，全靠着联姻才与大世家攀上关系，由他担任大将军，比柴悦同时掌管南、北两军还要不合规矩。

“这个……陛下……这样不妥吧？本朝没有文官接任大将军的先例。”蒋巨英小心应对，以为皇帝是在试探自己。

“这倒是，不如这样，蒋大人先在军中历练一番，立下功劳之后，接任大将军之职顺理成章。”

蒋巨英吓了一跳，急忙道：“臣愿为陛下冲锋陷阵，只是……只是臣乃进士出身的文官，自幼从文，若说选贤任能、征兵收粮，臣还比较熟悉，若是排兵布阵、当机立断，臣不敢自夸，确实不如普通一将。”

“不用你上战场，先去大将军府任职，掌管兵符，稽查各地驻军，务要辨别清楚，兵是兵、民是民，不可混淆，宁可缩减规模，绝不许以虚数应对，你能做到吗？”

蒋巨英终于明白过来，所谓大将军只是一个诱饵，皇帝这是让自己充当与朝臣对抗的急先锋，事成之后才有奖赏。

“臣只怕……臣只怕……”

“怕什么？”

“臣只怕笨拙无能，做事不合陛下心意，反而耽误陛下大事。”

“嗯……那你就立个军令状，若是做不到公允无私，该当如何？”

蒋巨英又吓一跳，皇帝表面上不动声色，其实一步一步将自己引到坑里，直接活埋不说，还要在上面跺几脚，踩得更夯实一些。

蒋巨英不停地磕头：“陛下饶恕，臣不能……臣真的没办法……”

“那就有点麻烦了。”韩孺子并不动怒，也不强迫，“朕的本意是由蒋大人查案，轻重自知，你若是不愿意，朕也不能勉强，只好将此项任务交给御史台。”

蒋巨英脸色骤变，案子一旦交给御史台，首先就要从兵部、从他这里查起，虽说大家同殿称臣，关系都不错，可是皇帝若是逼得太紧，没人会保他。

“湖县有一个叫宋阖的人，出言无忌，声称自己与蒋大人私交甚好，此人如今就被关在东海国……”

“罪臣认得宋阖，此人乃是无耻之徒，说话绝不可信，罪臣与他只有数面之缘，并无私交。”蒋巨英后悔莫及，南直劲见面时劝过他，说皇帝要在洛阳大展拳脚，让他最好想办法急流勇退，蒋巨英却还存着万一之想，以为能求得皇帝原谅，继续留在朝中。

他的确能留在朝中，甚至可能升官，却要付出意想不到的巨大代价。

“臣想明白了，无非是舍身向前、拼死一搏，臣眼睁睁地看着大楚将士沦为奴婢，也该由臣挽回颓势，臣愿立军令状，若是……若是不能整肃军队，甘愿身受极刑。”

“期限呢？”

“三年为期。”

韩孺子竖起一根手指：“一年为期，明年今日，朕要看到效果。”

蒋巨英磕头领旨，越想越后悔，却不敢提出来，突然想起一件事，说：“陛下，有一件事臣要先说清楚。”

“你说。”

“变兵为奴与私蓄家奴是两码事，臣只管收回兵奴，不管其他的私奴。”

“当然，私蓄家奴不入名籍，该由户部查处，蒋大人只管兵奴就是。”

蒋巨英稍稍松口气，磕头谢恩。

韩孺子挥手，示意一名太监准备笔墨纸砚：“既然是军令状，请蒋大人写下来吧。”

太监将纸铺在地上，蒋巨英跪着写字，手一直在颤抖，寥寥百余字，写了好一会儿。

终于写完，太监又拿来印泥，蒋巨英跟签卖身契一样，在上面按下手印。

太监将军令状递给皇帝，韩孺子看了一遍，比较满意：“蒋大人明白朕为何要让你写下此状吗？”

“臣明白，臣之责甚重，免不了要得罪人，陛下越显严厉，臣在执法时越好说话。”

“明白就好。”韩孺子微笑着点了点头。

君臣二人心知肚明，这可不是表面文章，蒋巨英若是真完不成任务，皇帝就会按照军令状处罚，蒋巨英要受灭门之祸。

韩孺子冷下脸：“蒋巨英，是以大将军之位善终，还是以罪臣之名流传史册，皆在此一举，你好自为之。”

蒋巨英颤声应是，全身已然虚脱。

韩孺子当然要分化大臣，但是他有自己的选择，而不是等元九鼎这样的人主动送上门。

韩孺子现在需要一位新的兵部尚书。

第十五章

太后之难

皇帝在洛阳一待就是几个月，新年在即，仍不肯起驾回京，反而热衷于发布圣旨，一道接着一道，任命了大批新官员，同时不停地召见留守京城的重臣，每次只见一位，除了宰相，三品以上的实权大臣，几乎都被叫到过。

皇帝的应对之策由此变得清晰。

挨个召见大臣，是为了分化朝廷，这一招确有效果，同在京城的时候，大臣们十分团结，一旦分处两城，中间隔着函谷关，免不了彼此猜疑，只要是被皇帝见过的人，都要向同僚“自证清白”。

但大臣还是慢慢分化了，原兵部尚书蒋巨英调任大将军府掌印官，专职调查兵奴一案，一有人来说情，他就双手捧出军令状的副本给对方看：“本官的身家性命都在这上面，你说，我该怎么帮你？”

皇帝的另一招则让大臣们更加头疼。

新官员都是皇帝亲选的人才，品级不高，却被安插在重要部司，这些人有皇帝撑腰，个个都很狂傲，以未来的尚书、侍郎自居，一上任就挽起袖子要大干一场，令上司极为不满，同时也心怀忐忑。

京城大臣多已上交请辞奏章，皇帝扣留不放，原来只是缓兵之计，只待亲信成熟，就要将大臣全换掉！

没有几个人真心想辞官，皇帝只是要求释放私奴，并没有没收田宅，如果丢掉官位，损失可就大了。

大臣开始“反击”，做法是在其位而不谋其政，暗示手下的老吏可以怠工，皇帝既然派来了新官员，就让他们干活儿好了。

朝廷逐渐陷入混乱，影响之大，远在洛阳的皇帝也能感觉到。

奏章不再按时送达，晚个两三天已成常态，顺序颠倒，不分轻重缓急，偶尔还会有丢失，不是落在驿站，就是遗落在部司，追究起来，全是推诿，谁做事谁担责，皇帝任命的新官员只好请罪。

皇帝仍不屈服，奏章混乱，他干脆不做批复，有了想法之后，直接下达圣旨，驿站不可靠，就派宿卫军甚至身边的太监将圣旨送往京城的宰相府，盯着宰相发布下去。

卓如鹤总算尽忠职守，他没有完全站在大臣一边，虽然不停地上书请辞，并且言辞恳切地请求皇帝以天下为重，稍退一步，但是没像其他大臣那样懈怠，只要是圣旨，都会照行无误。

大雪纷飞的季节，皇帝与大臣斗得热火朝天，“战场”逐渐扩张，最先加入的是一群读书人。

读书人也发生了分裂，一派支持皇帝，一派支持大臣，或是当众辩论，或是书信往来，各持己见，一些人甚至因此断交。

瞿子晰曾算是读书人的首领之一，如今却弹压不住当初的仰慕者，他还在东海国，各地书信络绎不绝，府门下经常被塞进匿名信，大都是指责与咒骂，声称他失去了气节，令天下读书人寒心。

瞿子晰只给几位好友回信，对其他书信一概不回，亲笔写下四个大字，贴在大门上——“公门无私”，字迹被泼墨，他就安排工匠刻了一块木匾。

瞿子晰身为右巡御史，没法参与读书人之间的争斗，皇帝这一方的“大将”是康自矫，他没有被派回京城当官，仍然留在皇帝身边充当顾问，白天与到访的读书人当场争辩，晚上奋笔疾书，继续为自己辩护。

康自矫很聪明，不以强权压人，擅长以其人之道还治其人之身，对方说皇帝逾越规矩，他就问大臣的规矩在哪里；对方说皇帝劳民伤财，他就问劳谁的民、伤谁的财；对方说天下纷扰，皇帝要负最大责任，他就说皇帝当然负责，所以才要频繁下达圣旨……

这是一场没有输赢的战斗，谁也说服不了谁，但是越来越多的人开始相信，无论对错，皇帝都不会改变主意。

韩孺子要的就是这种效果，接下来，他要等大臣出新招。

离新年还有半个月，这天午时过后不久，东海王求见。

东海王一直小心地置身事外，拒见外人，连信都很少写，只在被皇帝问到的时候才给一些不痛不痒的建议。

韩孺子刚用过午膳，正站在桌子旁边发呆，桌上的公文摆得乱七八糟的。

东海王进来之后笑道：“岂有此理，连陛下身边的人也懈怠了，桌上这么乱也不好好收拾一下。”

韩孺子转过身：“何必呢？这就是真实的现状，无须粉饰。”

东海王又笑了一下，没有接话，说道：“我今天上午接到一封信，陛下肯定猜不到是谁写来的。”

“你既然说朕‘猜不到’，那这封信十有八九是从宫里来的，太后还是皇后？”

“是太后。”东海王躬身道，皇帝就像是即将入场比武的高手，气势外露，随时都准备做出反击，东海王只能甘拜下风，“慈宁太后拜托我一件事，要我劝陛下回京，过个年就好，年后随陛下去哪儿都行。”

韩孺子沉吟片刻：“这是大臣的新招。”

“嗯……倒也未必，思子心切，慈宁太后应该是真心希望陛下回京。”

“太后是真心，但是真心会被假意所利用。”韩孺子指着桌上的奏章，“你觉得乱吗？这是两个月来最准时的一次，数量也最多。你来之前，朕就在想，大臣此番服软是为了什么。”

东海王不愿与皇帝直接争辩，苦笑道：“这么说，连我也被利用了？”

韩孺子微笑：“既然来了，就说说吧，你要怎么劝服朕回京？”

“我有自知之明，陛下肯定不会同意，我又何必多费口舌？”

“你今日的说辞没准就是大臣们以后的说辞，即使朕不接受，也可以提前有所防范。”

东海王挠挠头：“其实我还真没有好的说辞，来之前我是这么想的，太后的面子不能驳回，我来求见陛下，随便说几句，就算给太后一个交代。”

“你的本事不止于此，别谦虚，‘随便’说吧。”

东海王拱手，面露沉思之色，侧行三步，转身面对皇帝，说：“陛下允许我‘随便’说，我就斗胆一次：陛下觉得做皇帝很难，可曾想过太后也很难？”

东海王说中了要害，韩孺子沉默片刻，说：“太后难在何处？”

“陛下觉得大臣难对付，因此远离京城，太后却在京城，深处宫中，无时无刻不受大臣影响，所见所闻尽是陛下不好的事情，所谓三人成虎，太后必然以为陛下身处险境，慈母之心担忧不已，此为一难。”

韩孺子无言以对，他多次派张有才回京城给母亲送信，可信毕竟不是本人，抵消不了大臣的影响，他能想象得到，在母亲眼里，皇帝在外一定已是风雨飘摇。

东海王继续道：“何谓‘显贵’？只是地位尊崇没有用，总得人前显耀，所以品级低些的实权之官，比位居一品的虚衔之官地位更高。太后母仪天下，天下女子当中数太后地位最高，可是有贵无显，沦为虚衔，此为二难。”

“朕将舅氏一家留在了京城。”韩孺子辩解道，慈宁太后曾向皇帝请罪，要将王家人都送回乡下老家，韩孺子第一次派张有才回京，解决的就是这件事，留下了王家人，还给予许多赏赐。

东海王笑道："陛下对舅氏与对太后一样，富则富矣，算不上'贵'，更不是'显贵'。"

韩孺子叹息一声："王家若成'显贵'，朕只怕群臣效仿，官官任人唯亲，大楚衰落更甚。"

"陛下担心得很对，外戚常是祸乱之源，史书上的记载不计其数。我只是想，陛下不能令王家'显贵'，是否能在别的事情上抬举太后，令太后脸上有光呢？陛下孝心可尽，太后也得心安，不会再以为自己的太后之位是虚衔。"

韩孺子盯着东海王想了一会儿："你还真有几分本事。"

东海王笑道："一点小聪明而已，至于朝堂与天下，我就一点办法也没有了。"

东海王先将路堵死，韩孺子"嘿"了一声，他现在不相信东海王还能夺取帝位，但是也不会重用他。

"等等再说吧。"韩孺子没有立刻做出决定，就算要推崇慈宁太后，也要等大臣先请皇帝回京，进京之后再接受慈宁太后的请求。

"太后怎么会给你写信？"韩孺子有点疑惑，母亲对东海王向来不喜，甚至曾劝皇帝斩草除根，如今却向东海王求助，实在有些古怪。

"我也不是特别清楚，大概是平恩侯夫人在太后面前把我夸了几句。"东海王摇摇头，"平恩侯夫人太爱管闲事。"

"平恩侯夫人……他儿子还在洛阳吧？"

"苗援？在洛阳，骁骑营军吏。"

韩孺子陷入沉思。

东海王等了一会儿，问道："我该怎么回复太后？陛下请放心，陛下所言绝不会从我嘴里泄露出去。"

韩孺子抬起头："为什么朕一定要回京城？为什么太后、皇后不能来洛阳与朕相聚？路途并不遥远，道路也很平坦。"

东海王愣了一会儿："应该可以，可是这样一来……洛阳不就变成京城了吗？"

韩孺子点了点头："东海王，你出了一个不错的主意。"

东海王大吃一惊，这可不是他的主意。

第十六章

迁都之争

东海王奉旨回京，迎请太后、皇后一块来洛阳，圣旨里没提“迁都”两个字，只说“恭迎太后至洛阳赏雪，共迎新春”，可所有人都从中嗅出不祥的意味——皇帝、太后、皇后都不在，京城还叫京城吗?

这天早晨，东海王带领一队人，刚走到城门口就被拦下，一群官员堵在街道上，气势汹汹，带头者是礼部尚书刘择芹。

刘择芹原在户部当侍郎，曾经随同皇帝参加第一次巡狩，立过一些功劳，升为尚书，后来又调至礼部，是最后一位奉旨来洛阳见驾的重臣，刚来三天，正好赶上这件大事，他要向天下人，尤其是朝中群臣证明，自己并没有在皇帝面前屈服。

“东海王，你要去哪儿？”刘择芹不客气地抓住缰绳，大声质问。

空中飘着雪，四十多名官员堵在街上，这种场景可不多见，百姓远远观望，不敢靠近，守门士兵更是视而不见。

东海王苦笑道：“我这不是奉旨回京吗，刘尚书怎么没去参加朝会？”

“朝会不急。我问你，是不是要回京城迎请太后与皇后来洛阳？”

圣旨都是公开的，东海王没什么好隐瞒的：“是啊。”

“此事绝不可行，正月里有祭天、祭祖，大臣正力劝圣驾回京，怎么能将太后、皇后也接到洛阳？你不能去。”

“刘尚书，你想劝陛下回京，我一点意见也没有，可是我有圣旨在身，不敢停留，要不……”东海王弯下腰，小声道，“我在路上走得慢点，刘尚书说服陛下之后，再发一道圣旨把我追回来。”

刘择芹不上当，大摇其头：“你现在就回头，咱们一块去见皇帝，劝皇帝收回圣旨。”

“刘尚书这不是强人所难吗？领旨的人是我不是你，我这一回头，可就是抗旨不遵。”

“你都敢建议皇帝迁都，还有什么可怕的？”

东海王脸色一变：“刘尚书，你在胡说些什么？谁说迁都了？”

刘择芹抓住缰绳不放：“不用装傻，我们都听说了，迎请太后、皇后是第一步，然后就是宗正府、大将军府、大理寺与六部，再后是宰相府，最后连太庙也要迁到洛阳，这都是你的主意，对不对？”

东海王急忙摆手：“不是不是，跟我一点关系没有。”

刘择芹身后的一名官员冲上来，劈头盖脸地喝道：“就是你，前天你见过陛下，密谈良久，昨天陛下颁旨迎请两宫，今天你领旨出发，还有什么可解释的？”

众人齐声指斥，东海王连辩解的机会都没有，也不敢辩解，只能用力掰刘择芹的手指，大声道：“你们不要乱猜，没人说过要迁都，我是奉旨行事，奉旨行事！”

官员们将东海王团团围住，甚至有人伸手要将他从马上拽下来。

东海王焦头烂额，身后的随从有几十人，被大臣隔开，不敢上前相助。

皇帝这一招真是太狠了，东海王有苦说不出，只能一个劲儿地大喊“奉旨行事”。

这出闹剧持续了将近两刻钟，终于被一声大喝结束：“让开！通通让开！”

一名极其高大的将军大步走来，冲进人群，像拎小鸡似的抓住官员，一个个往两边抛去，为东海王开道。

“我是礼部尚……”刘择芹一句话没说完，也被扔到一边，那人倒有分寸，没有太用力，众官员顶多在雪地上摔个跟头，无人受伤。

东海王拱手道：“多谢樊将军。”

樊撞山也不还礼，在马臀上一拍，大声道：“快走吧！”

东海王当先出城，身后的随从跟上，一路疾奔，心中都想，到了京城，不知会是怎样一幅场景。

樊撞山转身，拦住众多官员，他说话总像是在吼叫：“别追了，两条腿追不上四条腿。”

刘择芹拍掉身上的雪，怒道：“樊撞山，说清楚，陛下若要迁都，你是支持还是反对？”

樊撞山耸了下肩：“陛下去哪儿我去哪儿，陛下指哪儿我打哪儿，莫说迁都，就是迁国我也没有意见。”

刘择芹面红耳赤，在这次持续数月的斗争中，朝廷一方之所以处于下风，最重要的原因就是不掌握兵权，南、北两军被调至塞外，居然没几个人反对，告病的一些将领很快又“活蹦乱跳”地回到军中，至于像樊撞山这样的“愚忠者”，在军中不在少数。

“咱们去见陛下，今天必须将事情说个清楚！”刘择芹大声呼吁，得到众文官的回应，一块浩浩荡荡地去往行宫。

韩孺子在大厅里严阵以待。

一大早来参加朝会的官员比平时少了一半，韩孺子知道有事发生，于是派樊撞山去给东海王送行。

官员们站在厅内厅外，个个低头不语，刘择芹等人赶到的时候，对这些准时参加朝会者投以鄙夷的目光。

厅内狭窄，刘择芹只能带几个人进去，全是礼部官员，再怎么着礼节不能破坏，还是得向皇帝磕头，等太监宣布平身，才能站起来。

“陛下，臣等晚来，只为一件事：新年将至，陛下不肯回京祭天、拜祖，却要迎请太后、皇后来洛阳，更有传闻声称陛下要迁都至此，臣等不解，请陛下说个明白。”

“迁都？谁说要迁都？京城乃本朝太祖选定，经营有一百二十余年，耗费无数财力，怎么可能说迁就迁？谁说的这种话，必须严惩！”韩孺子冷冷地说。

刘择芹一愣，发现自己犯了一个巨大的错误，竟然拿一件还没公开的事情来质问皇帝，气势一下子全消，轻声回道：“原来不是迁都，那就好。”

“这不是好不好的问题，朕在问你，究竟是谁在散布这种居心叵测的传言？”韩孺子更显严厉。

刘择芹扑通跪下：“是臣误听谣言，该当死罪。”

官员跪下一大片，韩孺子脸色仍未缓和：“刘择芹，你是礼部尚书，专掌朝堂礼仪，乃朕之股肱大臣，不为朕排忧解难也就算了，为何带头闹事？迁都这种无稽之谈，你竟然当真，哪天若是有人谣传朕驾崩了，你也相信？”

刘择芹汗流浃背，一个劲儿地磕头请罪，唯一的安慰是，他并非第一个败在皇帝手下的大臣，几乎每一位大臣都是斗志昂扬地来洛阳，灰头土脸地返京城。

皇帝的脸色总算稍缓，宣布继续朝会，迎请太后、皇后之事再也没人敢于反对。

朝会之后是顾问的小会，这些人大都被派去各地为官，只剩少数人还留在皇帝身边，地位更显重要。

康自矫隐然已是这些人的首领，一直以来，他都是皇帝的支持者，以猛将之姿与众人争论，今天他却比较沉默，等小会结束，他请求留下，要与皇帝私谈几句。

“陛下真无迁都之意？”康自矫必须问个清楚。

韩孺子的态度缓和多了：“康卿先说说看法，迁都是好是坏？”

“迁都确是一招釜底抽薪，可是对大楚的伤害更大，一百多年来，大楚的根基都在关中，一旦迁至洛阳，动摇甚大。”

“前朝也有迁都之举吧？”

“有过，可情况完全不同，欲行迁都，得有天时、地利、人和。所谓天时，新辟疆土，比故地更加肥饶。所谓地利，旧都破损，修补比重建更耗财力。所谓人和，新臣来自新地，都有迁移之心。大楚此三者皆不具备，如果陛下只是为了与大臣争锋，迁都实在无益。”

韩孺子点头：“康卿所言甚是，所以大臣们怀疑朕要迁都，岂不可笑？”

康自矫也有点糊涂：“如此说来，陛下真的无意迁都？”

“朕无意迁都，朕要再造第二座京城。”

康自矫愣住了。

“京城地处关中，与天下一半郡县相隔颇远，人所谓‘天高皇帝远’，朕的旨意常常执行不下去。洛阳地处天下至中，前往各方都比较通畅，因此朕欲在洛阳设一永久行宫，有事则来，无事则去。也不耗费太多人力，对此府稍加改建就好。”

韩孺子顿了一下：“皇权只在十步以外、千里之内，朕不能令天下靠近朕，只能由朕去靠近天下，四方巡狩耗时费力，不如长久巡狩洛阳。”

康自矫躬身：“微臣明白了，陛下需要微臣向外人做些解释吗？”

“不必，就让传言多散布一会儿好了。”

康自矫明白皇帝的意思，这是转移大臣的视线，如果现在就提出要建“巡都”，大臣还是会坚决反对，先用“迁都”吸引众人，然后再以妥协的姿态提出只建行宫，就会容易得多。

康自矫行礼：“一直以来，微臣都坚决支持陛下，充当口舌先锋，虽然没说服多少人，但是起码不令陛下这边静默无声。”

“朕得益康卿甚多，不会忘记。”

韩孺子以为对方在要官，康自矫接下来却道：“以正治国者长久，以奇获胜者可一可再不可三，陛下半年来皆行奇招，微臣斗胆问一句：陛下打算何时当一名真正的皇帝？”

这是一次极其大胆的提问，康自矫生性狂妄，再加上深知皇帝愿听真话、实话，他才能问出来。

韩孺子眉毛微微一扬，思考多时，决定给康自矫一个回答：“如无意外，明年仲夏之时，朕即能返奇归正。”

韩孺子盯着康自矫，这虽然只是一句简单的承诺，如果落入大臣耳中，却是一次重大泄密。

第十七章

东海王的麻烦

慈宁太后拒绝离京前往洛阳。

“大过年的，去什么洛阳？赏雪可以，让皇帝回来，过年之后我们娘儿俩一块去洛阳。”

平恩侯夫人转述慈宁太后的原话，一脸的无奈。

东海王更无奈：“这个……陛下传旨迎请，太后这样回答不好吧？”

“没办法，太后正在气头上。东海王，陛下派你回来，就是对你比较信任，你先想办法让陛下回京，太后自会记得你的功劳。”平恩侯夫人眨了下眼睛。

“容我回去想想。”东海王告退，他现在不能进后宫，只能在凌云阁通过平恩侯夫人向太后传话，周围的太监、宫女比较多，两人无法畅所欲言。

出宫之后东海王先回家，远远看见家门口停着几顶轿子，心知有麻烦等着自己，只好硬着头皮前行，快到门口的时候跳下马，笑脸迎上去。

左察御史冯举、吏部尚书元九鼎等几名大臣亲自来堵东海王，因为只有王妃在家，所以他们一直等在门外。

天寒地冻，几位大臣坐在轿子里抱着暖手炉，依然冻得脸色发青。

东海王急忙将大臣们请入家中，来不及与王妃见面，一路风尘，却要先尽地主之谊。

这些大臣比刘择芹等人要客气得多，分宾主落座，东海王这边只有一个人，对面则是一排，按规矩排序，冯举位于上首。

寒暄几句，冯举道：“东海王，我不妨直说吧，今天来见你只为一件事，请你向我们透露一句实话，陛下究竟是不是要迁都？会不会回京？何时回京？”

“这可不是‘一句实话’，是三句。”东海王打个哈哈，随后端正神色，“实不相瞒，诸位大人的疑惑，也是我的疑惑，不过听闻陛下在洛阳已经明确表示不会迁都，还要追究迁都谣言的来源，我觉得这就是定论了。既然不会迁都，陛下肯定是要返京的，至于什么时候，咱们当臣子的不好胡乱猜测，不如静候陛下自己的决定吧。”

几位大臣互相看了一眼，都不满意，元九鼎道：“东海王刚刚返京，咱们也不要逼得太紧，东海王要在京停留几天？”

“难说，全要看宫中的意思。”

元九鼎笑道：“估计早不了，明天吧，我们再来登门拜访。”

东海王起身准备送客，也笑道：“诸位什么时候来，我也是这几句话，我真是毫不知情，说句大胆的话，我若是知道点什么，陛下也不会派我回来，对不对？”

元九鼎哈哈一笑，几位大臣拱手告辞。

预料中的大麻烦虎头蛇尾，东海王有点意外，但也松了口气，急忙去往后宅见王妃，两人可是好几个月没见面了。

谭氏正坐在卧房里等候，与春风满面的丈夫相比，她表现得比较冷漠，平淡地说：“你回来了。”

“可不。”东海王皱眉，“王妃这是怎么了，不高兴看到我吗？”

“当然高兴，只是这股高兴劲儿压不下去我心中的烦闷。”

东海王笑道：“出什么事了？告诉我，我来解决。”

“你能？”

“呃……你先说是什么烦心事吧，再不济，我也能开导一下。”东海王现在比较谨慎，当着王妃的面也不敢说大话。

谭氏叹了口气：“当你的王妃倒是清净，什么事情也没有，唯一让我烦心的就是娘家人。”

“我问过了，谭家人在东海国好好的，田宅买来不到三年，家中奴仆都是正常买来的，没有兵奴，也没有不入籍的私奴，算是因祸得福，躲过一劫。”

谭氏冷冷地说：“夫君还真是会‘开导’。我说的不是这件事，是谭家的生意。”

“生意怎么了？”

“自从谭家在洛阳向丑王服软，合家迁到东海国之后，生意就越来越不好做，勉强维持而已，可现在连勉强维持也难了，货物过税关时，常受官家刁难，照这样下去，我们谭家就只能在东海国种地了。”

“种地不好吗？是非更少。”东海王倒希望谭家能老实一点，可是看见王妃面带寒霜，他笑道，“我明白了，有人故意为难谭家，知道是谁吗？”

“人家都堵上门了，你还问我是谁？”

东海王吃了一惊：“不会吧，那些人都是朝中重臣……再说我刚从洛阳回来，朝廷的反应不至于这么快吧？”

“我只知道谭家从南方刚刚运到京城的一批货被扣下了，必须缴纳重税才能放行，带货的管事说，税官暗示了，这只是开始，以后只要是谭家的货物，进京、出京都要缴重税。”

“那就别来京城了，谭家生意那么大……”

“谭家的生意京城占一半，而且官官相通，京城刁难谭家，以后其他地方的税官也都会效仿，这是要将谭家逼上绝路啊。”

东海王“嗯”了一声，没有回应。

“怎么办？说句话啊。”谭氏催道。

“容我想想，这事可不简单。”

谭氏叹息一声：“自从我嫁给你，谭家就没遇到过好事。”

东海王笑道：“像我这样妇唱夫随、任你欺负的夫君，上哪儿去找？这就是好事。”

谭氏冷着脸，起身走到东海王身边，右手掐住他的胳膊：“我不管，是你惹出的麻烦，你负责解决。你是个穷王，没有谭家资助，咱们就得过更苦的日子。”

东海王一边求饶，一边顺势搂住谭氏：“放心吧，不论皇帝有多狠辣，我都能在他面前如鱼得水，这点小事，难不住我。”

到了傍晚，平恩侯夫人以探望王妃的名义登门，喝了一杯茶水，屏退仆妇，对东海王说：“你这是自找麻烦啊，稍有不慎就会同时得罪皇帝与太后，最好的结果也是得罪一方，你怎么想的，竟然揽下这种事？”

东海王苦笑：“这哪是我揽下的？太后给我写信，请我帮忙。”

“太后请你帮忙劝陛下回京，不是让你来迎请太后去洛阳。”

“陛下能听我摆布？我一开口，陛下就想出这个主意，非让我来迎请太后、皇后，我这是身不由己啊。”

“话先说清楚，虽然好兄弟帮过我几次，可这回我帮不了你，太后正在气头上，谁的劝也不听。”平恩侯夫人欠东海王不少人情，不想在这件事上偿还。

东海王笑道：“别害怕，我打听几件事，你如实告诉我就是了。”

“我未必知情。”

“知道就说，不知道就算了，我不勉强。”

“那你问吧。”平恩侯夫人有几分警惕，她好不容易才得到慈宁太后的信任，绝不想轻易失去。

东海王想了一会儿，问道：“太后为何生气？”

“我还以为你要打听什么秘密呢，太后当然生气，陛下一走了之，人不回来，还要将太后接到洛阳。你知道……”平恩侯夫人压低声音，“太后等了多少年、受了多少苦，才进到宫里成为太后？皇宫对太后来说，就像天下对于皇帝一样重要，无论如何也不肯放弃。”

“谁也没说要让太后放弃皇宫啊，只是去洛阳小住一阵，与陛下一块过年，然后就回来了。”

“陛下对你这么说的？”

“是啊。”

“你相信陛下？”

“天子无戏言，当然相信。”

“陛下那么聪明，过完年再想别的借口挽留太后呢？不说放弃皇宫，也不说迁都，最后事实上却常驻洛阳，你能保证陛下不这么做吗？”

“这个……我可不能保证。”

“太后是怕陛下犯糊涂，将好不容易才得到的一切付之东流。”

东海王点头，表示明白，如果当初他夺得皇位，绝不会随便离开皇宫，在这件事上，他佩服当今皇帝的决绝，心里却不是特别认同。

“所以太后是担心去了洛阳之后被皇帝留下，再也回不了京城？”

“对，就是这样。”

“陛下不是派人解释过好几次吗？太后为什么还不肯相信陛下？”

“陛下与大臣斗得这么激烈，一副宁可鱼死网破也绝不认输的架势，太后怎么知道陛下派人来说的话哪些是真，哪些是要故意传给大臣听的？”

东海王再次点头，皇帝使的手段太多，反而让亲人也分不清真假：“陛下的确有点做过头了，照这样下去，天下人都将无所适从。”

“抱怨也没用，麻烦是你的，看你怎么解决。”平恩侯夫人有点幸灾乐祸。

东海王笑了笑，继续问道：“皇后那边怎么样？”

“还能怎样？皇后老实得不像是小君妹妹，每日里就是照顾庆皇子与公主，什么也不参与，太后怎么说怎么是。”

“嗯……另一位太后呢？”

平恩侯夫人立刻警惕起来：“现在可不是你报仇的时候。”

“你想多了，我就是随便问问，慈顺太后若是相劝，慈宁太后还会听吗？”

“反正慈宁太后对慈顺太后还跟从前一样尊敬，可是你想让慈顺太后帮忙，比直接劝说慈宁太后还难。”

东海王笑了笑，随口问道：“除了你，最近还有哪些命妇经常进宫？”

“不少，大家都抢着讨好太后。”

“除了你，还有谁比较得宠呢？”

两句“除了你”，让平恩侯夫人脸上露出笑容：“我可是立过实实在在的功劳，才得到太后的宠信，别的命妇不过嘴上说些好听的话，怎么能跟我比？也就是王家的几位女眷，仗着亲情，比较得宠。”

平恩侯夫人收起笑容：“尤其是那个王翠莲，严格来说都不算外戚，就因为小时候叫过太后几声‘小姐姐’，现在一步登天，在皇宫里经常一住就是好几天，她算什么？连朝廷命妇的身份都没有啊。”

“事情往往如此。”东海王劝道，又问了几件事，心里却已明白，问题以及解决问题的关键，都在那个王翠莲身上。

第十八章

媒婆

东海王最近与外人联系较少，消息也不那么灵通了，送走平恩侯夫人，回后宅向谭氏问道：“太后宠信的那个王翠莲，你听说过吗？”

谭氏的态度比昨天好了许多，马上回道：“当然，她虽不是命妇，所有的命妇却都要讨好她，只是为了与太后搭上关系。其实那就是一个长舌妇，到处传闲话。据说她在乡下当了多年媒婆，能说会道，因此颇得太后欢心，现在也没忘了旧业，经常给贵人家里说亲。”

东海王笑道：“你讨好过她吗？”

谭氏脸色一寒：“我们谭家虽非大贵，但还要些脸面，想让我讨好她，她还不配。”顿了顿，她又道，“再说你这种情况，人人都像防贼一样防着咱们，也就平恩侯夫人偶尔登门，我还能讨好谁？”

东海王笑而不语，心中在想，怎么能见王翠莲一面，亲自登门肯定不行，诸侯拜见民妇，实在说不过去，而且王翠莲未必在家。

东海王看向一脸气恼的谭氏，有了主意，笑道：“你说得对，咱们家怎么能讨好一个媒婆？得让她来讨好咱们才行。”

谭氏冷冷地盯着丈夫：“你疯啦？”

“我？当然没疯，不对，是有一点疯，既然别人都像防贼一样防着咱们，那咱们干脆就当一回贼——你派人去给王媒婆问丧。”

“她又没死，问什么丧？”谭氏吃惊地问。

“到时候你就知道了，派人去，就说——你们怎么称呼她？”

“王姨母。”谭氏一脸厌恶地说。

“‘听闻王姨母命不久矣，东海王王妃特派我来问候。’”

谭氏越发吃惊，愣了一会儿：“为什么要用我的名义？”

“你们都是女人嘛，我又不认识她，你们总见过面吧？”

谭氏想了一会儿：“你是想逼王媒婆上门问罪？”

东海王笑着点头："不必多问，你让我解决问题，就按我的办法来，等我的大问题解决了，谭家的小问题自然迎刃而解。"

谭氏打量丈夫几眼："做成了，你是一家之主；做不成，看我怎么收拾你。"

次日上午，谭氏派去的仆妇被骂了回来，到家的时候脸上还是红的："王妃，咱们这回可是将人家给得罪了，王姨母不在，她家里的人不好惹，什么脏话都敢骂，差点就要动手打人。"

仆妇心有余悸，谭氏也有点紧张，东海王却无所谓，坐在家中静候回音，当天下午，冯举和元九鼎又来了一趟，东拉西扯，在暗示中威逼利诱，东海王全当听不懂，笑脸相迎、笑脸相送。

王翠莲是傍晚来的，乘着一顶小轿，随行的一名婆子向看门人喝道："你家王妃呢？让她出来，王姨母有话要问！"

王翠莲四十多岁，长着一副刻薄面相，满脸堆笑时看着还算亲切，满面冰霜的时候，就像是要吃人。

仆人将王翠莲迎入正厅，谭氏出来相迎，一个劲儿地道歉："误会，全是一场误会，东海王这不是刚从洛阳回来吗，在那边不知听说了什么，竟然……总之是误会，王姨母千万不要放在心上。"

王翠莲面带狐疑："东海王在洛阳也能听说我的消息？"

谭氏笑道："无人不知、无人不晓的王姨母，在哪儿没有您的消息啊？"

王翠莲的气势消了一些："你让东海王出来见我，我要听他解释。"

东海王早就准备好了，一进厅就拱手笑道："万分抱歉，竟然闹出这么大的误会。"

王翠莲只是一名普通民妇，面对诸侯却不站起，倨傲地说："都说东海王小聪明多，果然名不虚传。"

"过奖过奖，我哪来的小聪明？我是一点聪明也没有。"

"那倒是，你若真聪明，就不会只当诸侯。"王翠莲直戳东海王的痛处。

东海王却不上钩，依然笑道："诸侯很好啊，此生无憾，倒是王姨母……"东海王仔细打量，显得不太礼貌。

王翠莲越发恼火："你在洛阳听说什么了，居然咒我死？"

谭氏站在一边旁观，倒要看看丈夫怎么对付这位有名难缠的王姨母。

"王姨母是在试探我吧？这么大的事情，消息灵通的王姨母怎么会没听说过？"

王翠莲来之前心里就有三分怀疑，这时增加到五分："我一个平民百姓，消息一点也不灵通，就听到你一个人在乱嚼舌头。"

"王姨母真不知情？"

"别玩花样，有话就说，这里是京城，闹起来，我可不怕你。"王翠莲有点心虚。

东海王眉头微皱："糟了，那我就是犯下大错了，王姨母，请原谅我的无心之失，我向您道歉，您要是不满意，明天我亲自登门道歉，送上一份厚礼以表歉意。"

东海王越不想说，王翠莲越好奇、越忐忑，跟她一块来的婆子不太识趣，误解了主人的意思，叉腰道："好你个东海王，现在知道服软了，道个歉就行了？想得美，告诉你……"

"出去。"王翠莲喝道。

婆子吓了一跳，嘴上收不住，又说了一遍"告诉你"，随后满脸通红地退出正厅。

"这回能说了吧。"王翠莲明白东海王的顾忌。

东海王拱手，问道："王姨母大祸临头，真的一点都不知情？"

"不知，我不过就是陪太后聊聊天、叙叙旧，哪来的大祸？"

"罪不在人，在事。"东海王上前一步，这是王府，他却像客人一样，"王平洋的下场，王姨母总该听说了吧？"

"削夺官职、发配边疆、永不叙用，可这跟我有什么关系？虽然都姓王，却不是一家人，王平洋算是外戚，我算什么？"

"王平洋说是外戚，也比较勉强吧？"

"嗯，他是后来认的亲……说他干吗？"王翠莲有点不耐烦。

"要不是王姨母今日登门，我绝不会透露半句，可您既然来了，我不能再有隐瞒。陛下为什么要收拾王平洋？"

"他犯法了呗。"

"对，可也算不上不赦之罪，陛下之所以不肯宽容，有两个原因：一是向天下显示王法无私，就算是外戚也不能置身法外；二是……嘿，咱们私下里说，王姨母不会乱传吧？"

"当然，你去问问，我是那种多嘴多舌的人吗？"

"我相信王姨母。"东海王收起微笑，"二是提醒宫中，不要再干涉朝政。"

王翠莲愣了一会儿："你这越说越远了，陛下与太后的事情，和我更没关系。"

东海王严肃地摇头："不对，大有关系。陛下处置王平洋，是希望给太后一个提醒，可太后显然有误解，对陛下似乎心怀怨气，陛下远在洛阳，不可能亲自回来解释，唯有继续给太后提醒。"

东海王又一次盯着王翠莲，若有深意地微笑。

王翠莲心中发慌："这还是跟我没关系啊。"

"王平洋已经被发配边疆，陛下接下来拿谁给太后提醒呢？至亲肯定不行，那只会惹怒太后，陛下也不忍心，非得是王平洋这样的人，太后比较在意，但又没到完全舍不得的地步。"

王翠莲脸色微变："陛下……知道我？"

"陛下有什么不知道的？京城的大事小情，每天都有人报给陛下，陛下隐而不发，等的就是一个时机。"

王翠莲脸色变白："我与太后情比姐妹，太后不会……绝不会……"

"只要太后愿意，肯定能保住王姨母，可王姨母因此得罪洛阳，值得吗？"

王翠莲脸色变幻不定："你说的话都是真的？"

东海王笑道："说不说在我，信不信在您。"

王翠莲喃喃道："你知道了，陛下肯定也知道，就算现在不知道，你回洛阳也会告诉陛下。"

这个媒婆倒是不笨，东海王没什么可说的了，得意地向一边的谭氏瞥了一眼。

谭氏面无表情，心里却佩服丈夫，顿生柔情。

"你想让我怎么办？"王翠莲问道，对问丧一事已不在意。

"不是我想，是王姨母你能怎么办。"

"我能怎么办？"王翠莲问，已经没了主意。

"要找源头，王姨母的危险皆源于陛下与太后关系不睦，若能母子和睦，王姨母何险之有？还会两边立功，地位更稳。"

"让我劝说太后去洛阳？"

"眼下也就这件事能让太后与陛下恢复亲情吧。"

王翠莲沉吟良久，抬头道："东海王，奉命迎请太后的人是你，可不是我。"

东海王点头："奉命者是我，立功者却能是任何一个人。"

"我不要功劳，只要太后开心就好。"

"太后开心，陛下就开心，陛下开心，自然不会多增是非。"东海王不提自己。

王翠莲站起身，脸上总算挤出一丝微笑："你果然是个聪明人，可你找错人了，东海王。"

"我不觉得自己找错了人。"东海王还以微笑。

"我真的只是陪太后聊天，阻止太后去洛阳的另有其人。"

"谁？"

"东海王也有不聪明的时候啊，当然是在京城做主的人。"

“在京城做主……宰相？”东海王难以相信，一直以来，卓如鹤表现得都很忠于皇帝。

王翠莲笑道：“男人都这样，以为管事的都是男人。别问我，去问王妃吧。总之我不惹事就是，东海王若能打通关节，我愿意劝太后几句。”

王翠莲也不告辞，大步离去。

东海王反而疑惑了，向谭氏问道：“不是宰相，还能是谁？总不会是太后本人吧？”

谭氏已经醒悟：“是公主。”

“哪位公主？”

“当然是卓家的公主，难道你忘了，宰相也是驸马。”

第十九章

亲上加亲

卓如鹤是留守宰相，东海王是皇帝派回来的使者，两人应该见一面，可东海王没有提出请求，卓如鹤也没有发出邀请，两人都愿意装糊涂。

东海王装不下去了，他剩下的时间不多，必须尽快说服慈宁太后。

卓如鹤接到拜帖之后很意外，当着仆人的面表现出明显的犹豫，最后还是同意见东海王一面，约在次日上午，卓如鹤在勤政殿结束议政之后、回宰相府之前。

这算不上正式见面，卓如鹤没打算邀请东海王进入勤政殿。

这也不算私下会面，勤政殿外有大臣、卫兵等人，都能看见他们交谈。

皇帝不在，议政很快结束，卓如鹤等大臣走出来的时候，东海王正站在门外等候，脸上挂着微笑，向几位大臣点头致意。

大臣们回礼，没有立刻离开，站在门外小声交谈，只有卓如鹤走过来，拱手道："太后那边给消息了？"

东海王摇摇头："看来这趟我要空手而归，回去没法向陛下交代啊。"

"只要是太后的决定，陛下想必都能理解。需要我帮什么忙吗？"

东海王笑吟吟地看着卓如鹤："我要宰相大人帮我一个大忙。"

"别的事情好说，劝说太后可不行，身为外臣，不好参与宫里的事情，而且……"卓如鹤叹息一声，"我现在不过是尸位素餐，只要陛下一句话，我立刻交印让贤。"

"宰相大人千万别这么说，陛下如今正依仗你呢，每次看见宰相大人的请辞奏章，都要唉声叹气，一连沉闷数日，连我们这些人的日子也不好过。"

卓如鹤摇摇头，表示不信："说吧，什么事，我今天比较忙。"

东海王侧身，示意卓如鹤向一边走出几步，离大臣稍远之后，他说："若非走投走路，我也不找宰相。"

"我说过，太后的事情……"

"宰相大人身为外臣不好过问，公主呢？"

卓如鹤一愣："哪位公主？"

"当然是宰相家里的公主，也是我的姑母。"东海王笑道。

卓如鹤脸色一寒："公主与这件事情一点关系也没有。"说罢转身就要走。

"宰相大人还是回家问问吧。"东海王稍稍提高声音。

卓如鹤大步离开，再没回头。

大臣们很快散去，东海王站在原处，抬头看了一眼勤政殿，扭头又望了一眼不远处的持戟卫兵，心里轻叹一声，也向外面走去，对附近的同玄殿一眼也没看。

东海王不想枯等回信，离开勤政殿之后，又去宗正府拜见韩踵。

韩踵是宗室老臣，临危受命，代替韩稠掌管宗正府，本意只是过渡一下，结果事情却是一件接一件，令他十分为难。

"陛下到底是怎么想的？"韩踵比卓如鹤客气得多，将东海王请进宗正府正堂，上茶之后屏退了仆人与属下官吏。

"陛下的心事谁也猜不透，陛下如今的防范之心比较重。"

韩踵重叹一声："也难怪，大臣们做得过分了一些，竟然派专人揣摩陛下的心思，真不知他们是怎么想的。南直劲、赵若素两名小吏，有何本事，竟将朝廷搅得天翻地覆？陛下放过他们，真是不可思议。"

"这就是我所说的，陛下的心思如今谁也猜不透。"

韩踵笑了两声："是啊，你来见我是有事吧？"

"太后拒绝去洛阳。"

"要我说，这的确不合规矩，正月是宫里最忙的时候，人都走了，谁去祭天、祭祖？谁来评判元宵灯会？谁来朝会宗室子孙？一堆事情没法解决，我现在完全不知所措，真后悔当初接管宗正府。"

韩踵比卓如鹤更狡猾，不等东海王开口，就给拒绝了。

东海王笑道："船到桥头自然直，老大人不必担心，太后拒绝接受陛下的迎请，这才是大麻烦。"

"是啊，大麻烦，东海王，你可得小心，走错一步，你就要遭殃。"

东海王连笑数声："我遭殃不怕，就怕太后与陛下母子不睦，甚至影响到朝堂稳定。"

"那你得想办法啊。"韩踵正色道，表现得很关心，但是暗示得也很明显，他绝不会插手此事。

"老大人的孙子与卓宰相的一个侄女定亲了吧？"

韩踵招手，示意东海王靠近一些，轻声道："算来算去，大家都是亲戚，宰相夫人是你姑母，她还叫我一声叔父呢，你想从这里找帮助，错得不能再错。”

东海王“嘿嘿”干笑：“都是亲戚，愿意亲上加亲的却不多，老大人说我错了，可我除了一错到底，还能怎么办呢？总不能空手回去见陛下吧？请老大人体谅，我的身份跟你们不一样，说是如履薄冰、危如累卵也不为过。你们走错一步，大不了告罪请辞，我可不行，所以只好硬着头皮往下走，不碰南墙不回头，碰到南墙——也得头破血流再说。”

韩踵冷冷地看着东海王，突然露出笑容，那是由内而外的笑容，并非敷衍：“你先回府吧，等我消息，或许我真能帮你一把，都是宗室子孙，做长辈的要照顾晚辈。”

“晚辈自然也要孝敬长辈。”东海王笑道。

回到家里，东海王当着谭氏的面，将卓如鹤和韩踵骂了一通：“这两个老糊涂，以为留下太后，就能击败陛下吗？陛下的手段我最了解，别看现在隐忍，真出手的时候，大臣必然一败涂地。”

谭氏坐在那里倾听，最后道：“陛下真要撤换整个朝廷？”

“整个不至于，但是大臣们若是还不肯服输，陛下真会下狠手撤掉一半。”

“嗯。”

“你可别乱想，军队都在陛下的掌控之中。”

“呸，我想什么了，把你吓成这样？我是说，诸多新人将要兴起，不知谁是最后的大赢家。”

“别想了，陛下如今最忌讳这种事，没人知道陛下最赏识的人是谁，有一个康自矫最近比较得宠，可我觉得这是陛下用的障眼法，陛下真正要重用的人，很可能已经被派到某处当个不起眼的小官儿，说不定哪天就能一步登天。”

“柴悦呢？他现在统领南、北两军，风头正劲。”

“不用说，他是陛下最信任的人之一，你干吗问这个？”

“当然是给未来铺路，难道咱们就这么一直卑微地活着？”

东海王吓了一跳：“我不是刚对你说过，别胡思乱想……”

“哎呀，你才胡思乱想，咱们说的根本不是一回事，柴悦有个同母弟弟，如果谭家能与柴家结亲，岂不甚好？”

东海王松了口气，摇摇头：“动手晚了，柴悦得势多久了，早有人惦记上他那个弟弟了，据我所知，崔家、邓家都在争，别人没机会。”

谭氏想了一会儿：“那你就得努力了。”

“努力什么？”

“陛下最近任命的这一批新官当中，必有未来的宰相，你若能猜中，让谭家提前与之结亲，就是给未来铺了一条光明大路。”

东海王笑着摇头：“你还没明白，第一，我猜不出来；第二，无论是谭家，还是某个世家，与此人结亲，立刻断送此人的前途。”

谭氏又想了一会儿：“皇帝好难对付。”

“嘘。”东海王走到门口看了一眼，“当然难对付，我能坚持到现在，已经算是本事了。”

“这么说来，谭家想要复兴，就只能从自家推出一位能人了。”

“干吗，不看好我吗？”东海王笑着问道。

“除非太阳从西边出来，皇帝怎么可能重用你？”

东海王也知道不可能，可还是忍不住想了一下：“算了，我先睡会儿，如果有人来找，马上把我叫醒，我就不信卓如鹤和韩踵能挺过今晚。”

东海王说对了，天黑之前就有人来拜访，不是卓如鹤，也不是韩踵，而是南直劲。

南直劲仍然担任御史，从前的地位却丢得干干净净，皇帝固然不可能信任他，大臣也对他颇多怀疑，只在要向皇帝传话的时候，才会想起他。

几个月不见，南直劲更显瘦削，整个人好像只剩下一副皮包骨，他礼节倒是没忘，也不坐，站着说道：“慈宁太后与皇后三日后出宫前往洛阳，慈顺太后可能不会去。”

东海王心中如释重负，脸上却不显露，微笑道：“有劳南大人告知。”

“东海王回洛阳会怎么对陛下说？”

“一切顺利，陛下思念太后，太后也思念陛下，母子之情摆在那里，任何挑拨离间之举都不会成功，我绝不会当那个乱说话的人。”

南直劲面无表情，点点头：“现在的确不是乱说话的时候，大楚需要稳定，朝堂也需要稳定。”

“可不就是这个道理，大家若是都像南大人这么想，天下太平。”

南直劲目光冷峻：“东海王还没有听说？”

“听说什么？”东海王有些糊涂。

“今天刚刚传来的消息，邓将军在西方大败，匈奴人也参战了，但他们帮的不是大楚，而是神鬼大单于。陛下的担心是正确的，大楚的确面临着强敌，而且这股强敌已经收服了匈奴。”

东海王目瞪口呆：“这……这么快？”

“陛下希望用五到十年恢复国力，怕是没有机会了。”

第二十章

家事、国事、天下事

太后、皇后最终没有去洛阳，皇帝起驾回京了。

韩孺子一得到消息，立刻出发，身后只带着千余人。

他希望有一场战争，可即将到来的战争却可能远远超出期盼，与之相比，君臣之争变得微不足道。

新年即将到来，京城百姓即使听说西方的战败也不放在心上，顶多当作茶余饭后的谈资，仍在热热闹闹地忙着采购年货、访亲探友。

皇帝毕竟是皇帝，可以仓促离开洛阳，可以不作停留直过函谷关，却不能随随便便进入京城，大臣们一直盼着皇帝回来，等皇帝风风火火地赶到，他们却一致反对皇帝在没有仪驾的情况下进京。

“百姓会怎么想？难道大楚已经慌张到这种地步，天子连最简单的威仪也不顾了吗？”宰相卓如鹤带领文武百官出城迎接皇帝，劝皇帝稍等两天，等洛阳的辇驾、仪卫赶到之后，再举行仪式进城。

韩孺子同意了，事实上，还在路上的时候，他就已经反思自己的反应是不是过于激烈。

但他需要马上了解第一手消息。

韩孺子停在北军大营里，北军正在塞外驻守，营内空虚，正好成为临时行宫。

西域的消息大都传给兵部、礼部，兵部尚未任命新尚书，礼部尚书刘择芹跟在皇帝后面，还没有到达京城，宰相卓如鹤因此指定兵部的另一位侍郎向皇帝报告情况。

“十二月十三西域传来消息，说西方发生了一场大战，但是说法比较混乱，礼部的四方司接下，没有立即上报。随后的十二月十七、十八、十九三日，西域传来更多消息，都是传给礼部，说是有几位国王逃难至大楚，恳请入关。可这只是西域一位国王写来的信，没有我大楚官员的印章，因此也没有上报。此后几天，常有消息传来，彼此矛盾，来源不清，或到礼部，或到兵部，也都没有上报。一直到十二月二十二，昆仑山虎踞城将军张印，与西域都护申经世联名写来一封正式奏章，终于说清了事实。”

奏章就摆在桌子上，韩孺子早已看过，心中还是有诸多疑惑。

奏章不是很长，主要内容是张印写的。

大概是在两个多月以前，邓粹率领西域联军与敌军相遇，两战皆胜，正在撤退的时候，匈奴人不知从何处赶来，突然加入战场，使得联军大败。

张印在写奏章的时候，邓粹依然下落不明。

虎踞城还没有完全筑成，张印立即停工，给工匠分发兵器，临时拼凑了一支军队，他写奏章的目的，一是通报情况，二是请求朝廷尽快给予支援。

韩孺子一路奔驰的这些天，西域又传来大量消息，来源极其复杂，有大楚官员，有各国王公，有来往商旅，说法更是多种多样，一会儿说邓粹死了，一会儿说邓粹被俘了，最好的消息则说他已经安全逃回虎踞城。

关于匈奴人的说法更为矛盾，一会儿说整个匈奴都投降了神鬼大单于，一会儿说那只是部分匈奴人，匈奴人主力没敢迎战，早不知逃到哪里去了。

身为皇帝，韩孺子大多数时候只是听，宰相卓如鹤主持朝议，兵部无主，礼部尚书还没到，卓如鹤按品级、地位指定大臣们一一说出自己的想法。

第一个陈述意见的是左察御史冯举：“臣以为，邓将军兵败固然是一件憾事，但也不必过于惊慌，由昆仑山至大楚相隔数千里，中间的西域土地贫瘠，支撑不起大军经过，对楚军如此，对敌军也是如此，千古以来，中原从未遭受西域方向的入侵，可为明证。值得警惕的还是匈奴，匈奴若是真的投降敌军，大楚北疆堪忧，好在陛下有远见，南、北两军已经驻守塞外重城。当务之急是尽快弄清匈奴的状况。”

群臣一一发言，大都与冯举意见一致，也有几位大臣觉得西域不可放弃，应当尽快给予支援，否则的话，西域诸国离心，虎踞城也白建了。

朝议持续了整整一个下午，韩孺子遣散群臣，单独留下卓如鹤。

“宰相乃百官之首，卓相也该说说自己的想法。”韩孺子道。

君臣二人数月未见，心中都有芥蒂，这时却装作什么事情也没发生，卓如鹤躬身施礼，说：“陛下垂问，臣不敢不回，臣斗胆进言，西域不可守。”

“为何？”

“西域空虚，路途遥远艰辛，粮草由大楚出发，到西域之后，所剩不过一成，且旷日持久，来不及与敌军交战，反而会成为资敌之粮。”

“西域三十几国，以及即将完工的虎踞城，就这么放弃了？”

卓如鹤再度躬身：“在昆仑山筑城，实是陛下的远见卓识，若是再有三到五年时间，哪怕只有一年，大楚军粮陆续进入西域，依托虎踞城，背靠西域，可与敌军一战。如今那虎踞城却是空城，按辟远侯张印所言，尚有一角没有完工，而敌军却已压境，大楚不是不想救，实在是来不及救。”

韩孺子点了下头，示意卓如鹤继续说下去。

“左察御史冯大人的意见很有道理，大楚无力支援西域，敌军也很难通过西域进攻大楚，威胁仍来自北方。”

“塞外可有消息？”

“正值隆冬，塞外没有见到匈奴人的踪影，大概要到明年春夏，匈奴人才会有所动作，大楚还有三五个月的准备时间，与其费力保护西域，不如招回西域楚人，转而加固北边。”

“邓将军生死未知。”

“邓将军若是侥幸逃脱敌军之手，可与辟远侯、西域都护一同回京；若是不幸，大楚鞭长莫及，也没有别的办法。而且他是擅自出征，回来也该受罚。”

“等消息明确一些再说吧。”

“是，陛下，不管怎样，先要把年过了。”

“嗯。有劳宰相。”

卓如鹤突然跪下，磕个头：“臣愧对陛下。”

“朕是大楚天子，你是大楚宰相，意见或有不同，却都是为大楚着想，何来愧意？”韩孺子从桌上找出几份奏章，“域外骚动，该是君臣携手同心、共渡难关的时候，望卓相勉力支撑，再为朝廷效力几年吧。”

那都是宰相此前的请辞奏章，卓如鹤再次磕头：“臣不敢推辞，唯有披肝沥胆，为陛下效命。”

留住了宰相，自然也就留住了百官，一项危机算是解决了，危机的根源却还在，卓如鹤没有起身，仍跪在地上，问道：“外患既生，内忧还要如期解决吗？”

韩孺子给出三个月时间，要求天下富贵人家交出私蓄的家奴，或入籍，或放归为民，期限马上就要到了。

“也等年后再说吧。”韩孺子道。

卓如鹤磕头告退。

韩孺子独坐多时，他现在左右为难，西方强敌来得太不是时候，不马上开始防范的话，将有大患，若要尽快着手，则必须依靠大臣与世家的支持，整肃朝廷的行动就得中止，留下一个远忧。

他怀念杨奉。

杨奉虽然直到最后也没有找出“淳于枭”，但他从不犹豫，总是知道自己该做什么，这一点其他人都比不了，赵若素等人即使还受到皇帝的信任，在这种时候也提供不了帮助。

后面的仪驾跑得也很快，第二天就到了，皇帝得以正式进城。

还有大批随从在路上，尤其是淑妃邓芸，走得比较慢。

韩孺子回宫的第一件事是去拜见两位太后，上官太后仍然告病，慈宁太后表现得比较客气，母子二人之间已有隔阂，比君臣矛盾还难化解。

庆皇子又长大不少，已经能说出简单的话了，却不肯叫“父亲”，躲在祖母怀里一直不抬头。

孺君公主倒很活泼，躺在小床上，冲着父亲手舞足蹈。

崔小君站在皇帝身边，看着女儿，微笑道：“瞧她的眼睛，大家都说很像陛下。”

“朕哪有这么美的眼睛？”韩孺子心中生出暖意，伸手轻轻捏了一下公主的脸颊，公主不怕，反而呵呵地笑出声来。

“陛下在外辛苦了。”崔小君看向皇帝，心中的怜惜与对女儿的一样多。

“还好。”韩孺子仍盯着女儿。

“陛下……很为难吧？”

“为难什么？”韩孺子惊讶地扭头。

“内忧外患赶在了一起，我知道陛下是个不服输的人，肯定不想放弃任何一项计划。”

韩孺子沉默无语。

“陛下不如从崔家着手吧。”

韩孺子更加惊讶：“崔家……”

“陛下已经以身作则，裁撤皇家在天下各处的园囿宫室，可效仿者不多，那就是心中仍存疑虑，以为陛下不会一以贯之。王、崔两家皆为外戚，王家势弱，有一人获罪，崔家势强，却未闻陛下降罪，天下人会因此觉得不公，以为陛下有所偏向。”

“朕不会降罪于无辜之人。”

“崔家并不无辜，父亲已经对我说过，他与人勾结，探听陛下心思，早为前计，给崔家安排了不少官位。”

韩孺子其实已有计划，只是觉得时机未到，没想到皇后竟然提了出来。

“皇后明白崔太傅的罪有多重吗？”

“明白，所以我有一个请求，崔家愿意认罪，但是请陛下能够大发慈心，给崔家一条活路。”

家事、国事、天下事，全赶在了一起。

韩孺子未做任何决定，还是先将年过了。

第二十一章

寒城

昆仑山正处于一年中最冷的时候，万古不化的积雪又添一层，只在极少数地方还保留着一点杂色，虎踞城背靠悬崖，扼守唯一的过山之路，前后百余里范围内，几无人烟。

辟远侯张印当初选择在这里筑城，为的是易守难攻，可是也有一个不小的问题，粮草运输极为困难，囤粮比筑城还要困难，如今城已基本建成，城内余粮却没有多少，勉强能供养千余人过冬。

越到紧张时刻，张印口吃越显严重，到了难以发号施令的地步，只能依靠身边的几名贴身随从，再经由通译向城里的西域工匠发布命令。

但他就像一头被蒙上眼睛、只知不停前进的拉磨驴，即使大难临头，还是一步一步地往前走，仍在督促工匠们夜以继日地修建最后一段城墙，唯有看着巨石一块块垒起来，心里才能舒服一些。

不是所有人都像他这么执着。

西域都护申经世的治所本在后方，奉旨前来宣召邓粹回京，没想到竟然听到了兵败消息。

环顾整座虎踞城，真正的士兵不到二百人，剩下的全是各国工匠，一闲下来就用本族语言悄悄交谈，申经世看在眼里，心跳不已，眼皮也跟着跳，预示将有大祸降临。

这天上午，城外哨所传来的消息让申经世下定决心来找张印。

“张将军，走吧，不能再耽搁了。”

“嗯？”石屋里，张印坐在炭盆旁边，全身裹着厚厚的毛皮大氅，尽量少说话。

一半因为寒冷，另一半出于恐惧，申经世脸色铁青：“哨所传来消息，有陌生的骑兵在远处窥望，此地百里之内并无人家，哪儿来的骑兵？必然是西方人。”

“嗯。”张印已经听到消息，伸手拿着铁钩，轻轻拨弄盆中的木炭，木炭也是紧缺之物，除了少数将领，大部分士兵与工匠都享受不到这点温暖。

申经世急了："敌军就要打来，虎踞城守不住，咱们得马上撤走。"

张印想了一会儿，摇摇头，吐出一个字："不。"

西域都护兼管文武，名义上是大楚在西域的最高长官，可是并没有太多实权，自从大楚实力衰落，不再向西域大规模派兵，各国又都恢复各自为政的状态，邓粹能聚集一支军队，靠的全是他个人的本事，至于辟远侯张印，直接领受圣旨，在昆仑山筑城、守城，不用听从其他人的命令。

一个"不"字令申经世大怒，明知张印口吃，并非故意做出冷傲姿态，他还是双眉倒竖："张将军不想撤离，可以，把城里的士兵交给我，我要带走，不能白白损失在这里。"

邓粹大败，西域诸国震动，对大楚肯定不像从前那么尊崇，没有士兵保护，申经世已不敢在西域走动。

张印摇头："圣……圣旨。"

旁边的老仆小声解释道："侯爷是说，要等朝廷的旨意……"

"我知道他在说什么，用不着你多嘴多舌。"申经世斥道，搬来一张凳子，坐在张印对面，稍稍缓和语气，"朝廷的反应没这么快，等圣旨到来，虎踞城已成一片平地。而且我敢保证，朝廷的旨意肯定也是撤离。"

张印看了他一眼，表示不信。

申经世耐心解释："我们申家与兵部蒋家乃是姻亲，我叔叔的女儿嫁给了蒋兵部的侄子，两家通好多年，所以我能听说许多朝内的消息。实不相瞒，朝廷对在昆仑山筑城并不支持，全是因为陛下坚持，才不得不派张将军、邓将军来西域。朝廷的想法是，反正筑城主要由西域各国承担，不费大楚太多物力，等城筑好之后，慢慢向陛下解释由大楚向西域运兵、运粮的艰难，将虎踞城交给最听话的西域小国也就是了。至于张将军、邓将军，照领筑城之功，并不受影响。"

张印低头看着烧红的木炭，没有开口。

"如今城未筑完，敌军已到，粮草更难运来，情况比预想的还差，朝中大臣必然苦劝陛下放弃此城，召回两位将军。陛下再怎么坚持，这种情况下也没有别的选择，早些弃城，起码不堕国威，若是在城里再败一场，大楚在西域威风尽扫，咱们想回大楚，只怕连路都没有了。"

张印深吸一口气，放下手中的铁钩，缓缓起身，开口道："陛……陛下信……信任我，我……我……我不能……不能弃城。"

申经世怒气又涌上来，腾地也站起身，大声道："张印，我知道当初就是你给陛下出的主意，为的是给孙子赎罪，可你不能拿大家的命赎罪，城里的士兵我要带走。”

张印不回应。

申经世等了一会儿，伸出手：“交出官印。”

官印才是一切问题的关键，申经世想走，城里的将士大都也想走，但是没有官印，就没有正式的命令，撤退就会变成逃亡，回到大楚之后，没法交代，很可能会因此获罪下狱。

张印还是摇头：“圣旨。”

申经世再也忍受不住，骂了一句脏话，怒道：“你比筑城的石头还硬，有本事，你一个人去击退敌军吧。”

申经世拂袖离去。

老仆上前道：“侯爷三思，申都护的话有些道理，就算是圣旨到来，只怕也是让侯爷放弃此城。”

在仆人面前，张印说话通顺一些，但也尽量简短：“张家不能再次辜……辜负陛下的信任，圣旨不来，我不退。”

老仆不敢再劝，说道：“那我出去看看，城里人心不稳，申都护又急着撤离，别闹出事来。”

张印点头允许，老仆离开之后，他又坐在凳子上，继续烧火，心里只琢磨一件事：照现在的速度，多久才能将最后一段城墙修成。

不知过去多久，出去查看情况的老仆突然推门闯进来，惊慌地说：“大事不好，城中军士受到鼓动，要来夺印！”

“关……关……”张印一紧张，结巴得更严重。

老仆明白主人的心意，立刻关门上闩，退后两步，看着门，好像它会变成怪物。

敲门声一响，老仆吓得一哆嗦，转身看向主人。

辟远侯张印不知何时拿起了靠墙放置的铁枪，双手握持，对着房门，皮毛大氅放大了身躯，又恢复几分年轻时的威风。

老仆受到鼓舞，也到墙边拿起一口刀，握在手里，站在主人侧前方，心惊胆战。

敲门声停止，有人推门，推不动，一个声音喊道：“张将军开门。”

主人口吃，老仆代为回答：“侯爷问，有什么事情？”

“敌军眼看就要攻来了，我们来跟张将军商量守城事宜。”

“不用撒谎，我听到你们说话了，想来夺取侯爷的将军印。侯爷说得很清楚，没有圣旨，绝不弃城，申都护不归侯爷管，他想走，带自己的人走好了，其他军士都得留下。”

外面沉默了一会儿，突然又响起砰砰的敲门声，然后是一个恼怒的声音：“张将军，都是有儿有女的人，我们上面还有爹娘要养，没法跟将军一块给朝廷尽忠，请你要么交出官印，要么写一道撤退命令，让我们离开虎踞城。”

老仆转身又看了一眼主人，大声回道：“既拿朝廷俸禄，就该尽忠报国，怎可轻言退却？虎踞城即将完工，一夫当关，万夫莫开，敌军再强，轻易也夺不走，贸然撤退，身后无险可守，反而更难逃出西域。”

外面有人说道：“这不是张将军，是他身边的老家伙。”

另一人道：“少听他胡说八道，张将军不肯交印，是怕回京之后没法向皇帝交代，孙子性命难保，所以拿咱们当替死鬼。”

张印无言以对，老仆道：“你们休要乱猜，张将军平时待诸位不薄，不会追究今日之事，你们速速退去，督促工匠筑城，早日将最后一段城墙建好，才是大家的保命之资。”

这番话没有说服任何人，外面又响起敲门声，声音更响，像是在用什么东西撞门。

门很厚，门闩也够硬，外面的人砸了一会儿，放弃了，有人道：“干脆放火吧。”

老仆心中一惊，石屋不怕火烧，木门却不行，屋里还有木炭等易燃之物。

好在马上有人反对：“不行，咱们不能担杀将之罪，何况若是烧坏了官印，咱们更没法离开了，堵上几天，屋里没吃的，张将军自会开门，到时候再好好商量。”

外面的人散去，老仆悄悄走到门口，透过门缝看了一会儿，转身来到主人面前，小声道：“有人在外面看着呢。”

张印坐回凳子上，将铁枪放在身边，看着炭火渐弱，没有再拿铁钩拨弄。

“咱们坚持不了多久，没吃的还好说，没有水……”老仆虽然一直替主人辩解，心里却希望主人能够妥协。

张印沉默多时，开口道：“宁死……宁死不退。”

老仆轻叹一声，拿着刀又走到门口，靠门站立，做好准备，要与主人同生共死。

夜色降临，木炭却烧没了，屋子里越来越冷，主仆二人轮流睡觉。

次日一早，申经世亲自来了，表面上是要调停将军与士兵的矛盾，其实还是在劝说张印撤离。

张印只字不回，老仆偶尔说几句，很快也放弃了。

辟远侯张印顽固不化，外面的军士开始商量自行撤离，可是一想到回大楚之后要面临军法处置，谁都不敢甩手就走。

第三天，申经世又来了："张将军，出来看看吧，工匠都快跑光了，就剩咱们楚人了，虎踞城生不逢时，注定无法完工。"

老仆肚子饿得咕咕叫，脾气不太好，大声道："工匠就是你们放走的，看你们以后怎么向陛下解释！"

申经世哼了一声离开。

到了下午，老仆透过门缝看到军士们抱来木柴堆在门口，脸色一白，转身向主人道："侯爷，咱们不会渴死、饿死，会被烧死。"

"比……比冻死……强。"张印说了这么一句。

老仆点点头，向门外大声道："要烧就多来点木柴，暖暖和和的。"

木柴堆好了，却迟迟没人过来点火，军士们互相推诿，申经世也不肯亲自动手。

夜里，主仆二人又渴又饿，都睡不着觉，坐在凳子上默默相对。

"小主真不值得侯爷这么做。"老仆死到临头，说了一句实话。

"我不为他。"张印道，不在乎别人相不相信。

外面响起叫喊声："敌军攻来啦！"

老仆起身，外面又叫道："不对，是邓将军！"

第二十二章

不退

邓粹大败而归，说是死里逃生也不为过，走时率领万余名西域士兵，如今身后只跟着三四百人。

可邓粹的表现却没有一点败相，骑马直入虎踞城，大呼小叫，要酒要肉，好像腰缠万贯的旅人走进一家不起眼的乡间小店。

城里已经没有多少人，申经世说得没错，工匠的确跑光了，他们是为大楚筑城，一旦发现楚人不和，顿生离意。

邓粹突然现身，让城里近二百名楚军士兵心生惴惴，他们困住了一位将军，正要放火烧死。

申经世尤其紧张，邓粹回京之后能够直接见皇帝，若是告上一状，他可受不了，于是挤过人群，来到邓粹面前，惊讶地说："邓将军回来了，我们还以为……邓将军怎么回来的？"

邓粹将手中的缰绳扔给申经世："先拿酒肉来，吃饱了再说。"

邓粹毕竟是大将，而且带回来的士兵数量更多，申经世将马匹转交他人，下令准备食物。

厨子也跑了，士兵们端上来冷酒冷肉，不等加热，邓粹等人狼吞虎咽地吃起来，好在肉是熟的，只是吃起来多了一些冰碴。

楚军士兵站在大厅门口，不知如何是好，全都看向申经世，申经世示意众人不必着急，一切包在他身上。

邓粹吃得差不多了，大声道："张将军呢？怎么不来见我？"

申经世走上前，笑道："张将军睡得早，我们不想打扰他。"

"嗯，人老了是这样。"邓粹挥挥手，让身边的西域士兵让开，给申经世挪出位置，然后问道，"城里的其他人呢？"

"听说前方兵败，全都跑了，楚军人少，弹压不住。"

邓粹撇撇嘴："一群胆小鬼。"随后打量申经世，"别人都跑了，你却怎么来了？”

“我奉旨来召邓将军回京。”

“奉谁的旨？”

“当然是陛下的圣旨。”申经世惊讶地说。

“我正打得高兴呢，干吗要回去？我不走。”

申经世又吃一惊：“邓将军，这可不是闹着玩的，你已经大败，麾下将士所剩无几，敌军就在你们身后吧？若是攻来，虎踞城决计守不住，而且这是圣旨，邓将军怎可抗旨不遵？”

邓粹笑了几声：“我不推辞一下，回去怎么向陛下交代？”

申经世一愣，随后恍然大悟，也笑道：“邓将军放心，回京之后，我一定在奏章中将邓将军虽败不馁的意思写得明明白白。”

邓粹用沾满油脂的手拍拍申经世的肩膀：“那就谢谢了，把张将军叫起来吧，让他别睡了，要走咱们就快点。”

邓粹急于离开虎踞城，申经世松了口气，探身向前，小声道：“张将军比较麻烦，他拒绝离开，说是一定要等圣旨到来。”

“你不是有圣旨吗？”

申经世摇头：“我是在兵败之前来的，圣旨只召邓将军一人回京，不包括其他人。”

“原来如此。”邓粹点头。

申经世继续劝说：“邓将军率军出征，陛下都要召回，若是听说兵败，肯定是要全军召回，咱们先离开虎踞城，在路上慢慢走，迎上圣旨，回京之后也别说提前离开的事——我没有别的意思，只是想保住西域的这点兵力。”

“大家的想法和你一样？”邓粹用下巴指向大厅门口的一群楚兵。

“完全一样，只有张将军固执。”

“那张将军现在没睡觉？”

“应该没有，他拒绝与将士交谈，将自己关在屋子里不出来。”

邓粹站起身：“这还不简单？我去劝劝，他肯定听我的。”

“是是，邓将军不用太麻烦，只要有官印就行。”

邓粹大步向外走去，突然转身：“你不和我一块去？”

申经世急忙跟上，心里踏实许多，张印与邓粹一个筑城、一个领军，共用一印，名义上，邓粹的地位要更高一些，又是皇帝的外戚，应该能说服张印弃城。

石屋前还堆着木柴，邓粹笑道：“这是干吗？担心张将军晚上太冷吗？”

申经世脸一红，急忙命令楚兵将木柴挪走。

几名士兵举着火把站在后面，邓粹大步上前，重重敲门：“张将军开门，是我，邓粹。”

里面的老仆开口道：“邓将军也是要劝侯爷弃城吗？”

“一座破城而已，你家侯爷为何恋恋不舍？大家一块回京解释清楚，陛下肯定会谅解的。”

“侯爷说了，将近三年的心血不能白费，而且这也不是破城，此城一失，西域诸国肯定会投降敌军，神鬼大单于不费一兵一卒，就能占据大楚的西部屏障。匈奴骑兵由北方大举南下，西方敌军经由西域不停地叩关骚扰，大楚两面受敌，更难支撑。”

邓粹转身对申经世说：“说得倒也有几分道理。”

申经世急忙上前：“可虎踞城根本守不住，总共几百名士兵，粮草也不够……”

屋里的老仆抢道：“人少了，粮草反而足够，挨过冬天，朝廷知道咱们还在坚守，肯定会派人支援。只要虎踞城还在，敌军就不能大举进入西域，对大楚利莫大焉。”

申经世恼羞成怒，又上前几步：“西域皆是反复之国，楚军孤守虎踞城于事无补，张将军想给孙子赎罪，别拿大家的性命邀功，邓将军是此地主将，他的命令大家都要服从。”

“侯爷说了，他只服从圣旨。”

申经世无奈地摇摇头，向邓粹道：“就是这么固执，也不知是张将军本人的意思，还是那个老仆在使坏。”

邓粹挪开两步，招手示意申经世过来，小声道：“事情既已至此，莫不如……”

申经世探身问道：“莫不如什么？”

邓粹一挺身，拔出腰刀，再不多说，一刀砍下，申经世人头落地，至死也没反应过来。

屋内屋外全都大吃一惊，尤其是一群楚兵，更是惊惧莫名，邓粹此举实在太出人意料，他甚至没带西域士兵，只身一人与申经世来劝张印，居然就敢当着众人的面动手。

邓粹满不在乎地收起刀，说：“再有提议弃城者，与申经世同罪。”

没人敢吱声，可是也没人领命。

邓粹大笑道：“瞧你们的鬼样子，十万敌军围攻，我都能逃回来，还守不住一座虎踞城？你们看看我，像是要死之人吗？邓家单传，就我这么一个男子，以后回大楚，我可是要传宗接代、封侯拜相的，在虎踞城，我只立功，不送命。”

邓粹神采飞扬，没有半点败军之将的样子。

申经世已死，楚兵群龙无首，一下子被邓粹气势所折服，终于有人开口道：“怎么守城？”

“敌军兵多势众，可这里是昆仑山，前后百里之内没有人烟，更没有粮草供应，敌军来得越多，坚持的时间越短，咱们什么都不用做，轻轻松松就能熬过这个冬天。我敢保证，敌军只会派人来查看情况，城里无人，他们乘虚而入，城里有人，他们根本不会发起进攻，若是说得不准，我砍下自己的人头，让邓家就此绝后好了。”

邓粹胸有成竹，楚兵受到感染，再没人发出疑问。

大厅里吃饭的西域士兵也出来了，全都聚在邓粹身边，他们经历过一次惨败，十人九亡，对率领他们出征的将军却没有任何怨言，没人逃跑，反而都露出一副愿意为邓粹拼命的神情。

“都去睡觉吧，天大的事情明天再说，等等，先把尸体抬走，待会儿和地面冻在一起，可不好收拾。”

几名楚兵过来抬走尸体，其他人散去，邓粹转身又来到门前：“再不开门，我就真放火烧啦，到时候就说你家侯爷与申经世勾结，意欲献城投敌……”

门开了，老仆走出来，脸色苍白：“那可是朝廷封的西域都护。”

“我还是朝廷封的将军呢，没事，邓家儿子少，女儿多，大不了再向皇帝献一个妹妹。”

张印也出来了，脸色也很苍白，不是受惊，而是因为又冷又饿。

“饿了？”

张印点头。

邓粹亲自扶着张印去往大厅，那里还有剩下的酒肉。

邓粹看着张印吃东西，对老仆说：“你也别看着了，吃吧。”

张印吃得不多，问道：“你……”

“我遇上了西方敌军，把他们打败了，没想到匈奴人突然出现，而且数量不少，我没打过，但是逃了出来，绕了一个大圈，总算回来了。后面还有一些散兵，加上城里的楚兵，估计能有一千出头，足够守城了。”

“缺……缺口。”

两人共事多时，张印一开口，邓粹就明白他的意思：“不用修了，就留在那儿吧，我敢保证敌军不敢进攻。”

张印不是普通士兵，一句保证打动不了他，又问道：“万一呢？”

邓粹笑道：“万一天崩地裂呢？万一明天山就倒了呢？万一突发恶疾呢？该准备的时候做好准备，该死的时候——那就笑着死吧，哭没用，怕也没用。你说得对，虎踞城不能丢，我跟西方敌军打过，他们没有传说中那么厉害，咱们坚守，就是大楚在坚守，咱们撤退，就是大楚在害怕。要说守城的最大用处是什么，那就是告诉敌军，大楚寸土必争。”

张印“嗯”了一声，低头继续喝冷酒、吃冷肉，身边的老仆却没胃口了，原来邓将军所谓的保证并非万无一失。

第二十三章

崔家认罪

邓粹和张印在西域做出了决定，却没办法将这项决定及时通报给朝廷，派出去的使者被寒冬与西域诸国的疑虑拦住，前进不得，这队楚军在虎踞城凄凉地庆贺新年时，京城还不知道邓粹已经安全返回城内，更不知道两位将军打算死守寒城。

韩孺子的这个新年过得颇不痛快，身为皇帝，他必须尽快做出决定，可是他与大臣的分歧并未解决，如今又添上新的一条：皇帝觉得西方敌军是更大的威胁，大臣们却认为北方的匈奴才是大患。

大臣的证据很充分，西域不利于大军行进，西方敌军不了解大楚地势，匈奴人却是中原上千年的敌人，投降神鬼大单于之后，必定引敌南下。

还有一项证据，虎踞城最后的公文里说得清清楚楚，邓粹曾率军击败西方敌军，却败给匈奴大军，更是说明匈奴更值得防范。

韩孺子手里却没有拿得出手的证据，他只知道，匈奴老单于绝非胆小怕事之辈，却毫不掩饰自己对神鬼大单于的恐惧，最终匈奴也还是选择投降。

他向塞外派出多名使者，其中包括金纯忠，只为弄清一件事，匈奴人是全体投降，还是再度发生分裂，迄今还没有回信。

新年过后，韩孺子不能再等，终于传旨，要求邓粹和张印返回京城，将虎踞城转交给西域国家。

兵部接管了与西域的一切联系渠道，立即派人前去送达圣旨。

韩孺子离开勤政殿，心中总是不安，可他没有别的选择，大臣的理由十分充分，邓粹下落不明，单凭张印一个人极难守住虎踞城，当初的筑城决定没有错，可惜时不我待，敌人来得太早了一些。

在凌云阁，皇帝的诸多顾问又都聚齐，也都一致支持朝中大臣，自大楚定鼎以来，匈奴总是最强大的敌人，这个观念根深蒂固，即使匈奴已经投降另一股强敌，也很难改变楚人的看法。

圣旨已经发出，后悔无益，韩孺子开始与众人商量北疆战略，他现在急需一位兵部尚书，一时间却找不到合适的人选。

傍晚，韩孺子回后宫时，心情好了一些，接受大臣的建议有一个好处，无论最终胜败如何，责任都不在皇帝身上。

这个年过得很是仓促，初十还没到，宫里已经没有多少喜庆气氛，韩孺子照例给两位太后请安之后，立刻前往秋信宫，在皇后与公主这里寻找片刻安宁。

孺君公主不知烦忧，每次见到父亲总是咯咯地笑个不停，令韩孺子更生怜爱之情。

韩孺子想留在秋信宫过夜，崔小君劝道："邓将军生死未卜，陛下应该多去安慰淑妃。"

邓芸极为挂念兄长，回京之后一直心神不宁，皇帝来的时候，她正对烛发呆，甚至忘了起身相迎，过了一会儿才记起规矩，急忙起身："陛下……"

韩孺子示意她坐下，却不知该如何安慰："邓粹擅长出奇制胜，没那么容易被杀，顶多三个月，他肯定能安全返回。"

邓芸勉强笑了笑："陛下还记得我对你说过的那个梦吗？"

巡狩途中，邓芸曾梦到哥哥满身血迹，韩孺子点点头："梦不可当真。"

"仔细算来，我做那个梦的时候，与哥哥在西域遇险正好相合。"

韩孺子坐下，握住淑妃的一只手，轻声道："就算真出意外，你也不要太伤心，邓粹是将军，免不了会遭遇种种危险。"

"我担心的就是这一点，我哥哥的脾气向来是知难而上，越危险越要往前冲，他若陷在阵中也就算了，若得安全，必然不会遵旨回京，一定要在西域再战几场。"

"朕的旨意很明确，他会遵旨的。"韩孺子心里也不是特别有底气。

邓芸又是勉强一笑，另一只手按在小腹上："我有了。"

韩孺子一愣，随后大喜道："真的？"

"我已超过十天没来月事，御医今天确诊，说我已经有了。"

"怎么不早说？太后、皇后还都不知道吧？"

"我让御医先不要透露，我想亲口告诉陛下。"

韩孺子站起身："太好了，朕总算听到一点好消息，此子在危难时刻孕育，必然不同凡响。"

邓芸笑道："可能是位公主呢，我瞧陛下更喜欢公主。"

韩孺子笑了笑："你不害怕了吧？"

邓芸曾经被惠妃佟青娥生孩子给吓到了，声称再也不想要孩子，这时道：

“有点怕，不过还是挺盼望的，这个孩子不只是韩氏子孙，也是邓家的希望。”

邓芸向来口无遮拦，韩孺子也不在意，立刻派人将消息通报给太后、皇后，下令宫中庆祝，恢复一点喜庆气氛。

妃子怀孕所带来的喜悦很快消失，韩孺子又陷入到连串的事务当中，元宵灯节过后，他决定解决关于崔家的问题。

外患即起，大臣们都以为皇帝不会再执着于私奴问题，韩孺子必须向天下人表明决心。

只要敌人还没有打到大楚境内，韩孺子就要先除内忧。

勤政殿内，韩孺子向宰相等大臣出示一份奏章，询问意见。

这份奏章的内容是弹劾太傅崔宏，称他身为外戚，表面上致仕，却不肯放弃手中的权力，与外臣勾结，探听宫中秘事，以为己用，为崔氏一党谋利，尤其罪大恶极者，在皇帝下令“借奴垦荒”之后，崔家只放出少量私奴以塞责，继续隐瞒大量人口。

卓如鹤等人面面相觑，最近一段时间里，类似的奏章比较多，不只是弹劾崔宏，宰相等大臣也都隔三岔五地受到指责，皇帝一直没有追查，谁也没想到，就在群臣以为事情已经了结的时候，皇帝突然发难，选定的第一个目标竟然是自己的岳父。

“三个月之期已到，年也过完了。”韩孺子扫视殿内的几位大臣，“该是追责的时候了，大楚不能拖着内忧去对付外敌，必须先解决私奴问题。”

大臣无语，宰相卓如鹤只好上前道：“陛下所言甚是，私奴问题的确该解决了，可是不是太急了一点？大楚需要稳定，此时动摇天下……”

韩孺子严肃地说：“允许众家继续蓄养私奴，才是动摇天下。”

左察御史冯举开口道：“天下私奴少说有数十万，多说可能逾百万，这么多人……一时间该如何安置？垦荒需要官府提供种粮、耕具等物，过去几年已经贷出太多，迄今尚未收回，再难供应。”

韩孺子早就想到了这个问题，说道：“边疆正值用人之际，可以允许私奴入军，服役三到十年，分为若干等级，许以田地，正好官府收回旧具，贷给新人。”

“私奴不只男子，还有家眷。”礼部尚书刘择芹提醒道。

“各家蓄私奴多年，少交多少粮租？不能只是放人了事，得支付一定的钱粮。”

大臣们目瞪口呆，皇帝不仅要继续废私奴，手段还更狠了。

“先不说那么多，崔宏该当何罪，你们定个意见。”

几位大臣互相看了一眼，都不敢开口，皇帝再次催促，最后还是卓如鹤道：“且不说崔太傅乃是皇后之父，单凭他为大楚立过的赫赫功勋，朝廷也该对他网开一面，臣以为，陛下应该先发书责问，崔太傅若是执迷不悟，不肯认罪，也不肯交出私奴，到时再予严惩不迟。”

宰相开头，皇帝似乎比较认可，其他大臣立刻跟上，全都表示支持。

责问书由几位大臣当场拟定，交给皇帝过目，韩孺子接连三次提出修改意见，要求加重措辞，午时过后才予通过，立刻交给宰相府，由府中官吏送到崔府。

崔宏已经听说消息，准备好了香案等物，以接圣旨的姿态收下这份责问书，磕头谢罪，当天入夜之前，就交上一份请罪奏章。

说是请罪，崔宏还是为自己做了辩解，否认与外臣勾结探听秘事，只承认曾为一些好友向朝廷求过官职，至于私蓄家奴，他表示崔家已按旨意行事，所有私奴不是入籍，就是释放，若是还有隐瞒，很可能是下面办事的人自作主张，崔家马上会进行一次复查。

第二份责问书没有经过勤政殿与宰相府，直接由宫中发出，措辞更加严厉，质问身为一家之主的崔宏，何以尽是推脱之辞。

韩孺子没有召见崔宏，所有问答都以公文进行，来回三次之后，崔宏终于认罪。

事情还没完，韩孺子立刻要求宰相与刑部定罪，一开始的处罚意见只是罚俸与斥责，韩孺子驳回，又经过一番拉锯，最终的处罚是夺爵、收田、放奴，崔家一门两侯，都被削夺，连崔腾也不例外。

处罚本应更重，但是皇帝允许崔家以旧功抵罪。

消息传出，京城轰动，没过多久，传遍四方，引发更大的反响。

废私奴令僵持数月进展不大，直到崔家领罪之后，才有大量富贵之家交出私奴。

正月剩下的日子与整个二月，韩孺子都在忙碌这件事，对朝廷逼得越来越紧，与此同时，他也一直关注着疆外的消息。

西域陷入一团混乱，虎踞城再无消息传来，送去的圣旨也下落不明。

二月底，金纯忠等使者回京，带来确切的消息，匈奴没有全体投降，而是再度分裂，坚持不降的一部分匈奴人，以大楚贵妃金垂朵和大楚公主崔昭的名义，向皇帝求助。

差不多在同一时刻，被迫交出私奴的几大世家，再也无法忍耐，联手向皇帝发难。

第二十四章

百官怠工

世家的地位不只体现在自家子弟身上，通过联姻、亲友、同乡、同窗、门生等多种途径，每一家都能组成一股范围广泛的强大力量。

世家，以及世家羽翼之下的各小家，拥有最多的兵奴与私奴，当皇帝越来越严格，真要动手的时候，他们最为不满。

在此之前，朝中官员虽然接二连三地提出请辞，但都是试探，并不真心，皇帝若是直接发出圣旨，他们也会遵守，这回不同，他们也要动真格的。

二月最后一天的上午，早早起来，打开大门准备恭迎各位官员进府的小吏与公差，惊愕地发现，老爷们没有按时出现，而是派来家中奴仆，称病告假。

吏、礼、兵、户、刑、工六部，御史台、大理寺、宗正府……但凡是朝廷重要部司，官员都不肯来，只有尚书与侍郎现身，留下一两人看守衙门，最高长官则去勤政殿通报情况。

勤政殿的大臣倒是聚齐了，一共五人，宰相、左察御史、吏部尚书、礼部尚书和户部尚书，没说几句话，其他大人陆续赶来，在殿外候旨，很快获召。

大楚官职最高的十几位官员，基本都到了，只有右巡御史瞿子晰和大将军府掌印官蒋巨英还在外面奔波。

众臣一一上前说明本衙门的缺席情况，总共五百多人，集中在四品到七品之间，更高的官员不想当出头鸟，更低一些的不够资格参与，还都坚守岗位。

没人提出任何诉求，只是告病，声称自己起不来床，实在没办法，只得请假数日。

韩孺子听完，看着殿内的大臣，心里清楚得很，这些人并不无辜，没有他们的暗中许可，官员们不敢做出这种事。

大臣们心里也很清楚，皇帝已经看破一切，能不能让皇帝重新遵守规矩，就看这一遭了。

“最近比较忙，大家的确辛苦了，传朕的旨意，全员休假三天。”韩孺子起身离去。

殿内的大臣跪下恭送，皇帝的身影一消失，众人立刻七嘴八舌地议论起来。

韩孺子前往凌云阁，顾问们还都在，没人缺席，韩孺子命令他们各回本衙门，什么也别做，更不要多说，就在大堂上坐着就行。

获封官职的顾问只有四十余人，支撑不起朝廷的运转。

韩孺子照常与剩下的顾问议论时事，得空就批复几份奏章，中书省倒是没人告病，仍在正常为皇帝服务。

到了下午，事态变得严重起来，告病之风扩展到京兆尹府等地方衙门，一些好事的小吏，也纷纷声称腰酸腿疼，或公开、或暗中回家休息，衙门里更空了。

皇帝仍无动作，只是传旨宣布休假三日，可是传达圣旨需要诸多官员的配合，如今人都休息了，圣旨只能张贴在少数几个部司的大门上，然后由大家口口相传。

这一天，皇帝不动声色，好像早就料到会有这种情况发生。

次日上午，皇帝正常前往勤政殿，与大臣们聊了几句不相关的话，又去凌云阁了。

皇帝不急，自然有人急。

崔腾已被削夺爵位，但是留任宿卫军中，仍是皇帝的近臣，而且比一般顾问更容易见到皇帝。

“陛下怎么还跟没事人一样？”崔腾看样子已是惊慌失措，“这是明摆着的挑衅啊，若是不给他们一点教训，以后还不得造反啊。”

“不急，等休假结束再说。”韩孺子道。

“那就来不及了。”崔腾上前，毫无必要地压低声音，“我听说，军中将领也在密谋，要参与此事。”

南、北两军都在塞外，京城唯有宿卫军，军中的世家子弟极多，当然不会置身事外。

韩孺子抬起头：“将领也要闹事？”

“是啊，我是这么听说的，他们的意思是守卫皇宫与陛下的将领正常履职，轮休以及宫外的将领告病，跟那些文官一样。”

韩孺子问：“你觉得朕该如何应对？”

崔腾认真地想了一会儿：“这个我真拿不准，只是觉得要尽快解决，否则的话，咱们怎么跟匈奴打仗啊？”

“是啊，匈奴……朕本想趁着匈奴分裂之机，彻底将未降的匈奴人收服，以为北方屏障，现在看来，不只文官不可信，武将也有异心，朕需要另想办法了。”

“别啊，我觉得陛下只需要稍退一步，文武百官还是会同心协力支持陛下的。”

“退？怎么退？朕如今走在悬崖上，退一步可能就要堕入万丈深渊。你且退下，朕自有主意。”

崔腾无奈，只得退下，行礼之后又道：“陛下，崔家跟这事没关系，真的，一点关系也没有。”

韩孺子微笑道：“朕知道，这里有你父亲的奏章，将事情说得很清楚。”

崔腾松了口气，退出房间。

韩孺子继续浏览奏章，站在他身边的张有才实在忍不住了，开口道：“这个崔腾，今天可有点古怪。”

“别又犯错。”韩孺子头也不抬地说。

张有才吐吐舌头，急忙闭嘴，再不敢乱说乱猜。

东海王下午求见，他本不想见皇帝，是被崔腾撺掇来的：“我对他说，陛下肯定有办法应对，他却急得不行，非说我的话陛下肯听，让我来劝劝陛下，真是可笑。”

“有什么可笑的？”韩孺子认真地问。

东海王长长地呃了一声：“陛下肯定早有准备，崔腾完全是杞人忧天。”

“朕有哪些准备？”

东海王苦笑：“这我哪知道啊，我只是觉得陛下向来谨慎，废私奴也不是一天两天的突发奇想，对大臣的怠工肯定已有应对之策。”

“朕允许你猜上一猜，赦你无罪就是。”

东海王“嘿嘿”干笑两声：“胡猜啊，陛下在各部司中任命了一批官员，他们忠于陛下，必要的时候，陛下完全可以撤掉一批带头的告病官员，让陛下的人代替。按道理，官员们不可能如此齐心，大多数人大概是受到了蛊惑，或是碍于人情，不得不参与闹事，陛下一旦杀鸡骇猴，我相信，他们立刻就会回到衙门里。”

“那样的话，朕与大臣的隔阂将会更深，不到必要之时，此计断不可行。”

“鱼死网破，乃是下下之策，所以我也只是胡猜。”

“继续猜。”

东海王挠挠头：“陛下前些天从各地召回一批将领，想必是要重整宿卫军，只要将士们仍然听命于陛下，朝中官员闹事不足为虑。”

“朕召回的将领不过十余人，宿卫军中尽是世家权贵子弟，只靠这点人，如何重整？”

“也对，而且陛下已经掌控宿卫军，最重要的剑戟营，从上到下都是陛下的心腹，又有樊撞山这样的猛将坐镇，其他营不敢生事。”

“再猜。”

"陛下这是在难为我嘛。"

"与其背后猜，朕更愿意听你当面猜。"

东海王硬着头皮说下去："陛下召回将领，若不是为了接管宿卫军……那就是为了组建新兵部了，只要兵部完整，陛下就能继续进行与匈奴人的战争，其他部司发现自己失去重要性，立刻就会向陛下屈服。"

"总算有点接近了，可百官怠工，朕总不能放三天假了事，你再猜。"

东海王后悔来见皇帝了，可是也有一点兴奋，振作精神，仔细想了一会儿："如果我是皇帝……"话一出口，把自己吓了一跳，扑通跪下，"陛下恕罪，这只是无心之失……"

"朕已说过，赦你无罪。"

东海王慢慢起身，脸色仍然苍白，好一会儿才恢复正常，继续道："百官如此齐心，背后必有主使之人，击其首脑，余党自散。"

"嗯。"韩孺子表示鼓励。

"第一可疑之人是宰相卓如鹤，他是百官之首，说话有人听，而且……"东海王一直没向皇帝提起卓家公主，现在也不想，"卓家也算世家，一直不太支持陛下的废奴令。"

"还有吗？"

"第二可疑之人是那个南直劲，此番怠工者，以四品以下的官吏为主，像是南直劲能挑动的事情。"

"还有吗？"韩孺子重复问道。

东海王抬头看向皇帝，前两人嫌疑大些，但是也有不足之处，宰相太显眼，而南直劲被皇帝识破之后，早已失去从前的影响力。

东海王终于明白皇帝要让自己"猜"什么了，不由得轻叹一声："再就是崔家，我了解崔宏，只要还有一口气在，他就不会放弃权力，没有军队，他就要利用各大世家的子弟。这一回——只怕崔腾也参与了，所以他才会这么急迫地劝说陛下让步，这小子对陛下还是有一点忠心的，只是……只是先要为自家着想。"

韩孺子沉默良久："就为这点忠心，朕犹豫未决，你有什么好主意？"

东海王就知道，皇帝又要交给自己极难的任务。

"崔腾追随陛下已久，为人……有些鲁莽，还有些恃宠而骄，总以为能得到陛下的原谅，按理说，这种人就得逐退，送到苦寒之地受点罪，他若能反躬自省，尚可召回，若是顽固不化……"东海王没再说下去。

韩孺子叹息一声，对崔腾，他有一点亏欠之意："你去和他谈谈吧。"

东海王知道，自己这回是要将崔家彻底得罪了。

第二十五章

罪有应得

东海王很久没来过崔府了，一路走过，觉得一切都那么陌生，不敢相信自己曾在这里生活过十几年。

“这座院子一直这么小吗？”东海王问。

崔腾迎面走来，困惑地左右看看：“一直都是这样……你来干吗？我可没请你。”

“我来找你说件事，单独说。”东海王看了看崔腾身后的两名随从。

崔腾摇头：“是公事，当面说；私事，我不想听。”

东海王笑道：“陛下让我来的。”

崔腾不太相信：“真的？”

“我胆子再大，也不敢在这种事情上撒谎啊。”

崔腾还是不想邀请东海王进屋，摆摆手，将随从屏退：“说吧。”

虽是初春，天气还很冷，东海王紧紧外袍，又等了一会儿，确认周围无人之后，说：“崔二，你做了一件傻事。”

“别来这套，又想唬我吧？”

东海王走到崔腾面前，正色道：“记得吗，咱们小时候经常在一起玩耍？”

崔腾犹豫着点点头：“从前的事情，提他做什么？”

“当时谁能想到变化会这么大？崔家还是崔家，我还是东海王，却是各走各路，好像连亲戚都做不成了。”

崔腾忍不住挖苦道：“那是因为你无能，崔家起起伏伏，总能再度兴起，你却一蹶不振，当然要各走各路，难道崔家还要跟你一块衰落不成？”

“当然不用。”东海王笑容不变，“我现在这样也挺好，无欲无求，不争不抢，过得反而踏实。”

“有话就说，我没空听你作诗。”

东海王大笑，很快收起笑容：“陛下知道了。”

“知道什么？”

“知道崔家在背后捣鬼。”

崔腾的脸腾地红了：“血口喷人——我说的是你，不是陛下——崔家与怠工一事毫无瓜葛。”

“我问过了，他们都说这是崔家的主意，说你们崔家信誓旦旦地保证，陛下肯定会在这件事上让步，如果出事，崔家愿意担责。”

“你听谁说的？找他来对质。”崔腾的脸更红了。

东海王沉默了一会儿：“你没跟舅舅商量，自作主张吧？”

崔腾一把揪住东海王的衣领，面红耳赤，目露凶光：“少跟我耍小聪明，想报复崔家，你可没这个本事，走，咱们一块去见陛下。”

东海王也不挣扎，等崔腾放手，他整整衣裳，平淡地说：“不用去见陛下，咱们先去见舅舅吧，他若说这事与崔家无关，我就相信。”

“用不着，咱们去见陛下，现在就去！”崔腾拉着东海王往外走。

“陛下明天会颁布圣旨，撤换一批新官员。”

崔腾止步：“陛下亲口说的？”

“圣旨已经拟好，就等三日休假结束后公布，各部司的四品官员将全部撤换，从四品官员里提升，如果新任官员继续告病，就接着免职，重新再选，直到有人愿意担任为止。”

崔腾的脸色由红转白。

东海王继续道：“官员们能承担几次免职？我猜就一次，圣旨中还有一条，此次被免官员，永不叙用。”

“陛下……真的不会让步？”崔腾喃喃道。

“陛下没必要让步，有一批官员支持陛下，目前的官职还不高，正好可以借机提拔，咱们都了解朝中那些人，一旦被免官，而且是永不叙用，他们会恨死你，到时候不用对质，出卖你的人会排成长队。”

崔腾脸色更加苍白：“他们会恨死我……”

东海王拍拍崔腾的肩膀：“我理解你的做法……”

崔腾甩开东海王的手，怒气冲冲地吼道：“理解个屁，你什么都不懂！”

东海王冷笑一声：“我不懂吗？你现在是崔家唯一的儿子，是皇帝最信任的近臣之一，屡立大功，放在从前，你就是货真价实的权臣，比舅舅掌管南军时还要威风。可事实并非如此，陛下信任你，却不重视你，陛下每次召集顾问商议大事时，你都站在旁边，难得插上一句话，偶尔开口也是逗大家一笑而已。在外人眼里受宠非常的崔二公子，其实只是一名弄臣。”

“弄臣”两个字深深刺痛了崔腾，他的脸又红了起来，吼道：“那也比你强。”

“当然比我强，我再怎么努力，也洗刷不掉当年与陛下争夺帝位的污点，纵使陛下已经相信我，仍忌惮天下人悠悠众口，不会真正重用我。我没希望，但是你有，所以你不服气，非要想办法证明自己的本事。”

崔腾惧愤交加，还很困惑：“陛下为什么要找你？他只要对我说一句话，一夜之间我就能平定事态。”

“用我无须封赏，用你却越来越难。”

“我连侯位都丢了，还有什么难的？”崔腾大怒，好像皇帝就在眼前，憋闷多日的心里话脱口而出，“出生入死！有几个人能做到？我做到了，而且是在陛下处境最危险的时候做到的，结果换来了什么？”

崔腾狠狠地骂了一句：“什么事情都拿崔家先开刀，崔家做错了什么？是因为我妹妹没生出太子吗？是因为我不够忠诚吗？我不服！”

崔腾再也忍不住，脏话一句接一句，又蹦又跳，好像地上躺着仇人，非得把他踩个稀巴烂才能宣泄他心中的愤怒。

东海王了解崔腾的品性，也不劝，静静地看着、听着。

最后崔腾累了，终于停下，粗重地喘息着，心中怒意渐去，开始感到恐慌，面无血色，低声问：“陛下让你来的？”

东海王点点头。

“陛下……怎么说的？”

“陛下什么也没说，只是让我来跟你谈谈。”

崔腾几乎站立不稳，庭院里却没有地方可以坐下，他深吸一口气，努力站稳，茫然地说：“谈什么？”

“嗯……先说说你是怎么做成这件事的吧，这么多官员，竟然都听你的话，我可有点意外。”

“不全是我的话，主要是……”崔腾叹了口气，“还有柴家和萧家。”

“我明白了，柴家曾在夺位时支持过陛下，萧家出了一位敌前殉难的萧声，结果却都没有得到陛下的信任与重用，柴悦同掌南、北两军，自家人并未得到好处。”

崔腾点点头：“他们来找我，问我愿不愿意给他们传话，让陛下做些让步，我想……我想……”

“你想与其让陛下蒙在鼓里一无所知，不如你居中传话，既能向外人显示自己的地位，又能立一功。”

崔腾“嗯”了一声。

“唉，崔二啊崔二，你可真是……舅舅果真不知情？”

“父亲不知情，他听从妹妹的建议，打算退隐一段时间，他提醒过我，让我老实留在陛下身边，不要参与……”崔腾心里空落落的，“我真蠢，竟然会与陛下作对，陛下一定气坏了。”

崔腾的确很蠢，东海王将这句话埋在心里，说：“想想下一步该怎么做吧。”

“陛下……还会原谅我吗？”崔腾期待地问。

“我可不知道，但是我想，陛下既然没有直接找你对质，而是派我来和你谈谈，大概就是要给你一次机会，就看你能不能抓住了。”

“抓住，我一定抓住，可是……东海王，你教教我该怎么做？”

“你肯听我的话？”

“听，你说的话我全听，就像小时候那样。”

东海王“嘿”了一声：“陛下可以撤换一部分官员，但那意味着陛下与朝廷的关系会更加僵持，乃是下下之策，明天一早，如果告病的官员都能回到衙门里，陛下自然不必撤换任何人。”

“我去说，明天早晨谁敢不去衙门，我亲自去家里把他拖出来。”

东海王笑了笑：“然后你还是得请罪，真心请罪，任何处罚都得接受，陛下就算要砍你的头，你也得磕头谢恩。”

“我认错了，陛下还要砍我的头？”崔腾捂着脖子，有点舍不得这颗脑袋。

“看你的造化了，别去猜测陛下的想法，记住一点，你是罪有应得。”

“我……我……罪有应得。”崔腾垂头丧气，锐志尽消。

“剩下的事情就听天由命了，陛下决定一切。”

“我真的还有机会吗？”

“陛下决定一切。”东海王拱手告辞，出了崔府，伫立马前，半天没有上去。

他说服了崔腾，其实崔腾也“说服”了他，身为皇帝唯一的弟弟、东海王、宿卫军大司马，他所拥有的只是一堆虚衔，无论怎么努力，都没办法争得真正的权力，崔腾还有机会，自己的机会在哪儿呢？

东海王跳上马背，悲从中来，快到皇宫的时候，他调整好了心情。

皇帝还在凌云阁，正与康自矫交谈，没有别人在场，东海王等了一会儿才得到召见，心里有点嫉妒，对康自矫笑了笑，向皇帝施礼。

“怎么样？”

皇帝竟然没有屏退外人，东海王略感惊讶，口中回道：“一切顺利，据崔腾所言，他是受到柴、萧两家的蛊惑，为他们居中传话，他还说，崔太傅并不知情。”

“这么说朕不用撤换官员了？”

“应该不用了。陛下打算如何处罚崔腾？”东海王小心问道。

“送到边疆待几年。”韩孺子顿了一下，补充道，“或许丑王能教他一些道理。”

东海王吃了一惊，皇帝竟然要借助一名江湖人训导崔腾，不知这是羞辱，还是重视。

皇帝挥手，东海王告退，临走时又向康自矫一笑，心里纳闷，一名连正式官职都没有的小小顾问，能有什么重要的事情占据皇帝这么久的时间？

东海王退出房间，康自矫继续道：“陛下与满朝官员一样，并不真正懂得民间疾苦，自以为在做好事，结果却害苦了百姓。”

第二十六章

家奴子

康自矫出身寒门，在吏部的公文中是这样记录的，事实上，他的家世比“寒门”还低，几乎没有门，十岁之前他是家奴子，因为年纪小，干不了重活，陪主人家的孩子读书，因此识文断字，教书先生称赞有加，但他却没资格考取功名。

在他十岁那年，父亲陪主人出门经商时，独战数名拦路强盗，救了主人一命，自己却身负重伤，侥幸捡回一条命，却再也没法下床。

主人还算心善，替康家人赎身，给他们一小块田地，听说康家的儿子读书不错，又利用自己的关系帮康家修改户籍，抹去家奴子的记载，好让他能够参加科考。

父亲却没有这么大的野心，更希望儿子经商或是务农，做个老实本分的人，十岁的康自矫已经看清自己的路，坚持读书，并改名“自矫”，因为他知道，在这条路上，他必须自我鼓励、自我提升。

户籍修改了，身份却没有，在学堂里，康自矫仍被同学当成“家奴子”，尤其是旧主的孩子，对他呼来喝去，要他端茶倒水，命他替自己写作业……

康自矫都接受了，因为父亲几乎每天都提醒他：“你得感恩，是主人家给了你现在的身份，你一个家奴子，能识字就不错了，努力考个秀才，也算对主人有个交代。”

康自矫每次都点头，心里却感到憋闷，在学堂里，他没有朋友，偶有闲暇，一块玩的伙伴还是庄农与奴仆之子。

康自矫顺利考中了秀才，还想继续读书，为此与父亲大吵一架，父亲起不得床，管不住儿子，咬牙道：“读吧，看你什么时候能将家里的几亩田败光。”

父亲的预言成真，不到十年，康自矫的确“败光”了家产——他要进京赶考，只能卖掉田产筹措盘缠。

可父亲没看到，他已经去世。没过多久，母亲也随父而去，家里的地一直租给别人耕种，倒是没受影响。

从当秀才开始，康自矫就摆脱了旧日的同学，包括主人家的儿子在内，同村的孩子只有他一个人考中秀才，能够进城继续读书。

可他仍是“家奴子”，县学里经常有人拿这件事开玩笑，甚至表示愿意出钱雇他当随从。

康自矫不再忍受，每遇嘲讽，必以更刻薄的言辞还击，性子也越来越孤傲，除了一位教书先生，没人喜欢他。

康自矫与儿时的少数好友却没有断绝来往，每次回家，仍去探望，随便聊几句，因此一直觉得自己比绝大多数读书人更了解百姓的疾苦。

他不仅这么想，也是这么说的，甚至敢在皇帝面前说出来。

韩孺子真心不太喜欢康自矫，因此留在身边，迟迟没有任命为官，可是欣赏他的心直口快，与此同时也感到恼怒：“大敌当前，朕仍不忘释放私奴，不忘减租、垦荒，你却说朕不知民间疾苦？”

“陛下真在穷人中间生活过吗？”

“没有，但是朕见过，朕身边的宿卫军里有许多人就是穷人出身。”韩孺子指的是那些渔民，虽然只有几百人，却是他身边最为可靠的保护者。

“各家的私奴呢？陛下见过多少？”

“没见过。”韩孺子实话实说，康自矫的咄咄逼人用在别人身上时，皇帝还是很高兴的，现在自食其果，加倍觉得尴尬，“难道私奴不愿离开旧主？”

“为什么愿意呢？天塌了有主人家顶着，如今却是净身出户，天塌了谁来扛？”

韩孺子皱起眉头：“为什么非要说‘天塌了’？”

“从前生活被打乱，原来有房居住，有饭可吃，现在却是居无定所，吃饱一顿担心下一顿，民以食为天，对私奴来说，吃不饱就是‘天塌了’。”

“朕已传旨，私奴离家时，要得到补偿，而且愿意从军或是垦荒的话，官府还会分给田地。”

“陛下传旨了？”

“当然，而且是你亲眼所见。”韩孺子心中越来越恼怒，只是还不想完全显露出来。

“旨意传给谁了？”

“康自矫，你想说什么，直说好了，用不着拐弯抹角。”韩孺子冷冷地道。

康自矫拱手谢罪：“陛下的圣旨先进宰相府，再到各部司，由驿站分送天下各郡，郡里抄送各县，县转乡，乡告民，一道圣旨要被百姓得知，需要经过几道手，每一道手都在官员的控制之中。而这些官员，不是世家出身，就是与世家有着千丝万缕的联系，正是陛下所要打压的一批人，试问，他们愿意如实传达这道圣旨吗？”

韩孺子心中的怒气一下子消失得干干净净，语气也缓和下来："康卿听说了什么？"

"不是听说，而是亲眼所见，就在京城以外，许多私奴在路上号啕大哭，不肯离开旧主，以为从此再无着落。"

韩孺子沉默了一会儿，他一直集中精力与大臣争斗，官员们的激烈反应让他自以为与胜利只差一步，现在才明白，他中了"声东击西"之计，正在错误的地点进行一场无关大局的战斗，虽胜犹败。

"私奴可愿从军？"

"只有很少一部分愿意从军，他们种惯了地，对打仗极其畏惧，北方正要开战，无论给多少田地，许多人也不想从军，何况陛下所许下的田地要三至十年之后才能到手，穷苦人怕官、不信官，一听说是三年以后，更不信了。"

韩孺子沉默得更久。

当皇帝真难，但这句话只能藏在心里，韩孺子开口道："你说的这些都有实据？"

"陛下可以派人去查，不用太远，京城以外就有不少大庄园，问问他们了不了解圣旨的全部内容、愿不愿意离开旧主自立门户？"

韩孺子当然要派人调查："康卿可有妙计解决困境？"

康自矫回道："本朝定鼎之初为何官民和谐而政令通顺？乃因功臣皆由民间出，熟知百姓疾苦，两三代之后，世家子从小锦衣玉食惯了，视富贵为天生，偶有不顺，只觉得自己苦，哪知世上还有更苦、真苦？陛下问妙计，微臣只有一计，多用寒门子弟当官，或可令朝廷再度知民。"

韩孺子点点头，觉得康自矫此计不够"妙"："你先退下，容朕考虑一下。"

康自矫拱手告退，最后说了一句："康某不谦，自认为有宰相之才，陛下若是欲用寒门，可从康某开始。"

韩孺子大笑，挥手命令康自矫退下。

康自矫并不掩饰自己的求官野心，韩孺子也不在意，而是在仔细思考他所说的话。

韩孺子是皇帝，即使是在被迫退位的情况下，所遇到的人也大都愿意为他所用，更洒脱者则是事了之后急流勇退，所以他很难理解，竟然还有人甘愿为奴，而不愿自立门户。

不能只听一面之词，韩孺子必须调查清楚，想了一会儿，觉得金纯忠和景耀都不适合，于是让张有才召来晁鲸。

养尊处优久了，晁鲸已不再像是穷苦的渔村少年，只是眼睛闪亮，到哪儿都乱瞄，贼兮兮的，也不像是宿卫军将士。

韩孺子将事情交代清楚，让晁鲸去京城以外打听情况，特意提醒道："不要泄露身份，你现在这个样子可不行。"

"衣服不行吗？我换一身。"

"嗯……不只是衣服，你从前挺黑的，现在好像变白了一些。"

"是吗？"晁鲸在自己脸上摸了一下，"跟张有才比，我还是挺黑的。"

张有才咳了一声。

"而且也胖了。"韩孺子上下打量几眼，"你平时不参加练兵吗？"

晁鲸脸上一红，他倒聪明，明白皇帝的意思："我明白了，陛下想找一个人，能与普通百姓说得上话，不被认出真实身份，对不对？"

韩孺子点点头。

"这个简单，让马大和我一块去，他黑不溜秋的，擦粉都盖不住，还跟从前一样又矮又壮，只要换身衣服，没人能认出他是宿卫军士兵。"

"马大的脾气……"

"有我看着，陛下就放心吧。"晁鲸竟然转身走了，好像这不是皇帝的命令，而是熟人相托。

"这么久了，他也没学会规矩。"张有才不满地说。

韩孺子笑了笑："规矩与真话——朕更愿意要后者。"

张有才躬身道："真话伤人，也就陛下能受得了。外面还有几位将军，陛下今天要见吗？"

"明天吧。"韩孺子实在累了，回转后宫，给太后请安之后没去秋信宫，也没去看望淑妃邓芸，径返泰安宫，他需要独自待一会儿。

天黑不久，皇后派人送来皇帝常穿的睡衣。

孟娥放下衣物，转身要走，韩孺子叫住她："公主今天怎么样？"

"很好，打碎了一只杯子。"孟娥回道。

韩孺子露出微笑，可这并不是他叫住孟娥的真正原因，他在犹豫，最终问道："朕曾自夸掌握了帝王之术，现在却没那么有把握了。"

孟娥等了一会儿，回道："陛下曾经对我说过，人一生有两次成熟，第一次知道自己能做什么，第二次知道自己不能做什么。"

"这是杨奉的话。"韩孺子心中一动，突然没有那么多话要倾诉了，"谢谢。"

孟娥"嗯"了一声，躬身退出。

"不能做什么。"韩孺子轻声自语，恍惚中，杨奉似乎就站在对面，冷冷地看着他，等他给出答案："皇帝不能做什么？"

第二十七章

找事

没人能认出身穿普通衣裳的马大是宿卫军士兵，可是也没人觉得他像好人。

马大长相凶恶，又不会说客套话，吆来喝去，目光乱扫，被当成前来踩点儿的强盗，全村的男人出来围堵，手持锹镐，高喊“打死报官”。

马大踹倒一人，转身狂奔，可是不认路，被村民包围，险些死于乱棍之下。

晁鲸及时赶到，声称这是他的仆人，因为迷失了方向，过来问路，没承想言语得罪众人。

晁鲸穿着绸衫，像是有钱人家的少爷，得到了村民的信任，饶了马大一命。

接下来的事情就简单了，晁鲸油嘴滑舌，很快取得村民的好感，借口天色已晚，需借宿一晚，村民们不敢私自留宿客人，将两人送到庄里。

庄上管事见过世面，一眼就判断出这主仆二人不是真正的有钱人，顶多算是暴发户，于是客气地留下，提供酒菜，几杯酒下肚，邀请晁公子赌博。

晁鲸忍住赌性，声称自己不会，让仆人代劳，自己是出来观赏风景的，想到处逛逛。

于是，马大在庄里赌钱，晁鲸在村里信步闲逛，见到人就过去搭讪，他现在算是庄上的客人，村民的态度客气多了，东家长西家短，什么都聊。

马大好赌，赌技却一般，等“少爷”回来，他已经输光了几十两银子，庄上的人更客气了，次日上午欢送出庄，热情地邀请他们再来游玩。

天快黑时两人才回到城里，立刻换衣裳去见皇帝。

皇帝还在凌云阁，但是没有立刻召见两人。

张有才守在楼下，小声道：“陛下在与将军们议事呢，昨天、今天，两个下午了，陛下交代过，说是你们回来之后就稍待一会儿，陛下要见你们。”

马大哈欠连天，趴在桌子上睡觉，晁鲸站在一边，琢磨着待会儿怎么对皇帝讲述情况，随口问道：“朝里官员还在告病吗？”

“都回衙门里了，个个生龙活虎。”张有才不屑地说。

七名武官正在楼上争得热火朝天。

这七人都是韩孺子亲自选中的，有勾引人妻、风评不佳的赖冰文，有在枯燥的奏章中被发掘出来的陈嚣，有老成持重、经兵部推荐的老将狄开，有在云梦泽剿匪时表现出色的邵克俭，还有年纪轻轻就受到皇帝欣赏的勋贵子弟谢存，另外两人则是房大业临终前力荐的将领。

他们争论的内容只有一个：该不该从西域撤军。

大多数人支持朝廷的决定，以为大楚应该专心应对北方的威胁，西域可以暂弃，等北方稳定，再派兵夺回。

只有赖冰文和谢存反对。

谢存年轻气盛，以为大楚寸土必争，西域附庸大楚已有多年，不可说弃就弃。

赖冰文则认为，西域之所以成为藩屏，乃是因为大楚强盛，楚兵一退，西域诸国必定倒向敌人，虽然西域承受不起大军行进，但是大楚西边的防御也很弱，只有一座玉门关可作门户，若是受到频繁骚扰，反而令大楚更加分心，无法专守北方。

“好比两军对阵，敌强我弱，我军纵有退意，也不可显露出来，必须步步为营、稳扎稳打，示敌以必战之意，然后再图进退。陛下即使有意从西域撤军，也不该直接发布圣旨，应该给予西域将领便宜之权。邓将军生死不明，还有张将军呢。臣等在京城夸夸其谈，不如张将军在虎踞城一人之见。”

就是这番话打动了韩孺子，他一下子醒悟，也后悔了，他不该发出那份召回楚兵的圣旨，正如赖冰文所说，应该给予张印和邓粹更多的自主权利。

若非顾及皇帝的威严，韩孺子真想立刻补发圣旨，可他必须保持冷静，眼看天色将晚，结束了商议。

众将走了之后，张有才上楼问道：“晁鲸和马大回来了，陛下要见吗？”

“见。”韩孺子今天仍很疲惫，但是精神却很充足。

马大哈欠连天，只记得自己差点挨打，输了几十两银子，全是晁鲸向皇帝报告情况：“我们去的庄子属于柴家，几十年了，村里一多半人没有入籍，他们听说过圣旨，都不愿意离开，说柴家势大，能护着他们，自立门户的话，更容易受欺负。”

韩孺子皱起眉头：“柴家对他们很好吗？”

“说是很好，村民个个感恩戴德，可我知道这是怎么回事。”晁鲸笑着摇摇头，“村民根本见不到柴家人，只知道自己种的地属于柴家，哪敢说柴家坏话？有几个胆大的人，对我说庄头儿心狠，经常找借口多收租子，并不交给柴家，而是自己截留，但是村民不敢上告，以为庄头儿在柴家肯定有靠山，告也没用。”

“村里的男子可愿从军？”

晁鲸摇摇头：“我问了，没有一个愿意当兵，都觉得那是有去无回的危险行当，不如在家里老老实实种地。”

这与康自矫说的情况几乎一样，韩孺子长叹一声，思忖片刻，问道：“同样是村民，为什么你们就愿意从军呢？”

“不一样，他们是庄农，一辈子几乎不离庄，顶多去附近赶赶集，别说去边疆当兵了，进趟城都能把他们吓得半死。晁家村是渔村，光靠打鱼养活不了全家，村里的男子年轻时都出去闯荡过，有经商的，有当苦力的，也有入伙当强盗的，比当兵过得还惨，所以陛下一说管吃管住，大家就都来了。”

韩孺子笑了，当初为了养活这支军队，可花了他不少钱，甚至需要崔小君回家硬要，随后他又叹息一声，崔家虽然并不情愿，但是对他的确帮助甚大。

“百姓也都各有各的想法。”

“那是当然，俗话说‘一样米养百样人’，就是晁家渔村，也有不爱当兵的人，现在还以打鱼为生。我曾经回过村里，他们倒是挺羡慕我们，说我们眼光好，竟然跟了皇帝，可是问他们愿不愿意当兵，他们还是摇头，说是太危险，得拼命才能保住富贵，他们宁愿过踏实的苦日子。”

韩孺子无话可说，晁家渔村的士兵在晋城损失甚大，他们享受到了富贵，必要的时候也以命效忠。

“有些事情，真是左右为难。”韩孺子感慨道。

晁鲸点点头，他并不觉得有何为难，只是不想反驳皇帝，身边的马大突然挺起身子，瞪眼吼道：“有什么难的？闯就是了，反正怎么都是错，还不如硬气一点。”

韩孺子大笑，让张有才送走了两人。

张有才回来收拾东西，忍不住多看了皇帝两眼。

“你又在想什么？”韩孺子问。

“陛下今天好像……很高兴。”

“你觉得奇怪？”

“官员们是回衙门了，可是问题并没有解决，听陛下的意思，好像变得更难了，所以……”

“难，真难，比朕最初的预想难上百倍。”韩孺子嘴上这么说，语气却显得很轻松。

张有才越发困惑不解，皇帝却不做解释。

韩孺子回到秋信宫，皇后崔小君忧心忡忡地说：“我哥哥……他不明白陛下处置崔家的深意，以为自己再也得不到陛下的原谅，在家里要死要活的，已经几天没吃东西了，母亲给我写信，我真不想麻烦陛下……”

“朕明白，皇后可以给家里回信，就说你已求得朕的同意，过两天会召见崔腾，让他养好身体来见朕。”

“陛下真的要见我哥哥？”

“不为别的，就为崔腾为朕冒过的那些危险，朕也该见见他，但是他还得去边疆，就当是送行吧。”

“崔家让陛下为难了。”崔小君很是羞愧。

韩孺子摇摇头，看了看女儿：“皇帝若不为难，那必然是因为无所作为。”

他又照常去给太后请安，事后跟随母亲一块来到慈宁宫，屏退太监与宫女：“朕回京多日，还没有向太后请罪。”

“请什么罪？”慈宁太后惊讶地说。

“朕在外做出诸多惹怒太后之事，要请不孝之罪。”

慈宁太后叹口气：“陛下是我的儿子，无论怎么做都不是罪，何况你是为天下着想，我纵然当时不解，过了这么久也该醒悟了，陛下事务缠身，我的确不该再添乱。”

“朕的确事务缠身，所以有件事要请太后代劳。”

慈宁太后真的吃惊了，儿子当皇帝这么久，这可是第一次向她请求帮助。

“什么事？”

韩孺子沉默了一会儿：“调查思帝之死的真相。”

慈宁太后脸色骤变：“不是已经查清那是崔太妃所为吗？”

韩孺子摇头：“此事疑点颇多，上官太后只怕是弄错了。”

“那也没有必要替崔妃洗冤。”慈宁太后不满地说。

“与洗冤无关，若是当初的下毒之人还在宫里，朕怎么能够放心？”

慈宁太后盯着儿子：“陛下说的是真心话？”

“真心，朕本想整肃朝廷之后再调查此事，现在看来，以后的事情只会越来越多，朕一时半会儿腾不出手来，所以要请母亲帮助，此事只可暗中调查，必要的时候，可请景耀帮忙。朕只有一个要求，无论牵涉到谁，请母亲告知朕一声。”

“当然。”慈宁太后仍显困惑，“陛下为何不让皇后调查此事？”

“皇后心软，做不了这种事。”

慈宁太后想了一会儿，点头应允：“皇宫里不只住着陛下，还有皇子与公主，我绝不允许暗藏危险，如果下毒者另有其人，我一定要将他挖出来。”

“不可张扬。”韩孺子提醒道。

慈宁太后挥挥手，表示自己明白。

韩孺子告退，他给母亲安排了一项任务，接下来，还要给更多人找事做，他开始领悟到自己之前错在哪里了。

第二十八章

重获信任

卓如鹤自从当上宰相之后，还从来没在凌云阁获得过皇帝的单独召见，因此得到消息之后他感到十分意外，走进凌云阁，心中则生出颇多感慨，觉得自己应该是大楚历来最难做的宰相。

皇帝起身相迎，两名太监搬来一张椅子，而不是常见的凳子，卓如鹤行礼之后坐下，暗自警惕。

“朝中官员可还尽心？”

“一切正常，各衙门的人都齐了，前几天耽误了一些事情，总算还能弥补过来。”

“废私奴之事，有劳宰相了。”

卓如鹤起身：“臣不敢推脱，臣自会尽心尽力，只是困难比较多，眼下又值多事之秋，臣的身体状况也不大好，还请陛下多做准备，以防万一。”

韩孺子笑了笑，示意卓如鹤坐下：“卓相可还记得你我的第一次见面？”

“臣毕生难忘。”

“那时候卓相说过一句话，‘官府似乎有粮又似乎没粮’，朕也毕生难忘。”

卓如鹤既感动又羞愧，还有一丝困惑，不明白皇帝提起这句话有何用意，难道是讽刺自己“似乎有病又似乎没病”？

韩孺子没想那么多，继续道：“那时朕以为各地官员不以民生为念，皆是贪官、恶官，也是朕太年轻，如今仔细想来，官员这么做，无非是为了应对更紧急的突发情况，更是为了应对上方的无尽索取，所以，根子不在官员，而在朕。”

卓如鹤回道：“陛下不必对自己苛责太甚，贪官、恶官都是有的，与陛下无关。”

韩孺子没有继续“反省”，问道：“垦荒之事进展如何？人手还紧缺吗？”

垦荒是卓如鹤执政的核心，他马上回道：“去年丰收，对垦荒助益甚大，人手依然紧缺，不过这种事无须急迫，垦荒者若是太多，官府反而提供不了足够的耕具，而且此时人多，以后必然人少，到时多出来的耕具会浪费。”

韩孺子点头，稍稍向前探身，很严肃地问："在卓相看来，宰相的职责是什么？"

卓如鹤明白，这才是今日谈话的重点，起身行礼："臣以为，宰相为陛下之辅，在政务上，不求精，而求全，不求功，而求稳。"

"皇帝的职责又是什么？"

这个问题更难回答，卓如鹤打点精神，小心回道："皇帝坐拥天下，垂拱而治，首要职责为选官、用官。"

"卓相所言乃太平天子，若是乱世呢？皇帝也要垂拱而治？"

"若在乱世，天子与宰相一人平乱一人守成，平乱者征战四方，守成者更需求全求稳，为平乱者提供所需的一切应用之物。"

"卓相觉得你我二人谁该平乱？谁该守成？"

卓如鹤再行礼："臣以为眼下并非乱世。"

"西方有强敌，北方有匈奴，卓相以为这不是乱世？"

"西方强敌相隔甚远，且是骤兴之国，锋芒所至，一时无两，假以时日，其败也速，大楚严阵以待即可，无须过于担心。至于匈奴，为祸不是一两天了，即便是在武帝之前，匈奴也没让大楚成为乱世，如今其内部分裂，大楚虽稍弱，并不惧它。"

韩孺子点下头，这就是多数大臣的看法了，所以他们才不着急，甚至抽空弄出一次怠工，在他们眼里，眼下的危机很寻常，完全可以正常应对，皇帝没见过世面，才会如此认真。

"希望一切皆如卓相所言。"韩孺子曾经盼望过战争，现在却改变了想法，战争只是他一人所欲，大臣不支持，最重要的是，百姓也不支持，大多数人宁愿过平安的苦日子，也不愿抛妻弃子去边疆立功。

"平乱是一时之功，守成乃万世之业，朕贪一时之功，不擅守成，眼下虽非乱世，朕守成也有些力不从心，守成之重责，唯有交给宰相。"

卓如鹤做好了准备，要与皇帝唇枪舌剑一番，甚至可以小小地得罪一下，然后借机请辞，绝没料到皇帝居然顺水推舟，要让自己担守成之责，既意外，又有点惊恐，竟不知该如何回答。

"陛下……"卓如鹤好一会儿才吐出两个字，仍不知该说什么。

"卓相放手去做吧，朝廷又是你的了。"

卓如鹤扑通跪下："江山是陛下的，臣民是陛下的，朝廷更是陛下的，臣代管而已。"

韩孺子笑了一声，大臣对这种事有时候比皇帝本人还要敏感："那就继续代管吧，朕相信卓相有这个能力。”

“可是……”卓如鹤没有起身。

韩孺子稍显严厉：“废私奴之事还要进行，卓相可酌情变通，但不可停止，你说江山与臣民都是朕的，那就不要让大楚出现化外之地与法外之民。”

卓如鹤终于相信皇帝真是要将相权还给自己，磕头道：“臣才质粗陋，常令陛下失望，废私奴任重而道远，臣也是有心无力，恐令陛下更加失望。”

“宰相觉得私奴该取消吗？”

“应该，再不取消，这些无籍之民将变成国中之国，虽在大楚境内，却非大楚臣民。”

“似乎有民又似乎无民？”韩孺子微笑道。

“正是。”卓如鹤觉得身上在出汗。

“楚运不佳，其罪只在朕一人，朕欲重振祖业，唯有依靠朝廷，首先就是宰相。无论如何，卓相有一颗护民、济民之心，如此足矣，至于具体事务，尽力而为。”

“臣不敢懈怠，必定尽心竭力。”

“卓相请坐，不必跪着说话。”

卓如鹤起身坐下，心中还是一片茫然，不明白皇帝对自己的信任从何而来。

“朕身边有一位康自矫，寒门出身，比一般人更知民间疾苦，或可对宰相有所助益。”

卓如鹤心中稍宽，觉得这才是皇帝正常的手段，回道：“宰相府少一位知事，康自矫榜眼出身，可为此官。”

“如此甚好。”

知事并非大官，但是常在宰相身边行走，能够参与政务，卓如鹤任命康自矫为此官，也是接受皇帝对自己的监督。

“兵部尚缺掌印之官，卓相可有推荐？”韩孺子又问道。

突然重获信任，卓如鹤还没反应过来，心中慌乱，想了一会儿：“按惯例，兵部尚书应由侍郎升任，或者由别部尚书调任，皆是文臣。如今边疆多事、军务繁杂，应该选一位文武兼通的大臣担任。”

韩孺子“嗯”了一声，等卓如鹤的答案。

卓如鹤又想了一会儿：“有一人倒是合适，只怕陛下觉得不妥。”

“为何不妥？”

“此人刚刚待罪家中，身体也不是太好。”

“崔太傅？”

“正是。”

韩孺子惊讶了一会儿，突然觉得这条建议也不是太匪夷所思：“说说理由。”

“崔太傅身经百战，虽非必胜之将，但是熟知军务，且他从前本是文官，后来被武帝派到南军，才改为武职，对部司之责比较了解。”

“崔太傅曾是大将军，担任兵部尚书岂不是贬职？”

“崔太傅早已卸任，最近又被夺爵，出任兵部尚书乃是戴罪立功，并非贬职。”

韩孺子摇摇头：“朕刚贬黜崔太傅，突然又委以兵部尚书，外人不知，还以为朕此前是在虚张声势。”

“唯陛下裁定，崔太傅若是不妥，户部孙尚书可为备选，兵部周侍郎也可。”

“宰相酌情商定吧，明日递一份奏章。”韩孺子没有完全拒绝。

“遵旨，陛下。”卓如鹤知道自己应该告退了，可心里总是不安，迫切地想要知道皇帝的真实想法，于是说道，“臣有一言不可不说，请陛下垂听。”

韩孺子挥下手，示意宰相可以说。

“骤废私奴，伤筋动骨，大楚承受不住突然增多的大量人口，陛下委臣以重任，臣请先为私奴入户籍，其他事情一概缓行。”

这离收回圣旨只差一步，皇帝若是同意，卓如鹤自可放手去做，若不同意，则所谓信任只是一时之兴，当不得真。

韩孺子陷于沉默，良久方道：“宰相先与群臣商量一个具体计划吧。”

“是，陛下。”卓如鹤心中又信了两三分，只是纳闷究竟是什么事情改变了皇帝的态度。

卓如鹤告退，一直站在皇帝身边的张有才忍不住道：“宰相分明是要借机抬举崔家，背后必有交易。”

“别管太多，你这么闲，朕交给你一个重要任务吧。”

张有才面露喜色：“好啊，私访还是查案？”

“都不是，从今以后，你替朕掌管宝玺。”

张有才吓了一跳，中掌玺在宫里可是不小的官儿，论地位，通常只比中司监低一些，他现在是皇帝的贴身太监，相当于一步登天。

“陛下是说真的？宫里不是有人掌玺了吗？”

“可以调离，你是朕相信的人，由你掌玺朕更放心。”

“可我不想离开陛下，别人服侍陛下，我还不放心哩。”

“中掌玺也可以留在朕身边。”

“那我愿意！”张有才喜形于色。

韩孺子笑了笑：“宰相有事做了，御史台绝不能闲着，你去问问，瞿御史回京了吗？”

张有才一溜烟地跑出去，很快回来：“楼下的中书舍人说了，瞿御史还在路上，还要至少三天才能到京。”

“嗯，不用着急。”韩孺子用手指轻敲桌面，突然停止，“派人去倦侯府，传赵若素。”

第二十九章

罪上加罪

赵若素是个很有耐心的人，被贬回倦侯府之后，他没有一句怨言，也没有异常举止，比从前更认真地履行府丞之职，修修补补，当后花园的鸡鸭数量太多的时候，他向皇后上书，希望能够定期处理一批。

这份请书辗转一个多月才送到皇后手中，皇后很惊讶，想不到一名被贬的小吏，以戴罪之身竟然还想着这种事情，于是做出回复，表示多余的鸡鸭不得宰杀，以皇帝的名义送到京南的晁家渔村，由那里的村民自行处置。

赵若素在府中做的事情大抵如此，好像他一生的愿望就是管理一座没有主人的府邸，值得他兢兢业业，付出大量心血。

宫里太监赶到的时候，赵若素正亲自监督两名工匠置换破损严重的几块地砖。

赵若素官职太小，召见他不用圣旨，太监径直走过来："赵若素，放下手中的活儿，随我进宫去。"

赵若素愣了一下："这么快？"

"什么快？"太监没听懂。

"没事，等我换身衣服。"

"别耽误时间，天要黑了，咱们这就走，你又不是朝中大臣，换什么衣服？"

赵若素显得有些手足无措，寻思一下，对工匠说："今天先到这儿，明天继续。"

赵若素随太监进宫的时候，身上穿着旧衣，风尘仆仆，像是刚刚远道归来。

凌云阁楼下，张有才笑道："赵府丞这身行头不错，既有失宠之后的落魄，又有见驾的急迫，上楼吧，陛下等着呢。"

赵若素脸色微红，张嘴想要解释几句，想想又算了，迈步上楼，发现太监们没有跟上，心里稍感意外。

皇帝正在写字，听到进来的脚步声，没有抬头，继续写完，拿起纸张看了一遍，向跪在门口的赵若素说："大将军府是什么时候设立的？"

赵若素又是一愣，但还是马上回道："微臣记得是成帝初年，太祖驾崩不久，时任宰相颇有反意，成帝于是分宰相的统军之权给大将军，此后几经改动，武帝七年左右确定为现在的格局：大将军府掌管兵符，兵部制订调军计划，各地将军负责练兵、统兵，各司其职。"

"大将军有点类似于宫里的中掌玺。"

"是，所以常由宗室或勋贵担任，宁缺毋滥。"

"朕打算任命原兵部尚书蒋巨英为大将军。"

赵若素抬头看了一眼皇帝："蒋兵部并非武将，又非勋贵，如此任命并无先例，但是只要陛下愿意，不会有人反对。"

"你明白朕的用意，不必遮掩，说出来就是。"

"微臣不敢，微臣有罪。"

"你想要一句'赦你无罪'？不行，赵若素，这不行，你的确有罪，尚未得到朕的宽恕，所以无论你说什么，也不过是罪上加罪，鉴于你的罪已经很重，再加上一点也没什么。"

赵若素想了想，觉得皇帝所言很有道理，于是不得命令就站起身，说："陛下要让蒋巨英以大将军之职致仕？"

韩孺子点点头："蒋巨英最近一段时间做得不错，从各地追回了十几万的兵奴，这些兵奴一部分自愿为民，还有七万多人愿意继续从军，加上先有的地方驻军，大楚能够集结至少十五万人支援边疆，但这些军队兵甲器械不全，训练更是不足，需要半年时间练军。"

"是，陛下。"赵若素没明白皇帝的意思，治军练兵并非他的专长，他也提不出意见。

"你刚才说练兵之责归属将军，若是将军都在前线，练兵该归谁管？"

"呃……按道理应该是兵部，但通常是交给郡尉或是属国都尉，真有实权的则是郡守与国相，兵奴之弊正是因此而起。"

"如果朕要将练兵之责交给大将军府呢？符合惯例吗？"

赵若素想得更久一些："此事并无惯例，所以也就无所谓打破或是符合，陛下只需注意一点，大将军手握兵符，一旦加入练兵之责，即是有了部分调兵之权，大将军之衔由虚转实，只怕就是从此开始。"

"所以在蒋巨英之后，担任大将军的人必须极受信任。"

"并不好找。"赵若素提醒道。

"那就只好由朕亲自担任了。"

赵若素大吃一惊，脱口道："这……这不合规矩！"

“你刚才还说此事并无惯例。”

“陛下此举打破的不是大将军府的惯例，而是天子的惯例，天子至尊，哪有自贬为臣的道理？”

“可朕除了自己还能信任谁呢？”

“这个……陛下为何非要改变大将军府的格局呢？维持现状不好吗？”

“大将军府名存实亡，无异于收藏兵符的仓库，曾经被一群乱兵所攻破，兵符如宝玺，乃调兵之信物，却无可靠之人把守，朕怎能放心？”

赵若素上前一步，退后一步，再上前一步：“陛下若要直接掌管大将军府倒也简单，只需不任命大将军即可，不必自己担任此职。”

韩孺子想了一会儿：“有道理，你再替朕想想办法，如何让这件事做得既合规矩又迅捷，不至于引起他人的胡乱猜疑与反对。”

“容微臣想一下……等蒋巨英致仕之后，陛下可以直接收回大将军印，如此一来，虽无大将军之号，却有大将军之实，然后需要两位比较可信、可靠之人，一人掌库，专职保管兵符，一人主事，替陛下分担日常职责，再然后……”

赵若素突然停下，发了一会儿呆，说：“陛下召微臣进宫就是为了这件事？”

“你的办法不错，以后每天来凌云阁待命，不必再去倦侯府了。”

“可微臣依然有罪在身。”

“对，而且你别指望朕会宽恕你，别人待诏，你待罪，有功不记，有过加罪，所以你也不用想着戴罪立功了，有话直说，想猜就猜，想跟谁来往，皆随你意，就这么一直罪上加罪吧。什么时候朕真的被激怒，或者觉得你无用了，无须调查，直接就能将你处死，或者发配到边疆。”

赵若素目瞪口呆。

“退下。”韩孺子一挥手。

赵若素呆呆地下楼，张有才笑道：“恭喜赵大人，升官了吧？陛下这几天心情不错，你算是撞上大运了。”

“嗯，陛下封了我一个‘待罪之官’。”赵若素说。

“待罪之官？这是什么官？几品几级？”

“无品无级，开口即是罪，罪上加罪，直到陛下想杀我的那一天为止。”

张有才也愣住了：“你……可太倒霉了，陛下心情这么好，都没原谅你。”

赵若素突然大笑一声，既不行礼，也不告辞，迈步扬长而去。

几名太监面面相觑，张有才小声道：“陛下这是……把他逼疯啦？”

只有韩孺子知道自己在做什么，他不再要什么忠诚，任人唯才，也不再事必躬亲，居中监督，然后亲自接管最弱的一项。

次日下午，韩孺子召见了崔腾，当着众多太监的面，将他狠狠地骂了一通。

崔腾一开始跪在地上瑟瑟发抖，很快痛哭流涕，一个劲儿地自责，甚至自扇巴掌。

韩孺子终于消气，屏退外人，对崔腾说："你犯过的错不少，可这一次最让朕痛心，明白为什么吗？"

崔腾满脸泪痕："明白，之前……之前都是无心之失，这一回是……有意为之，都是我太笨、太虚荣，总想做点大事。"

"你想做大事，这很好，可是没有必要非在朕面前显露，朕最欣赏之人，不是在边疆，就是在外地巡视。朕留顾问在身边，无非是为了检验是否有真才实学。你想做大事，就去边疆努力。你此行虽是发配，但是朕给你指定了一位师父，到了马邑城，跟随王坚火多学多问，明白吗？"

"洛阳丑王？"崔腾擦干眼泪。

"你不必学他的本事，只需观察他如何为人。"

"是，陛下，我明白，我要重新做人。"

"嗯，你父亲身体还好吗？"

"好了些，只是被我气得又躺了两天，御医说并无大碍，就是急火攻心，静养即可。"

"回家问问你父亲，可愿重新出山，执掌兵部？"

崔腾面露喜色，他不在乎官大官小，父亲重新做官就意味着崔家重新得到皇帝的信任，马上道："愿意，太愿意了！"

"回家问你父亲，有何想法，给皇后写信。"

"是，陛下。"崔腾连连磕头，离开的时候一边哭一边笑。

太监们见怪不怪，张有才摇摇头："这是怎么了？这几天每个见过陛下的人都……都不正常。"

韩孺子在排兵布阵，他任命金纯忠为使者，再去边疆，会同柴悦与独立未降的匈奴人谈判，大楚可以支援匈奴人，但是匈奴人要效仿此前的东匈奴，向大楚称臣。

西域使者也出发了，携带新的圣旨，允许辟远侯张印和可能还活着的将军邓粹便宜行事。

皇帝的改变令所有人感到意外，尤其是朝中大臣，既困惑不解，又都松了口气，毕竟皇帝逼得没那么紧了，宰相卓如鹤恢复实权，什么事情都能商量着来。

韩孺子并非对朝廷甩手不管，但不再是亲自监管，他在等瞿子晰回来，建立一个刚正不阿、敢于对抗宰相的御史台。

他希望在边疆生乱之前，还来得及做完这些事情。

第三十章

一举一废

皇帝放权给宰相，自己终得闲暇，携皇后、皇子与公主前往倦侯府小住，在这里，皇帝召见了皇后的父亲崔宏。

崔宏与皇帝的明争暗斗从未中断过，但是两人很久没见过面了，上一次是韩孺子前往崔府探病，结果遭到刺杀。

崔宏的确一直有病在身，比从前瘦了整整一圈，容貌也更显老，皇后倒是经常与父亲有书信往来，却没怎么见过面，看到父亲的第一眼，差点哭出来。

父女二人唏嘘一番，觉得差不多了，皇后请父亲去后花园散散心。

皇帝就在后花园等着崔宏。

两人彼此间从未有过信任，每次见面都有些尴尬。

韩孺子坐在亭子里，望着池塘对面的一群宫女，她们正护着几位皇子与公主，逗弄乱窜的小鸡和戏水的鸭子。

崔宏进来，正要下跪，韩孺子转身笑道："这里不是朝堂，太傅不必拘礼，请坐。"

"谢陛下。"崔宏坐在皇帝对面，春风吹来，身子的袍子更显宽大，他也向池塘对面望去，"被抱着的那位就是庆皇子吧？"

"嗯，他受太后宠爱，习惯被人抱在怀里。"

听说庆皇子要出宫，慈宁太后特意加派人手，三名老成持重的宫女轮流抱持，庆皇子几乎脚不沾地。

与之相比，三位小公主就自由多了，年纪大些的已能满地乱跑，最小的孺君公主也在毯子上爬来爬去。

"第一位皇子，难怪太后爱不释手。"崔宏张望几眼，"孺君公主在哪儿？"

"毯子上的那个，抓住泥土往嘴里塞的就是孺君公主。"

对面的宫女正费力地从公主嘴里抢夺泥土，崔宏大笑："公主真是活泼，这样很好，说明身体不错。"

“朕与皇后皆非爱动之人，公主的淘气不知像谁？”

崔宏微笑道：“陛下不知，皇后如今娴静，儿时却不是这样，爬树、攀墙，与男孩子相差无几，七八岁的时候才变了性子。”

韩孺子轻笑一声：“原来如此。”

几句闲聊，消除了不少尴尬，韩孺子转身，面朝崔宏，正色道：“皇后说，太傅不愿出来任职。”

崔宏拱手，长叹一声：“非不愿也，实不能也，陛下也看到了，老臣一身病痛，又是戴罪之身，入职兵部，只怕会耽误朝廷大事。”

“太傅半生戎马，兼又熟知朝廷掌故，区区一个兵部，不会牵扯太傅多少精力。”

宰相卓如鹤既然首先推荐，就表明崔宏已有出山之心，只是按规矩，必须推辞一番。

韩孺子了解这套规矩，于是“苦劝”一番，最后崔宏磕头谢恩，接受兵部尚书之职。

“朕有一人推荐给太傅，请太傅在兵部多加考验。”

“陛下推荐之人必不会错。”

“难说，此人做事还算稳妥，也能出谋划策，只是风评不佳，朕因此颇为犹豫。”

“不知陛下说的是哪位？”

“水军将领赖冰文。”

崔宏点下头：“老臣听说过此人，弃文从武，据说是因为……”

“那件事是真的吗？”韩孺子问道。

崔宏已不像刚见面时那么尴尬，但也没自在到无话不说的地步：“耳闻而已，不知实情。”

“多事之秋，先论才再论德吧。”韩孺子没再问下去，“太傅执掌兵部之后，要如何应对西方之敌与北方匈奴？”

“静观其变。”

“请太傅细说。”

“西方之敌根底未知，但也不必过于恐慌，此敌若从西域来，则其数量必然不多，若绕路由北方来，与匈奴合流，不过是更多匈奴人而已。大楚防范匈奴一百多年，或攻或守，皆有成规。眼下大楚尚无力远攻，以守为主，塞外碎铁城、马邑城一西一东扼守门户，背后长城横断，再后是边塞郡国。依过往之策，塞外驻兵不宜多，多则空耗钱粮，且敌踪不明，塞外无路，不利楚军调动，只可向边塞诸郡国加强驻军，塞外有事，出城接迎，若是匈奴专攻一处，关内调兵也方便些。”

若在从前，韩孺子必然要与崔宏争辩一番，以证明“过往之策”未必适应现在的情况，但现在他只是点点头：“这正是朕所依仗太傅的地方。”

崔宏脸上显出一丝明显的意外，很快消失：“老臣守成而已，难图进取，无论何时，陛下若有他选，老臣立即交印让贤。”

“望太傅勉力支撑，总得边疆稳定，朕才放心让太傅休养。”

崔宏稍稍宽心，知道自己并非临时任命。

崔宏告辞，韩孺子送出一段路，又回到亭子里，向对面望去，正好看到庆皇子在宫女怀中大哭，不由得暗自摇头，心想等庆皇子再大一些，必须让母亲放手。

皇帝与皇后在倦侯府一住数日，皇子与公主都被送回宫内，两人仍留住了三天。

皇帝好不容易表现出妥协的一面，对他的这点小小喜好，再没人提出反对。

崔宏出任兵部尚书，崔家又一次绝地逢生，令众人惊讶不已，只能感慨崔家生了一个好女儿，都以为是皇后保住了崔太傅。

原兵部尚书蒋巨英被提升为大将军，同样令众人惊讶，但是所有人都明白，蒋巨英的仕途快要到头了。

大将军府悄无声息地发生变化，皇帝接连派出七名顾问入府任职，大将军府向来位高而权轻，因此没有太多人注意到这一点。

与之相比，皇帝对御史台的改变更加惹人注意，让许多人觉得，皇帝的变化或许也没有那么大。

瞿子晰回京了，一连三天前往倦侯府与皇帝长谈。

第四天，韩孺子召见左察御史冯举。

冯举也是第一次受到皇帝的单独召见，比宰相卓如鹤更觉意外，也更加忐忑。

见面地点在大厅里，皇帝端坐，冯举跪下磕头，礼毕之后又过去一会儿，太监才请他平身。

冯举预感到不妙。

“冯御史知道朕为何召你来吧？”

“臣不知。”冯举低头道。

韩孺子叹息一声：“最近弹劾冯御史的奏章可不少。”

冯举心里咯噔一声，马上拱手道：“臣在御史台司督察之职，难免得罪同朝之臣，受到弹劾也很正常。”

“冯御史所言极是，可朕有一点不明，冯御史在御史台任职至今，未见几份弹劾他人之奏章，何以得罪同朝之臣，反受弹劾？”

冯举吃了一惊，身上出了一层冷汗，立刻跪下，想要辩解，却想不出合适的话来，只得道：“臣自忖无错，不知奏章里弹劾臣什么，望陛下告知。”

“你先起来。”

冯举慢慢起身。

“有一份奏章，弹劾你身为监察之官，却与朝臣来往甚密。”

“绝无此事，臣只是……只是与亲友往来，人之常情。”

韩孺子微笑道：“冯御史的‘亲友’好像不少，朝中大臣多半都与冯御史沾亲吧？”

“没那么多。”冯举额上渗汗，“臣……臣知错了，今后再不与朝臣往来。”

“嗯，偶尔往来一下也没什么，毕竟有一些人是真正的亲友。”

冯举越来越不自在，怎么也没想到皇帝会拿自己开刀。

“还有一份奏章，说冯御史人虽已离开吏部，手却留下来，吏部上下皆听使唤，任命了一批‘冯氏官’。”

冯举又跪下，与刚才的弹劾不同，插手吏部可是重罪：“污蔑！这是污蔑！臣自从担任左察御史以来，再没有去过吏部，顶多……顶多与相熟的官吏偶尔相聚，闲聊而已，绝未干涉过任何事务。”

“朕也不太相信，朝廷大官任命由朕亲定，次一级官员决于宰相，吏部不过推荐而已，如何给‘冯氏’立官？”

“陛下英明，有陛下此言，臣无憾矣。”冯举心里越发惴惴不安。

“另有一份奏章，说冯御史不满废私奴之令，与大臣勾结，阳奉阴违……”

“血口喷人！”冯举显得极为愤怒，脸上青筋毕露，“臣敢问一句，是谁在弹劾臣？有何证据？”

韩孺子沉默一会儿：“弹劾者不止一人，不说也罢，至于证据，倒是有一些，但朕并不相信，皆需再加求证。”

“臣愿对质，也愿接受查证，以表清白。”冯举硬着头皮说。

韩孺子摇摇头：“朕不想折腾了，冯御史乃武帝朝老臣，功劳显赫，纵不得赏，也不该受此羞辱。”

冯举连连磕头：“陛下之恩，臣肝脑涂地不足以为报……”

冯举大表忠心，听得几名太监都皱眉头了。

等他说完，韩孺子道：“以冯御史多年之功，该封太师。”

冯举呆若木鸡，又是一个意想不到，好一会儿才道：“臣、臣受之有愧……”

“不必推让，冯御史该受此封。”

太监上前，冯举只得告退，头晕目眩，如在云里雾里，怎么都没想明白，刚刚究竟发生了什么。

在二门外，冯举遇到了赵若素。

送行的太监转身回去，赵若素迎上前，拱手道：“冯大人见过陛下了？”

冯举认得赵若素，却没怎么说过话，眉头一皱，突然明白些什么，急忙上前一步，凑近道：“陛下是何用意？”

“冯大人总得先告诉我发生了什么。”

“陛下先是说有奏章弹劾我，然后……然后说是要封我为太师。”

赵若素点了下头，想了想：“冯大人觉得自己该受此封吗？”

“这个……只怕有些勉强，我最近……没立过大功。”

“太师已是极品之官，冯大人半生劳碌，还不请求致仕，回家颐养天年，尚待何时？”

冯举终于醒悟，踉踉跄跄地离开倦侯府。

新任中掌玺张有才正好进府，看到冯举的样子，忍不住向身边人笑道：“又疯一个。”

第三十一章

大兵压境

玉门关是前往西域的必经之途，多年未有战事，几乎由边关转为商关，城里城外，税官比军吏还多。

将军邵克俭几个月前来到玉门关，重整驻军、修补城墙，同时远派斥候，监视西域的动向。

最后一批楚人两个月前从西域返回，在那之后，偶尔有西域人叩关，带来诸多混乱的消息，虎踞城再没有人去过，西域诸国反复无常，但也只是在口头上凶狠，对楚人尚尊敬。

初夏的一天傍晚，斥候回城通报，又有一群人从西域而来要求进城，身份比较特殊，据说都是极西方的王公贵族，一路逃避神鬼大单于的军队，请求进入大楚避难。

总共一百余人，穿着奇怪而华丽的衣服，说着谁也听不懂的语言，进城之后一见到楚军将领，就双手捧出大量珠宝，队伍中有一名通译，声称捧珠宝者乃是一位国王，只要大楚肯收留，他愿意献出更多珠宝。

邵克俭让客人收起财物，派人送他们进入城内的驿馆，跟往常一样，详细询问消息。

这些人两年前就逃到了西域，因此不清楚虎踞城的状况，但是听到传言，说城内将士因为闹分歧而自相残杀，又遭到敌军袭击，那里早已是一座空城，神鬼大单于之所以还没有进攻西域，唯一的原因是要抓紧时间集结大量兵力。

据说在极西方，北至草原南抵大海，都已臣服神鬼大单于，将共同组建一支多达百万人的大军，一举吞并大楚，完成神鬼大单于最终的夙愿。

邵克俭写了一份公函，以急信送往京城，如何接待这批逃难的客人，要由朝廷做主。

此后的几天里，又有几批逃难者到来，数量越来越多，有极西方的贵族，也有西域原住民，其中一些人信誓旦旦地表示，自己不久前路过虎踞城，那里的确已是空城、废城，城墙都被推倒了。

半个月后，邵克俭接到朝廷的命令，让他详加调查，各国王公连同通译可以送往京城，随从人等留在玉门关。

邵克俭是名听话的将军，立刻遵命行事，打算花十天时间进行甄别，然后送客人前往京城。

玉门关数十年未有战事，即使是在当初大楚与匈奴战事频仍的年代，这里也未受波及，邵克俭得到的一切消息都表明，西域不稳，但还不至于发生战争，诸国虽有异心，顶多偷偷向极西的强敌献媚，不敢对大楚不敬。

因此，又有一批逃难者到来的时候，整个玉门关，包括邵克俭在内，都没有特别在意，按常规接待，送往驿馆居住。

玉门关常有外国人来往，此地的驿馆比京城还大，而且建在城内，占据了城内一角，足以容纳上千人。

当天晚上，新来的逃难者动手，屠杀此前逃难至此的王公贵族，与此同时，在城里四处放火，试图抢占一座城门。

邵克俭闻讯大惊，亲率士兵镇压，折腾了整整半个晚上，终于平息事态，可损失已经无可挽回，数十名贵客被杀，他们千里迢迢逃至大楚，结果这里却是真正的终点。

刺客大都被杀，剩下十余名俘虏，嘴里大叫大嚷，通译胆战心惊地说："正天子……神鬼大单于有仇必报，绝不手软，绝不宽恕，楚人……大楚必亡……"

刺客们还交出几口箱子，上面堆着金银珠宝，下面却是几只小箱子，里面盛着数颗人头，他们并不隐瞒，得意地宣称，这些都是楚使，作为礼物，献给大楚皇帝。

邵克俭认得其中一人，果然是朝廷冬天派往西域的使者，他们一直在努力前往虎踞城，没想到却命丧他乡。

一怒之下，邵克俭斩杀了所有俘虏，从此紧闭城门，再不接纳西域客人，并向朝廷写急信，希望得到支援。

西域已不再是大楚的屏障，而是敌人。

入春以来，匈奴人回到大楚北方，大批军队停在碎铁城对岸，与楚使反复谈判。

大楚要求匈奴人效仿前例，向大楚俯首称臣，遭到断然拒绝，双方僵持几个月未有进展。

夏季渐热，匈奴人需要放牧，不能久驻一处，大单于决定东进，扔给楚使一句话："等大楚能够阻挡神鬼的时候，再来谈判吧。"

他拒绝承认还有一位大单于，因此只称“神鬼”。

楚军斥候远远跟随匈奴人，发现他们的确远遁东北，而且越走越分散，分别前往不同的牧场，看样子今年没有作战的打算。

匈奴人退却之时，正值玉门关遭到偷袭，兵部迅速做出反应，从碎铁城调一支军队前去支援玉门关。

西域看来真是抛弃大楚投降强敌了，诸国又组建一支联军，这回的进攻方向是东方。

几位国王悄悄送来书信，声称自己也是被迫无奈，神鬼大单于的使者已经进入西域，命令诸国立即投降，犹豫者灭族，不降者屠国。

楚人都已退出西域，诸国没有选择，只好出兵、出粮建立联军，以示效忠，等神鬼大单于的大军到达之后，就将正式向大楚开战。

综合各方消息，以及西域诸国的实力，兵部推测神鬼大单于顶多派兵十万，加上西域联军，也不到十五万，虽不至于动摇大楚，对玉门关的压力却不小。

兵部建议尽快向玉门关提供更多支援。

皇帝有些犹豫，但是玉门关连发急信，兵部催得也紧，他没有太多选择，于是批复同意。

神鬼大单于为何不直接从北方绕路进攻大楚？那条路虽然长些，但是比较通畅。

兵部给出解释，神鬼大单于必定以为大楚与匈奴已经联手，不愿同时对抗两股力量，因此通过西域，只与大楚一家交战。

韩孺子还是有些疑虑，但是玉门关告急，不能置之不理，于是调兵五万前去支援，另有几支大军入关驻守，与西边的玉门关和北边的神雄关距离相等，以备不时之需。

战争真的要到来了，崔宏新官上任，决心要在此战中立一大功，以赎回自家的爵位，因此亲赴玉门关指挥。

崔宏身体虚弱，家人以及皇帝都不想让他受累，崔宏却坚持己见，三度上书，详细讲述此战的重要性，以及为何自己必须亲往督战。

“大楚示敌以弱，以致西域诸国投降外敌，此一战虽能守住玉门关，于事无补，非大军西进一举破敌，不能挽回西域。”

韩孺子被说服了。

崔宏赶到玉门关，召集后备军队，凑到八万人，主力是四万南军，于夏末秋初，向西域进攻。

他的计划是不等神鬼大单于的军队与西域联军会合，先将西域夺回，然后酌情再定，宁可将西域变为战场与废墟，也不能让它成为敌军的领土。

初战大胜，西域诸国本无斗志，一触即溃，又都纷纷投降楚军，转而带路，迅速平定诸国。

皇帝记挂着虎踞城以及城里的将士，崔宏也没忘，派出一支三千人的先锋，前去查看情况。

在距离虎踞城数百里的地方，这支军队与神鬼大单于的军队遭遇了，彼此不知底细，互相观察了整整两天，楚军首先发起进攻，敌军还击，战斗力比西域人强多了，双方战了一个上午，各自收兵，陷入僵持状态。

崔宏率军支援，他必须在入冬之前返回大楚，因此急于击败敌军。

韩孺子每天都能接到西域的通报，虽然都是胜利的消息，他却没法完全安心，这些消息最快也是十几天甚至一个月以前的事情，他希望了解当下的情况。

但他还有别的事情要忙，朝廷总算按他的想法初见雏形，宰相卓如鹤重新掌管朝廷，虽然与皇帝算不上同心同德，但是比较稳定。

与此同时，御史台的力量得到加强，冯举以太师之位致仕，右巡御史瞿子晰独掌监察之职，对官员看得比较紧，三天两头地上书弹劾，令群臣苦不堪言。

大将军府成为皇帝的直属衙门，专门负责各地练兵，大半年过去，颇有些成效。

韩孺子觉得时间够用，只需一到三年，大楚虽然不能恢复武帝的巅峰时期，但是足够腾出手来大战一场。

可事情总是不能如计划中那么顺利。

时值深秋，天气渐寒，塞外传来消息，碎铁城斥候在西方观察到一支大军，像是匈奴人，很可能是投降神鬼大单于的匈奴人。

不等皇帝与朝廷做出反应，更多的消息如雪片般传来，大军人数之多超乎想象，斥候甚至没法做出大概的估计。

碎铁城派军迎战，败。

碎铁城遭到围攻，一日被破。

碎铁城守军逃回关塞，所剩无几。

神雄关遭到进攻。

……

仅仅十天，所有的消息都是噩耗。

这天下午，两封加急公文一先一后送到皇帝面前。

一封来自神雄关，情况危急，需要朝廷立刻派军支援。

另一封来自西域，写这封信的时候，崔宏还不知道北边的情况，很高兴地宣称西域已定，敌军覆灭，大军正在返回途中，入冬前可至玉门关。

崔宏的信里还通报了一条好消息，虎踞城尚在，他已派人前去查看，或是继续守城，或是带回城里的楚人。

韩孺子终于明白，他上当了，崔宏上当了，整个大楚都上当了，西域只是疑兵，引走了一部分楚军。

神鬼大单于不仅凶残，还很奸诈，他对大楚的了解，显然远远多于大楚对他的了解。

韩孺子放下公文，他一直很重视西方之敌，结果还是大意了。

太监张有才匆匆跑进来，不知道皇帝的心事，高兴地叫道："生了，淑妃生了，是位皇子！"

第三十二章

朕要亲征

神雄关是京城最北边的门户，一旦被突破，敌军将可长驱直下，虽然途中还有数道关卡，都不如神雄关易守难攻。

此关遇险，京城耸动。

不过接下来的消息又让众人稍稍松了口气，由碎铁城前往神雄关，多半路程是山间小路，敌军数量再多，也无法一拥而入，守关将士在最初的惊骇之后，终于稳住军心与阵脚，一连三天，不分昼夜，挡住一次又一次进攻，随后，敌军停止攻势。

崔宏以兵部尚书的身份亲自征伐西域，兵部日常事宜交给了侍郎赖冰文。

赖冰文人品颇受诟病，能力却没问题，他只比皇帝早半个时辰接到神雄关遇险的消息，受到召见时，却已制订出一套详细的应对计划。

崔宏没有带走全部南军，剩下的数万人全都前往神雄关，正是他们在最危急的时候稳住了军心，保住了这座至关重要的关卡。

许多大臣建议尽快从马邑城调兵支援神雄关，赖冰文却表示反对："神雄关易守难攻，敌军不能倾巢而至，楚军也难排兵布阵，数万南军足矣，兵力再多也无益处。少则三五日，多则十天半月，敌军久攻不克，必然掉转锋头，下一个目标极可能就是马邑城。马邑城之军不可动，反而应予增兵。"

皇帝接受了赖冰文的建议，派陈嚣前去协防神雄关，赖冰文则前往洛阳，亲自调动各地军队，前去支援马邑城以及长城诸关卡。

老将军房大业生前夺回了辽东，解决了一个大隐患，那里边城林立，互为犄角，成为大楚守卫最为牢固的地区，楚军因此不必分兵多处，可以专守神雄关与马邑城。

马邑城守将是柴悦，麾下兵多将广，尤其是有北军精锐，力量最为雄厚，在兵部制订的计划中，神雄关以守为主，马邑城则要伺机进攻，给予敌军一次重击。

一切安排妥当，只待崔宏率军回来之后，楚军就将在入冬前后发起一次反击。

淑妃生下皇子已经十多天了，皇帝终于得出空来，能够仔细看看儿子的模样，并且安慰一下虚弱中的淑妃。

“已经得到证实，你哥哥还活着，就在虎踞城里，很快就能回来。”

邓芸笑了笑：“他真是命大，可我觉得他不会回来。”

“你的预言不准，之前做的梦都是错的。”韩孺子笑道，看着熟睡中的儿子，心想母亲这回该满意了。

“做梦是做梦，我这回说的不是预言，是我哥哥的脾气，只要没打胜仗，他就不会回来。”

韩孺子微皱眉头：“虎踞城只有数百将士，加上西域士兵也不过一两千人，邓将军拿什么打胜仗？”

“崔太傅不是率领一支军队在西域吗？”

韩孺子摇头：“那支军队要回来保卫北疆，不能留在西域，崔太傅绝不会同意分兵给邓将军。”

“唉，我也不关心了，哥哥从小就固执，聪明的时候好像天下没有他做不成的事件，发起脾气来却是一个彻底的糊涂虫，尽做些让人哭笑不得的荒唐事。相隔千山万水，我管不着他，只怕陛下也难让他听话。”

邓芸坐在床上，伸手在儿子的小脸上轻轻抚摩，爱怜地说：“我现在只在意他，没想到小东西会这么可爱。”

“朕要御驾亲征。”韩孺子试探道。

邓芸抬头看了一眼皇帝：“陛下得先给皇子起个名字才能走。”

韩孺子哈哈一笑，觉得邓芸的脾气有点像她的哥哥。

“嘘，别吵醒他，小东西只在睡着的时候才这么可爱。”邓芸马上提醒道，她现在眼里只有孩子，没有哥哥，也没有皇帝。

韩孺子又去秋信宫，这里也是孩子的地盘，孺君公主已经会走路了，还是那么活泼，一看到父皇就扑上来，嘴里咿咿呀呀地乱说。

韩孺子没法不喜欢这个女儿，立刻抱在怀里，逗了一会儿，向皇后道：“朕要御驾亲征。”

崔小君一直微笑着旁观，听到这句话，脸上的笑容一下子僵硬，呆了半晌，开口道：“一定要这样吗？”

“大楚将士正在前线浴血奋战，朕不能总坐在皇宫里等候消息，而且这一战很重要，如果战败，或者僵持不下，北方观战的匈奴人很可能因此倒向敌军，两敌联手，大楚危矣。”

“陛下如果觉得有必要，那就去吧，只是……只是一定要策划周全。”

“会的，楚军精锐多半都在马邑城，如果这一战打不赢，朕坐在皇宫里反而更加危险，而且还会连累你们。”

崔小君笑了笑，随后轻叹一声：“为什么陛下总是这么艰难呢？”

“你该庆幸，在这种艰难时刻，大楚是朕在做皇帝。”

崔小君又笑了，走过来，从皇帝手中接过公主，轻声道：“孺君，听到了吗？父皇是个了不起的皇帝。”

公主大声道：“不起！不起！”

韩孺子总是能从皇后这里得到支持，信心增强几分，又来拜见母亲慈宁太后。

庆皇子又大了点，学会了一些规矩，向父亲行礼，叫了一声“父皇”，退到祖母身边，将手交给祖母，生母佟青娥站在太后另一边，如婢女一般恭谨。

韩孺子闲聊了几句，再度提起御驾亲征之事。

慈宁太后面无表情，突然扭头，向惠贵妃佟青娥道：“你觉得这是一个好主意吗？”

佟青娥明显一愣，没想到自己会被问及，低声回道：“臣妾不懂军务，陛下想要出征，总有道理吧。”

“陛下不只是皇帝，也是你的夫君，是你孩子的父亲，他就要抛下你们亲上战场，你就没什么可说的？”

佟青娥脸色微红，更不敢说话了。

庆皇子突然大声道：“父皇不准去！”

慈宁太后笑着在长孙头上摸了一下，抱起来交给惠贵妃：“你呀，太老实，难怪不得陛下欢心。你们母子两个先回去吧，我跟陛下说会儿话。”

佟青娥脸上又是一红，抱着儿子匆匆离开。

慈宁太后将太监与宫女也撵了出去，房间里再无外人，她说：“陛下老大不小了，怎么还是小孩子脾气？”

“这不是小孩子脾气。”韩孺子详细解释了自己的想法，最重要的理由就是大楚必须在马邑城打赢这一战，否则的话，匈奴人将会全部投降敌军。

慈宁太后安静地听完：“朝中无臣，非得陛下亲征？再说马邑城不是有柴悦吗？那是陛下最信任、最欣赏的武将，真到了用人之际，他却没用吗？”

“柴悦有大将之才，但是生性谨慎，作战守正，不擅用奇招，如果是对付知根知底的敌军，有他足矣。神鬼大单于却是陌生的敌人，从他声称要从西域进攻，却移大军于碎铁城来看，这股敌军十分狡诈，朕担心柴悦应付不了。而且军情瞬息万变，朕在这里做出决定，前线只怕早已错失时机。”

“我理解陛下的心情，可是……陛下也不是将军啊？御驾亲征能比柴悦指挥得更好？”

也就母亲敢说这种话，韩孺子微微一笑：“两军相争勇者胜，朕即使不能指挥得更好，至少也能鼓舞士气，令楚军将士勇于争战。”

慈宁太后沉吟良久：“陛下不会忘了晋城之事吧？”

“毕生不忘。”

“唉，大臣们怎么说？”

“朕还没有向大臣表明此事。”

慈宁太后又沉默了一会儿：“陛下一向独断专行，这回怎么想起先询问我的意见？”

“儿行在外，慈母担忧，朕年纪大了，懂得太后的难处，因此希望先让太后安心。”

“唉，陛下亲当矢石，我怎么可能安心？不过陛下一定要做的事情，我帮不上忙，但也不能阻挡，陛下去征求大臣们的意见吧，他们肯定比我这个老太婆更会出主意。”

这算是同意了，韩孺子躬身道：“谢太后。”

儿子虽然有些倔强，但是在自己面前从未失礼过，慈宁太后心中既欣慰又难过，脸上却不动声色，说道：“陛下放心，宫里由我看守，绝不会出问题。陛下此前说过的那件事，已经有些眉目，等陛下得胜回朝，或许就能看到结果了。”

慈宁太后暗中调查思帝之死的真相，事关后宫安全，她非常上心，特意将景耀调回宫中，尽量不惹人注意地追根问底。

“太后不要太辛苦。”韩孺子告辞。

他的确比从前更成熟了，既然大臣可能利用宫中的力量阻挠皇帝御驾亲征，他干脆先取得太后等人的同意，内忧既无，接下来就可以专心对外了。

次日下午，韩孺子将自己的决定告诉了赵若素：“大臣会反对吗？”

“当然会反对，太祖以下，大楚天子只有过三次御驾亲征，烈帝两次，武帝一次，但是敌人都很弱小，甚至没遇到敌人，所谓亲征只是走走过场。陛下这一次却是要与强敌遭遇，诸多不可预测，这正是大臣们最为担心的事情，便是微臣，也要反对。”

韩孺子将赵若素当成大臣的代表，正色道：“规矩、惯例，朝廷赖之生存并延续，可是遇到预料之外的危机呢？还能用规矩与惯例解决吗？碎铁城和神雄关的公文你们都看到了，敌军不仅数量庞大，其兵甲之利、器械之精，皆不弱于大楚，匈奴之降乃在情理之中。”

韩孺子顿了顿，继续道：“大楚将与另一个大楚作战，而且可能是鼎盛时期的大楚，诸卿可有现成的规矩与惯例可拿出来一用？”

赵若素跪下磕头：“微臣愿随陛下出征。”

第三十三章

西进

淑妃邓芸最了解自己的兄长，她猜得一点没错，邓粹“扣”下了一部分楚军。

数千名楚军先锋到达虎踞城，所见场景令他们大吃一惊，刚刚筑好没多久的新城，经历过不知多少次火烧刀砍，已经变得如千年古堡一般破旧，但是依然屹立不倒，城内只剩二百余名将士，个个面黄肌瘦，看人的时候目露凶光。

邓粹本计划开春之后获取支援，结果一直等到深秋，粮草匮乏，战士们吃光了马匹，最后被迫无奈，甚至开始吃人，有战死的同伴，也有倒下的敌人，敌军发现这一点之后又惊又恐，退后数十里，每次攻城失败之后，都要尽快将尸体带走。

邓粹不降，张印也不降，麾下的士兵则到了不思不想的境界，麻木地遵从两位将军的命令，麻木地看着同伴一个个倒下，麻木地吞下入口的一切东西。

但他们守住了虎踞城，全仗着张印最初的坚持，建墙时务求厚重高耸，令敌军好不容易运来的器械难以发挥作用，只能凭人力硬攻。

城墙的缺口也被堵住了，邓粹最初利用这处缺口挡住了敌军，坚持了几个月，然后就地取材，用剩下的乱石与尸体筑了一段城墙，又坚持了几个月。

援兵终于来了，带队的将领名叫关颂，认得邓粹，刚一进城就接到命令：“交出食物。”

幸存的士兵狼吞虎咽，目光在马匹上扫来扫去，令新到的将士心惊胆战。

先锋军只带着随身口粮，关颂请求邓粹等人立刻随自己离开，去与崔太傅会合，共同返回大楚：“战争结束了。”

邓粹只管吃，几乎吃下三个人的饭量，终于抬起头，问道：“结束了？”

“是啊，敌军已经被逐出西域，诸国闻风而降，楚军大胜，我会留人守卫虎踞城，两位将军苦守孤城已久，也该回京受赏了。”

张印不吱声，邓粹打了一个久违的饱嗝：“关将军与敌军交过阵了？”

“是啊。”

"觉得敌军如何？"

"很强硬，只进不退，但是不知变通，楚军只要挡住最初的攻势，就能反击，将其剿灭。"

"你遇到的只是仆从军，他们更像是奴隶，而不是战士，都有家人被神鬼大单于扣押，进则一人死，退则全家亡，敌军主力根本就没来西域。"

"敌军还没有准备好吗？"

"笨蛋，这是声东击西之计，不对，是'声西击东'，神鬼大单于假装进攻西域，吸引楚军到来，真正的进攻方向必是北方，有匈奴人带路，他们知道该打哪里。"

"那两位将军就更应该随我一块回京了。"关颂不是特别关心，他只管自己的任务，大楚的整个防卫要由兵部以及朝廷决定。

邓粹扫了一眼，大厅里尽是野兽一般的饥饿士兵，新到的士兵盯着角落里的骨头，悄声议论。

"关将军遭遇的敌军数量有多少？"

关颂不明白邓粹为何总是对这件事感兴趣，可邓粹官职更高，他只得回道："四千多人，不到五千。"

"关将军有没有想过，敌军声势浩大，为何进入西域的只有区区数千人？"

"他们……没准备好吧？"

"敌军攻打虎踞城将近一年，还有什么没准备好？"

关颂笑道："我明白了，因为有两位将军守卫虎踞城，堵住了前往西域的要道，敌军无法大规模通过，只能一点点过去。"

邓粹点头："敌军害怕后路被断，因此全力进攻虎踞城，你遇到的几千敌军，本是用来拦截我们的后路，嘿，好像我们会逃走似的。还有一个原因，入夏以来，敌军攻势放缓，我与张将军当时就有猜测，敌军很可能调走了一部分，正是趁势反击的最佳时机，可惜我们手中士兵太少……"

关颂大吃一惊，也不管官职大小了，立刻摇头："不行，我奉命带这支军队寻找两位将军，顶多留五百人守城，你们都跟我走，立刻就走，去见崔太傅，他现在是兵部尚书，邓将军有什么想法跟崔太傅说就是。"

"崔太傅当了兵部尚书？"邓粹看了张印一眼，"陛下做事……也挺出人意料。"邓粹向前探身，语重心长地说，"关颂，你从军也有十几年了，熬到现在不过是名普通将领，封侯了吗？"

关颂摇头笑道："没那个本事，也没那个福分。"

"本事？封侯者个个都有本事吗？福分？你做什么亏心事了，好运就不能落到你头上？单说辟远侯，他凭什么封侯？就是因为当年胆子够大，在沙漠中迷路，贻误了军机，他一想，反正已经如此，往后退要受罚，不如闯一下，于是率军深入，竟然遇见了战败逃亡的一批匈奴王公，来个一锅端，立功封侯。”

张印张张嘴，“嗯”了一声。

关颂呵呵笑了两声：“还有这种事，可我不同，我是奉命撤退，回去之后能够领功，不会受罚。”

“能有多大功劳？大功属于崔太傅，他家不知又要多几位列侯，你顶多官升两三级……”

“真能那样，我也就满足了。”

“你的父母满足吗？兄弟子侄满足吗？夫人满足吗？”邓粹察言观色，“关夫人是大家闺秀吧？下嫁给关将军，就是看中你前程似锦，关将军却不思进取，送到手里的大功不要，升个小官儿就满足了，回去之后怎么向夫人交代？”

关颂脸红：“怎么叫‘下嫁’？我与夫人是……算了，功劳真那么容易到手？”

“当然，敌军主力已经转向北方，留在西域的兵力不多，只有七八千人，被关将军剿灭数千，剩下的不过三四千人，只会冲锋送死，绝不是咱们楚军的对手。”

邓粹一开始还是猜测，现在则当成了事实，顺口就说，旁边的张印埋头吃饭，老仆却是目瞪口呆，他们一直被困在城里，连斥候都派不出去，根本不知道敌军还有多少。

关颂皱起眉头：“这样算不上大功啊。”

“关将军怎么糊涂了？神鬼大单于主力移于北方，后方必定空虚，此去再往西，风俗与西域相似，尽是一些小国，被迫归顺敌人，听说楚军来了，必定抢着投降，这还不是大功？”

关颂有点心动，但是仍犹豫不决。

邓粹又道：“我给关将军分析一下：敌军会从北方进攻大楚，这是确定无疑的，很可能已经动手了，咱们现在回大楚，至少需要一个月的时间，到时候有两种可能：一是楚军大胜，咱们没机会立功，连热闹都没的看；二是楚军大败，咱们仍然没机会立功，却要立刻顶上去，面对敌军主力，指挥作战的不是你也不是我，胜亦无功，败则有罪。”

“敌军真会绕路北方？”

邓粹重重地一拍桌子，将整个大厅的人都吓了一跳：“我们在虎踞城坚守将近一年，几乎天天与敌军打交道，连这点消息都探听不出来？”

关颂更是吓了一跳，他年纪大些，在与邓粹交往时却一直处于下风，被邓粹连劝带吓，什么疑问也没了：“我带的粮草不多，只够十天之用。”

“入乡随俗，到了西域，你得学会就地取材，粮草不够，边打边抢啊。”

关颂笑了一声，既觉得不妥，又感到兴奋，看向老将军张印：“辟远侯觉得呢？”

“我……只守城。”张印道。

“别管他，人家已经封侯了，只要守住虎踞城就算立大功，跟咱们不一样。”

关颂寻思再三，也一拍桌子：“那就听你的，大丈夫立世，总得冒一次险。可是有一句话说在前面，邓将军官职比我高，进退都是你的命令，不是我的，若能立功，首功也是邓将军的，我沾点余光就好。”

邓粹起身，大声道：“此一战若不令关将军封侯、众将士富贵，邓某赔命给你们！”

关颂带兵五千，邓粹也不谦虚，接管军队，分五百人护送虎踞城残兵去见崔太傅，留五百人给张印继续守城，他与关颂带着剩下的四千人，只带三日口粮，次日出城，竟然追击敌军去了。

崔宏接到人与信的时候，已经是半个月以后了，正在返回大楚的途中，看信之后怒不可遏，可是一切都迟了，再快的马匹也追不上那四千人。

又过数日，离楚界玉门关不远，崔宏接到消息，敌军主力出现在塞北，碎铁城失守，神雄关岌岌可危。

崔宏惊愕不已，原本做好准备，要在回京之后重重地参邓粹一本，这时却要默祝邓粹旗开得胜。

邓粹在虎踞城里信口开河，但他的猜测是对的，神鬼大单于的确将主力军队全都调往北方，在他的预计中，楚军绝不会继续西进，一听说北方有险，更是会快马加鞭地返回楚地。

邓粹与关颂击败了一支敌军，抢到了所需的粮草，一路西进。

邓粹并不糊涂，他有一个计划，无论如何，自己的这点军队不是敌军主力的对手，所以敌军转北，他就往南偏移，以避其锋芒。

一个月之后，关颂又开始害怕了，翻越一座小山时，他问：“邓将军，咱们究竟要打到哪里？”

“听说神鬼大单于的领土北抵草原，南至大海——我要看看大海。”

邓粹的心没有尽头。

第三十四章

是楚军还是海盗

邓粹又一次孤军深入，大楚还有一支军队被困在了海上。

栾凯在云梦泽长大，自以为熟知水性，在海上待过几天，没觉得有何特异之处，直到进入远洋之后，他才明白自己低估了海洋的威力，船上的晃动永不停歇，无论昼夜，他连做梦都是在游泳，疲惫至极，陆地明明就在眼前，他却怎么也游不过去。

栾凯早早醒来，干呕了几下，摸黑走出船舱，呼吸一下新鲜空气。

“出来多久了，怎么还不到冬天？热得人心发慌。”栾凯大声问道。

天还没亮，甲板上坐着另一个人，“嘿嘿”笑道：“傻瓜，这里没有冬天，总是这么热。”

栾凯走到那人身边，靠着船帮向外望去，黑黢黢的夜色中，隐约可见远处的几点灯火，那就是陆地，相隔不远，却不允许他们上岸：“没冬天？这里是地狱吗？地狱也得让人上岸吧。”

林阿顺从前是一名海盗头目，现在是副将，却没有半分将军的模样，坐在那里像是一只木桶：“黄将军这回失算了，大楚的名号没用，南洋诸国根本不承认咱们是楚军，只卖食物，不准咱们上岸。”

栾凯感到头晕，转身坐下：“咱们多久没上岸了？”

“半年了吧。”

“这么久？我觉得……我快要不行了。”栾凯耷拉着脑袋，有气无力地说。

“嘿，武功高强的栾凯，黄将军手下第一猛将，竟然被大海打败了？”

“谁说我败了？”栾凯抬起头，慢慢地又垂下，“败就败了吧，敌人太强大，而且没完没了。你说咱们今天能上岸吗？只要一天，能踩在实地上，不再晃来晃去，我就能恢复。”

“谁知道，看黄将军怎么跟爪哇使者谈吧，弄不好连食物和水也不卖给咱们了，那才是倒霉。咱们都会饿死在船上，听说过鬼船吗？”

“没有，什么是鬼船？”栾凯的声音微微发颤。

林阿顺稍转过身，刻意压低声音：“当船上的人都死了以后，大家怨气不散，就会变成鬼，船也变成鬼船，永远在海上漂泊，连地狱都去不了，更没机会投胎。”

“啊？变鬼了还要晃荡下去。”

林阿顺点头：“运气好的话，爪哇国会派人把船烧掉，咱们也跟着化成灰，就不会变成鬼船了。”

“我宁愿化成灰，等使者来了，咱们好好跟人家说，让他们把咱们烧了吧，烧干净一点。”

林阿顺大笑。

栾凯怒道：“你在骗我？”

“我没骗你，我是说你既然愿意恳求使者烧船，干吗不求上岸？”

“那是黄将军的事，我管不着。”

“这是大家的船，人人管得着。”

“真的？”

“当然，我们海盗……现在不是海盗了，船上挂着大楚的旗号，可是既然人家不认，咱们不如再当海盗。”

“海盗能上岸？”

“不仅能上岸，还能抢他们的财物、睡他们的女人，一手人头，一手大碗喝酒，这才是英雄好汉该过的生活。”

“对啊。”栾凯兴奋地说。

“云梦泽的好汉也是这样吧？”

“差不多，但我们手里不拎人头。”

林阿顺往甲板上啐了一口，沉默了一会儿：“大家其实都愿意再当好汉，就是黄将军不愿意。”

“劝劝他，他从前不也是好汉吗？”

“此一时彼一时，黄将军现在要当忠臣了。”

“忠臣有屁用，能让咱们上岸吗？”

“不能，忠臣只能让咱们在海上漂荡，一直到死，黄将军没准还有人记得，咱们算什么？生是无名之人，死是无名之鬼。”

“我叫栾凯，不做无名之鬼，待会儿我去劝黄将军，爪哇国要是让咱们上岸，一切好说，要是不同意，干他娘的，黄将军抢财宝，你们抢女人，我就想要张床，摆在最稳当的地方，踏踏实实睡一觉。”

林阿顺“嘿嘿”地笑，正要开口，栾凯突然喝道：“饿不死的王八蛋，好大胆啊。”

林阿顺自知不是栾凯的对手，听到这句话，吓得魂飞魄散，一翻身打算滚到一边去，刚弯下上半身，手肘还没碰到甲板，栾凯已经站起来，冲着斜前方道：“是谁？给我滚出来。”

林阿顺这才明白过来，栾凯呵斥的不是自己，只觉得全身虚脱，冷汗直冒，随即迁怒于偷听之人，也站起身，几步走过去，从桅杆后面拽出一个人来。

那是一名十几岁的少年，身材瘦瘦小小，相貌颇为清秀，使劲儿甩动手臂，想要挣脱林阿顺的掌握。

天边泛亮，林阿顺打量少年：“你叫什么？是谁的人？不睡觉跑出来干吗？”

“我叫什么不关你事，我是黄将军的手下，你们不也没睡觉？”

“呵呵，小子嘴挺硬。”林阿顺手上加劲，论武功他比不上栾凯，却有一膀子蛮力。

少年吃痛不过，哎哟叫了几声，服软了：“松手，快松手，我也姓黄，叫黄武儿。”

栾凯也走过来：“我有印象，你是黄将军在东海国招来的人，给他当亲兵。”

林阿顺减弱力道，却没有松手，皱眉道：“黄将军怎么连这种小兔崽子也带上船了？浪费食物。”

“我会写字，你会吗？没有我，你们这一路上的所作所为永远无人知晓，有朝一日回到大楚，想领功都没个凭据。”黄武儿大声道。

“嘿，小兔崽子口气不小，难道你是黄将军的干儿子？”

“他倒是有这个意思，可他没这个资格。”黄武儿语气狂傲，再次挣扎，“放开我！”

林阿顺松手，不等黄武儿走开，一把将他夹在左臂下，右手堵住他的嘴，向栾凯道：“去我的住处。”

林阿顺是头目，拥有独立房间，大步走去，少年挣扎得越用力，他的手臂夹得越紧。

栾凯跟在后面，困惑地说：“干吗？你是要把这小子吃了吗？”

林阿顺不回答，进到房间里，先用破布将黄武儿的嘴堵住，又找来绳索将他牢牢捆住，扔在一边，拍拍手，对栾凯道：“这小子偷听咱们说话，要向黄将军告密。”

“告密？告什么密？”栾凯更加困惑。

林阿顺笑道：“接着刚才的话说，如果黄将军不听劝，你要怎么办？”

“我这人嘴笨，我劝不服，你们接着劝，总得让黄将军同意当好汉。”

少年“呜呜”地叫唤，林阿顺上去踢了一脚，等少年老实了，他向栾凯道：“我们也劝不服呢？大家就这么陪葬？黄将军是忠臣，咱们能得到什么？”

栾凯挠头：“黄将军对我不错，他要是真让我陪葬……”

林阿顺“呸”了一声：“对你不错？上船之后，你睡在哪儿？”

“船舱里啊，跟大家挤一块。”

“黄将军呢？独自住在大屋子里，宁可与这种小兔崽子分享，也没让你去同住，这叫对你不错？呸，他根本没将你当回事。”

“闭你娘的嘴，我跟黄将军一起喝过酒、唱过歌，你敢说他对我不好？”栾凯翻脸快，前一刻还是有气无力的病猫，眨眼间就变得生龙活虎，而且是要吃人的龙虎。

林阿顺马上堆起笑脸：“逗你玩呢，你还当真了。”

栾凯推开林阿顺，过去给黄武儿解开绳索：“老大不小了，还玩儿？”

黄武儿自己掏出嘴里的破布，“呸呸”几声，急切地说：“栾凯，别信他，林阿顺要背叛黄将军，他在劝你杀死黄将军呢。”

栾凯转身看向林阿顺。

屋子里很黑，林阿顺只显露出大致的轮廓，“嘿嘿”笑道：“小兔崽子胡说八道。说真的，栾凯，我有个主意，能让咱们今天就上岸，你愿意加入吗？”

“你想杀黄将军，我先杀你。”

“谁说要杀黄将军了？咱们杀爪哇使者，使者一死，爪哇国必然大怒，到时候黄将军没有别的选择，只能干回老本行……”

“你们是大楚水军，不是海盗！”黄武儿躲在栾凯身后喊道。

“当不当海盗不重要，爪哇国对大楚不敬，得惩罚一下他们，黄将军犹豫不决，咱们帮他拿主意。”

栾凯不语，觉得这个主意不错。

黄武儿急忙道：“别听他的，是楚军还是海盗，只在一念之间，今天杀死一国使者，在南洋诸国眼里，咱们就与海盗无异。”

“嘿，你这个小兔崽子……”林阿顺上前要打，却不敢靠栾凯太近，只得止步。

栾凯转身道：“当海盗没啥不好，只要能上岸就行。”

“咱们能上岸。”黄武儿肯定地说。

“你保证？”

“我保证。”

“你凭什么保证？”林阿顺不屑地说。

黄武儿却很自信：“南洋诸国之所以不相信咱们是楚军，是因为军中没有真正的大楚使者，从黄将军到你们，都是一副强盗模样，自然难以取信诸国。”

“难道你能变出真正的使者来？”林阿顺更不屑了。

“不用变，我就是。”

“你只是个会写字的小兔崽子，什么时候成大楚使者了？”

黄武儿再也忍耐不住，侧行两步，叉腰站立，朗声道：“林阿顺，放尊重些，我的真名不叫黄武儿，我姓韩，叫韩镆，乃是武帝幼子，当今皇帝是我的侄儿。此次出海，是要在海上建立新朝，我当皇帝，你们当大臣，与大楚平起平坐。”

栾凯“呵呵”笑道：“原来你是皇叔，可你怎么比皇帝还小呢？”

林阿顺根本不信：“原来这就是黄将军想出来的主意，要用你欺骗爪哇国使者？”

“黄将军还不知道我的身份，我有证据，今天会向爪哇使者出示，他们肯定会接纳这支楚军，让咱们上岸。”

林阿顺还是不信，栾凯却当真了：“太好了，只要能上岸，皇帝、皇叔、太上皇……随便你当。”

第三十五章

决战在即

韩孺子第二次驾临晋城。

大臣们勉强同意皇帝御驾亲征，但是绝不同意皇帝出塞，他只好驻扎在关内的晋城，路上多设临时驿站，与马邑城随时保持联系。

兵部与大将军府的一多半官员都跟来了，协助皇帝调兵遣将、转运粮草，尽一切努力支援前方的楚军。

韩孺子没来得及完成大楚的复兴计划，但是他所做的一切终究有些效果，在很短的时间内，马邑城集结了二十余万兵力，数量还能更多一些，但是粮草供应会有麻烦，兵部建议量力而行。

赖冰文成为皇帝身边最重要的助手，他虽然在兵部任职的时间不长，做起事来却是有条不紊，就连多年老吏也挑不出纰漏。

天还没亮，他就来拜见皇帝，这是惯例，在早朝之前，君臣二人会先见一面。

韩孺子起得更早，兵部侍郎赶到的时候，他正在阅览公文。

“敌军数量又增加了，估计已经达到三十万。”韩孺子抬头说道，只要是前线的公文，即使深夜里也能进城——城门不能打开，公文放在篮子里，由城头的卫兵提上去。

赖冰文抖擞精神，行礼之后走到桌前，指着摊开的地图：“敌军数量虽多，辎重也多，而且这支敌军与匈奴人不同，不只有骑兵，还有大批工匠与奴隶，运送攻城器械，辎重因此更多。陛下请看，敌军显然以为马邑城会是决战之地，兵力多在这一带布置，楚军只需截断其后方粮道，顶多十天，其军必溃——兵力越多，溃败得越快。”

这是早已制订的计划，柴悦率军二十万在马邑城吸引敌军，老将狄开等人率军一万绕行北方，约定日期进攻敌军粮道，将碎铁城敌军与马邑城敌军从中截断。

还有三天，约定日期就要到了，了解这个计划的人都有点紧张，因为此计能否成功，不仅取决于狄开这支奇兵，还要看匈奴人的反应。

大单于率部北遁，听说决战在即，再度南下观战，楚军奇兵要经过他们的地盘，匈奴人无论是进攻还是告密，都将令楚军计划失败，迄今为止，大单于的态度十分暧昧，只说自己此次绝不会参战，没有给出保密的承诺。

“东海王今天该回来了。”韩孺子道。

东海王和金纯忠被派去与匈奴人谈判，只有他们带回肯定消息之后，韩孺子才能安心让楚军开战。

“此战关系到匈奴人的存亡，匈奴人应该不会拒绝，据说大单于十分在意自己的地位，不至于向敌军投降。”

韩孺子点点头，问道：“神雄关那边有消息吗？”

“暂无变化，敌军大都退出山道，每日以骚扰为主，其意是阻止楚军出关，而不是攻城了。”

韩孺子又点点头，神鬼大单于显然要主攻马邑城。

两人谈了一会儿，群臣分批到来，谈的仍是军务，数字、地名一个接一个，一般人早听糊涂了，皇帝却都记得清清楚楚，立即与昨日的进展衔接上，偶尔有记不清的地方，赖冰文就会出面提醒。

早朝一直持续到午时才告结束。

韩孺子用膳时没忘了提醒张有才：“派人看情况，如果是东海王回来，马上带来见朕。”

东海王没回来，马邑城送来一封加急公文，赖冰文亲自送来。

韩孺子放下碗筷，只看了一眼，就再也没有胃口了：“‘敌军发起进攻，我军坚壁不出，互有伤亡。’嘿，敌人沉不住气了。”

“正是，敌军远道而来，辎重繁多，比楚军更急于速战速决。”

韩孺子沉吟未语。

赖冰文明白皇帝的心思：“陛下还在担心敌酋会出奸计？”

“咱们连神鬼大单于在哪儿都不知道，此人狡诈，手握重兵却惯用奇计，不可不防。”

“马邑城之战结束之后，敌酋必然露面。”

韩孺子笑了笑，挥手命太监们将饭菜收走，准备开始下午的忙碌。

太监们出屋，赖冰文上前一步，说：“陛下有什么人需要从马邑城调回来吗？”

“朕自己都想去马邑城参战，怎么会往关内调人？”

皇帝不喜欢拐弯抹角，赖冰文只好直接说道：“崔腾是太傅之子，太傅督兵西域，独子似乎不宜再冒矢石之险。”

“此事不必再提，先保大楚再说吧。”

“是，陛下。”赖冰文躬身后退。

韩孺子忍耐多日，终于还是好奇心战胜了谨慎，开口道：“赖大人当初为何弃文从武、离开京城？”

赖冰文抬起头：“没人告诉陛下详情吗？”

“有些传言，朕想听听你自己的讲述。”

赖冰文脸色微红：“既然陛下想知道，那微臣就说说——臣年轻时喜欢吟花咏柳，在京城小有些名气，所写之诗倒也有人传看，不知怎么，被一位夫人看到了。臣不愿提及大臣姓名，望陛下原谅。”

“嗯，你就说事情吧。”

“这位夫人化名，以男子身份写了几首诗，派人送来，希望臣能指点。臣也是年轻不经事，逐字点评，一来二去，通了几回书信。后来臣发现此人的诗过于旖旎，颇有脂粉气，猜出她是女子。唉，臣一时糊涂，虽然在信中劝她停止，可还是来信必回。臣不敢隐瞒，臣当时心里确有邪念。”

“然后呢？”韩孺子问。

赖冰文沉默了一会儿：“书信被发现了，夫家闹了一通，臣无颜在京城立足，于是远走他乡。”

“那位夫人呢？”

“臣……离开京城之后，再没有听说过她的消息。臣后悔当时的少不经事，但是绝未行过苟且之事，与那位夫人从没见过面。”

韩孺子微笑道：“自古英雄多情，赖大人何必自责？”

“陛下不降罪，臣感激不尽。”

赖冰文告退，走到外面，心中怅然若失，呆呆地站立一会儿，连自己也说不清是在后悔，还是在怀念。

眼下不是儿女情长的时候，赖冰文收回心神，正好迎上皇帝身边一名太监的目光，急忙加快脚步离开。

张有才对皇帝佩服得五体投地，一边摇头一边往里走：“陛下，崔腾写来一封信。”

“说谁谁到。”韩孺子接过信，看的时候皱眉，看过之后却是大笑，“这个崔腾，说什么要对朕‘有始有终’，还说‘来世为人，再为陛下奔走效劳、执帚除尘’，他明不明白‘执帚’的意思？”

“陛下真不打算将他调回关内？”

韩孺子收起笑容：“必要的时候，朕也要亲上战场，何况是崔腾？崔太傅和崔腾应该明白这个道理。”

“我担心的不是太傅父子，是皇后。”

韩孺子沉默一会儿：“皇后更会理解朕的决定。”

张有才躬身后退，韩孺子明知无用，仍然问了一句：“东海王和金纯忠还没有消息？”

“没有，我一直盯着呢。”

韩孺子挥手让张有才退下。

整个下午，韩孺子都有些心不在焉。

马邑城的消息不停地传来，前线战事正酣，敌军十分顽强，而且手段多变，马邑城外围的哨所与小城纷纷失守，楚军逐渐退缩。

驿兵速度再快，路上也需要时间，留在晋城的皇帝与官员只能看到几天前的事情，韩孺子真想插翅飞到塞外，亲眼看一看现在的状况。

可他不能动，真去了也起不了多大作用，他已经给予柴悦一切必要的权力，接下来就要看柴悦是否担得起这份信任。

直到入夜，东海王和金纯忠也没消息，韩孺子不等了，上床睡觉，做了几个不好的梦。

次日，韩孺子仍是天没亮就起床，夜里又来了几份加急公文，马邑城战况越来越激烈，柴悦的应对之策很简单，就是坚壁不出，拒绝与敌军决战。

即使没有那支绕行的奇兵，柴悦也要等敌军气势衰落之后，再求一战。

赖冰文匆匆走进来，防守神雄关、决战马邑城是他最早提出来的战略，如今战斗开始，他不能不紧张。

“陛下，前方送来敌酋的一封信。”

“朕为什么没看到？”韩孺子有点意外。

“敌酋出言不逊，群臣皆以为不宜入陛下之眼。”

“哈哈，难道神鬼大单于还能用信杀死朕不成？好吧，不看就不看了，他说什么？又让大楚投降？”

“是，而且很狂妄，说是要踏平京城，将楚人全都变成奴隶。”

“信是用楚文写的？”

“用了好几种文字，包括楚文。”

“这个神鬼大单于，对大楚恨意不浅啊。”

“据说敌酋对所有国家都是如此。”

“如果传言没错，他也的确将拒降之国的子民全变成了奴隶。”

“大楚非他国可比，敌酋之败，必在马邑城。”

韩孺子笑了一下："这封信朕就不看了，你们可以传抄一下。"

"陛下，此信言辞粗俗……"

"粗俗的是敌人，不是大楚，朕就是要让天下人看到他们的凶残，赖大人，马邑城之战只是开始，无论胜负，接下来都会有更多战争。"

赖冰文明白了皇帝的用意："是，陛下，旬月之间，此信将会传扬天下。"

韩孺子正要开口，张有才跑进来，气喘吁吁地说："东海王回来了。"

东海王与金纯忠连夜赶路，终于及时回到晋城。

东海王开口道："大单于承诺置身事外，但是……"

"但是什么？"

东海王看向金纯忠。

金纯忠道："贵妃率兵三千，要与狄将军会合，共击敌军。"

第三十六章

请兵三千

老单于死后，新任大单于对大楚满怀疑虑，金垂朵在匈奴人中的地位因此下降许多，要不到所需要的兵马，只能去找一个人帮忙。

大单于阏氏是晋阳公主崔昭，虽说出身名门，自幼娇生惯养，但她却很快习惯了塞外逐水草而居的生活，从服饰以至坐姿，都与匈奴女子无异，甚至学会了骑马，能够跟随丈夫驰骋。

人人都知道，大单于极宠爱这位阏氏，对她有求必应。

金垂朵进帐的时候，崔昭正坐在一堆毡毯上，与几名匈奴妇女一边缝补衣物一边闲聊，身前两个小孩子摔跤打闹，像是两只爪牙未全的小猫，大人也不管，任他们胡闹。

见到金垂朵，匈奴妇女退后让出一块地方，崔昭笑道："你今天怎么有空？"

金垂朵跪坐在阏氏对面，两个孩子撞过来，她不客气地推开，开门见山地说："我来是有事相求。"

两人用楚语交谈，旁边的匈奴妇女听不懂，低头只管穿针引线。

"又想让我劝大单于参战？你高估我啦，事关匈奴人的存亡，大单于不会听我的话，你若是想要一块好的牧场，我倒是能帮忙。"

牧场是匈奴人的命根子，每年分配的时候都是一连串的明争暗斗。

金垂朵摇摇头："我不要牧场，也不求大单于参战，只希望大单于能给我一些将士，让我去参战。"

崔昭很惊讶，两个孩子扑过来，在她膝前打成一团，崔昭费力地将他们分开，一手一个，搂在怀中，说："何必呢，你并不亏欠大楚，也不亏欠皇帝，你的册书迟迟未到，连个消息都没有，那就是宫里没打算承认你这个贵妃。"

金垂朵昂然道："我欲参战，与大楚和皇帝没有关系。"

"那又是为什么呢？"

"匈奴人想要坐山观虎斗，可是大单于有没有想过，此战过后，无论谁胜谁负，匈奴人都将沦为附庸。”

“此话怎讲？”两个孩子在阏氏手臂下面也不老实，还在互相打闹。

“三方之中，匈奴最弱，想与任何一方平起平坐都很困难，大楚要求大单于称臣，神鬼则要将匈奴人全变成奴隶。马邑城一战过后，胜者更强，匈奴到时只怕连谈判的资格都没有了，而败者则会记恨匈奴，肯定会想方设法将祸水引向北方。”

崔昭想了一会儿，稍不注意，两个孩子挣脱她的手臂，又抱在一起摔跤，嘴里咿咿呀呀地大叫。

金垂朵咳了一声，一瞪眼，两个孩子立刻停止打闹，连滚带爬地逃到阏氏身后，探头出来偷瞧，既显调皮又有畏惧。

崔昭笑了笑，随后正色道：“我替大单于说一句吧，就算匈奴人要参战，也该帮助更强的一方，我是楚人，但我要说句公道话，在这场战事中，大楚处于弱势。”

“请阏氏转告大单于，正因为大楚表面上处于弱势，助大楚一战才有意义，神鬼强横，并不认为自己需要匈奴人的帮助，他只要投降者，不需要盟友。”

“若是败了呢？”

“神鬼战胜大楚之后，转头就会进攻匈奴，匈奴与其早晚都有一战。大单于如果担心，给我士兵之后，就宣布我为叛逆者，大楚若胜，可以据此取得好处，大楚若败，不耽误他投降为奴。”

崔昭摇头笑道：“还好你没有直接去见大单于，像你这样说话，只会惹怒大单于，要不来一兵一卒。”

金垂朵知道自己脾气不好，可就是忍不住：“所以我来找阏氏帮忙，你是明白人，而且大单于肯听你的话。”

“大单于只在小事上听我的，他继位不久，还没有完全取得族中老人的认可，发出的命令分量不足。”

“我的要求并不高，一万骑兵足矣，少一些也没关系。匈奴绝不能置身事外，一时安宁，换来的将是绝境。”

崔昭叹口气：“老天真是瞎眼，让你生为女儿身。好吧，我试着劝劝大单于，可能给不了你一万人，有多少算多少吧。”

“谢谢阏氏，你一定要将我的话转述明白。”

崔昭笑道：“刚说完你不该生为女儿身——你的那些话很有道理，但是不能用来劝说大单于。我会说，神鬼要让匈奴人男儿为奴、女子为婢，据说此前投降的诸国，连王后都要送过去遭受蹂躏，大单于若有降意，请早些告知，妾择时自尽，免受此辱，大单于若无降意，请出兵昭告天下。”

金垂朵愣了一会儿：“这样就行了？”

崔昭摇头，她与金垂朵年纪相仿，这时却显得成熟许多：“你呀，都已经有夫君了，还是这么不懂男人。等着吧，不出三天，大单于必定找你，请你出兵。”

金垂朵脸上一红：“好吧，我等着。”说罢站起身，准备告辞。

崔昭从身后拽出一个孩子：“教你的规矩呢？”

“母亲慢走。”孩子低声说，不敢抬头。

金垂朵“嗯”了一声，转身向外走去。

“你真的不打算告诉你哥哥吗？”

“二哥会告诉皇帝，皇帝肯定会派人索要。他既然不承认我的身份，我为什么要将孩子给他？”

“皇帝必有难处，大楚规矩甚多，他在京城肯定比大单于更不自在。”

“那我就更不能将孩子送回去，难道让他在大楚再受一遍我们金家的苦头吗？”

崔昭没再说什么。

金垂朵给皇帝生了一个儿子，但她不会养，也不愿养，于是交给阏氏，崔昭倒是很高兴，正好自己的儿子也有一个玩伴。

崔昭显然更了解大单于，次日下午，金垂朵接到命令去见大单于。

在大帐里，大单于向两名大楚使者表示，匈奴人绝不会进攻大楚奇兵，更不会泄密，而且还要派一支匈奴人骑兵与楚军并肩作战。

东海王与金纯忠都吃了一惊，直到金垂朵站出来，两人才明白，原来要与楚军联手的人是她。

大单于未做解释，给的兵也不多，只有三千，金垂朵对此很满意。

一离开大帐，金纯忠追上来，兄妹二人边走边说话。

“你要亲自率军参战？”

“当然，二哥不就是为此而来的吗？”

“我希望匈奴参战，不是希望你参战。”

金垂朵扭头看着兄长：“怎么，觉得我没资格？”

“当然不是，我只是……妹妹，我看你在这边也不得志，跟我回大楚吧。”

金垂朵止住脚步：“二哥，你想回大楚，我不阻拦，我想留在匈奴，你也别劝，这叫人各有志。再不得志，我也能要来一支军队，回大楚我能做什么？坐在宫里给皇帝缝袍子吗？”

金纯忠叹口气："坐在宫里起码是安全的，妹妹，你是我在这世上唯一的亲人了。"

金垂朵一时冲动，险些将孩子的事说出来，话到嘴边又咽了回去，改口道："天下纷扰，不是多愁善感的时候，匈奴与大楚唇齿相依，咱们兄妹比别人更有责任令两国联手对敌。"

金纯忠从小就比较听妹妹的话，长大了也还是如此，点头"嗯"了一声，可还是担心："一定要注意安全，东海王会写一封信，交给狄开将军，以免误会。"

金垂朵说了声"好"，也不告辞，转身离开。

金纯忠心中叹息，金家最勇敢的人竟然不是男子。

东海王与金纯忠快马加鞭回晋城向皇帝复命的同时，金垂朵率军三千兵士疾驰南下，名义上是要赶赴马邑城参战，中途却绕路与狄开率领的楚军会合，准备伏击神鬼大单于的粮道。

韩孺子得到消息的时候，一切都在进行中，大楚天子也无能为力，唯有静观其变。

金垂朵不肯坐在皇宫里缝补袍子，韩孺子却要在关内的晋城行宫里苦等一条又一条消息。

每次想到这些消息都是几天前的事情，韩孺子都感到难以忍受。

为了保密，狄开与金垂朵再没有消息传来，只有马邑城每隔两三个时辰就有驿兵赶到。

这些消息勾勒出前线的大致状况。

神鬼大单于的军队与匈奴完全不同，骑兵、车兵、步兵多种多样，甚至还有骑着骆驼与大象的士兵，器械之精良更是不弱于楚人。

这几年来，马邑城外围修筑了不少城寨哨所，如今都被一一摧毁，没有一座能坚持过一天。

柴悦采取守势，一边加强加厚城墙，一边在城外挖掘大量壕沟，敌军的势头却是一拨高过一拨，似乎没有完结的时候。

战斗越来越激烈，一连三天，韩孺子接到的消息尽是某城某寨被破、将士伤亡若干的内容。

第三天，该是金垂朵与狄开按约袭击敌军粮道的时候了，前线的战斗已经进行了七八天，楚军仍处守势，马邑城外却已没有屏障。

韩孺子睡不着觉，每到前方军情传来的时候，不用人叫，自己就醒了，如果公文到得晚了，他就坐等，根本没法合眼。

大臣们更是紧张，兵部与大将军府没日没夜地调兵遣将，一是支援马邑城，二是预防万一，马邑城若是守不住，长城一线就是第二个战场，再往后则是晋城。

所有人都明白，马邑城之战至关重要，此战若败，楚军过半精锐将会覆灭，士气更是会受到严重打击，再想守住第二、第三道防线，难上加难。

马邑城之战持续了整整十一天，这也是韩孺子一生中最难熬的十一天。

第三十七章

一胜一败

听说碎铁城失守、神雄关遇险，正从西域返回大楚的崔宏不由得又羞又恼。

他是兵部尚书，力主出兵西域，本意是西域势弱，一举平定之后，既能威吓敌军，又能轻易立功，没想到敌方如此狡诈，西域只是诱饵，却被他一口吞下。

崔宏将军队分为三部，前部随他星夜兼程，尽快赶回楚地，中部正常行军，以备不时之需，后部护送辎重缓缓而行。

神雄关若是失守，京城告急，他在西域取得的大胜将变得无足轻重，甚至是一种罪。

崔宏心急火燎，半途中又抛下一半军队，只带五千人轻装疾进，在入冬之前赶回了玉门关。

听说神雄关还在坚守，皇帝正在晋城亲自指挥马邑城之战，崔宏稍稍松了口气，打算住一晚，等后方军队追上来再做定夺，前往马邑城已经来不及了，或许可以伺机从神雄关出兵，截断敌军退路。

崔宏睡了一个踏实觉，只在凌晨的时候做了一个梦，以为自己还在西域带兵打仗，四面八方似乎都有敌军，可是冲过去之后却看不到一个人影，没过多久，连身后的将士也没了，只剩他一个人东奔西跑……

崔宏突然惊醒，呆坐半晌仍心有余悸，他的身体本来就不太好，这时更觉旧伤隐隐作痛。

他没有叫人，准备躺下再睡一会儿，这几天他实在太累了，连日急行军，就算是青壮年都难以承受，何况他这样一位虚弱的老人。

身子刚刚后仰，门外传来急促的脚步声，随后是一个急迫的声音："尚书大人？"

"什么事？"崔宏下床。

"有紧急军情。"

崔宏一开口，睡在外间的随从也起来了，立刻点燃油灯，打开房门。

崔宏披着衣服走到门口，严肃地盯着来报信的将军邵克俭，从对方手里接过一封公函，只看第一行字就脸色突变。

神雄关失守……

昨天的消息还说神雄关无忧，决战将在马邑城进行，一夜之间怎么就会失守呢？

崔宏继续往下看，信的内容很简单，没有详述经过与原因，只说神雄关失守，请玉门关立即支援。

信送来的时候，神雄关还不知道兵部尚书已经赶回来，因此只向玉门关守将邵克俭求助。

“送信的人呢？”

“在外面。”

崔宏马上穿好衣服，心中还是不大相信，忍不住问道：“会不会是误报？敌军主力不是都在马邑城吗？神雄关易守难攻……守将是谁？”

“将军陈嚣。”邵克俭回道。

“嗯，陛下亲选之人，应该没问题。”

崔宏匆匆赶往前院的正厅，驿兵还等在那里，但是提供不了更多消息，他在半路接信，之前不知倒了多少次手，他甚至不知道信中的内容。

崔宏不是那种当机立断的人，急行军赶回玉门关就是他最急迫的表现了。

他又等了一个上午，召集众将与官吏，制订了多个方案，以应对不同的情况。

求援公文接二连三，午时过后，崔宏再不犹疑，命令邵克俭立即率领玉门关守军出发，作为先锋前往小周城。

小周城是座古城，也是一座极其重要的关卡，神雄关失守，它就是第二道防线，此城若是再失守，则关中再无险可守，西边的玉门关、东边的满仓城以至南边的京城，都将面临敌军的直接进攻。

尤其是满仓城，乃是关中最重要的存粮之地，函谷关以西的军队，都要依靠此城供应粮草。

崔宏心中焦躁，第一次感觉到敌人是如此强大，甚至让他心生恐惧。

他又等了半天一夜，另外五千士兵赶到之后，先期到达的五千人立即出发，也去小周城增援。

前方不停地传来消息，邵克俭赶到了小周城，只比敌军早几个时辰，接着就是一场大战，楚军坚守，勉强稳住阵脚，可神雄关的消息却中断了。

崔宏不能再留在玉门关了，次日一早率兵五千出发，给中、后两部留下命令，到达玉门关之后不得停留，立即前往小周城。

崔宏赶到的时候，小周城已是一片狼藉。

自从神雄关建成之后，小周城地位下降，已经多年没有整修，敌军来得匆忙，没有器械相助，因此没有立即攻克城池，可是仍造成极大的破坏，古旧的墙砖散落一地。

崔宏进城，登墙观看，只见远方黑压压一片，全是陌生的敌军，他们暂时放弃了硬攻，排列阵势，中间留出空地，明显是在等候后方的攻城器械到来。

小周城守不住，崔宏心里“咯噔”一声，心中越发恐慌，第一次生出可怕的念头：大楚要亡。

事发突然，皇帝与朝廷大员都不在，兵部尚书就是楚军的主心骨，一切事情都要他做决断、拿主意，崔宏有点敬佩自己的女婿，年轻的皇帝似乎更擅长应对这种情况。

崔宏转过身时，勉强保持住了镇定，下墙召集众将，首先询问神雄关究竟是怎么失守的。

城里有一些神雄关退下来的败兵，众说纷纭，有说内奸开门纳敌的，有说天降神火烧城的，有说山摇地动震塌城墙的……

只有一个人的说法稍微可信些，他说敌军在城外山谷里隐藏了一批攻城器械，趁夜组建，凌晨时分发起进攻，当天下午撞破了城门，守将陈嚣坚持不退，很可能已经陷于城中。

敌军不仅有器械，而且十分精良，神雄关若是抗不住，小周城更不行。

崔宏不提此事，命令邵克俭守城：“城在人在，城亡人亡，弃城而逃者，死罪。我要立刻回京，调军前来支援。十天，你最少要坚守十天。”

邵克俭领命，崔宏留下自己的军队，只带少数亲兵南下返京，经过通往满仓城的路口时，他派人去给守城将领下达死守的命令。

绝不能露怯，这是崔宏唯一的想法。

京城里已经乱成一团，街上到处都是人，都嚷着要逃跑，却不知逃向哪里。

崔宏受到最高级别的礼遇，众多大臣在城门口相迎，宰相卓如鹤召他前往勤政殿议事。

勤政殿里聚集着十余名大臣，一看到崔宏，全都迎上来，把他当成了大救星，七嘴八舌地询问前方的情况。

崔宏更想知道京城的情况。

卓如鹤比较镇定，喝令众人闭嘴，亲自解释道：“事情都赶在一起了，晋城消息，楚军在马邑城大胜，敌军溃散，没想到神雄关却……唉，我已派人去送信，陛下还没回信。”

“敌人哪来这么多兵力，能同时在两地开战？”崔宏难以相信。

卓如鹤等人解释不了这个问题。

“京城有多少兵？”崔宏问道。

“一部分宿卫军，加上临时征调的士兵，有五万多人。”卓如鹤没闲着，这些天来尽其所能调集军队。

“五万人，太少了。”崔宏一路上都在思考一个问题：神雄关失守，小周城将破，满仓城必败，京城该怎么办？

现在他将问题抛给宰相：“敌军势众，小周城坚持不了多久，就在此时此刻，可能已经失守，敌军不日将要攻至京城，五万人于事无补，是战是退，请宰相大人定夺。”

群臣闻言大惊，如果连兵部尚书都没把握，那京城真有危险了。

“战如何？退如何？”卓如鹤问道。

“战的话，立即将前线的将士全调回来，放弃小周城，烧掉满仓城，专心守卫京城，是胜是败，听天由命。退的话，都去关东，也得立即动身，扼守函谷关，挡住敌军的机会更多一些。”

众人无言，目光全都看向宰相。

卓如鹤沉默片刻，突然叹息道：“今日方知皇帝之难，如果陛下在的话……”

所有人不约而同地发出叹息，与宰相一样，他们无比怀念皇帝。

“当初就不该同意陛下御驾亲征。”吏部尚书元九鼎颤声道。

“陛下留在京城，并不能守住神雄关，反而有可能失去马邑城，那样的话，咱们连退往关东都做不到了。”崔宏要为女婿说句话。

众臣再度无言，最后还是卓如鹤说：“此时不必谦虚，大家有话尽管说，崔太傅，你先说，怎么做比较稳妥？”

崔宏明白，宰相等人怕担责任，必须由自己拿主意了：“退。”

“放弃京城？”卓如鹤惊愕地说。

崔宏暗骂，嘴上道：“起码要将宫中诸人送往洛阳避难，京城要守，函谷关也要守，尤其是函谷关，很快就将是最重要的防线，我会亲自督守，至于京城……”

崔宏目光扫过，群臣纷纷低头。

卓如鹤道：“守卫京城是我的职责。”

崔宏看向卓如鹤，心想老狐狸也有勇敢的时候。

按规矩，众人这时候应该劝说几句，可是人心慌乱，规矩也没那么重要了，谁也没开口。

卓如鹤道：“事发紧急，陛下又不在，事情只好由我决定。崔太傅，我再问一句，小周城果然守不住吗？”

“守不住。”崔宏十分肯定。

“京城呢？也守不住？”

“难说。”

卓如鹤沉吟片刻：“既然如此——宫中要移往洛阳，有劳崔太傅进宫敦请，函谷关至重，也有劳崔太傅据守，户部备好图籍、礼部装好礼器，情况如果更加危急的话，两部也迁至洛阳。”

卓如鹤顿了顿：“其他人随我留守京城，不得离开，除非陛下有旨。你我皆为楚臣，该是尽忠的时候了。”

第三十八章

皇后的承诺

崔宏连家都没回，直接由勤政殿前往后宫，请求面见太后与皇后。

他是皇后的父亲，由他劝宫最合适不过。

请求立刻得到了允许，在中司监刘介的引领下，崔宏匆匆赶往慈顺宫——上官太后失势已久，她这里仍然是宫中的核心区域，只比皇帝居住的泰安宫级别稍低。

迁宫的消息大概传开了，一路走来，崔宏见到大量惊慌失措的太监与宫女，他们忘记了森严的规矩，三五成群地窃窃私语，刘介偶尔会训斥一些人，但他自己也是心事重重，到了慈顺宫直接往里走，迈过门槛才反应过来，急忙退出来，侧身请太傅先进。

庭院里挤满了人，大都是宫女与命妇，崔宏看到了自己的女儿平恩侯夫人，来不及说什么，点下头，在另一名太监的引领下，进入客厅。

两宫太后并肩坐在软榻上，皇后与诸嫔妃站立两旁，几位皇子与公主被自己的母亲抱在怀里，察觉到大人的紧张，也都老老实实地搂着母亲的脖子，一动不动，只有淑妃邓芸的儿子还小，偶尔发出声音。

崔宏不敢抬头细看，前趋几步，跪下磕头。

太监请太傅平身，崔宏也不客气，立刻道："敌军攻破神雄关，正向京城进发，太后与皇后宜迁宫洛阳，动身越早越好。"

慈顺宫归上官太后所有，真正管事的却是慈宁太后，她开口道："这是崔太傅一个人的意思，还是所有人的决定？"

"勤政殿内宰相等人共同做出的决定，臣奉命进宫奉请。"

慈宁太后沉默了一会儿，扭头问上官太后："慈顺太后觉得如何？"

上官太后一脸病容，倦怠地说："你们决定吧，无论如何，我是不会走的，皇宫就是我的葬身之所，敌军真的攻进来，我会自杀，不会给大楚添麻烦的。"

慈宁太后想了一会儿："这也是我的意见。"

崔宏吃了一惊："两位太后，这可不是闹着玩的事情，两宫若是出了意外，臣等日后没法向陛下交代。”

慈宁太后道：“皇后以下，迁宫洛阳，留几个人照顾我们即可，这样总可以向陛下交代了吧？”

皇后等人立刻跪下，淑妃怀中的孩子哇的一声哭出来，佟青娥抱着的庆皇子也向祖母伸出手，想要进入她的怀抱。

慈宁太后叹了口气，伸手叫来淑妃与惠贵妃，一手抱着婴儿，一手搂着庆皇子，上官太后往旁边让了让。

婴儿在祖母怀中停止了哭泣，庆皇子咬着手指，盯着崔宏，似乎在思考这究竟是什么人，能让大家如此恐惧。

皇后要开口，慈宁太后冲她摇摇头：“此事已定，你们去收拾东西，崔太傅看什么时候出发比较合适。都退下吧。”

“太后请三思。”崔太傅道。

“太傅进宫之前，我已经‘三思’过了，不必多言，请尽快安排迁宫事宜，需要慈顺宫与我做什么，尽管提出来就是。”

崔宏再度跪下磕头，这种时候实在没必要客气，说道：“有请两宫颁布懿旨。”

迁宫是大臣的决定，但在名义上，只能是太后的旨意。

慈宁太后点头：“待会儿派人送给你。大家还跪着干吗？快去收拾东西，别带太多，以后你们还会回来的。”

不知是谁带头，客厅里突然哭声一片。

慈宁太后不耐烦地挥手，刘介与几名太监、宫女分头劝离众人。

崔宏也告退，出门之后场面有些混乱，他只来得及与女儿说几句话：“我会将你母亲和崔格送过来，你要保住他们的安全。”

崔小君“嗯”了一声，问道：“京城真的守不住吗？”

崔宏盯着女儿的眼睛，点下头：“马邑城大胜，如果你哥哥还活着，一定要求陛下将他留在身边，崔家的安危都在你一个人身上。”

崔小君心生不祥：“父亲……”

“快去收拾东西。”旁边的太监在催，崔宏跟上，快步离开皇宫。

崔小君将女儿交给身边的孟娥：“你先回去，我马上到。”

孟娥接过公主，先回秋信宫。

院子里的众命妇个个惊慌失措，也不请辞，争先恐后地离开，要回家商量逃难之事。

崔小君逆行回到客厅里。

上官太后斜倚在榻上，慈宁太后正与两个孙子告别，对庆皇子说：“听母亲的话，多亲近父皇，以后你会当皇帝，明白吗？”

庆皇子不明白，他只知道一件事，祖母似乎要离开自己、不要自己了，于是放声大哭，抱着祖母的手不肯松开。

慈宁太后心酸不已，先将小皇子还给淑妃，将庆皇子抱起来，亲了两下，交给惠贵妃，抬头看到皇后，说道：“正好你来了，我要对你说句话。”

“太后请说。”崔小君急忙走过来。

慈宁太后抓住皇后的一只手：“答应我，要让庆皇子继承帝位。”

“太后……”崔小君惊讶至极，想抽手回来，慈宁太后却越握越紧。

“我不为难你，你若是生下嫡子，皇帝自然是你的儿子，如果你没这个运气，我要你支持庆皇子。”

“太后，现在说这些太早，而且……而且这种事不由我做主啊。”

“不用谦虚，皇帝听你的话，我就要你一句承诺，在必要的时候，全力支持庆皇子。”

“太后……”

“惠贵妃没有家人，对你们崔家不是威胁。”

佟青娥听到自己被提到，急忙抱着儿子跪下。

“好吧，我会尽自己所能……支持庆皇子继位。”崔小君本来是要劝太后一块离京，没想到会接下这样一个难题。

“皇后养过庆皇子一段时间，他也是你的儿子。”

“是，太后，我会待他如亲生儿子一般。”

慈宁太后点点头，又对淑妃邓芸说：“是你的就是你的，不是你的不要争，惠贵妃先生皇子，这是她的运数，你们邓家没这个命。”

“我不争。”邓芸淡淡地说。

慈宁太后松了口气，挥下手：“都走吧，别在我面前碍眼。”

邓芸行礼之后先走，佟青娥随后，崔小君收回手掌，没有马上走：“太后，陛下若在，肯定不会让您留下。”

慈宁太后笑了一声：“所以我很庆幸陛下不在。你是个好皇后，我之前对崔家有偏见……算了，不说那些了，你心肠软，这未必是坏事，今后好好服侍皇帝，尽量让他少冒些险。你是崔家的女儿，早就知道自己会当皇后，不会明白我的心情，此刻就算天塌下来，我也不会离开。走吧，别在我这里耽误时间。记住你今日的承诺，否则的话，我在阴间也会找你质问的。”

崔小君心中一寒，有点后悔刚才的承诺，可是来不及反悔，只得行礼，匆匆退下。

屋子里只剩下两位太后，随身女官与侍女都不知去哪儿了。

安静了一会儿，上官太后道："庆皇子有什么好的，值得你如此煞费苦心，连崔家都能原谅？"

"庆皇子由我一手养大，是我的长孙，也是我的第二个儿子。而且由他继位，外戚势力干扰最小。"

上官太后冷笑一声："那也不值得原谅崔家。"

慈宁太后起身，转而面对上官太后："思帝不是崔太妃毒杀的。"

上官太后仍不抬头："随你说吧，反正我已经报仇了。"

慈宁太后真想将自己知道的事情全说出来，最后也是冷笑一声："没错，你已经报仇了。"

慈宁太后走向门口，她对上官太后一直存有敬畏之情，现在却都消失得一干二净，上官太后再怎么擅长权术，都是一名失败的母亲，不值得羡慕。

两宫太后的女官和侍女、太监都站在外面，慈宁太后大声道："想留者留，想走者走，我会写份懿旨，赦你们无罪。"

没人离开，众人突然一块跪下，仍然没人吱声。

慈宁太后也不多劝，目光停在刘介身上："你不必留下，陛下还需要你。"

刘介摇头："有人替陛下掌管宝玺，我很放心，不会走。"

慈宁太后笑了笑，走到刘介身前，小声道："那就替我去趟秋信宫，将皇后身边的侍女孟娥叫到慈宁宫。"

"是，太后。"

刘介带着孟娥赶到慈宁宫的时候，慈宁太后已经写好相关懿旨，连同太后之印一同交给刘介，吩咐他去找慈顺太后，完成之后将懿旨连同印章都交给宰相卓如鹤。

孟娥站在太后面前，不明白自己为何被叫来。

"你会跟随皇后一块离开吧？"

"嗯。"孟娥在谁面前都不太爱说话。

"那就好。陛下一直很信任你。"

"那是从前。"

"不对，陛下虽然不让你留在身边，但是将你送到皇后宫中，这就是最大的信任，嘿，要知道，陛下甚至不放心将皇后交给我。"

孟娥没有回应。

慈宁太后独自沉思片刻，微微扬眉，似乎刚想起孟娥还在："见到陛下之后，转告一声，就说'宫里没事了，不必再担心'。"

"陛下会问个清楚，如果我说不明白，陛下就会查个清楚。"

慈宁太后笑道："还是你更了解陛下。"随后收起笑容，正色道，"告诉你无妨，但你只能说给陛下，绝不能泄露给外人。"

"是，太后。"

慈宁太后又沉默一会儿："思帝的确不是被崔家所毒杀，他是自杀的，慈顺太后与杨奉都有责任。"

第三十九章

陛下会怎么做

吏部尚书元九鼎慌慌张张地跑回家，一进卧室，夫人就抬头问道：“什么时候走？跟宫中一块走，还是单独走？”

元九鼎沉下脸，挥手将丫鬟撵出去：“走什么？我是吏部尚书，要留在京城，只有户部与礼部才能离开。”

“为什么？”夫人惊讶地问，随后面露怒容，“谁做的决定，宰相还是太傅？”

“妇人家别管那么多事，你收拾一下，带着家里人先走，不必等宫中，我弄了一份通关文书，你们过函谷关，直奔洛阳，投奔曾家，如果……”

夫人上前：“没有你，我们孤儿寡母能去哪儿？曾家也要看你的面子，你若是有了万一……谁肯搭理我们啊？你得跟我们一块走。”

元九鼎脸色铁青：“你以为我不想吗？可宰相说得很清楚，只有户部与礼部能走，其他大臣都得留下守城，等陛下的圣旨。”

“圣旨到了，人都死了。我去见宰相夫人，让宰相放你走。”

“没用，宰相自己也留下，他能放我走吗？”

“我说能走就能走，我甚至不必亲自去宰相府，只需给宰相夫人写封信，她自会帮你争取到宰相的同意。”

元九鼎一脸狐疑：“你们这些妇道人家，又在搞什么？”

夫人冷笑一声：“当然是给你们帮忙。事到如今，也不必隐瞒了，当初皇帝出京巡狩，几位命妇天天在宫里挑拨太后与皇帝的母子关系，背后的主使人就是宰相夫人。”

元九鼎大吃一惊：“你参与了？”

“这不重要，反正我有宰相夫人教唆命妇的证据，太后如今不肯离京，我若是将这份证据交给皇帝，宰相夫人必受怀疑，全家都要完蛋。”

元九鼎脸色忽红忽白，他知道朝中的这些夫人经常私下里策划小阴谋，只要对自家有益，他并不干涉，没想到竟然弄出这么大的事情来。

“证据呢？”

夫人从袖中取出一封信交给丈夫。

元九鼎打开看了一遍，这是宰相夫人写给王翠莲的，感谢她的帮助，表示很快会给她的儿子安排一份肥差。

信里没提挑拨皇帝与太后关系的事情，但是有这样一封信足矣，宰相夫人与太后身边人勾结，许以“肥差”，本身就是令人怀疑的重罪。

“这封信怎么会到你手里？”

“我在宫中候命时捡到的，肯定是王翠莲不小心掉在地上的。”

“你没对别人说过？”

“当然，若不是为了救你一命，我今天也不会拿出来。”

元九鼎想了一会儿，大笑：“走，也不必等宰相的许可，咱们全家人现在就走。”

夫人大喜：“不用向宰相夫人求情？”

元九鼎将信收入自己袖中：“都这种时候了，还向宰相夫人求什么情？我给宰相写封信，等咱们出城之后再送过去，卓如鹤肯定会补发一道命令，这就够了。”

卓如鹤也回了趟家，让公主与家人收拾细软之物，准备与皇后一块迁宫洛阳。

公主免不了也要劝说一番，卓如鹤只回一句话：“我是宰相，全城人都走得，唯有我走不得，我一人留下，尚留忠名，我若弃城，全家遭殃。”

家人知道劝不得，只好放弃，派人去与宫中联系，准备一块出京。

卓如鹤本应再去勤政殿，可他却去了书房，屏退随从，独自坐了一会儿。

没有外人在场，他终于可以无所顾忌地显露真心，只觉得全身虚脱，连手都在微微颤抖，不得不小声提醒自己：“你能做到，萧声能做到，你也能。”

前左察御史萧声在晋城投河效忠，已成为大臣的楷模，卓如鹤也曾慨然进军匈奴大军，可那时他的决定无关紧要，现在却会影响京城乃至大楚的存亡。

小半个时辰之后，卓如鹤终于恢复镇定，起身出门，准备叫上随从前往勤政殿。

随从递上一封信：“吏部尚书元大人送来的信。”

卓如鹤微微一愣，接信打开，粗略看了一遍。

“大人要出府吗？”随从问道，他服侍宰相已久，总能准确猜到主人的决定。

这一回却错了。

“不，待会儿再走，先去见公主。”

“是。”

在府里，宰相夫人被称为“公主”，从她下嫁卓家时就是如此，就连公婆在时，也要用这个称呼。

公主正指挥家人将值钱之物装箱，箱子堆满了半个院子。

卓如鹤皱起眉头：“公主请进屋说话。”

公主又向仆人吩咐几句，随丈夫一块进屋，屋里空荡荡的，连桌椅都被搬空了。

“都是我的陪嫁之物，不能留给蛮子。”公主以为丈夫嫌自己带的东西太多。

卓如鹤将信递过去。

公主一愣，接信看了一遍，大怒：“原来那封信落在了她手里！”

“这么说，真有一封信？”

公主稍一犹豫，回道：“不是什么大事，难道我不能与别人通信了？”

“王翠莲的外甥是谁？已经安排了？”

“在户部担任小吏。”

卓如鹤心里明白，户部掌管图籍钱粮，即便是一名小吏，也可能是个肥差。

“唉，你把我害苦了。”

“我是为你好，你这个宰相当得朝不保夕，皇帝不信任你，大臣各怀异心，太后也对你不满，总想用别人代替你，是我保住了你的位置，太后与皇帝关系越紧张，越需维持朝堂稳定，这个道理你不明白吗？”

卓如鹤哑口无言。

“元九鼎不就是想要一道离京的命令吗？给他就是，到了洛阳，不用你插手，我自有办法收拾他们一家。”

卓如鹤长叹一声：“看来我真是高估自己了，大概只有陛下能应付得了这种烂摊子。”

“还没到山穷水尽的时候呢。”公主大声道。

“你快收拾东西吧。”

卓如鹤转身要走，公主又道：“既然说到这儿了，还有几个人也想去洛阳，希望能得到你的许可。”

卓如鹤扭头，神情又惊又怒：“你有多少把柄握在外人手里？”

“与把柄无关，你签署一道命令，至少能得五万两银子，到洛阳兑付。”

卓如鹤大怒：“卓家就这么缺钱吗？”

“以后的日子说不定会有多艰难，银子当然越多越好。人不多，就十几位……”

卓如鹤拂袖而去，乘轿出府，刚出大门就被拦住，随从们叫叫嚷嚷，没一会儿工夫，一名随从来到轿前：“大人，王国舅求见。”

卓如鹤“嗯”了一声，轿子落地，随从掀开轿帘。

皇帝的一个舅舅扑过来，探身进轿，一把抓住宰相的胳膊，气急败坏地说：“卓大人，你失职啊，怎么能让太后留下呢？别人不走，太后也得走啊，否则的话，你以后怎么见陛下？”

王国舅原是农夫，平时还能强迫自己遵守规矩，一着急就不管不顾了。

卓如鹤愣了一下，马上明白过来，王国舅是替自家人着急，太后离京，他们自然跟随，太后不走，他们也不好走，即使太后下令，王家人若是离京，也会落下坏名声。

“这不是我能决定的事情。”

“你是宰相，陛下走的时候将京城交给你，你不能决定，谁能决定？别糊弄我们老实人，这件事就得落在你身上，你不管，我不撒手。”

卓如鹤甩手，王国舅手劲儿却不小，他只好道：“我这不是正要进宫吗？”

“我跟你一块儿去。”王国舅说罢就往轿子里挤。

两边的随从急忙拦下，一人说：“国舅，你不是有自己的轿子吗？”

王国舅这才醒悟，松手后退：“咱们一块儿进宫，一块儿劝说太后，总不能让太后留在京城。”

卓如鹤还有一堆事务需要处理，却接连被琐事所困扰，心情越来越差。

“如果陛下在这里……”卓如鹤在轿中自语，既愧疚又怀念。

没走出多远，轿子又停下了，卓如鹤跺跺脚，一名随从掀帘道：“有百姓拦路，已经派人去驱逐了。”

迁宫洛阳的消息早已传出，城内大乱，人人都想抢先离开，可是自从听说神雄关失守以来，京城各门一直封闭，没有朝廷的命令谁也出不去，百姓因此拦路求情，希望开门放人。

卓如鹤不能下令开城门，那会引发更大的混乱，拦阻宫中诸人的道路，而且人若是都跑光了，只剩空城一座，更难守卫。

轿子缓慢前行，外面的叫喊声越来越响，卓如鹤心中惴惴，打算一到勤政殿就下令全城戒严，不许百姓随便出门。

砰的一声，轿子一晃，差点倾倒，卓如鹤大惊失色，双手扶住两边，以为遇到了刺客。

一个似男又似女的声音高喝道：“让我见宰相，凭什么不让我见宰相？我连皇帝也见得……”

轿子稳住，卓如鹤自己掀起轿帘，只见几名军士正奋力按住一人，怒道：“怎么回事？”

随从过来，虽是深秋，脸上却全是汗珠：“一名老妇，力气大得吓人……”

老妇暴起，竟然将军士推开，上前两步，离轿子只有不到十步，轿夫根本不敢阻拦。

“宰相，我跟你说，我家男人与皇帝交情不浅，不信……”

更多军士跑过来，合力将老妇按住，甚至有人拔刀。

“住手。”卓如鹤喝道，当街杀死民妇，一旦传扬开来，可能会激起民愤，“送到京兆尹府，关起来就是，不可伤害。”

军士拖走老妇，老妇嘴里仍大叫大嚷。

轿子继续前行，总算平安到达皇宫，停在勤政殿前。

王国舅又跑来：“停这儿干吗？进宫啊。”

“宫里是想进就能进吗？总得通禀一声。”卓如鹤下轿，进入勤政殿，看到几位大人都已赶到，唯独没有元九鼎。

“陛下这种时候会怎么做？”卓如鹤一直在想这个问题，踏入大殿的一刻，他知道该找谁询问了，“传御史南直劲。”

第四十章

站在陛下一边

南直劲来到勤政殿的时候，天已经黑了，殿外站着一群官员，有人大声叫喊要誓死守卫京城，有人拐弯抹角地建议从长计议，还有人信誓旦旦地宣称自己找人算过，敌军过不了小周城。

殿内，十余位重臣正围着宰相，抛出一个又一个问题，卓如鹤应接不暇，一看到南直劲立刻招手让他过来。

“话不多说，碰到这种事，必须由陛下做主，可陛下不在，一时半会儿圣旨也到不了，咱们只能先商议出一个办法来。南御史比较了解陛下，让他猜测一下陛下会怎么办，咱们照做就是。”

群臣看向南直劲，有人对他比较熟悉，有人只闻其名，这时的神情却都一样，冷淡而严厉，好像他是一名被唤上大堂准备招供的犯人。

南直劲挨个向众人行礼，准确地叫出了每个人的官职与姓氏，尤其是对顶头上司瞿子晰，身子躬得更深一些。

卓如鹤挥手道：“时间紧迫，少些虚礼，南御史有话就说吧。”

连宰相都不想遵守“规矩”了，南直劲沉吟片刻，开口道：“猜测陛下的想法乃是重罪……”

瞿子晰道：“时移事易，这一次不算你有罪。”

南直劲再次躬身行礼，然后道：“让我猜测的话，陛下绝不会弃守京城。”

卓如鹤点头，心里稍微有底。

“陛下为人颇有深谋，兼又坚忍不拔，绝不轻言放弃，我不懂军务，但我觉得，陛下若在，不仅会死守京城，还会派兵援助小周城、满仓城和玉门关，寸土必争。陛下的想法是这样：狭路相逢勇者胜，楚军只要退却，就是在长敌人志气灭自己威风，敌军会乘胜大举扩张，楚军则会失去斗志，一败再败。”

“可敌军明显比楚军势众，一时间去哪儿调集足够的军队？”崔宏问道。

南直劲摇头：“我不知道，我只能猜到大概，陛下就算妥协，也要等到前线稳住阵脚，再与敌军谈判。”

论到军务，众臣当中只有崔宏最懂行，他想了一会儿，摇摇头：“京城守军本来就不多，没法分兵支援前方，小周城此刻驻兵将近十万，其中有数万南军，能守住自然最好，守不住的话，再派人去也是无益。京城墙高且厚，更容易守卫，另外一道防线就是函谷关，也是一夫当关万夫莫开的地方……”

“与神雄关一样。”卓如鹤插嘴道，神雄关一度也被认为是固若金汤，最后却失守。

崔宏压下心头怒火，拱手道：“当然，陛下不在，一切由宰相做主，宰相若觉得应该支援小周城，我即刻带兵出发，大不了有去无回、为国尽忠。”

卓如鹤摇头：“我不是这个意思，崔太傅应该去守卫函谷关，并且护送宫中诸贵人。”

崔宏“嗯”了一声。

卓如鹤道：“小周城先不管了，守卫京城，就这么定了，当务之急是选一位守城大将，诸位可有推荐？”

除了崔宏，勤政殿里尽是文臣，能做决定，却不会排兵布阵，偏偏多半个兵部与大将军府都被皇帝带到了晋城，剩下的将领不多。

若在平时，大家都会抢着推荐自己的人，这时却没有一个人开口，崔宏推荐了几位，他刚回京，不了解情况，推荐的这几个人都不在。

南直劲道：“我推荐两个人，一个陛下会赞同，诸位不会，另一个诸位赞同，陛下却未必。”

“这种时候了，就别绕圈子了。”卓如鹤催道。

“赞侯之子谢存，虽然年轻，但是参加过晋城之战、云梦泽之战，陛下几次巡狩，他都追随左右，颇受赏识，这一回是因为得病，留在了京城。”

众臣当中有人认得谢存：“他才刚刚二十岁吧，而且只是宿卫军里的一名小小参将。”

“用人之际，年纪与职位都不重要。”南直劲也不讲规矩了。

“你推荐的另一位是谁？”卓如鹤问，觉得谢存不太合适。

“前俊阳侯花缤，曾经带过兵，颇得武帝赞赏。”

众臣更是无语，花缤犯过谋逆大罪，现在还被软禁家中，能活下来已算是皇帝开恩，重新启用实在没法向皇帝交代。

中司临刘介匆匆走进来，将太后懿旨交给卓如鹤：“宫中已经准备得差不多了，什么时候迁宫？”

卓如鹤看向崔宏，崔宏道：“今晚四更，尽量不要泄露消息，以免惊扰城中百姓。”

刘介退下。

众人继续讨论守城大将的人选，都觉得谢存与花缤各有问题，难堪大任，可是一时间又找不出更适合的人选。

眼看夜色渐深，崔宏首先告退，他得准备出发事宜。

卓如鹤又叫进来几位大臣，只是令争论变得更加激烈。

南直劲被遗忘在一边，没人再问他的意见，也没人让他离开，南直劲默默观察，悄悄走近左察御史瞿子晰，隔着数人向他点了下头。

瞿子晰刚刚发过言，口干舌燥，看到南直劲点头，不由得微微一愣，很快醒悟过来，又是一愣，再一思考，却又觉得这是自然而然的唯一选择，奇怪的是自己竟然没有想到。

“我再推荐一个人，比谢存年长位尊，比花缤忠诚可信。”瞿子晰大声道。

群臣止声，都看过来。

瞿子晰上前一步：“就是我本人。”

群臣全都呆住了，卓如鹤皱眉道：“瞿大人懂军务？”

“看过一些书，守城也没有那么难，而且城中不是还有许多将领吗？只是职位不够高，有他们相助，应该没问题。”

外围的南直劲小声道：“谢、花二人也可一用。”

“对，让这两个人过来帮我。”

瞿子晰扫视一圈，众臣不说同意，也不说反对，都是一副沉思表情，瞿子晰怒道：“敌军入境，京城危殆，诸位纵然不为满城百姓着想，也该替自己考虑，还有谁愿意出来负责守城，站出来就是，我让贤，若是没有，尽快做决定吧。”

卓如鹤道：“好，就由瞿大人领守城之职。”

宰相开口，其他人自然不会再反对，立刻以宰相的名义任命左察御史瞿子晰为关中提督，兼领兵部侍郎，就在南门外的兵部设立幕府，指挥关中一带所有楚军。

瞿子晰向卓如鹤拱手道：“守城我来负责，其他事情宰相处理，别干扰我就是。”

卓如鹤带领群臣亲自将瞿子晰送出勤政殿。

大事已定，宰相的麻烦才刚开始，好几位大臣又来劝说宰相将朝廷迁到洛阳：“瞿大人守城，咱们一帮文臣留下只会误事。”

卓如鹤斩钉截铁：“谁也不能走，京城之所以是京城，就是因为朝廷在此，朝廷若是弃城，就会示弱于敌，大楚之倾自此而始，谁能负这个责任？”

好几位大臣未得宣召就进入了勤政殿，王国舅也混在其中，这时大声道：

“要留就都留，为什么户部、礼部可以走？”

“两部分掌图籍与礼器，乃是大楚东山再起的根基，不可留于危地。”卓如鹤的这项决定没有大臣反对，他们都明白这两样东西的重要性。

王国舅还是不满：“那吏部尚书元九鼎呢？我听说他已经带着家人出城了，谁放他走的？”

“元九鼎私自离城，乃是大罪。”

“不对，我听说是宰相让元九鼎离开的，他的家仆下午还给宰相送了一封信，而且还有一大批官员排队等着宰相放行，反正这里没有外人，宰相不如开个价吧。”

“放肆！”卓如鹤再也忍受不住，退后几步，从袖中取出信，大声道，“元九鼎写来的信在此，卓某不才，可也不至于在城危之时假公济私，诸位同僚有谁看到我给任何人发出离城之令了？”

没人回答，王国舅也闭嘴了。

卓如鹤憋闷已久，一开口就不想再隐瞒：“元九鼎声称我家夫人干预朝政，离间陛下与太后的亲情，我没话说，就是诸位的家眷，想必也不都是清白无辜。”

卓如鹤几下将信撕碎：“城破人亡，身后之名任身后人评说，若是侥幸保住京城，我自会向陛下伏地请罪，谁也不用再拿此事要挟在下！”

这番话一出，更没人敢开口了。

卓如鹤心中痛快，突然之间真的无所谓了：“明日迁宫，大臣之家最多可跟随两人，年纪十五岁以上的男子，不得离京，卓某两子，幼者今年十六，全都留守京城！”

群臣骇然，可是也有人支持宰相，礼部尚书刘择芹上前一步：“礼部要护送礼器离京，可礼部尚书不是非得亲自护送，我留下。”

卓如鹤有点意外，刘择芹并非他这一派的人，与皇帝的关系也不和睦，竟然在这种关键时刻站出来表示支持。

户部尚书没办法，也站出来自愿留京。

卓如鹤缓声道：“诸位，咱们就是朝廷，大家多多少少都曾与陛下有过争斗，为的是什么？就是为了证明朝廷是正确的，现在，证明对错的不是说过什么，而是要做什么，你我皆为楚臣，大话说过许多，今天该做些实事了。”

群臣一块躬身行礼，只有王国舅敷衍了一下，转身向外跑去，要向太后本人求情。

兵部衙门里，瞿子晰开始接管京城军队，命人将谢存与花缤都叫来。

谢存的病还没好，脸色苍白，说话带着鼻音，见过瞿子晰之后立刻道：“城外的道路、桥梁，瞿大人是守是弃？”

“该守还是该弃？”

“先派人守，情况不对的话，伺机毁掉。”

“你去拟一份方案出来。”

花缤心里即使有些意外，脸上也没表现出来，说话更直接：“瞿大人派人烧掉满仓城了吗？”

“没有。”

“满仓之粮若是落入敌军之手，京城必陷。”

瞿子晰这才反应过来，立刻叫来宿卫军将领，调军一千火速前往满仓城，只要听说小周城失守，立刻烧掉城中粮仓，在此之前，尽可能将粮草向京城转移。

直到后半夜，瞿子晰才终于理出大致头绪来，对身边的南直劲说：“还有什么事情没办，提醒我一声。”

“朝廷只想守卫京城，不愿支援小周城，可我知道，陛下一定会以进为退，所以请大人允许我征集义军，前往小周城。”

南直劲顿了一下：“这回我站在陛下一边。”

第四十一章

牢中从军

想组建一支义军可不那么容易，楚军本来就数量不足，不可能分兵给南直劲，去找豪杰，他不认识，站在街上招募百姓，估计没人会搭理他，南直劲很快想到了办法。

他去监狱。

南直劲通过瞿子晰要到一份赦书，所有囚犯，无论罪行大小，只要肯加入义军奔赴战场，即可免除罪名，立即释放，连坐者无罪，家产归还。

他先到兵部大牢，这里关着一些犯罪的将士，是他眼里的主力："死在监狱里，还是死在战场上，你们选择。"

有人愿意死在战场上，四十余人自愿追随南直劲，只有一个要求，恢复自己的身份，这样的话，家里人不再受影响。

南直劲当场派人去办理，恢复这些人原有的军籍，于是又有二十多人加入。

南直劲要来兵甲，这些人穿上之后与正常将士无异。

凌晨时分，他带兵来到京兆尹府大牢，这里关着轻刑犯人，多是普通百姓，这两天城内混乱，抓起来的人更多，牢中挤满了人。

"你们有胆子闹事，可有胆子随我去抗击敌军？"

所有人都看过来，但是没人应声。

南直劲又道："从军者，每人立发一百两纹银，家属一人可由官府护送离京。"

"京城就要完蛋了，为什么不让百姓全部离城？"一个声音喊道。

南直劲循声望去，是名老妇，牢里犯人太多，没法分别关押，临时抓来的几名女子也都关在男监里，但是独占一间牢房，老妇胆子最大，不仅敢说话，还盯着官员不放。

"京城百姓数十万，加上城外的人，不下百万，这么多人挤在路上，谁也走不得，敌军一到，逃难者没有城墙保护，都会死于屠杀。所以走可以，但是要分批走，保证道路畅通。"

朝廷还没想到如何撤离百姓，南直劲随口一说，犯人们却都相信了，纷纷点头。

还是老妇开口："我愿从军，银子不要，让我儿子离京就行。"

南直劲不想要老妇，但这是一个开始，他立即道："好，还有吗？是在这里吃牢饭，等着敌军攻城，还是吃军粮，随我建功立业……"

"去！匈奴人也不是三头六臂，怕什么？宁当英雄，不当狗熊！"一名男犯吼道，一掌拍在木栅上，震得木屑乱飞。

百姓分不清敌军身份，还以为是匈奴人。

南直劲多看一眼，记下此人。

应和者甚众，南直劲走遍京兆尹府牢房，募集到八百余人，其中一多半是这几天闹事进来的。

南直劲立刻召来军吏，编造名册，一是治军方便，二是交给朝廷给予相应的奖赏。

老妇上前说道："我姓侯，侯小蛾，不是女娥，是虫蛾，会写吗？"

军吏扭头看向站在旁边的上司，南直劲道："巾帼不让须眉，可这是打仗，用不到妇人。我看你的罪名只是拦截宰相之轿，不是大事，回家吧。"

"我不回，我要从军打仗。"侯小蛾举起拳头，"别以为女人不能打仗，叫个男人出来，看我三拳两脚将他打趴下。"

周围的士兵与犯人全笑了，谁也不相信，老妇矮而壮，看上去很强悍，却不可能打得过男子。

侯小蛾大怒，回身一脚，踢倒了身后笑得最大声的男犯，落地之后又扑向附近的一名士兵，连出三拳，士兵大骇，步步后退，连腰刀都来不及拔出。

一名壮汉出队，跳到老妇面前："我接你几招。"

老妇也不搭话，挥拳就打，拳脚生风，壮汉几次发起反击，竟不能占据上风。

南直劲急忙道："两位英雄住手，我都留下了。"

壮汉后退，老妇追着又打了三拳，这才停下，竖眉道："我是英雄？"

"你是英雄。"南直劲拱手道。

侯小蛾又来到军吏桌前，喝道："我的名字写对了吗？"

军吏连连点头，掉转簿册让老妇看。

"我不识字。"侯小蛾一挥手，还是看了一眼，"嗯，我认得'小'，认得虫边。"

军吏问道："夫家姓名？"

"已经死了。"

“那也得留个姓名。”

“姓罗，叫什么忘了，有个儿子，叫罗世浮，‘与世沉浮’的那个‘世浮’，说好了，你们得将他送到安全的地方，他身子弱，受不得罪。”

南直劲在一边听到，心中略感意外，老妇虽然粗俗，其夫或许是读书人。

那名壮汉也走过来：“我叫胡三儿，人称铁头，没家没业，银子如数给我，别的就不用了。”

南直劲对照记录，很快查到铁头胡三儿的罪行，原来是赌输时打了人，被事主扭送官府。

“今后你跟着我。”南直劲说。

胡三儿打量南直劲几眼：“你是什么官儿？”

“御史台右部御史，兼兵部前锋将军。”南直劲杜撰了一个官名。

胡三儿点头：“还行，跟着你不算丢人，等我再去找几个人来，人多热闹。”

南直劲真担心此人一去不回，面露犹豫。

胡三儿冷笑道：“用人不疑，疑人不用，我见过更大的官儿，比你爽快多了。”

“给你二百两纹银，天黑前回来。”

胡三儿拱手告辞，领银子大步离去。

南直劲将士兵留在京兆尹府，自己只带五人前往刑部大牢。

刑部关押的人不多，但都是重犯，其中不少是官员，狱吏因此非常谨慎，仔细查验公文，南直劲在这种事情上不会犯错，宰相、兵部、刑部的命令一应俱全，没有任何瑕疵，很快获准进狱。

他说了差不多同样的话，以为重罪官员更愿意从军赎罪，结果得到的却是更明显的冷遇。

“我认得你，南直劲，你得罪了皇帝，想要立功赎罪，不对，你是要以死明志，你早就准备死了，可惜皇帝不允许，你没死成。抱歉，我不想凑这个热闹。”

南直劲看去，认得是前宰相殷无害的儿子殷措，因为兵奴一案下狱。

“有大楚，才有皇帝与大臣，才有君臣之争，如今大楚危殆，朝中的任何争斗都应该放在一边，专心对敌。南某是要以死明志，但不是向陛下明志，是向大楚明志，向天下人明志。诸位三思，是身败名裂，还是名传千古，皆在此一朝。”

还是没人应声，南直劲轻叹一声，本来也没抱太大希望，转身要走，最里面的牢房里传来一个声音：“过来让我看看你。”

南直劲愣了一下，还是走过去，狱卒提灯跟随，小声道：“那人叫罗焕章，在牢里好几年了。”

南直劲想起来了，罗焕章原是饱学鸿儒，因为参与崔家宫变，被捕入狱，没想到现在还活着。

南直劲站在牢门前，门上的送饭孔里露出一双眼睛："皇帝没变？"

"没变。"

"崔家呢？"

"崔家被夺侯，长子崔胜死于军中，次子崔腾被发配边关，不过皇后还是崔氏，崔太傅改任兵部尚书。"

罗焕章大笑，随后又问道："东海王呢？"

"随陛下亲征在外。"

罗焕章再次大笑，突然收起笑容："淳于枭呢？"

南直劲摇摇头："我不太了解，据说根本没有什么淳于枭，那就是一本书，书已经被毁，再不会有蛊惑人心的望气者出现了。"

罗焕章长叹一声："如果当初我们能成功……"

"如果你们成功，大楚今天还在内乱之中，各地纷起、群龙无首，大楚江山拱手让人，你我皆为异族之奴。"

"小皇帝的确有些本事。"

"陛下已经长大，本事也更大了，我愿从军抗敌，最重要的原因就是相信陛下最终能够拯救大楚，我即使死在阵中，也不算白白牺牲。"

"我犯下的乃是谋逆之罪，按律永不可赦。"

"按律的事情多了，可敌军并没有按律留在塞外，而是直逼京城，今日之事皆不按律。"

"你能做主？"

"宰相卓大人与御史瞿大人做主，陛下也不是那种记仇之人，崔家与东海王都能获得宽赦，何况他人？"

罗焕章退后，面孔消失，只有声音传出来："我的罪行可以抹去，我的愚蠢却永远都在，好吧，我愿从军，拿不动刀枪，还可以拿笔，拿笔无用，还可以呐喊，呐喊无用，总可以充个人数。"

"欢迎。"

又有几个人愿意从军，但数量终归不多。

南直劲走到殷措的牢门前，往里面看了一眼，想起宰相殷无害，心生感慨，却没说什么，转身离去。

京城戒严，街上人不多，南直劲回到京兆尹府时已是下午，胡三儿已经回来了，带来数十人，看装扮大都是街头混混，府里差人认得这些家伙，向南直劲悄悄摇头，南直劲却不在意，着力赞扬一番。

“不管还有多少人愿意从军，明日上午出发。”

胡三儿道：“出城之后我还能再叫点儿人。”

胡三儿带来的混混当中挤过来一人，就他穿着比较正常，像是一名小贩，眉宇间却颇有英气，向南直劲道：“请大人到一边说话。”

南直劲用人之际，对谁都比较客气，走到一边，拱手道：请教阁下尊姓大名？”

“我姓姚，贱名多年未用，不值一提，人家送我一个外号，叫‘不要命’。”

“你是……你是杨奉的随从？”南直劲有那么一点印象，实在是此人的名字比较古怪，在公文中看一眼就能记住。

不要命点头：“不是随从，我亏欠于他，还人情而已，我今天来与胡三儿无关，是要替换一个人。”

“哪位？”

“侯小蛾。”

“你认得她？”南直劲很意外，抬头看去，侯小蛾正在院子的一角挥舞短刀，没人敢靠近。

“她是杨奉之妻，陛下找她很久了。”

第四十二章

不添乱

王国舅虽然是太后的亲哥哥，也没资格随便进入后宫，他求太监通报了至少十次，才终于得到允许。

慈宁宫里人不多，命妇们都不见了踪影，里里外外只有不到十名太监与宫女，王翠莲还在，正跪在太后榻前哭泣，看样子已经到了许久。

王国舅心生不满，至亲被拦在外面，一个邻居却能随时进宫，太后的做法不太公平，但他没有表露出来，也扑到太后面前跪下，磕了一个头：“咱爹都快急死了，太后，你不能留下啊，咱们一块走，尽快走，去洛阳，实在不行就回老家，王家如今也有钱了……”

慈宁太后苦笑道：“我的傻哥哥，大楚若是亡了，再多的钱又有何用？”

王国舅呆了一下：“咱们家真是帮不上忙啊，留在京城也是给朝廷添乱。”

慈宁太后严肃地说：“你没去找大臣乱说话吧？”

王国舅犹豫着摇摇头。

慈宁太后叹息道：“还是陛下的眼力强一些，我还指望王家能有人辅佐陛下，现在看来，这只是我的一厢情愿。你回去告诉父亲，我是大楚太后，陛下不在，我就得留下与大臣共同守城。”

稍顿一下，慈宁太后又道：“皇宫就是我的家，我哪儿也不去，宁愿死在里面。”

“可是……可是……”

“你们若是有心，就留下陪我，向陛下和天下人表明，王家人虽无将相之才，却都有一颗忠诚之心，如果怕死——我写一份懿旨，放你们出城就是，也别去洛阳，直接回老家，继续种地，就当京城是一场梦，我从来没找到过你们，你们也没真正来过这里。”

王国舅不停地磕头，他怕死，全家人都怕死，可是太后说出这种话，他没法再提离京的事，只能回道：“太后不走，王家人一个也不会离开。”

慈宁太后轻叹一声："你回去把家人都带进宫来。"

王国舅磕头，退出房间，只觉得双腿发软，小声对自己说："还有机会，我劝不动太后，老爹能。"

厅内，慈宁太后对王翠莲说："你不是外戚，用不着守这些规矩，也别哭了，回去带上你的儿子，随皇后一道离京。"

"太后……"王翠莲还要再说话，慈宁太后不耐烦地挥挥手，她只好起身退下。

慈宁太后命人点灯，屋内屋外都点上，像是过年一样。

将近子夜，皇后等人又来拜见，慈宁太后命女官挡门，不许任何人进来，两名皇子也不例外，交代众人少带笨重之物，迁宫时不必再来告辞。

子夜过后，王家人都来了，近亲、远亲几十口，绝大多数人还是第一次进入后宫，却没心情观赏景致，全跪下大哭。

慈宁太后亲自扶起父亲，自己也跪下了："女儿不孝，连累老父亲受难。"

王国舅跪在地上，向父亲道："爹，你劝劝太后……"

王老爹脸上鼻涕一把泪一把，转身踢了儿子一脚，随后将女儿扶起来，大声道："我明白太后的意思，王家一步登天，多少人看在眼里、恨在心里，总不能再让他们说咱们贪生怕死，留下，都留下，真到了必要的时候，都去守城，拿不了刀枪，出力气搬搬东西总还能做得到。"

王国舅吃惊地看着父亲，连哭都忘了，在家里老爹只是点头，可没说这些话。

慈宁太后既感动又悲戚，正要开口，王老爹转身向自家儿孙道："你们不要哭，也别觉得不公平，咱们这几年过的是什么日子？神仙一般的日子，从前梦都梦不到，这是老天有眼，让咱们提前将一辈子的好日子都过完了，剩下的就是苦日子，没什么舍不得的。"

王家人只是磕头。

慈宁太后道："王家不能因我绝后，请父亲挑选几位儿孙，我交给皇后，一块离京避难。"

王老爹放眼望去，全家都在眼巴巴地看着他，希望能被选中，他也是悲从中来，一狠心、一跺脚："谁也别说我不公平，老三的儿子年纪最小，而且是在京城出生，好日子还没到头——就是他了。"

王国舅哭道："爹，太后说是'几位儿孙'……"

"少废话，王家人若是有这个命，自然香火延续，要是没这个命，全家人都离京也没用。"

慈宁太后再次向父亲下跪："女儿谢父亲成全。"

王家最小的孩子被送往秋信宫，慈宁太后命其母跟随，女人却不愿意离开丈夫与一家人，说："皇后身边还缺人照看孩子？我留下，咱爹说得对，好日子都过完了，这是咱们的命。"

慈宁太后将家人都留在宫中，准备好酒好肉，金银珠宝堆在地上，随众人把玩。

四更时分，皇后等人离宫，受命不得前来告辞，集中在一起，向慈宁宫的方向磕头。

过后不久，宫女通报，王翠莲又来了，她没走，将儿子交给出宫的太监，自己来见太后。

慈宁太后不再相劝，把她也留在宫中，与几位女眷一块闲聊，回忆不多的往事。

天亮之后，慈宁太后终于困倦，倒在榻上入睡，王翠莲亲自看护。

皇宫里人数众多，不能都跟着皇后离开，大多数人仍然留下，等候接下来的安排，两位太后不管事，中司监刘介比平时更忙碌，送走了皇后等人，开始指派第二批、第三批人员以及要携带的物品。

他自己不打算走，要与皇宫共存亡，事实上，他也是宫里最镇定的人之一，做事仍然井井有条，任谁也挑不出毛病，有人想讨好他换取一个出京名额，见到他之后也都放弃了。

一天过去，直到傍晚时分，刘介终于闲下来，要了一桌酒菜，命人去请景公。

景耀是刘介的老上司，两人相识已久，一直是上下级，直到几年前才反转过来，关系说不上融洽，但也没有深仇大恨，刘介亲自相迎，请景耀入座，举杯道："请景公满饮此杯。"

景耀也不客气，作势相请，随后一饮而尽。

刘介喝过之后，又连请两杯，然后道："有件事我要请问景公。"

"现在你是中司监，不必说请。"景耀道。

刘介笑了笑："景公有什么事情必须告诉陛下吗？"

景耀明白这个问题的意思，如果说有，他就能进入第二批离京名单，如果说没有，则要留守京城。

景耀端起酒杯，也不相请，自饮一杯，回道："没有。"

"痛快。"刘介又连敬三杯。

景耀来者不拒，问道："刘公又为何不肯去见陛下？"

刘介笑道："与景公一样，我没有什么事情非要去见陛下，既然于陛下无益，我还是留下吧。实不相瞒，跟随陛下巡狩的时候我就在想，今后尽量不要再离开京城，最好能死在宫里。"

景耀大笑，两人推杯换盏，越聊越觉亲近。

酒过三巡，刘介屏退服侍的太监，已是半带醉意，说道："宫中的规矩，至死不可多嘴多舌，今天我却要问一句，景公究竟替慈宁宫查到了什么？"

景耀微笑道："刘公也有好奇之心？"

"当然。"

"你真想知道？"

"死前的最后愿望，我知道这必定与思帝之亡有关。咱们都服侍过思帝，如果思帝还在，也会是一位好皇帝，而且大楚不会出现那么多的内乱，或许也不至于被外敌入侵，连京城都保不住。"

景耀收起笑容，面容倍显苍老："规矩就是规矩，就算大楚亡了，规矩也还是会延续下去，我已将所知都告诉了慈宁太后，太后怎么处理是她的事，但是秘密绝不会从我口中透露出去。"

刘介大笑："景公说得对，我还是不够资格担任中司监啊。"

景耀又喝一杯酒："但是有件事我可以告诉你。"

"什么事？"

"思帝不如当今陛下，远远不如，思帝若在，可能与大臣的关系更融洽，可能不会出那么多内乱，但是思帝担不起大事，更没有远见卓识，面对强敌，大楚将毫无准备，更没机会绝地逢生。"

景耀了解许多真相，他说的话极具权威，刘介也喝了一杯酒，说："我与大臣一样，希望一切稳妥，希望能有万世基业，时间久了，把希望当成了事实，真以为永远都不会有乱子。景公说得对，当今陛下虽然有点……但是也只有他能承担起这样的危机，大楚是存是亡就看陛下了，咱们都帮不上忙，不添乱就好。"

"两个半死不活的老太监，竟然背后议论皇帝，真是坏了规矩，该罚。"

"该罚！"

两人一杯接一杯，直到喝晕倒下。

次日一早，刘介醒来，只觉得头沉如山，景耀已经不见，不知是自己走的还是别人抬走的，他努力晃晃头，叫来外面的小太监，洗脸漱口，穿戴整齐，准备继续履行中司监的职责。

将近午时，有太监来通报："宰相在勤政殿有请。"

刘介知道，事情该来了。

勤政殿里的大臣比平时更多一些，卓如鹤看到刘介，也不客套，直接道："小周城、满仓城皆已失守，敌军正急速南下，不日即将到京，前锋义军估计挡不住，宫里还能再撤一批人，然后城门、宫门都要封闭，再不会打开了。"

第四十三章

逃难路上

元九鼎一家最早出城，可他忘了，城门虽然关闭，城外却还有不少百姓，一部分人逃进城里，另一部分却早早地选择向函谷关以东逃亡。

走出没有十里地，吏部尚书家的马车陷入人群、车群、牛马群之中，只能跟着一点点向前蹭。

元夫人又急又怒，掀开帘子向外面望了一眼，扭身对坐在车厢最里面的丈夫说：“尚书大人，给咱们开条道呗。”

元九鼎惊慌失措，急忙道：“别说‘尚书’两个字，小心惹来麻烦。”

元九鼎没敢带太多人，只有一妻两子三孙，儿媳被留在京城，美其名曰看家，还有一名随从以及五名车夫，五辆车上载着不少贵重之物，由不得他不小心。

他原计划一路顺利到达洛阳，自有新家、新仆，没想到会被困在半路上。

一个儿子探头进来，刚要开口，元九鼎严厉地说：“不准对任何人提起我，明白吗？”

儿子点头“嗯”了一声，放下帘子，什么也没说。

走得虽慢，终归还在前进，元家人心急火燎，却又无可奈何。

次日下午，从京城来了一队士兵，命令百姓全都移到右侧通行，让出半幅路面给“贵人”，士兵们很急，遇到不听令者，挥刀恐吓，甚至直接将车辆推到路外。

逃难的百姓慌忙让路，本来就拥堵的道路，更是挤成一团，原来还能缓缓前行，现在都站在路边旁观了。

“肯定是皇后迁宫。”元九鼎猜道。

“哎呀，太好了，你亮出身份，咱们去见皇后，跟着大队走，胜过夹杂在百姓中间。”元夫人大喜。

元九鼎高兴不起来，压低声音道：“我是私自出城，怎么能亮明身份？”

元夫人柳眉倒竖：“你不是说过，宰相大人一定会给你补发一份出城之令吗？有什么可怕的？”

“当时觉得很有把握，现在一想，可能有些托大……”

“真是没用，我去说，只要找到王翠莲，我就不信她敢拒绝。”

“王翠莲是太后亲信，太后不走，她怎么会走？”

元夫人冷笑一声：“太后做做样子而已，我就不信她真敢留在京城。”

元九鼎沉吟片刻：“把老大叫来，我跟他说。”

元家长子探身进来，听父亲面授机宜，很快转身挤出人群，寻找能说话的军官。

开路的士兵不是很多，做不到处处有人，但是常有骑兵在路上往返驰骋，百姓们怕官都习惯了，谁也不敢越线。

元家长子不认为自己是百姓，于是迈过道路中间，来到左侧，向一队驰来的骑兵挥舞双手，吸引对方的注意。

骑兵马上就注意到了这名胆大的“刁民”，其中一人快马加鞭而来。

“请问带队的是哪位将……”

元家长子话未说完，骑兵一鞭甩来，喝道：“退后！”

元家长子劈头挨了一鞭，脸上火辣辣地疼，惨叫一声，急忙退回右侧，双手捂脸，气急败坏，管不了许多，大声道：“我父亲是吏部尚书冯大人……”

骑兵又是一鞭甩来：“不得喧哗。”

元家长子手上再挨一鞭，放下手一看，手背上多了一条长长的血檩子，眼看着就要往外渗血，他哪受过这种苦，惊恐地看了一眼士兵，想要发出威胁，对方一瞪眼，他先怯了，立刻又后退两步，进入百姓群中。

骑兵归队，继续前行维持秩序。

一名老者对元家长子说：“孩子，第一次出门吧？民不与官斗，忍一忍吧，等贵人通过，咱们就能上路了。”

“我不是民，我父亲是官，大官！”元家长子怒喝，转身挤向父亲的马车。

老者摇头，向其他人道：“一看就是外地人，在老家是个小官儿，到京城还以为自己很大呢，结果也跟咱们一样，陷在这里走不了。”

听到的人都笑了。

元家长子笑不出来，掀开轿帘的时候，全身都在颤抖：“我挨打了，母亲你看，脸上，还有手上。父亲，我认得那是虎贲营的士兵，您得给我报仇……”

元夫人既心疼又着急，元九鼎却只有恼怒：“没用的家伙，连句话都说不明白，滚开。”

元家长子讪讪地退下。

“儿子挨打，你竟然不管！”

“我管得了吗？这里没人认得我，再等等，队伍通过的时候，咱们多看看，见到熟人喊一声。”

元夫人无法，只好点头。

半个时辰之后，宫中的队伍终于到了，路边的百姓又顺从地退后几步，许多人下跪，不跪者都躲在车、牛、马的后面。

只有元家人例外，两个儿子举帘，元九鼎夫妻二人跪在车厢门口，伸脖望向路上的队伍。

先头是一队仪驾，即使是逃难，皇家的排场也不能小。

仪驾之后是一队华丽的马车，至少有五十辆，谁也分不清哪辆属于皇后，哪辆属于命妇，车厢帘子遮掩得密密实实，里外互相看不到。

天有些黑了，夫妻二人看不太清，队伍过去快一半了，也没见到熟人。

元夫人先急了，大声喊道：“吏部尚书元九鼎在此……”

路上尽是马蹄声、车轮声，她的声音被淹没了，只有附近的人能听到，几名跪在地上的百姓转身，严厉地看着她，目光充满警告。

元九鼎眼睛一亮：“宁肃，那不是骁骑营将军宁肃吗？”

“还不快叫。”元夫人催道。

元九鼎清清嗓子，朗声道：“宁将军，宁将军！宁将军！！是我！”

宁肃扭头看了一眼，面无表情，目光在元氏夫妻脸上未做停留，竟然扬长而去。

元九鼎目瞪口呆。

元夫人怒道：“他看到你了，明明看到了，宁肃的外甥能当县令，还是你给安排的……”

眼看队伍就要走完，元九鼎也忍不住了，举起双臂：“我是元九……”

左右的几名百姓同时起身，将元氏夫妻与两个儿子推进车厢内，一名相貌凶恶的男子小声道：“老实点，别给大家惹麻烦。”

一家四口都被此人给吓住了，躲在车厢里不敢动。

元九鼎受惊尤重，他年少时考中进士，很快当官，仕途或有不顺的时候，但也没有离开过官场，早忘了普通人的生活是什么样子，现在才明白，自己犯下多么严重的错误，离开朝廷，他什么都不是。

马车竟然动了，元家的两个儿子跳下去查看，很快回道：“宫中的队伍已经过去了。”

元九鼎点点头，心里空落落的。

元夫人只会埋怨宁肃无情。

“先到洛阳再说。”元九鼎慢慢回过味来，“在路上乱喊没有用，到了洛阳，通过曾家与宫里恢复联系，卓如鹤若是补发了命令，万事大吉；若是没有，就得想办法取得太后与皇后的认可。到时候需要你出面，金银珠宝不要吝惜，只要我的位置能保住，东西都会有的。”

“宁肃不可原谅，别的事情我不管，大人以后一定要给宁肃一点教训。”

元九鼎“嘿嘿”笑了几声。

行进速度还是很慢，元家车多且重，速度因此比别人更慢，足足十天之后，总算到了函谷关，过关之后百姓分流各地，道路应该会畅通一些。

元九鼎最近比较谨慎，让儿子先去城门口打探情况。

长子也老实许多，甚至换下身上的华服，改穿普通人的衣裳。

很久之后，长子回来了，掀开轿帘，直接跳进车厢，随后将帘子迅速拉下，一脸的惊慌。

“怎么了？”元九鼎心生不祥之感。

“不让过关吗？”元夫人也有点害怕了。

“可以过关，但是要挨个查验面目，城墙上……城墙上贴着父亲的人头。”

夫妻二人一愣，元夫人骂道：“混账，怎么说话呢？”

长子急忙摆手：“不对不对，是画像，父亲……父亲遭到通缉了！”

元夫人大吃一惊，元九鼎更是面无人色，喃喃道：“卓如鹤好狠，真是好狠啊。”

“卓如鹤公报私仇，咱们……咱们去告御状。”元夫人话是这么说，心里却一点底也没有。

车夫在外面问道：“元大人，还走不走了？”

元九鼎又是一惊，车夫、随从都知道自己的真实身份，若是泄露出去……他对夫人说：“我出去看看。”

“大人，墙上可有你的画像。”元夫人抓住丈夫的袖子。

“没事，我自有办法。”元九鼎故作镇定，下车去了。

元夫人对长子说：“别急，你父亲有办法。”

元家的两个儿子骑着马，元九鼎跳上长子的马，正要走，看到次子在不远处呆呆地看着自己，于是招手让他过来，小声道：“别吱声，跟我走。”

次子点点头，顺从地跟在父亲身后，惊讶地发现父亲不是进函谷关，而是背道而驰。

路上的人仍然很多，逆流而行更是艰难，但父子二人还是离家人越来越远。

次子忍不住问道：“父亲，咱们要去哪儿？”

“别问。”元九鼎冷冷地说，尽可能催马前进。

入夜之后，道路稍微好走一些，元九鼎马不停蹄，无论次子怎么询问，都不开口，甚至不肯停下等候，次子好几次差点追不上父亲。

半夜过后，路上突然发生骚乱，到处都有人叫喊：“敌军追来啦！”

次子惊骇，不停地叫唤父亲，元九鼎根本不听，反而催马跑得更快，次子不肯追了，掉转马头，随着百姓又向函谷关的方向跑去。

元九鼎不回头，只管策马奔驰，前方的人越来越少，他的速度也越来越快。

马匹受不了这种跑法，突然向前摔倒，将背上的主人抛出很远，元九鼎爬起来，不看马，也不顾身上是否有伤，拼命向前奔跑。

路上已经没人了，元九鼎累得气喘吁吁，可他仍然在跑。

天边放亮，前方出现一队士兵，穿着、兵器都很怪异，显然不是楚军。

“我是楚国大臣！我投降！我投降！”元九鼎大声喊道。

对面的士兵无动于衷，元九鼎突然觉得不对劲儿，停住脚步转身望去。

身后竟然也有一支军队，不知是什么时候赶上来的，旗帜在朝阳中飘扬，他一眼就认出了皇帝才能拥有的黄龙旗。

第四十四章

以虎驱狼

马邑城大胜与神雄关失守的消息先后传来，相隔不到五天，皇帝与群臣的高兴劲儿还没过去，就遭受重重一击。

晋城离马邑城近得多，神雄关的战报先到京城再到晋城，虽然晚了三天，却意味着神雄关失守比马邑城大胜要早一些。

兵部侍郎赖冰文不敢相信自己的耳朵，确认无误之后，他立刻来向皇帝请罪：“臣罪大恶极，请陛下惩处。”

皇帝身前的桌面上干干净净，没有成摞的奏章，甚至没有常见的笔墨纸砚。

韩孺子平淡地说：“赖侍郎何罪之有？”

赖冰文惊讶地抬起头：“是臣拟定策略，以为神雄关固若金汤，敌军必然转而进攻东方，力劝陛下专守马邑城，结果……结果却是这样，臣一念之差，酿成如此大祸，罪不可赦。”

“为臣子者，畅所欲言，说出你的真实想法乃是职责所在，最终做出决定的人是朕，朕在诸多建议当中选择赖侍郎的策略，纵然失误，也是朕的失误，何况朕并不觉得有错。”

赖冰文既羞愧又感激，接连磕头，一边的张有才接到皇帝的示意，上前两步：“陛下赐赖侍郎平身。”

赖冰文又磕了一个头，慢慢起身，忍不住还是说道：“敌军先是‘声西击东’，这回则是‘声东击西’，楚军主力调至马邑城，还是上当了。”

“果真上当了？”

赖冰文一愣，呆呆地看着皇帝，没明白其中的意思。

韩孺子从接到神雄关失守的消息那一刻起，就在思考一个问题：敌军是如何做到两线开战的？马邑城传来的大量消息显示，楚军遭遇到的是一支庞大军队，绝非简单的诱兵，狄开与金垂朵率领的奇兵也证实，他们烧毁的粮草足够维持数十万大军半月之开销。

可是公文看得越多，韩孺子心中越是糊涂，神鬼大单于的攻势强劲得不可思议，于是他让张有才将所有公文都搬走，桌上不留一物，静静地坐在那里思考。

杨奉说过，消息太多反而不如没有消息。

问题一下子变得简单。

“赖侍郎的策略没有错。”韩孺子道，语气越发平静，“敌军并没有所谓的这个计、那个计，单纯就是兵多而已，大楚没有别的选择，即使早料到神雄关会失守，朕还是会选择防守马邑城。关中地方狭窄，北关失守，南下路上尤有可守之处，马邑城一旦为敌所占，则关东诸郡国皆需防守，对大楚更加不利。”

“可关中有京城。”赖冰文提醒道。

“是啊，有京城。”韩孺子明白京城的重要性，“不管怎样，事情已经发生了，无须计较之前的对错，先想未来的应对之策吧。”

“由神雄关进入关东共有两条路线，北线路狭，途中尽是山区，臣已下令各地闭城自守，南线道路同样不宽，但是只有函谷关可守，臣同样下令防守，只是不知来不来得及。”

赖冰文是兵部侍郎，代行尚书之职，只能做些小的决定，至于大规模调军，要由皇帝决定。

“京城不可轻易放弃，北方诸关卡城池尽量防守，不可令敌军大举南下，还有满仓城——守不住的话必须烧掉，不可资敌粮草。”

“是，臣即刻拟旨。”

“然后召集群臣，今日务必商量出对策来。”

“是，陛下。”赖冰文感到肩上的担子很重，可是心里却不像一开始那样无着无落，皇帝身上的镇定给予他许多信心。

天黑了，张有才命人在大厅里点起蜡烛与油灯，照得灯火通明，每处灯火附近都有人照看，以免发生意外，他想问皇帝是否要用晚膳，只看了一眼就将话咽了回去。

皇帝的全部心思都在别处。

兵部拟好的圣旨很快送来，韩孺子看了一遍，加盖宝玺，立刻发出，以加急军信送往京城。

兵部与大将军府的官员很快赶到，一开始气氛有些紧张，以为皇帝会先发怒，追查神雄关失守的责任，很快气氛缓和，大家都与赖冰文一样，从皇帝那里得到信心，专注于建言献策。

“立即将塞外的军队全调回关内，只守长城，然后调集天下军队，全去关中，与敌军决一死战！”

“敌军已经抢占先机，再去支援京城根本来不及，莫不如退守函谷关，将敌军封死在关中，伺机再战。”

“莫不如命柴将军乘胜追敌，没准能从后方击溃敌军。”

“诸位所言皆非当务之急，现在的问题是朝廷和宫中怎么办？是撤是留？是守是走？”

……

既然有皇帝的默许，人人都说出自己的想法，却没有一个能得到皇帝的明显赞同。

韩孺子只是听，偶尔点头，事实上，他在揣摩神鬼大单于这个人，接连遭遇出乎意料的失利，终于让韩孺子明白问题出在哪儿：众人只看地图与敌军数量，得出的都是正常结论，神鬼大单于绝不是一个正常的人，他能在短短十几年的时间里统一广大的领域，并且向大楚派出难以想象的庞大军队，必有过人之处。

猜不透敌军首脑，自然也就猜不透敌军的动向。

夜色渐深，厅内的蜡烛全换过一轮，皇帝下令众人休息半个时辰，吃些消夜，然后接着议事，今晚必要拿出一个合适的整体策略。

韩孺子自己也吃了一点食物，叫来赵若素，一边吃一边问道：“如果你是神鬼大单于治下的远方官吏，从未见过他，只见他调兵遣将，并且听说了种种传言，会认为这是一个怎样的人？”

赵若素没料到会被问到这种事，想了一会儿，老实回道：“微臣要多想一会儿。”

“天亮前给朕一个回答。”

“是，陛下。”

韩孺子刚放下筷子，一名太监进来，向张有才俯耳说了几句话，张有才转身来到皇帝面前：“马邑城派人送来一批俘虏。”

这是韩孺子早先的命令，当时还不知道神雄关失守。

他“嗯”了一声，没太在意，如今这已不是特别需要关注的事情。

张有才又加上一句：“是崔腾送回来的。”

韩孺子笑了一声：“柴悦倒是会做人。”

柴悦是世家子弟，懂得不少“规矩”，让崔腾参与马邑城之战立功，战后则找借口将他送到皇帝身边。

“让他进来。”韩孺子不想让崔腾太失望。

崔腾很快到来，一身尘土，一进屋就跪下：“总算活着见到陛下了。”

“平身。”韩孺子冷淡地说，对崔腾绝不能太热情。

崔腾起身，仔细打量皇帝几眼："陛下瘦了一些。"

"朕这里比较忙，你若没有要事，先去休息吧，明日再说马邑城的事情。"

"我不累。"崔腾拍拍身上，尘土飞扬，站在他不远处的张有才直咳嗽，"而且我有重要的事情要对陛下说。"

"说吧。"韩孺子还有一点时间，全当是休息。

"我听说神雄关失守了？"

"嗯。"

"真是倒霉，好不容易马邑城打胜了，西边却出了问题，不过我不意外，这些敌军就是一群不要命的蝗虫，只要看到一点破绽，立刻就会铺天盖地飞过去。扯远了，我要说的是，神雄关失守，京城可就危险了，皇后、太后等人怎么办？陛下不可能立刻回京，派我回去吧，我路上不睡觉，肯定比敌军先到一步，将宫里的人接出来，送到陛下这里，免得……"

韩孺子半信半疑地听着，突然想到一件事："停，你刚才怎么说的？"

"啊？哪一句？"

"说敌军像蝗虫那句。"

"对啊，我在马邑城可算是见识了，他们打扮得怪模怪样，兵器也跟咱们楚人不同，可是在战场上真拼命啊，有进无退，我亲眼见到他们踩着尸体往前冲，比蝗虫还可怕。"

"可楚军还是打败了他们。"

"那是陛下制定的奇计生效了。粮道被截的消息传来，敌军没有溃散，反而攻得更猛，柴将军将计就计，假装要撤离马邑城，敌军蜂拥而入，楚军万箭齐发，那一场大战——啧啧，真是精彩，我一辈子都不会忘。陛下，允许我斗胆说句实话，我跟陛下也打过不少仗，都没有这么大场面。尸体堆得比城墙还高，楚军一日之间射出的箭矢得有几百万支！最后箭囊都空了，可敌军也终于退却了，他们打仗时不要命，逃亡时更不要命，甚至会砍死自己人，就为争一条道路。"崔腾两眼发光。

"真是奇怪，神鬼大单于统一西方没有多久，为何麾下将士肯为他如此拼命？"

崔腾笑道："这不奇怪，柴将军审过俘虏，我在一边听来着，原来敌军并非一整支大军，按照被征服的顺序，早一些的位置靠后，晚一些的冲锋在前，怕是有几十、几百支军队，后方监督前方，以此类推，只许进，不许退。"

"以虎驱狼。"

"对对，柴将军也是这么说的，俘虏还说，他们害怕的其实不是粮道被截断，因为他们本来就没带多少粮草，全指望着尽快攻入楚地，就地取食，这是他们一贯的打法。可后方被截，虎就驱不着狼，他们一下子失去主心骨，因此才会大乱。”

“柴将军还说什么？”

崔腾一拍脑门：“瞧我的记性。”立刻从怀里掏出一封信，交给张有才，再转送到皇帝桌前。

韩孺子打开信，里面的内容很简单，柴悦希望皇帝给予更多军队，由塞外绕行，直扑碎铁城。

柴悦写这封信的时候，还不知道神雄关也已经失守。

韩孺子对张有才说：“召集群臣。”

他已经做出决定，无须商议，也不用再争论，道路早就摆在那里，就看他敢不敢走。

第四十五章

朕即诱兵

对韩孺子来说，眼前的道路是明摆着的，对大臣来说，皇帝又一次要冒奇险。

“兵部与大将军府留在晋城，调集天下兵马粮草，全力支援塞外楚军，兵部侍郎赖冰文升任守兵部尚书。”

皇帝的第一道圣旨就让众臣吃了一惊，赖冰文资历不足、风评低下，身为建议者，对神雄关失守毕竟负有不可推卸的责任，竟然被临阵升官，虽然前面加个“守”字，意味着这个兵部尚书只是虚职，战后还要交还，但也表明了皇帝的极大信任。

韩孺子没有别的意思，朝廷规矩，品级低者在高者面前要保持谦卑，想让赖冰文负责粮草征调，必须先提升其官位，哪怕是暂时的。

“将军柴悦统领塞外楚军，伺机与敌军再战，长城以外一切军事，由其便宜定夺。”

皇帝的第二道圣旨赋予柴悦更大的权力，同时也让群臣心生猜疑：陛下这是要放弃关中、放弃京城吗？朝廷和宫中诸贵人怎么办？

“朕将亲赴洛阳，监督关中事态，绝不令敌军涌出函谷关，望诸卿努力，不要有后顾之忧。”

大臣们互相瞧了几眼，一开始有些糊涂的人，这时也都明白了，忽然间，不约而同地全都跪下。

皇帝将塞外定为主攻方向，自己却前往洛阳监督关中，这分明是要亲自去守卫京城与函谷关。

关中朝不保夕，楚军主力尽在塞外柴悦军中，天下兵力也都向塞外调集，皇帝却要反其道而行之，这是将自己置于险地、死地。

“陛下万万不可离开大军的保护。”赖冰文刚刚升官，成为晋城品级最高的大臣，必须第一个劝说皇帝。

韩孺子摆下手：“诸卿平身，不必多言。敌军兵多将广，分为两路：一路南下，已破神雄关；一路东进，受阻于马邑城。与之相比，楚军势弱，只能主攻一路，塞外既已获胜，且又准备充分，理应成为主战之场。关中惨遭涂炭，但是关中吸引的敌军越多，对塞外的楚军越有利。”

群臣不肯起身。

韩孺子继续道：“敌军急于一战，京城能够吸引敌军，但是不够，军队能够吸引军队，但是大楚已没有更多将士，唯一能引来更多敌军的就是朕本人，朕要充当诱兵。”

群臣磕头，赖冰文道：“陛下话虽没错，可是若有万一……”

“朕督战关中，或有万一，朕若留在晋城，则两路楚军都难取胜，赖大人执掌兵部，连这点形势也看不明白吗？”

赖冰文当然明白，只是没有料到皇帝会如此决绝，以额触地，不敢抬头。

“诸卿皆有家人、亲友留在京城，如今关中形势不明，朕不乱做承诺，只说一句：太后、皇后皆在京城，朕绝不坐视京城落入强虏之手。退下吧，明日一早，朕就出发。”

韩孺子回到后边书房，看到赵若素正等在门口，笑道：“你想明白了？”

赵若素点点头：“依微臣所见所闻，神鬼大单于不是极狂妄，就是极恐惧。”

“此话怎讲？”韩孺子进入书房。

赵若素看向张有才，得到许可之后才跟随进屋，回道：“如各方所言，神鬼大单于统一西方诸国应该不久，看其战法，对大楚也应该稍有了解，可是他却不做囤积、不做试探，直接派大军强攻。微臣据此以为，神鬼大单于要么过于狂妄，百战百胜之后看轻大楚，要么是过于恐惧，大军已如烫手铁丸，必须尽快抛向他方。”

“神鬼大单于害怕自己的军队？”韩孺子觉得这个说法有些奇妙。

赵若素深施一礼，他如今是“罪上加罪”之身，什么都可以说：“正如陛下初登基时害怕群臣，神鬼大单于以小驭大，统领百国之军，心生恐惧也是自然之事。诸国将士初归强主，难言忠诚，若是留在本国，早晚必生祸患，不如引向陌生的敌国，以战止叛。”

韩孺子想了一会儿，放声大笑：“赵若素啊赵若素，你将为人君者看得如此透彻，对你可没有好处。”

“微臣并未求过好处。”

韩孺子收起笑容：“随朕回关中，朕要看看神鬼大单于究竟是狂妄还是恐惧。”

赵若素拱手回声“遵旨”，并无一句相劝。

离天亮没剩多久，韩孺子也不休息，点选一千名宿卫军，诸将之中只要樊撞山，午时之前离开晋城，前往洛阳，途中不允许提前通知郡县，他要亲自去吸引敌军，但是不能太早泄露，要先看清形势，确定何处可守之后，再公开自己的位置。

在洛阳，韩孺子终于得到比较及时的确切消息：京城以北的大多数城池皆已失守，京城还在坚持。

这让他大大地松了口气。

在洛阳行宫，他见到了皇后等人，得知太后拒绝离京。

崔小君率嫔妃向皇帝请罪，韩孺子不想责怪任何人，也没时间停留，洛阳离京城毕竟还远，消息滞后，没准就在他稍稍感到心安的时候，京城已经沦为敌区。

韩孺子赦皇后等人无罪，匆匆看了一眼几位皇子与公主，来不及多说什么，立即离开，率军继续前往函谷关。

在函谷关，消息就不那么令人心安了，京城已经三天没有公文传来，前方斥候表示，一支敌军正向函谷关攻来，不知是绕过了京城，还是攻下了京城。

崔宏听说皇帝要来，大吃一惊，见到皇帝本人，又是大吃一惊，迎入城内军营，欲要下跪，被太监扶起。

"陛下怎么会来这里？"

韩孺子将自己的计划大致说了一遍，最后道："函谷关还在，大楚仍有希望，如果京城也能守住，则胜算更多一些。京城具体情况如何？有兵多少？谁是守将？粮草可足？满仓城可及时烧毁？"

崔宏还没从惊讶中恢复过来，但是一一回答，只有满仓城的具体情况不知道。

听说瞿子晰担任守城大将，韩孺子也吃了一惊，待得知谢存与花缤为辅，他又松了口气。

韩孺子只休息了不到一个时辰，又有消息传来，敌军正在迫近函谷关，大概有五千多人。

韩孺子要亲自带兵前去迎战，崔宏绝不同意："陛下已经亲临函谷关，不可轻涉险地，敌军五千或许是伏兵，不如待守城中，等情况明了再战不迟，即使要战，也该由臣率兵出击。"

"有太傅守城，朕心甚安。该是向敌军宣示朕在此的时候了，出城迎战乃是最好的手段。以朕所知，敌军不会设伏，必是前锋军队，趁其人数不多、立足未稳，正可一举破之。"

皇帝是个固执的人，崔宏争不过，只好交出城中一多半军队，让皇帝带去迎敌，他留下守城，心情比皇帝没到的时候更加忐忑。

韩孺子率军八千出城，高擎黄龙巨旗，连夜行军，清晨时分与敌军相遇，中间是私自离京的吏部尚书元九鼎。

元九鼎从来不是坚定的大臣，先后讨好过上官太后、慈宁太后，皇帝与大臣争执不下的时候，他两边邀功，表面上支持大臣，暗地里却向皇帝效忠。

这是他最后一次摇摆不定了。

元九鼎认出了黄龙旗，却没有看到皇帝本人，也不敢看，又望向对面的军队，觉得更近一些。

他跑得太久，两条腿又软又麻，几乎站立不住，可他强迫自己迈动脚步，奔向全然陌生的敌人，大喊道："我是楚国重臣，我愿投降……"

一小队骑兵迎过来，元九鼎大喜，以为是来保护自己的，可是没过一会儿，他的脸上就变了颜色，那些骑兵举起了手中的兵器，而且加快了速度。

元九鼎扑通跪在地上，声嘶力竭地大叫："投降！投降！"

直到刀枪接二连三地落在身上，元九鼎才突然醒悟一件事：这些人听不懂楚语。

除了俘虏，韩孺子第一次见到战场上的敌军，从盔甲到兵器果然都与楚军不同。

"有劳樊将军出战。"韩孺子道。

樊撞山早已急不可耐，立刻领命，率本部千人出战。

道路狭窄，双方军队没办法一字排开，只能分批交战。

樊撞山身先士卒，第一个接触到敌军、第一个将敌兵挑落马下。

战斗持续了整整一个上午，韩孺子亲眼见识了敌军的有进无退。

楚军也不退，身后就是皇帝，前方的京城则是许多将士的家乡，他们必须前冲，拼命厮杀。

马战变成步战、步战变成混战、混战变成血战……韩孺子先后投入了几乎所有兵力，身边只剩数十名护卫。

太阳高高升起，敌军退却，正如崔腾所言，这些人进攻时不要命，一旦崩溃，更加不要命，互相踩踏，如有深仇大恨。

一身血迹的樊撞山回来复命。

韩孺子坐在马背上，微微躬身表示谢意与赞赏，再无其他表示，下令道："上马，继续前往京城。"

敌军以虎驱狼，韩孺子击败前锋之后，则要随狼追虎。

楚军稍作休整，吃了一点随身携带的干粮，继续行军。

韩孺子猜对了，敌军只是试探，大军并未跟来，途中又遇到三次敌军，数量都不多，而且有了怯意，一触即溃。

连行数日，楚军终于赶到京城外围，在这里，他们被拦住了。

曾经令太傅崔宏心生怯意的黑压压大军，如今都在包围京城，远远望去，京城竟也显得渺小。

京城尚在，但已岌岌可危。

第四十六章

害怕

双方互射了几轮箭矢，不约而同地停下，发起冲锋。

韩孺子登上战车亲自擂鼓，樊撞山率领二百骑冲入敌阵，其余将士严阵以待，只等皇帝一声令下，也要进入战场。

敌强我弱，奇怪的是，没有人感到害怕，不只因为皇帝亲自督战，更因为过去的几天里他们已经与敌人数次交手，摸清了路数，发现敌军并非不可战胜。

面对十几倍于己的敌军，韩孺子没有退却，第一，他要给京城守军鼓劲儿；第二，他明白一个简单的道理，撤退必须以进攻为保障，否则的话，敌军士气更盛，己方的将士则会变撤为逃。

樊撞山一生中的巅峰尽在这一天，手持长枪，纵马冲入密密麻麻的敌军群中，不管对面是人、是马、是骆驼，都是一枪刺杀，他根本不在乎前方有没有拦阻，只在意身后的目光和鼓声。

樊撞山冲入敌阵里许，听到收兵的锣声，又冲了一段距离，才掉头回来。

神鬼大单于的军队往往有进无退，今天却出人意料地谨慎小心，没有追赶，也退回原阵。

二百骑伤亡过半，樊撞山却没事，只是枪头断了，将枪杆往地上一抛，抱拳道："请陛下允许我再入敌阵，以壮军威，这回别太早招我回来。"

"不愧真猛将，来人，赐酒。"

不等别人动手，崔腾抢先跳下马，拿着酒囊跑到樊撞山面前递了过去，一脸的崇敬神情。

樊撞山也不客气，拿起酒囊灌了一大口，随手扔掉，崔腾双手接住。

樊撞山向本部士兵道："一、二队冲过一次了，三、四队出列。"

二百士兵立刻驱马向前，樊撞山招手，有人送来一杆新枪，他接在手里："不够，再来一杆。"

樊撞山左手握缰，腋下夹着一杆枪，右手持另一杆枪，再次冲向敌阵。

就像约好了一样，敌军仍没有射箭，也派出一队将士，大概五百余人，当先五名将领，同样手持长枪，样式不同，更长更粗。

韩孺子擂鼓，樊撞山率军第二次冲锋，与敌将相距十几步的时候，他的左手松开缰绳，手臂松开，腋下长枪下坠，他一把抓住，双手持枪，大吼一声，再次加速，在最后一刻身子前倾，躲过对方的长枪，将自己手中的两杆枪深深刺进两名敌将的脖子里。

敌将人仰马翻，樊撞山只是速度稍缓，持枪继续前冲，所至披靡，如入无人之境，敌阵又派出第二支队伍上前迎战。

樊撞山连破三拨敌军，直至大军阵前，举起右手长枪，向敌阵中最高大的旗帜远远掷去，又吼一声，掉头转回，再入战场。

樊撞山这一次冲入战场五六里，一去一回，损失的兵力却更少，只有二十几人亡于阵中。

樊撞山驰至皇帝车前，扔掉剩下的长枪："还能再冲，只是枪不堪用，马也不行了。"

"换枪，赐朕御马。"

两名将领送上新的长枪，东海王亲自牵来皇帝的坐骑，崔腾再次递上酒囊。

樊撞山喝下酒，对皇帝的马却有几分犹豫。

"朕不爱一马，独望将军平安归来。"韩孺子道。

樊撞山这才上马接枪，向本部大声道："三、四队归列，五至十队随我出战。"

六百人前行，樊撞山指着远处的京城："这一回要冲到离城墙一箭之地，让守城将士知道陛下驾临。"

敌军派出千余人迎战，这一回将领更多，共有二十多人，冲在最前一排，目标都是楚军的猛将。

双方的冲锋已经与胜负无关，而是关系到士气与名声。

韩孺子第三次擂鼓，同时下令全军备战。

樊撞山被敌将围住了，混战中，他大吼了一声，似乎受了伤。

韩孺子立即下令全军前移。

樊撞山冲出包围，手中只剩一杆枪，敌将倒下五六人。

楚军主力缓缓前进，做出全军出击的架势，敌军调整阵形，选择了撤退。

樊撞山看不到前后的变化，只知前冲，目标唯有一个，就是远处的城墙。前方的人越来越多，可他看不出有任何东西能阻挡自己。

樊撞山素以勇猛闻名天下，今天他的发挥甚至超出了自己的想象，似乎拥有了十倍于往常的力气，就算前面横着一座山，他也能一枪挑翻。

城墙近在眼前，樊撞山能望见城头的旗帜与隐约的身影。

他觉得自己还能再往前冲，胯下的坐骑却不干了，哀鸣一声，重重摔倒在地上。

樊撞山推开死马，翻身站起，长枪不知哪去了，他赤手空拳，原地转了半圈，向敌人发出嘶吼。

本部士兵追上来，护住樊撞山，有人将长枪递到将军手中。

樊撞山还要徒步前行，一名军官大喊道："将军，已到一箭之地，请速退，勿让陛下担忧。"

樊撞山又向城头望了一眼，跨上一匹空马，与众将士往回冲。

城墙之上，鼓声雷动，喊声直冲云霄，为樊撞山送行。

这一战规模不大，双方主力皆未出动，影响却极深远。

京城里的人知道自己没有被抛弃，皇帝亲自率军前来支援。

敌军明白，虽然接连攻破城池，他们却没能让楚军屈服或害怕。

对韩孺子来说，最直接的影响就是他可以率军撤退了。

不到一万士兵，救不了京城，更不可能与敌军进行真正的决战，他得见好就收。

天黑之后楚军才撤，在此之前，韩孺子于阵前犒赏全军，人人赐爵一级，随樊撞山冲锋者赐爵二级，阵亡者三级。

爵位意味着身份、田地与金钱，阵亡者的家眷可以继承这一切。

樊撞山被封为破军侯，这一赏赐当之无愧，全军山呼万岁。

东海王是这一战的见证者，与别人一样，他感到极度振奋，一度曾想与樊撞山一同冲锋，几番犹豫才放弃这个过于大胆的念头。

他还非常困惑，对敌军、对皇帝都感到困惑，当阵脚稳住之后，他忍不住抬头向战车上的皇帝问道："敌军明明势强，又以拼死战斗闻名，今日为何胆怯？"

韩孺子扭头看了一眼不远处的赵若素，大声道："敌军死战，乃是因为身后有主人逼迫，围攻大楚京城是首功，主人舍不得让给奴隶，亲自出动了。"

"神鬼大单于就在军中？"东海王吃了一惊，与众人一同向对面望去，除了黑压压的人群，什么也看不清。

"或者是他本人，或者是他的心腹，能够自作主张，而不是没头没脑地一直向前冲。"韩孺子笑了一声，"主人越胆怯，对待奴隶越严苛，反之也是一样，敌军越不惜命，敌酋心中越怯。如樊将军者，朕只怕他一去不返，见他平安归来，如得一城，绝不想让他陷入阵中。敌势虽强，其心却惧，朕因此敢与之一战。敌酋不知底细，以为楚军背后还有伏兵，又怕城里军队内外夹击，因此不敢放手一搏。神鬼大单于，不过如此。"

"非陛下亲征，别人即使猜到敌酋心怯，也不敢出战。"东海王佩服得五体投地。

入夜之后，楚军撤往函谷关。

行军途中，樊撞山才发现肋下血流不止，原来是受伤了：“嘿，无耻之徒，不敢明面射箭，却以暗箭伤人，我当时把箭拔掉，过后却忘了。”

韩孺子率军奔往京城时是急行军，撤回时却是正常行军，沿途桥梁、道路都不破坏，两座城池也都留人驻守，并且设立大量哨所，监督敌军动向。

韩孺子猜对了，准确地说是赵若素猜对了，敌军果有怯意，风头一过，没有再来追击，只是专心围城，在外围建立大量壁围，看样子是要采取守势。

函谷关守将崔宏得知京城的消息之后，亲率全体将士，出城三十里相迎。

皇帝这一战绝非大胜，更没有解京城之围，却令楚军士气大振。

韩孺子向崔宏下令，在沿途险要之处设立临时关卡，以木石阻道，也做出防守之势。

奇招毕竟是奇招，只能偶尔一用，想要打败敌人，还是得步步为营。

进入函谷关，脱下战甲，独自坐在屋子里，韩孺子才感到全身虚脱，手心冒汗，连心跳都变快了。

他根本没有连日来表现得那么镇定与自信，派樊撞山出击完全是迫不得已，敌军胆怯，他与别人一样意外，阵前对东海王说的那番话，倒有一半是临时想出来的，而不是事前的深思熟虑。

无论走到哪里，有几本书韩孺子总是带着，其中之一就是太祖本纪，他颤抖着双手随意翻开一页，逐字读下去，慢慢地心中踏实了，手也不抖了。

太祖的每一次死里逃生都更像是运气，但太祖有一个本事，能承受得起坏运，也能担得起好运，不骄不馁，一遍遍地东山再起。

书中掉出三页折起来的纸张，是造反之书《淳于子》仅剩的三页，里面记载了太祖韩符的一段故事，声称他曾向豪侠低头。

韩孺子一直没明白这个故事里的含义，今天却别有一种感觉。

“太祖也会害怕。”他喃喃道。

房门打开，张有才进来，笑道：“陛下，瞧我在军中发现了谁？”

韩孺子抬起头，惊讶地看着张有才身后的人。

孟娥竟然来了，身着宿卫士兵的盔甲，脸上抹灰，很难看出原来的样子。

“皇后派我来的。”孟娥说，“陛下打了一场硬仗。”

“这才只是开始。”韩孺子很高兴自己克服了心中的恐惧，也很高兴看到孟娥，“围困京城的敌酋不是神鬼大单于本人，但他会来的，等他一到，才有真正的硬仗。”

第四十七章

守城无计

由京城通往函谷关的道路，少半被敌军占据，多半由楚军控制，临时壁垒一座接着一座，哨所林立，无数双眼睛盯着路上的一切，就是在这样的情况下，不要命仍然一路潜至函谷关城门外，才被发现。

“带我见皇帝，我有前线的消息。”不要命全身血迹与尘土，嘴唇干裂，眼中布满血丝，身体瘦骨嶙峋，像是刚从地下爬出来，已经很久没吃过东西了。

士兵们大吃一惊，层层上报，最后得令，将这人送往临时行宫，皇帝竟然真的认得这个叫“不要命”的怪人。

不要命得到了很好的招待，吃了一点食物，洗了澡，换上新衣服，本来还想让他先睡一会儿，不要命摇头：“让我先跟皇帝说几句话。”

韩孺子很久没见过不要命了，微笑道：“壮士从何而来？”

有人教过他简单的规矩，不要命拒绝遵守，站在皇帝面前，不跪不低头，只是稍一拱手，直接道：“大概一个多月前，关中前锋将军南直劲赦囚组军，又在城外招了一批人，总共一千余人，前去与敌一战。”

“南直劲？”韩孺子大为意外。

南直劲品级不高，组建的义军规模不大，在京城还能向外传递公文时，急事、要事众多，对这件小事没有提及，韩孺子因此一直都不知道。

不要命点点头，像背诵一样继续道：“这支军队马匹很少，没走大路，由山中小路穿行向北，避开了大批敌军。大概二十天前，我们偷袭了已被敌军占据的满仓城，把它烧掉了。”

韩孺子腾地站起身，将身边的几名太监与侍卫都吓了一跳。

“满仓城被烧了？”

不要命又点头：“我亲眼所见，至于烧到什么地步，我就不知道了。敌军很多，大家浴血奋战，南直劲对我说，烧掉满仓城是件大事，应该让京城的大臣知道。”

瞿子晰守城时已经下令在必要时烧掉满仓城，结果命令尚未到达，敌军已经攻破小周城，大举南下，将满仓城占领了。

敌军远道而来，能坚持多久，全看粮草供应，满仓城若是落入敌手，京城就得准备持久防守，士气将会大受影响。

韩孺子这几天一直被此事所困扰，前方撤下来的将士声称满仓城没来得及烧毁，不要命却带来截然不同的消息。

做成这件事的竟然是南直劲，韩孺子怎么也想不到。

“南直劲和其他人呢？”

“我没看到，不过以当时的情况看，除非有神仙相助，否则他们是逃不出来的。”

韩孺子叹息一声，缓缓坐下：“你们立了一件大功。”

“全是南直劲的功劳，剩下的人不是为钱，就是为了名声。”

“知险而进，足为真英雄，钱与名声，乃是当然之事。”

不要命短促地笑了一声：“我去过京城，但是没能进去，向城墙上喊了几声，上面的人说皇帝可能在函谷关，我想陛下也应该知道这个消息，于是就来了。”

“多谢壮士义举。”韩孺子对不要命比较客气。

不要命打个哈欠：“话说完了，我该去睡觉了。”

“稍等，杨奉……”

“等我睡醒再说吧，真是困了。”

看着不要命走出去，张有才忍不住道：“江湖人真是不懂礼貌。”

“他们懂礼貌，只是江湖的礼貌与朝廷不同，能得到不要命的一句承诺，有时比千军万马还有用，可惜，朕得不到此人，杨奉却能。”

张有才吃惊地看向皇帝，觉得陛下谦逊过头了。

崔宏求见，再次代表群臣提议皇帝退至洛阳：“敌军这些天来一直在向东调动，显然是要在天气更冷之前进攻函谷关，对京城的攻势据说也是昼夜不停。臣等以为……”

“朕是不会离开函谷关的。”韩孺子道。

崔宏心中叹息，他与皇帝名为翁婿，却从来没有过互信，关系最近的时候也只是平常的君臣，有些话很难说出口，可今天必须破例，即使屋子里还有不少外人，崔宏也得说。

“虽经征调，函谷关内外也只有不到两万楚军，路上所设关卡壁垒，只能暂缓敌军攻势，敌军一旦发起猛攻，少则半月，多则一月，必至关下。函谷关与神雄关类似，神雄关没能挡住敌军，函谷关也不能，比京城还要危险。陛下至尊之体，若是陷于城中，则臣等死罪，天下更将因此无主。”

韩孺子寻思一会儿，问道：“函谷关若是失守，敌军东出，洛阳能守多久？”

洛阳更守不住，崔宏只得道：“楚地广大，洛阳并非最后的退路。”

“天下虽大，一退就得再退，总有退无可退之时。太傅不必多言，朕明白形势危急，可也明白一个道理，有些事情必须知其不可为而为之，朕别无选择，大楚别无选择，唯有死守关卡，直到塞外可以一战。”

“如今天气已冷，不到开春，塞外难以开战，至少还要三个月。”

“所以京城和函谷关至少要守三个月。”

崔宏目瞪口呆，好一会儿才说：“这……这不可能啊。”

“想办法，大家都要想办法。嗯，刚有一个好消息，满仓城被烧掉了。”

“真的？”崔宏眼睛一亮。

“有人亲历此战。”

“太好了！”崔宏心中一松，可这股高兴劲儿没能持续太久，很快就烟消云散，“满仓城一毁，敌军难做长久打算，可是凭借多半个关中的积粮，敌军坚持几个月还是可以的。”

“所以京城与函谷关一定要守住，将敌军困在关中，数月之后，塞外楚军才有大胜之机。”

崔宏还是觉得做不到，但是没有再多说，躬身道：“望陛下三思，臣等死不足惜，唯陛下不可有一点闪失。”

“朕会三思，但是只思一件事，如何守城。”

崔宏告退，韩孺子知道，太傅还会再来，他必须想出一个办法，增加守城的胜算，同时也能说服群臣。

能用上的招数都用上了，却没有一招万无一失。

韩孺子没法安坐在屋子里，带人出去巡视一圈，登上城墙查看，函谷关虽然比不上京城高耸，却比一般城池坚厚得多，可崔宏说得没错，神雄关没挡住敌军进攻，函谷关也很难。

城外，众多壁垒横贯道路，只留小门以供出入，看似森严，可都是临时建成，经不得猛攻。

韩孺子还是想不出主意，回转行宫，继续翻阅奏章。

奏章分为两摞，一摞是普通内容，另一摞更高些，全是众人提出的守城建议，韩孺子一份份细看，没有出色的奇计，基本都已经实施过了。

入夜不久，太监进来通报，说那个“不要命”醒了，还想再见皇帝。

不要命吃饱了饭、睡足了觉，神色好了许多，举止也客气了一些，拱手时稍稍弯了下腰，说话时仍然开门见山："杨奉妻儿都在京城。"

"是你将他们从湖县接走的？"

"嗯，杨奉生前交代我这么做的。"

大敌当前，杨奉的事情不那么重要，可韩孺子想守城之计已经想得头疼，需要休息一下。

"你很早就认识杨奉了吧？"

"很早，那时候我才十几岁，为了博取名声，连命都可以不要，结果真的差点将命丢掉，是杨奉救了我，他对我说，你欠我一条命，从现在起，你的命是我的，不能再随便舍弃。"

这一听就像是杨奉说出的话，韩孺子露出微笑："所以你叫不要命，其实是想要命？"

"这个名字用来提醒我自己当初的年少无知。"

"名声……这么说来，你应该非常了解杨奉了？"

不要命摇头："我和他相识多年，但是很少交谈，他有事直接交代我做，我有事也是直接告诉他，杨奉在我眼里是个怪人，对他，我一点也不了解。"

韩孺子沉默片刻："在你眼里，杨奉怎么个怪法？"

"陛下会解京城之围，救出杨奉妻儿吧？"

"当然。"

"只说一件事吧，杨奉一直在查找一个神秘组织，甚至不惜为此当太监。"

"望气者。"

"望气者是后来的事，杨奉一开始没有明确的目标，只说这个组织必然隐藏极深，官越大，反而越看不清，所以他要当太监，从至微之处着手。齐王叛乱之后，杨奉将目标定为望气者、定为淳于枭，几乎到了发狂的地步。可是在云梦泽，当他得到那本书之后，却对我说'不过如此'。"

"什么意思？"

"我不知道，也没问，杨奉就说了这四个字，然后就天天抱着那本书，也不看，只是抱着，得病也不治，好像故意等死。瞧，这就是我觉得他奇怪的地方：执着的时候，比我当初追求名声更甚，放弃的时候，却一点理由也没有。我是因为怕死，看破了名声的虚幻，杨奉是为什么呢？我想不明白。"

"名声……名声……真的虚幻吗？"

"陛下应该比我更了解杨奉。"不要命看着皇帝，"我倒希望陛下能给我一个解释。"

韩孺子也缓缓摇头："我跟你一样，看不透这个人。那本书被毁掉了，只剩下三页，记着一个故事，与名声有些关系。”

韩孺子早已倒背如流，故事说太祖韩符追查陈齐后人，以此威胁天下豪杰，结果有数名豪杰宁肯当众自杀，也不愿意透露陈家人的行踪，一位陈家子孙自杀谢恩，太祖不得不撤回威胁，以了结此事。

“名声就是这么虚无，那么多豪杰白死了。”不要命说。

“可名声也有实在的一面，太祖毕竟因此妥协了，陈氏后人也没有灭绝。”

不要命皱起眉头：“那只是一个不知真假的故事。”

“‘一个不知真假的故事’，却能蛊惑一批望气者兴风作浪，很有意思吧？”韩孺子笑了笑，“谢谢，朕希望你能多留几天，我还要再与你聊聊杨奉，现在，朕要忙着守城了。”

第四十八章

以战养兵

崔宏去了一趟前线，回来之后越发相信自己的判断：京城与函谷关坚持不过这个冬天，想要挡住潮水般的敌军，必须另想办法。

他亲自去拜访破军侯樊撞山，希望争取到此人的支持。

樊撞山的伤势比预料的更重一些，一路坚持过来，到了函谷关就倒下了，经过御医精心治疗，能够坐起来吃饭，却不能上马参战，听说兵部尚书到访，以为又有任务，强撑起身，命随从给自己穿上全套盔甲，昂然出门相迎。

在客厅里，两人寒暄几句，樊撞山问道："又要开战了？这几天把我闲得心里发慌，正好活动活动手脚。"

崔宏看出樊撞山伤势未愈，笑道："暂时无事，什么时候开战要看敌军的动向。"

樊撞山皱眉："敌军不过人多一些，怕他做甚？给我一万人，把他们全撵到沙漠里去。"

樊撞山是猛将，却不是大将，爱说大话，也不管能否实现。

崔宏道："樊将军说得对，敌军就是人多。"

"那也不怕，大不了再来一个几进几出。"

"呵呵，樊将军当世猛将，天下敬仰，陛下绝不想再让将军冒险。"

"怎么，就把我这么养起来了？"樊撞山一挥拳，牵动伤口，脸上不由自主地露出痛苦神情，马上掩饰过去。

"当然不是，敌军人多，楚军也得增兵才行，只要人数相当，或者稍少一些也行，再有将军这样的猛将，楚军就不必坐以待战，可以直接进攻，收回京城。"

"那就增兵啊。"樊撞山不管那么多，觉得这是一个好主意。

"兵都在塞外，连洛阳这样的大城都没剩多少人守卫，哪还能增兵？"

樊撞山深以为然地点头："是啊，这件事挺难。"

"如今之计只有征兵。"

“征兵？”

“嗯，征发函谷关以东、洛阳以西诸郡县的男子，以人多对人多，兵部估算，半个月之内就能征集到十万人，甚至更多。”

“对啊，咱们大楚地广人多，还能比敌军人数更少？”樊撞山毕竟不笨，听到这里，终于有所醒悟，“调兵、征兵都是陛下与兵部决定的事情，太傅特意找我说这个？”

崔宏笑道：“兵部早做好了准备，可是陛下迟迟不肯同意。”

“为什么？兵多不好吗？”

“陛下想得长远。敌军征服一国之后，往往驱全国壮丁为兵，既壮声势，又能防止国内叛乱，可是长此以往，必然国衰民弱，此乃杀鸡取卵之法，陛下以为不可取。”

“陛下说得对啊，我就知道，训练过一年的百名士兵强过几千名普通百姓，参加一次实战的士兵强过训练三五年的士兵。”

“话是这么说，可值此生死存亡的关头，只能先解决眼前的问题，再论长远之计。敌军以战养兵，大楚也可以效仿，不必太过，先征集十万士兵，然后逐渐向其他郡县扩展，三个月之内可增兵至少五十万。”

“五十万！”樊撞山吓了一跳，“这可真不少，可是没训练过，能上战场吗？”

“敌军也不都是训练有素的士兵，樊将军刚才也说了，打过一战的士兵强过训练几年的士兵，所谓的以战养兵就是这个道理。五十万楚军轮番上阵，最后剩下的十万人必是精兵强将。”

樊撞山默然，他明白皇帝为何犹豫了，以战养兵也是杀兵，这是在用大楚百姓的性命充当城墙。

“这绝非妙计，事后大楚可能需要十几年时间恢复国力，可这是眼下唯一可行的办法，总比坐以待毙强。”

“太傅大人希望我能劝说陛下？”

崔宏点头。

樊撞山低头想了一会儿：“说实话，我也觉得应该征兵，这是没办法的办法，可我是个粗人，让我冲锋陷阵，二话没有，让我劝说陛下，这个……实在是力不从心啊，我说的话陛下也不当回事。”

“樊将军只需向陛下要兵就是，别的不需要你多说。”

樊撞山挠头：“陛下对我恩重如山，刚封我为侯，我有点不好意思再要东西了。”

崔宏笑道：“要兵不是为了将军自己，是为了保护陛下。”

樊撞山又想了一会儿："好，我去向陛下要兵。"

崔宏满意地告辞，回到住处，派人请来赵若素。

赵若素来得比较晚，站在门口："太傅大人不怕惹祸上身吗？"

赵若素身份特殊，乃是皇帝亲赐"罪上加罪"之人，平时甚至没人多看他一眼，更不用说请上门了。

"大祸在前，小祸无所谓了。想要守关，唯有征兵，年十五以上、六十以下的男子，只要不是残疾，皆可为兵。"

"好。"赵若素道。

崔宏一愣："我还没说完。"

"我会尽力劝说陛下。"赵若素拱手告辞。

崔宏又一愣，忍不住对身边的随从道："赵若素从前挺正常的一个人，自从被陛下'定罪'之后，越来越古怪了。"

次日下午，樊撞山求见皇帝，立刻得到了接见。

皇帝总不得闲，书房里已经有好几个人，东海王、崔腾等人都在，樊撞山一进来，所有人都向他拱手致意，甚至有人上前躬身行礼，皇帝也以微笑相迎。

樊撞山极不适应，想要下跪，却被太监扶住。

"臣乃一鲁莽之将，担不起诸位大人如此礼遇。"

崔腾笑道："你可不是鲁莽之将，你是猛将、名将，京城一战，将军已经名闻天下，我的仆人说，他出去买东西，人家听说他见过樊将军，直接给打了一个折扣，哈哈。"

樊撞山脸红了，他一直在养伤，这是第一次出门，还不知道自己多有名。

韩孺子微笑道："樊将军伤势好些了？"

"好了，只要一声令，我这就冲进京城。"樊撞山声若洪钟，努力挺直身体，不管伤口有多疼，脸上也不表露出来。

"将军休急，继续养伤。"

"谢陛下关心，其实我来是有事要说。"

"请说。"

樊撞山名声太响，他有话要说，别人就都不开口了，以崇敬的目光看着他，好像在瞧一尊显灵的神像。

樊撞山更不好意思了，这才明白崔宏为何找自己帮忙，连咳几声，壮胆道："函谷关的兵太少了，陛下应该多征兵。"

樊撞山不会拐弯抹角，直接将话说了出来。

韩孺子一笑，没有对樊撞山说话，而是转向崔腾："你父亲找了一个好帮手。”

轮到崔腾脸红了：“我不知道……樊将军，我父亲找过你吗？”

樊撞山不敢撒谎，尴尬地点了下头。

“我父亲也是一片好心。”崔腾急忙道。

韩孺子道：“当然，而且这不是崔太傅一人的建议，晋城、洛阳、函谷关的兵部以及诸将、诸臣，都有同样的想法。”

“那陛下还犹豫什么呢？”崔腾问道。

“朕不忍心看到大楚数年来的辛苦积聚毁于一旦。”

众人无声，皇帝自从二次登位以来，一直在努力提升大楚的实力，减租、安置流民、垦荒、释放私蓄家奴等举措，皆是为此，大规模征兵将破坏之前的多半努力。

“如今应以守国为重。”东海王插口道，其他人都点头。

樊撞山见大家的想法果然一致，也道：“虽说我不怕敌军人多，可是咱们兵多一些总是好事，没准能一路打到西方去，将神鬼大单于的老巢端了。”

众人大笑，韩孺子也笑了，看向角落里的一人，问道：“你的看法呢？”

赵若素从不主动说话，被问到了，也不隐讳：“此乃唯一之计，陛下虽有仁心，再犹豫下去，就是妇人之仁了。”

只有赵若素敢说这样的话，而且是当着外人的面，皇帝也不生气，反而点头，其他人都觉得奇怪，却不敢问。

“是该征兵了，但是不能毫无差别地全征，家中独子不可征，父亲早亡者，许留兄弟两人……让崔太傅拟个计划吧。”韩孺子又向樊撞山道，“既然樊将军能起床了，就请你助太傅一臂之力，前往各地征兵。”

“啊？征兵我可不在行，我更愿意上战场，而且我能打。”樊撞山举拳在胸膛上擂了两下，忍不住咳了几声。

“大战之时，必然重用将军，如今时机未到。将军名震天下，正该四处传扬，而且有将军出面，征兵也能更容易一些。”

樊撞山脸又红了，嗫嚅着说了几句。

众人又聊了一会儿，见皇帝没什么重要的事情，一一告辞，自然有人去见崔宏，传达皇帝的决定，尽快将它变成切实的旨意。

东海王也要告辞，皇帝却示意他多留一会儿，别人没注意到，只有崔腾看到了，也不开口告辞，最后只剩下他们两人与赵若素。

赵若素养成了习惯，皇帝让他来他就来，让他走他才走。

“仓促征兵，仍不足以挡住敌军。”韩孺子道，没有撵走崔腾。

东海王学乖了，一声不吱，崔腾道：“那也比没有强。”

“朕还有一个想法。”

“原来陛下已有妙计，怪不得同意征兵。”崔腾笑道。

韩孺子笑着点下头，仍然看向东海王：“朕决定派使者去向神鬼大单于求和。”

“什么？”崔腾大惊，差点跳起来，“这、这……”

韩孺子摆手：“别急，朕还没有说完，如果神鬼大单于肯退兵，即使他提出一些苛刻条件，朕也可以接受。”

崔腾忍不住插口道：“他绝不会退兵的。”

“如果不退，使者要向神鬼大单于及其麾下将士传递一个消息，不，是两个消息：一路楚军已由西域进入敌军后方；另一路楚军由海路进攻，也快到了。提醒敌军小心些。”

崔腾惊讶地说：“邓粹和黄普公？这两路楚军……很久没消息了吧？”

“朕敢肯定，两路楚军都还在。”韩孺子说，好像他拥有特别的消息渠道。

东海王抬起头，一脸苦笑：“如果陛下没有更合适的人选——那就由我来当使者，去给敌军传话吧。”

赵若素没吱声，知道自己已被选中。

第四十九章

大楚使者

东海王默默祈祷神鬼大单于能够拒绝和谈，可事态进展偏偏不尽如人意，双方来回沟通了好几天，敌方居然同意接见大楚使者。

东海王别无选择，开始思考如何传递消息，这可不是一件容易的事，首先语言就不通，需要三名通译接力合作，双方才能互相听懂。

出发之前，东海王问赵若素：“你有计划吗？”

赵若素重重叹了口气：“见机行事吧。”

这话跟没说一样，东海王只好自己想主意，刚坐上马背，崔腾匆匆跑出来，向东海王道：“陛下说他就不送行了，祝你们一路顺风，能不能回来不重要，关键是一定要完成陛下交代的任务。”

“这是陛下说的话？”东海王面露恼怒之色。

崔腾笑道：“陛下就说他不送行了，其他话是我说的，真羡慕你，有机会为陛下尽忠。”

“那你跟我一块去吧。”东海王冷冷地说。

崔腾连连摇头：“呵呵，我本事没你大、地位没你高、口才没你好、运气没你佳，就不跟去添乱了。记住，完成任务优先，就算不能吓敌军一跳，也要争取多拖延几天，好让这边征集到足够的兵力。”

东海王拍马离去，崔腾在身后大声道：“东海王，大楚就需要你这样的忠臣！”

一队十余人驰出函谷关，由各处将领接力护送，通过一道又一道壁垒，每过一处东海王都想，此关能坚持多久？守关将士现在还都是活生生的，过不了多久就将伏尸雪地，这些人心里知道吗？不害怕吗？

东海王差点开口问出来。

当天夜里，一行人入住一座小小的军营里，东海王邀赵若素共同用餐，喝了几杯热酒驱寒，东海王问：“今天早晨出发的时候，你因何长叹？”

赵若素不太爱说话，东海王笑道：“你是‘罪上加罪’，我是‘九死一生'，还有什么话不可说、不敢说？"

赵若素终于开口："我叹陛下还是爱用奇招、虚招，指望用两条亦真亦假的消息惊吓敌军。"

东海王一拍大腿："对啊，我也觉得此招难以奏效。"

赵若素斜睨东海王："你不相信此招有用？"

"啊？你不也是这个意思？"

赵若素摇头："我只说这是奇招、虚招，没说不会奏效，恰恰相反，我觉得这一招很可能激怒敌酋，楚军只要能挡住最初的怒意，这两条消息就会发生效力，令敌军士气大降，甚至发生分裂。"

"可你仍然叹息？"

"我叹息此招生效之后，陛下更爱用奇、用虚，这绝非帝王之术、大楚之福。"

东海王眨眨眼睛，他与赵若素正好相反，以为这种时候什么招数都可以用，只担心这一招没用。

"陛下为何派你跟来？"东海王疑惑地问，他是皇帝的弟弟、宿卫军大司马，起码表面上地位极其尊崇，赵若素却是一名连职务都没有的待罪闲人。

"使者当中总得有一位不怕死的人。"赵若素平淡地说。

东海王发了一会儿呆，将杯中之酒一饮而尽，发现酒已经凉了，喃喃道："陛下的手段真是越来越狠了，我总算明白陛下为何对得罪者时常宽容了，分明是要物尽其用，让咱们以死效忠啊。"

赵若素点头赞道："这才是真正的帝王之术，陛下若坚持以此治国，则天下太平。"

两人都认可同样的事实，态度却截然相反，东海王嘿嘿地笑，不想争论谁对谁错。

第二天早晨，使者一行加快了速度。天寒地冻，东海王冷得直流眼泪，可还是注意到一件事："楚军在囤积冰块，这倒是冬天阻敌的一个办法。"

赵若素"嗯"了一声，半晌才道："敌军迟迟不肯发起进攻，必是准备充分，冰块能挡多久？"

东海王不吱声了，心里纳闷，皇帝怎么会欣赏这样的怪人，处处作对，就没有一次肯顺着自己说话。

三天之后，楚军不能再护送了，从这里开始，东海王一行由敌军带领。

"距离这么短。"东海王自言自语，心里有点发慌。

第一批敌军是匈奴人，接下来不停更换，敌兵的装扮各式各样，越往后越华丽，有的人盔甲上镶满了宝石，阳光照耀，晃得人眼晕。

使者绕过京城，继续北上，东海王远远地望了一眼，京城尚屹立着，但是城墙破损，累累伤痕、烧痕，令人触目惊心。

“京城守不了多久。”东海王更小声地说，瞧了一眼赵若素。

自从进入敌军范围之内，赵若素更不爱说话，但是腰板越发挺得笔直，就算骑在马上跑一整天，也从不肯弯腰露出疲态。

东海王也挺起身子。

楚使被送到京北百余里外的一座庞大军营里，东海王心中震惊，敌军数量太多了，营地一座连着一座，纵马驰骋也要跑上几天几夜。

楚使没有立刻得到接见，而是被送到一顶帐篷里，来了几名奇装异服的贵人，借助通译向他们传达面见“正天子”的规矩：

下跪时双手着地，手心冲上，亲吻地面三次，然后以额头触地，未得允许不可抬头。

问什么答什么，不可擅自开口。

每次回答问题，都要口称“天下共主”，自称“惶恐之奴”。

先要沐浴更衣，一天之内只喝水不吃饭，待身上全无异味之后，才能面见“正天子”。

……

敌酋规矩繁多，说完之后，又拿出一卷纸，上面以三种语言将每一项规矩都清清楚楚地列出来，其中包括楚语。

贵人退出，东海王拿着纸对赵若素说：“咱们若是全数照做，也就没脸再回去见陛下了。”

“走一步算一步吧。”

赵若素被分配到另一顶帐篷里，转身要走，东海王上前拦住：“赵若素，你到底想怎么做，提前告诉我一声，都到这里了，我不可能再有别的想法，以死明志？可以，我能做到，让我有个准备就好。”

赵若素盯着东海王看了一会儿，吐出几个字：“那就准备吧。”

东海王真想狠狠一脚踹过去，勉强忍住，回道：“好吧，去见敌酋，但是不下跪？”

赵若素点头：“不下跪。”

赵若素离开，东海王心里空落落的，尽量什么都不想。

很快有几名仆人抬来一只大桶，让客人沐浴。

在寒冬里泡热水澡，本应是很舒服的一件事，可东海王总摆脱不掉一个念头：这不是沐浴，而是跟洗衣服差不多的清洁，换了好几次水，每次都要加入不同的香料，其中一些颇为刺鼻，逐渐变得清香。

沐浴持续了大半天，除了喝水之外，不给任何食物，东海王又累又饿，快要虚脱了，躺在床上却睡不着，翻来覆去，心想，自己和王妃还没有一男半女，实在是失败。

次日午时过后，东海王被叫出去，乘坐一顶样式古怪的软轿，前去面见神鬼大单于。

“其他人呢？”东海王问，只有他一人乘轿，赵若素等人都不见踪影。

通译没在，护送者低头前行，一个字也不说。

东海王脸色微变，不管怎样，赵若素都是一种监督、一种鞭策，他不在，东海王心里更加没底。

“以死明志。”东海王小声道。

差不多一个时辰之后，东海王已经被冻得全身颤抖不已，轿子终于停在一顶巨大帐篷前，几名奴仆上前，将客人从轿子上抬下来，送上另一顶小轿，这回行程比较短，直接抬进了帐篷里。

帐篷垫起一人多高，帷幔重重，皆由华服贵人掌管，东海王下轿，踩着松软的地毯，步步前行，肚子发空、双腿发软、心里发虚，可他仍然能做到挺身而立。

眼前豁然开朗，至少三十人同时扭头看向客人，有衣饰华丽的男子，还有戴着面纱但是并不羞怯的女子。

东海王做好了抗争的准备，目光扫过，很快落在一名中年男子身上，在一群高鼻深目的异族人中间，此人更像是楚人或匈奴人，身边没有人靠近，地位应该最高。

东海王正要开口，忽然警醒，这人不是神鬼大单于，这间屋子甚至不是正厅，而是等候召见的前室。

东海王发现自己紧张了，咳了一声，脸上挤出微笑，大声道：“有人会说楚语吗？”

中年男子走过来，其他人纷纷让路。

“我会说几句。”男子生硬地说。

“阁下怎么称呼？”

“我乃正天子堂兄，你该称我‘殿下’。”

“我是大楚天子的亲弟弟，你也该称我‘殿下’。”

男子笑了：“果然是来送死的。”

男子的轻视反而让东海王丢掉了恐惧，正色道：“我是来送信谈判的，大楚天子有话要对神鬼大单于说。”

男子脸色一变："注意你的用词，送死者，死法有许多，你想挨个尝试一遍吗？"

有些话本应等见到神鬼大单于再说，可东海王忍不住了，担心再过一会儿自己心中的斗志与锐气将要消失，于是大声道："我只知道一种死法，就是不屈而死，请你转告神鬼大单于，大楚天子开出条件：如果你们立即撤出楚地，大楚就会召回已经攻入你国的两支楚军。"

"两支？"

"一支由西域虎踞城出发；另一支一年前由海路进攻，此时已经登岸了。"东海王尽量表现得自信。

男子大笑，用别的语言说了几句，帐篷里的人全都笑了。

东海王心中一紧，这两个消息对敌人来说显然不是意外。

第五十章

再攻京城

中年男子大笑着转身离开，其他人也都走出前室，东海王一个人愣在当场，不明所以，帐篷里到处都是帷幔，稍一走神，他甚至分不清门在哪里。

很快，另一名男子走进来，身穿窄袖长袍，头戴尖帽，唇上留着一撇胡子，看相貌像是楚人，一进来先掐灭几根蜡烛，只剩三根维持照明。

“帐篷里到处都是易燃之物，必须小心些。”男子走近东海王，抬头看他。

“你是楚人？”东海王皱眉道。

“什么是楚人？”那人反问道，笑了一声，“楚国治下、受皇帝统治的才是楚人，我出生在西域，在更西方的国度长大，会多种语言，与王公贵族做生意，谁也不能说是我的主人。只有正天子例外，他让我见识了什么是真正的强大，于是我自愿为奴，为正天子奔走效力。对了，我有一个楚国名字——丘洪。”

东海王笑道：“你不需要向我解释当奴才的理由，你的模样与装扮已经说明一切。”

丘洪并不气恼，“追随正天子这些年来，我见识过无数狂妄的人，也见识过同样多的惨败与乞求。”

“我是来与神鬼大单于谈判的。”东海王冷冷地说。

“你说的名称是匈奴人乱叫的，最好不要再说。”

“‘最好’常是奢望，比如你国，自以为攻入了大楚之境，却不知后方危在旦夕，连回家的路都没了。”东海王急切地想要弄清那些贵族在笑什么。

丘洪“哦”了一声：“怪不得大家发笑，原来是为了这件事。”他走到一张榻前，坐在上面，却没有邀请东海王坐下。

“神鬼大单于让一个奴才替他谈判？”

“我不是来谈判的。”丘洪平淡地说，停顿片刻，“我是来看看楚国使者究竟有几分诚意，然后向正天子提出建议。”

“大楚很有诚意，可以不计较你国的无礼入侵，只要你们退出楚境，大楚也会召回你国境内的所有楚军。”

丘洪再次大笑：“你还真是不忘这件事，看来你们并不知道，也难怪，由此往西，一切路径都在我们的控制之下，消息传不到楚国。”

“不知道什么？”东海王心中惴惴，脸上却不动声色。

“你们有一个叫邓粹的将军，带着很少的人进入我国，一开始打了几场小小的胜仗，可是在神叶城全军覆没。”

东少王脸色微变。

丘洪继续道：“你国曾派出一名使者，名叫韩息，自称是皇亲国戚。”

“他的确是宗室子弟。”东海王隐约记得几年前皇帝曾派出一名使者，应该就叫韩息。

“他在神叶城待了很久，这次也一块被杀了，正天子已经传令，楚人西行者，一律格杀勿论，所以你瞧，我不是楚人，只是从祖先那里继承了一张楚人的面孔。”

“你的确不是楚人，真正的楚人不会数典忘祖。”

“哈哈。你们还有一路军队，从海上出发，将军也自称是皇亲国戚，说是皇帝的叔叔。”

东海王一愣：“你说的是谁？”

“看来楚国的消息不灵通啊，或许那个人是在撒谎，但他的确自称皇叔，在爪哇国抢占了一座岛屿，自立为皇帝，不打算再走了。海上诸国没向楚国通报消息吗？真是奇怪，我们很早就接到了。”

丘洪笑吟吟地看着东海王。

东海王越发困惑，若说黄普公带着一群海盗自立为王，他是相信的，可是自称皇叔，并且自立为皇帝，却大大出乎他的意料。

“当然，你可以选择不相信，这都无所谓，我只是告诉你，不能再用这两路楚军跟我们谈判。”

东海王半晌无语，不管消息真假，皇帝想用这两条消息惊吓敌军的目的看来是达不到了。

可他没有死心，突然也大笑起来，悄悄观察对方的反应，见丘洪略不耐烦，他说：“你也可以选择相信，我只是来告诉神鬼大单于，这是他最后一次平安返家的机会。”

丘洪收起笑容，起身离开。

很快从另一个方向走进来两名奴仆，示意东海王跟随他们出去。

东海王很想冲进帐篷深处，或者站在这里大喊几声，但他不敢，老老实实地跟随奴仆回原来的住处，心慌意乱，如果丘洪所言都是真的……

“陛下肯定不会像我这么惊慌。”东海王自言自语道，稍稍安慰一下自己，“我不是来争论消息真假的，是让敌人犹豫不定的。”

东海王对刚才自己的反应很不满意，下定决心，再有机会见到丘洪，一定要表现得胸有成竹。

仆人送来了酒肉，东海王真是饿了，却没有胃口：“怎么？不用我空腹见神鬼大单于了？”

仆人大概听不懂楚语，连头都没抬，放下食物转身走了。

东海王狼吞虎咽地吃了个半饱，突然想到这或许是断头饭，自己要死在这里了，胃口再失。

仆人进来收走残肴，东海王坐在床上呆呆发愣，想找赵若素说话，门口却有卫兵把守，不许他出去。

东海王不停地给自己鼓劲，可是只要一停下来细想，又觉得完全不可能，神鬼大单于与极西方必定保持联系，消息比大楚顺畅得多，怎么可能轻易受骗？

第二天一早，东海王又被叫出去，这回没有软轿，四名卫兵像押送一样带他到了一块空地上，在这里，他见到了赵若素等人，心中一惊，以为楚使都要被处决了。

“两国交兵不斩来使，看来神鬼大单于不懂这个道理啊。”东海王向赵若素大声道。

赵若素没吱声，双手笼在袖子里，像是在观赏风景。

东海王敬佩不已，也闭上嘴，四处观察了一会儿，发现不对，这里不是刑场，周围的士兵一批批调动，像是在奔赴战场。

没过多久，有人牵来楚使的坐骑。

东海王稍松口气，很快又紧张起来，趁着上马的工夫，向身边的赵若素道：“这就要开战了？咱们怎么办？”

“见机行事。”赵若素还是这四个字。

“见什么机啊？”东海王有些恼羞成怒，“我根本见不到神鬼大单于，只见到一个堂兄和一个奴才。”

赵若素点点头，跳上马，什么也没说，仍然挺得笔直。

东海王也上马，心想还是得自己拿主意。

楚使随着大军南下，敌军前后望不到头，东海王想找人说话，周围士兵不少，却没有一个人会说楚语，他只好又向并驾齐驱的赵若素道：“这是要攻打京城，还是函谷关？”

"京城。"

"咦，你听说消息了？"

赵若素摇头："神鬼大单于为人刚强不屈、有进无退，上次敌军没能攻下京城，还被陛下带着数千将士所惊吓，他肯定非常不满，所以要强攻京城，以定军心。"

东海王觉得有道理："你再猜猜，神鬼大单于最后会见我吗？"

"京城若被攻破，他挟余威，可能会见东海王，京城若是不破——那就难说了，他这种人一怒之下什么事情都能做得出来。"

东海王想不到自己的命运竟然与京城的存亡联系在一起："那……京城会被攻破吗？"

"我只猜人，不猜事。"

东海王患得患失，既希望京城能保住，又希望自己能活着离开，传递消息反而不那么重要了。

军队走了一天，在一座山后扎营，看不到京城，敌军士兵更显众多，一眼望去，像是无边无际的海洋。

楚使又被分散到各个帐篷里，东海王仍然独占一顶，但是没有了木炭等取暖之物，入夜之后，外面寒风呼啸，帐内冷得人睡不着觉，东海王哆嗦了一晚上，心里诅咒敌军能被冻死。

次日一早，楚使又被带出来，这回骑马只走了一个时辰，停在一处高地上，远远地能够望见京城。

高地上还搭建了一座巨大的高台，装饰得极其华丽，大量士兵环绕周围，楚使站在高台之下，有士兵监视，不准任何人抬头，事实上即便抬头也看不到什么。

"神鬼大单于在上面。"东海王小声说。

赵若素"嗯"了一声，望着京城，如雕像一般。

丘洪不知什么时候来了，站在楚使身后，突然开口："今天你们就能回家了。"

赵若素没动，东海王回头，冷冷地看着丘洪："你们却在放弃回家的机会。"

"四海为家，正天子所到之处皆为家，运气好的话，今天晚上你就能在皇宫里见到正天子。据说楚国皇宫非常华丽，我一直想亲眼看看。"

东海王转回身，心中愤怒，却无话可说。

一队士兵押着一个人转到高台前方，东海王惊讶地看到被押者竟然是神鬼大单于的堂兄。

堂兄软软地跪在地上，颤抖不已，似乎在哭泣。

丘洪小声解释道："他之前指挥攻城，胆子太小，面对几千名楚军，竟然不敢进攻，围城一个月，毫无进展，这种人正天子是不会留下的。"

高台之上一声锣响，士兵退后，只剩堂兄一人跪在那里，他用奇怪的语言叫喊，像是在哀求，又像是在向神灵祷告。

高台之上射下来一支箭，正中堂兄头顶，随后是更多箭矢，堂兄倒地时成了一只刺猬。

锣声再响，敌军发出呼喝之声，一层一层向外传递，越来越远，加入者越来越多，声响不见减弱。

远处，样式奇怪的攻城器械开始发射巨大的石弹，一队队士兵像蚂蚁一样抬着云梯朝城墙行进。

"要么爬上城头，要么死在城下，这是他们接到的命令。"丘洪轻叹一声，"我更可惜这座传说中的楚国京城，今天之后就要面目全非了。"

第五十一章

京城之火

对京城的围攻持续了整整一天，无数将士前仆后继，坐在高台之上的神鬼大单于，就跟当众杀死自己的堂兄一样，对此无动于衷，偶尔有几声锣响，总是意味着投入更多兵力。

这支军队擅用火攻，抛出的巨石、射出的箭矢，甚至连撞门的铁头槌，都带着火焰，东海王等人没见过这种打法，看得胆战心惊。

午时前后，有一批敌军士兵将要攻上城头，丘洪很得意，对东海王说：“楚国美女不少，你有妻子吧？也住在城里吗？”

东海王怒不可遏，恶狠狠地扭头看过去，丘洪大悦，笑道：“你得知道一件事，只要是我开口索取的人，正天子没有不同意的。”

东海王气得浑身发抖，明知这样会令对方更加高兴，但他还是很难控制住，最后僵硬地扭头，冷冰冰地说：“楚人尚在，京城不破。”

丘洪大笑，很快，他又笑不出来了，那支好不容易接近城头的士兵，都被长枪挑落。

东海王很想反唇相讥，看了一眼赵若素，还是忍住了。

守城一方仍处于不利状态，在看到最终结果之前，说大话毫无意义。

攻城继续，冬日天短，将近天黑，敌军撞破了一座城门。

前线敌军齐声欢呼，很快汇成一股整齐的声音，像是楚人的山呼万岁，待呼声停歇，高台之上锣声连响，呼声再度响起。

丘洪也跟着呼喊，甚至跪在地上，亲吻台基，等他站起身面对楚使的时候，又换上那副得意扬扬的面孔：“今晚，我们将进楚人的城池、住楚人的房屋、吃楚人的美食、拥楚人的美女，人生之快，莫过于此！”

众楚使面如死灰，就连赵若素也没法保持镇定，神情骤变。

为攻破京城，敌军付出了巨大代价，但是他们承受得起，剩下的兵力仍然庞大，足够用来进攻函谷关。

前方的士兵正挪开攻城槌，向城内蜂拥而入。

东海王第一次有国破家亡的强烈感觉，喃喃道：“大楚……大楚……”

赵若素第一个恢复平静，开口向丘洪问道：“你们驱使被占之国的士兵死战，可大楚以东已无大国，假如你们攻占大楚，还能驱兵去哪儿呢？”

丘洪轻蔑地瞥了赵若素一眼，没有回答，显然是看不起此人的地位。

东海王稍稍回过神来：“是啊，你们还能去哪儿呢？一旦无处可以征服，你们还能控制这支军队吗？”

丘洪哼了一声：“现在求饶已经晚了，正天子只奖赏那些最早醒悟的人。至于攻占楚国之后去哪儿——正天子不会停下来，要继续前行，直到大地尽头、日升之出，然后掉转方向，再去日落之地，阳光普照之下，都将有正天子的足迹。”

东海王瞧了一眼赵若素，不明白他问这句话有何用意。

前方的敌军似乎受到了阻滞，大批士兵拥堵在城门口，城头仍在往下射箭，高台上锣声再响，对此声敬若神明、畏如鬼怪的将士，努力向城里前进，效果却不明显。

“怎么回事？难道楚兵比城墙还要坚固？”丘洪有些困惑。

“京城未破。”东海王小声道，精神振奋，恍若春暖花开时第一次出城郊游，甚至感觉不到寒风的冷意，“京城未破！”他提高声音。

“闭嘴，楚城未破，你就危险了。”丘洪发出威胁，匆匆走开，拾级登上高台。

周围的士兵上前一步，将楚使看得更紧。

东海王不在意，既兴奋又惴惴不安，向所有人发问：“京城没有被攻破，对不对？”

赵若素踮脚遥望，不像其他楚使那么高兴，但是关切之意显露无遗：“城门肯定是破了，楚军在城内将敌军拦住，不知能坚持多久。”

“一定能坚持下来，一定。”东海王握紧拳头，指甲陷入肉中也不觉得疼。

天黑了，敌军仍在进攻，大批士兵仍向城内推进，另一批士兵则开始攻打别的城门。

第二座城门也被攻破了，接着是第三座、第四座。

夜色越来越深，火焰照亮了地面，东海王的心又在陷落：“卓如鹤怎么守的城？竟然这么快就失去了城门，把城门堵死啊。”

从前方回来通报消息的士兵络绎不绝，他们只能来至台下，然后由其他人将消息向上传递，这些人的话东海王一句也听不懂，急得如同热锅上的蚂蚁，偏偏丘洪不再现身，连个能问的人都找不到。

他突然想起自己带着两名通译，转身向一人喝问："他们在说什么？城里究竟怎么回事？"

通译抖了一下，急忙摇头："我只会匈奴语，他们说的不是……"

东海王又向另一名通译道："你呢？"

第二名通译回道："我学的是西域通用语……"

"西域与神鬼大单于接近，你总能听懂几句吧？"

西域以西是高山与荒漠，与神鬼大单于的地盘相隔甚远，绝非"接近"，通译呃呃几声，被逼无奈，只好道："他们好像在说……在说墙的事情，我只能听懂几个词。"

"墙？他们已经攻破城门，还在乎城墙？"东海王不明所以，觉得通译肯定听错了。

敌军移动了几架攻城器械，离城墙更近一些，巨大的火石越过高耸的城头，落入城内，也不管是否会砸中己方的士兵。

东海王无人可问，只能自己猜测，如果是他守城，面对如此众多的敌军该怎么办？

突然间，他脑子里灵光一闪。

"墙，城墙！我明白了，京城又建了一道墙，不对，是许多道墙！"

连赵若素也看过来，东海王哈哈大笑："肯定是这样，城里面对城门又建了几道墙，敌军士兵进去之后就被拦住了，他们的攻城器械个头儿太大，进不去！"

楚使全都点头，觉得东海王猜得没错。

"这是谁的主意？肯定不是卓如鹤。"东海王兴奋至极，没过多久，又开始担心，"京城被围月余，匆匆建成的墙肯定不高，也不牢固，真能挡住这么多敌军吗？"

没人能给他答案。

丘洪回来了，脸色不是很好，一开口就证实了东海王的猜测："楚人很狡猾，竟然在城墙以内又建成几道墙，不过没关系，里墙脆弱，我军将士用双手也能推倒，天亮之前，京城必将为我所有。"

"可惜，今天晚上你只能抱着别人睡觉了。"东海王知道不该激怒此人，还是忍不住开口讥讽。

"嘿，城里的人惹怒了正天子，连当奴隶的运气也没了，城破之后，所有人都会被杀死，无论男女老幼，京城就是你们的坟墓。"

东海王心中一颤，可是却没有太害怕，反而多了几分信心："楚人比你们聪明多了，难道会只有墙内建墙这一招？你们还是小心些吧。"

丘洪哼了几声，似乎要开口反驳，突然转身，又上高台去了。

东海王后悔不迭：“真是的，我怎么能提醒敌人？闭嘴，你这个……”

东海王将嘴紧紧闭住。

丘洪很快回来，什么也没说，但是脸色铁青，似乎受到了训斥。

再没人开口，所有人都静静地望着京城，黑夜毕竟不比白昼，虽有火光照耀，还是很难看清具体情况，骑马回来禀报的士兵更加频繁，东海王还是一句听不懂，却宁死也不向丘洪打听，只是偶尔瞄一眼，从丘洪的脸色上猜测动向。

丘洪渐渐露出喜色，东海王的心随之一点点沉下去，默默祈祷守城将士们还有奇招御敌。

轰的一声，京城东南方向火光冲天，远远高出城墙。

东海王的心沉到了底。

丘洪一跃而起，落地之后大笑三声：“破了，京城终于……”

又有火光冲起，并且迅速向城西蔓延，很快整个南城都在燃烧。

“火烧京城！火烧京城！”丘洪大声道，像是终于达成梦寐以求的愿望，“我要记住这一夜，记住这个场景，楚国京城，天下第一繁华之地，今夜毁于火海！”

东海王险些站立不稳，在他身边，几名楚使瘫倒在地上，看到他们的样子，东海王反而站稳了，向同样站稳的赵若素道：“陛下会为咱们报仇吧？”

赵若素“嗯”了一声，没说话。

东海王抬头向高台之上望去，几名士兵的长枪立刻抵过来，东海王不在意，仰头道：“你以为能吓住天下所有人吗？等大家被吓到不怕死的时候，你又能怎么办呢？”

士兵上前，强迫众楚使跪下，刀枪架在脖子上。

丘洪笑道：“我见过众多狂妄，也见过同样数量的惨败与乞求，大楚不过是其中之一。”

东海王跪在地上，但是努力抬起头，望向京城。

火光不熄，隐约有惨叫声传来，慢慢地，叫声越来越响，城外的黑暗里，大军像麦浪一样起伏。

东海王突然想起一件事：“这样放火，不是连你们的人也烧死了？”

“嗯？”丘洪面带微笑，没有在意这句话。

敌军的波动越来越明显，东海王无所顾忌地纵声大笑，就算当场被砍掉脑袋，他也要笑，他从来没这么快乐过，怀疑就算当初夺得帝位，也未必有这么快乐。

“那不是你们放的火，是我们放的，烧的不是京城，是你们的人！”东海王大声道。

丘洪不信，但是城外的军队隐隐有退缩之势，已经攻入城内的士兵似乎正往外跑，逼得自己人不得不退。

惨叫声稍歇，极远方有鼓声传来，接着是更近、更多的鼓声，不紧不慢，不疾不徐，稳如群山。

东海王腾地站起身，两名士兵竟然按不住他。

“京城的援军来了。”东海王自信地说，虽然他不知道这支军队来自何处。

第五十二章

皇帝的两封信

建筑多道壁垒、置备大量冰块、派出和谈使者……楚军做出严阵以待的架势，敌我双方从上到下都是这么以为的。

楚军兵力不足，除了防守似乎别无选择。

韩孺子却偏偏要进攻，而且是不遗余力地全军出动。

崔宏惊呆了，可这项旨意由皇帝亲口说出，他亲耳听到，由不得他表示怀疑。

“陛下，楚军只有不到两万人……”崔宏还是要劝说几句。

“朕知道。”韩孺子站起身，将崔太傅当成整个朝廷和全体楚军，“朕问一句，正面交锋，楚军有几成胜算？”

崔宏一愣，硬着头皮回道：“没有胜算。”

“守正不行，唯有用奇。”

“可是……陛下已经用过一次，而且这一回不同，敌酋亲临战场督战。”

“所以敌军绝对料不到楚军敢于出战。”

崔宏还要劝说，皇帝抬手，表示自己还没说完：“敌军极可能继续强攻京城，如果攻下，则士气如虹，正面交锋也好，暗中偷袭也罢，函谷关都不是对手，到时候只能另想办法。如果攻城再次遇挫，敌军士气沮丧，奇袭就有可能事半功倍。”

崔宏张口结舌，不是被说服，而是觉得匪夷所思，就像听到一名赌徒信誓旦旦地宣称下一轮必胜，因此要将全部身家都押上去。

韩孺子绕过桌子，继续道：“敌军为何数量众多？因其涸泽而渔，攻占一国之后，将其成年男子全部编入军中，不从者斩。这样的军队人心不稳，不可留在本国，必须转战他国，越远越好，而且不能停留，要一战再战。”

崔宏点点头，马邑城一战楚军在追败逐亡的过程中抓获不少俘虏，过后详加审问，相关公文他都看过，皇帝所说倒是没错，只是不知与现在有什么关系。

“朕一直在想一个问题，这样的一支军队，其中的将士明知进亦死、退亦死，为何不肯反戈一击，击破神鬼大单于？”

这个问题崔宏能回答：“据臣所知，敌酋拥有一支本族军队，兵力在五万到十五万之间，除此之外，各国军队数量都不超过一万，如果多于此数，就分到别的方向，甚至会被杀死。敌酋还刻意在各国之间制造矛盾，使得诸军互不信任，无力挑战敌酋的本族之军。敌军将士皆以为，全力图进或有活路，退则必死，因此往往愿意死战。”

“神鬼大单于极少打败战，所以各国将士都以为进攻优于逃散，更优于造反。”

“正是，何况将士的家人还都在后方，受神鬼大单于控制。”崔宏道。

“敌军只可胜，不可败。”

“当然，神鬼大单于若非百战百胜，单凭本族军队，控制不住这么庞大的诸国联军。马邑城一战，敌军败逃，京城一战，敌军临阵而怯，但这两战的指挥者都不是敌酋本人。他一到，必要取胜。”

“如果不胜不败呢？”

“何为不胜不败？”崔宏不解地问。

“攻破京城为胜，退走为败，若是敌军全力攻城而不破，但又不至退走，则为不胜不败。”

崔宏思忖片刻：“敌酋亲临指挥而不能破城，则敌军士气必然大受打击。”

“神鬼大单于会怎么做？”

“应该不会退走，也不会伺机待战，而是尽快发起下一次进攻，以一场大胜掩盖之前的不胜不败。”

“照此说来，敌军士气下降不会太久，只在两战之间，可能不到一天，甚至只有一两个时辰。”

崔宏明白皇帝要说什么，勉强点头。

韩孺子叹息一声：“敌军士气旺盛时，楚军无论正奇都不是对手，必须趁其士气下降时发起奇袭，或有胜算。”

“可是京城……能守住吗？”

“必须守住，如果不能——”韩孺子又叹一声，“楚军退回函谷关，再作打算吧。”

崔宏被说服了。

崔宏掌军多年，不说百战百胜，却也颇通兵法，想了一会儿，说：“我会多派斥候，敌军一有攻城迹象，楚军马上做准备。这几天从邻县征集到一些士兵……”

“全带上，函谷关只留百人守城。”

皇帝这是在孤注一掷，崔宏继续道：“楚军可以多张旗帜，或许能迷惑敌军。”

“也可能要在夜间作战，多带锣鼓，十倍以上，百倍也可，务必要让敌军心慌意乱。”

崔宏上前一步：“臣请亲自带兵，陛下留下守城。”

韩孺子摇摇头：“这一战朕必须亲临战场，否则的话，拿什么稳定军心？”

楚军的战术就是虚张声势，敌军或许不明所以，却骗不了己方士兵，能给他们带来些许信心的唯有皇帝本人。

崔宏考虑再三，无可劝谏，再躬身道：“臣请为先锋。”

“好。”这正是韩孺子的本意，崔宏既是兵部尚书，又是皇后的父亲，理应与皇帝共进退。

崔宏也明白这个道理，所以主动提出，紧接着，他提出了条件：“既为楚臣，自当为大楚、为陛下尽忠，臣年迈体衰，于世间并无留恋，只有一事萦怀：长子死于军中，幼孙尚稚，只剩次子崔腾一人以续香火。”

“崔腾可以留在关内。”

崔宏跪下磕头，谢恩之后告退，开始调兵备战。

韩孺子独自在书房里来回踱步，他在冒奇险，所谓退守函谷关只是安慰，如果京城被攻破，敌军必然一鼓作气直逼关下，楚军的撤退很容易变成溃散，皇帝本人也镇压不住。

可他想不出还有别的办法能打赢这一仗。

“生死存亡在此一举，祖宗若是有灵，保佑朕旗开得胜，若是以为朕无德无能，朕甘愿战死沙场。”

韩孺子自言自语，他对神灵向来敬而远之，这时却忍不住向祖先求助。

自己给自己鼓了一会儿劲儿，韩孺子再度平静下来，走到门口，对张有才说：“请孟娥过来。”

孟娥很快到了，还是普通宿卫士兵的装束，张有才刚要退下，皇帝将他叫住：“有才留下。”

韩孺子从桌上拿起一封已经写好的信，递给张有才：“这是密诏，朕离关之后，你即刻动身前往洛阳，将此信交给皇后，不得有误。”

张有才大致明白皇帝要做什么，心中一颤，扑通跪下：“陛下……”

“这不是谦让的时候，朕心意已决，你执行旨意就好。”

张有才磕头，起身之后颤抖不已，却不敢再说话。

韩孺子又从桌上拿起另一封信，交给孟娥：“你留在关内，只要一听说前方败绩，立刻去洛阳，也将此信交给皇后。”

孟娥看了一眼信，没有接，说："让张有才带信，我留下。"

"这两封信不能同时带到洛阳，必须一先一后，而且必须是你。"

孟娥还是摇头："我另外推荐两个人，陛下肯定觉得合适。"

韩孺子很久没被人这么直白地拒绝过了，有些尴尬："不可能再有人比你合适。"

"杜氏爷孙。"孟娥还是说了出来。

韩孺子吃了一惊，盯着孟娥看了好一会儿，最后说："去哪儿找他们爷儿俩？"

"他们就在函谷关，跟张有才见过面。"

张有才脸一红，急忙道："我不是有意隐瞒，实在是陛下最近太忙……"

韩孺子笑了笑，表示不在意，手里拿着信犹豫片刻，最后递给张有才："这封信你也拿着，等你出发的时候再将它交给杜老爷子，必须是他，不是小杜。"

张有才点头。

"杜摸天要见皇后比较困难，你要与他约好如何在洛阳见面。"

张有才再次点头。

"你要告诉杜摸天，如果前方大胜，他手里的信立刻毁掉。"

张有才还是点头："陛下不见他们爷儿俩吗？"

韩孺子露出微笑："不必。你先退下吧。"

张有才拿着两封信退下。

韩孺子看着孟娥："你知道信中写了什么？"

"第一封信，陛下要立庆皇子为太子，以免朝廷无主。"

"是，朕还让皇后必要时带着太子前往晋城，接受大军的保护。"

"第二封信，如果陛下大败，京城、函谷关接连失守，陛下希望有人能带着皇后、皇子与公主藏于江湖，就像是当初的陈齐后人。"

都被孟娥猜中，只有一些小错误，韩孺子笑了一下："只是孺君公主，皇后与皇子不可逃于民间，他们要为大楚尽忠。所以你比杜氏爷孙更合适。"

"陛下错了，我虽是陈齐后人，但我是被保护者，杜氏爷孙名满江湖，朋友遍及天下，他们才是保护者。"

韩孺子退后两步："你已经没什么可学的了，为何还要留下？"

"有始有终，陛下大败，楚亡，陛下大胜，从此无须帝王之术，对我来说，这都是终结。"

"朕若大败，楚未必亡，朕留在晋城的人足够再建一个朝廷。"

"嗯，我又学一招。"

韩孺子又笑一下，他很想向孟娥提一个问题，最后还是决定藏在心里，说道：“有时候，朕更希望经历大风大浪，是不是太自私了些？”

“那句话怎么说的？一个人可以自私，但不要自私到以为别人不自私。陛下当然自私，只要还能考虑到别人就不为过。”

“你的自私呢？只是为了学习帝王之术？”韩孺子忍不住旁敲侧击。

孟娥却没有回答，问道：“得有人去通知京城，让他们多坚守一阵。”

“不要命已经去了。”韩孺子迅速冷静下来，思绪又转到即将到来的大战上。

第五十三章

乱猜

京城真的挡住了敌军强攻，不仅搭建了多道墙内之墙，还放了一把火，形成一道火墙，这把火终于动摇了敌军的士气与斗志。

但他们仍不敢立即退却。

远方鼓声响起，来自四面八方，夜色笼罩中，似乎有无数的楚军即将涌出。

“援军，这是我们的援军！你们包围京城，现在自己也被包围了。”东海王仍然想不明白楚军哪来这么多兵力，但是一点也不妨碍他的兴奋，扭头看向丘洪，微笑道，“若论‘声东击西’，神鬼大单于可比不上大楚天子。”

“你们将军从塞外调回来了？”丘洪脸色微变。

“你说呢？”东海王反问道，回忆自己在函谷关的所见所闻，觉得不大可能。

丘洪再次登上高台。

东海王心中振奋，向远处遥望，恨不得楚军席卷而来，立刻将敌军全部歼灭，突然想起一件事，心猛地一颤。

“敌军若是大败，会将咱们杀死泄愤吧？”东海王问道。

敌军若是战胜，会留下东海王等人以供羞辱，一旦大败，却可能恼羞成怒，将军中楚人全部杀死。

赵若素“嗯”了一声。

东海王脸色苍白：“陛下派咱们来和谈，其实就是为了迷惑敌军，让他们以为楚军不会发起进攻。”顿了一下，他又问道，“来之前你知道这件事吗？”

赵若素摇头：“陛下不可能冒着泄密的危险，将这件事提前透露给任何人。”

东海王想了想，脸上浮现出一丝微笑：“也对。不管怎么说，咱们这算是立功了。”

赵若素没有回答。

高台之上锣声连响，十几名身穿华服的贵人匆匆下来，上马奔赴各处。

“他们要迎战外围援军。”东海王猜道。

“援军不是对手。”赵若素小声道。

皇帝又在虚张声势，东海王也想明白了，心中大惊，这回的对手是神鬼大单于本人，敌军不会被轻易吓住，而是会拼死一搏。

东海王踮脚遥望，影影绰绰的敌军的确出现一些混乱迹象，但还没到溃散的地步，到处都有人用古怪的语言叫喊，应该是在重新调集军队，准备投入战斗。

更远处，鼓声不断，隐隐有嘶喊之声，两军似乎已经交锋。

“陛下千万不要亲自参战啊。”东海王心焦如焚。

数名骑兵疾驰而至，停在台下，大声通报情况，东海王侧耳倾听，一个字也听不懂。

赵若素突然上前一步，大声喊了一句。

东海王更加吃惊，因为他还是一个字也听不懂，赵若素竟然会说异国语言。

楚使当中的通译也很意外，连他们都不能与神鬼大单于的人直接对话，需要借助对方的通译，丘洪虽然会说楚语，却不做通译的事，每次商谈，仍然派出多人重重转达。

更惊讶的是敌军士兵，他们听懂了。

赵若素继续大喊，东海王很快明白过来，赵若素翻来覆去喊的只是一句话。

东海王仍然不明白话中之意，但是看到敌军士兵个个面露惊恐与迷惑，就连看守楚使的卫兵，也都面面相觑，竟然没有阻止赵若素的叫喊。

东海王也大喊起来，赵若素的话很简短，一学就会。

两人齐声大叫，终于惹来反应，丘洪走下来，站在几级台阶之上，大声下令，卫兵们立刻拔刀横枪，强迫楚使全都跪下。

样式古怪的弯刀摆在眼前，东海王与赵若素闭嘴。

丘洪来到两人面前，怒笑道：“楚人果然奸诈，竟想用谎言扰乱军心。”

东海王正要反唇相讥，赵若素碰了他一下，示意他不要开口。

“这是事实，不是谎言。”赵若素道。

丘洪退后一步，第一次正眼打量赵若素。

卫兵退下，赵若素缓缓起身，盯着丘洪，一字一顿地说：“神鬼大单于什么时候离开军队的？我猜已经有几天了。后方发生什么了？又有叛乱？由西域出发的楚军，并未大败吧？”

丘洪面红耳赤，一言不发。

东海王也想站起来，却被赵若素摆手制止。

“你是什么人？竟敢如此胡说？”丘洪终于开口。

“我是大楚戴罪之人，不敢胡说，只是做出一点合乎事实的猜测。神鬼大单于为人刚硬，若是对堂兄不满，刚到京城的时候就会杀之示众，绝不会等到攻城之前动手。可他有更急迫的事情，提前离开，你们这些人假装他还在，模仿他的命令，却处处显出犹豫。神鬼大单于不会是得病暴毙了吧？”

“闭嘴！神鬼……正天子好得很，此刻就在高台之上。”

东海王终于明白刚才自己与赵若素在喊什么，不是“正天子已经逃走”，就是“正天子为假”，他只纳闷赵若素从哪儿学来的这句话。

赵若素冷笑一声：“他若在台上，根本不会派你下来，会直接下令将我处死，用不着任何解释。我说了，你们假装的神鬼大单于不像，只有他的凶残无情，却没有他的果敢无畏，很快你就会看到，对此产生怀疑的不只是我，还有军中将领，到时候你们还是犹豫不决的话，大家就要亲眼看看高台之上都有什么了。”

丘洪脸上变了颜色，正要开口，东海王也站起来了，他不想再这么跪下去：“没错，夺城辱敌乃一大快事，神鬼大单于为什么要让给你？因为他根本就不在这里。”

丘洪抬起手，要对卫兵下令。

远处驰来一骑，上面的人看来是名大将，远远就大叫大嚷，语气显得又急又怒。

丘洪刚刚得到赵若素的“指点”，不想再显得犹豫，抬起的手落下，立刻下达命令。

数名士兵举起手中短枪，却没有立刻动手，丘洪与来者吵了几句，更严厉地下达命令，士兵掷出短枪，竟将大将当众射杀。

丘洪仓皇地向台上跑去。

“神鬼大单于真的不在这里？”东海王小声问。

“我是乱猜的。”

东海王吓了一跳：“可你会说他们的话。”

“这几天现学的，并不难，多听就是，‘正天子’他们天天挂在嘴上，拿起东西问他们是真是假，听回答就行了。”

东海王敬佩不已：“敌军会相信咱们的话吗？”

“军心不稳，什么话都会相信，除非神鬼大单于亲自露面，可我猜他不会。丘洪刚才做了一件蠢事，他应该先假装请示一下再杀人，却在台下直接下令，应该会让军中将士更增疑心。”

东海王左右看了看，的确，包括卫兵在内，视线内的敌军全有惊慌之意，比刚才更加明显。

一名满脸胡须的军官跑过来，严厉地发问。

东海王听不懂，也不知该怎么回答，赵若素同样听不懂，但他敢于开口，极其简洁，应该只是一个词。

东海王也跟着重复一遍，这是刚才那句话的后半截，大概是“虚假”的意思。

军官脸色骤变，竟然抬头看向高台。

高台之下，所有人都不准抬头，这是规矩，军官却公然违背。

几名卫兵上前，以刀枪相对。

军官不理会，抬头看了片刻，大声对自己人说话，又有一些人靠近过来，卫兵们反而退后，却没有收起刀枪。

军官又说了几句，带头迈步向台上走去。

赵若素小声道：“这些人是神鬼大单于的本族人，一直以来都被蒙在鼓里。”

“你怎么知道？”东海王惊讶地问。

“多看，族人与奴隶的神情是不一样的，多听，说话语气更不一样。卫兵是奴隶，这些人不是。”

十几人向台上走去，东海王等楚使抬头以目光跟随，卫兵没有阻止，很快，连他们也抬头观察。

又有数骑驰来，看到竟然有人拾级登上高台，他们远远停下，没过一会儿，有人掉转马头跑了。

登台者走得比较慢，直到过半也未受阻挡，他们加快了脚步。

突然，他们停下了。

台阶两边排列火把，最高处却是一片黑暗，又有帐篷遮挡，下面的人看不清状况，只见到登台者停下，很快，他们跪下了。

东海王心中一沉，赵若素似乎猜错了。

一道身影走到火光照射的范围内，停在十几名军官身前，让台下的人看得稍微清晰一些。

或许是仰视的原因，那具身影显得极其高大，穿着长袍，头上戴着兜帽，容貌不清。

身影没有开口，右手下垂，摘下带头军官的头盔，随手扔下，头盔蹦蹦跳跳地一路掉下台阶，随后他轻轻抚摩军官的头发，很轻柔，军官一动不动，像是中了邪术。

身影突然用力，紧紧抓住军官的头发，向前一扯，军官翻身从台阶上跌落，其间一声不吭，到了台下，全身蜷缩，瑟瑟发抖。

一名卫兵冲上去，一枪刺下，随后是更多卫兵、更多枪刺。

东海王面无人色，赵若素小声道：“神鬼大单于必有隐疾，不敢以真面目示人，可惜我不会说这句话。”

东海王惊愕地看向赵若素：“你还敢乱猜？”

“损失的又不是大楚，为什么不可乱猜？”赵若素反问。

损失的不是大楚，却可能是楚使，东海王抬头又看一眼，心中大惊，觉得那道身影正盯着自己。

“我应该努力让王妃生个儿子的。”东海王喃喃道。

第五十四章

战场上的黑暗

身后的火把多如天上的繁星，火光下却没有多少人。

楚军将虚张声势发挥到了极致，锣鼓、火把、旗帜全是正常数量的十倍以上，数十名将领的穿着打扮与樊撞山一样，手持双枪，带着士兵横冲直撞。

真正的樊撞山被强令留守函谷关。

敌军或许会受到惊吓，楚军却也很快失去了彼此间的联系，士兵迅速分散，从多个方向发起进攻，一开始还有人回来报信，没多久就都迷失在黑夜中。

只有鼓声不断、杀声不断。

韩孺子带数百人留在后方，终于他也忍受不住，转身对众将士说：“这一冲要直抵京城。”

这种时候没人劝说皇帝，人人都明白，离敌军如此之近，逃亡是没用的，反而更容易被追杀。

皇帝策马在前，孟娥、王赫、晁鲸、马大等人迅速追上，后面是大量侍卫与少量士兵。

他们越过一条冰冻的小溪，偏离了大路，没时间找路、认路，只奔着火光与叫喊声而去。

敌人却迟迟没有出现，连自己人也消失了，韩孺子放慢了速度，手里握着一杆枪，总觉得手滑，必须用力握紧才行，就跟他的心一样，似乎悬在了某处，又好像无动于衷。

这真像一个古怪的梦，韩孺子想，随后觉得可笑，生死存亡的危急关头，自己竟然生出如此无聊的念头。

前方有人惨叫，一名侍卫将火把先扔过去，几名士兵躺在地上，分不清属于哪一方，其中一人正在啊啊地大叫，不分族类，痛苦时的叫声都差不多。

韩孺子没有停下，继续向前驰骋，右前方有一团火，突然蹿起一丈有余，照亮一大片黑压压的士兵，旋即收缩，士兵也跟着消失了，好像从未存在过。

韩孺子愣了一下，想要掉头冲过去，却被其他人挡住，只能继续前进，等他再转头时，不要说士兵，连那团火也消失得无影无踪。

韩孺子开始感到尴尬，怀疑自己是不是跑错了方向。

嗖的一声，一支箭莫名其妙地射来，直到近前才被发现，一柄刀抬起，将它格开。

孟娥一手火把一手腰刀，紧紧跟在皇帝身边，及时解除了一次威胁。

韩孺子的心猛地一跳，他刚刚与死亡擦肩而过，只差一点，他就要死在无名之辈的无名之箭下。

他稍稍偏离方向，压着其他马头，迫使整支队伍跟着自己一块走。

终于，他看到了厮杀的场面。

一小队敌兵看到了这边的火把，正在冲过来，当先一名将领，手持西方样式的长枪。

韩孺子用双腿拍马，他的坐骑千里挑一，全速奔驰比别的马要快。

他超过了众侍卫，自己却没有注意到，全神贯注于对面的敌将，将其当成冲破梦境的出口，好像只要刺中这个目标，一切的黑暗与寒冷就会消失。

身后有人在叫喊，韩孺子听到了，却不解其意，也不在乎，他只想向前冲，将那名在火光中时隐时现的敌将刺落马下。

两人相遇，韩孺子甚至看到了对方战马鼻子里喷出的大量白气。

他相信自己能刺中，这信念如此强烈，以至于他根本想不到要躲避对方的进攻，将对方完全当成了会动的靶子。

砰的一声，韩孺子胸前剧痛，身子一晃，险些从马背上飞起来，坐骑长嘶，两腿前立，随即又向前冲去。

韩孺子眼里仍然只有目标，用尽全身力气狠狠一戳。

长枪刺中了，也脱手了。

坐骑带着主人继续前冲。

韩孺子无力控缰，想要挺起身体，只感到天旋地转，分不清上下左右。

这样的结局可不光彩，连敌人长什么模样都没看清，韩孺子想完这个念头，就从马匹上掉了下来。

他没有晕过去，只是失去了对身体的控制，就像有意憋气的人，时间长了，偶尔会突然忘了怎么呼吸。

一只手伸过来，将他从地上拽起。

韩孺子又能感觉到自己的身体了。

孟娥下马，丢掉了火把，一手握刀，怒声道："这可不是我想学的帝王之术。”

孟娥从来没发过怒，韩孺子很好奇，刚要说话，胸前再次剧痛，忍不住哼了一声。

“能走路吗？”孟娥问。

“能。”韩孺子试着迈步，有点艰难，问题不大。抬头望去，惊讶地发现自己竟然身处一片战场中间，到处都是人和散落的火把，身边的侍卫除了孟娥，都不见了。

他不知道自己是怎么冲过来的，甚至怀疑自己是不是晕过去了一会儿。

孟娥拽着皇帝前行，尽量避开士兵，实在避不开，就挥刀砍过去。

韩孺子甩开孟娥的手，去摸自己的腰刀，却扑了个空，从马上摔落的时候，刀不知掉到哪里去了。

孟娥护着皇帝往黑处走，有一回甚至与楚兵交手，直到双方都喊出楚语的“自己人”，才罢手分开。

那名士兵隐约听出对面是名女子，明显愣了一下，却没有认出皇帝。

韩孺子看到一杆斜插在地上的长枪，立刻跑去，用力拔枪，地面上传来一声惨叫，原来枪是插在人身上的。

惨叫之后再无声息，也不知是敌是友，韩孺子握着枪走出一段路，突然想起这是楚枪，被刺中的必定是敌兵，于是心中再无歉意。

黑暗中有人冲过来，韩孺子抢先喊道：“大楚必胜！”

对方呜呜啦啦回了一句，韩孺子与孟娥刀枪齐施，将那人击倒。

韩孺子用力拔出枪，大声道：“往火光处走！”

孟娥用左手推皇帝，严厉地说：“不行，跟我来。”

“我……”

“谁也不行。”孟娥又推一下。

地上尽是冰雪、石块、尸体，两人深一脚浅一脚地行进。

“你知道要去哪儿吗？”韩孺子问。

“安全的地方。”

“哪来的安全之处？京城内外都是战场。”

“那也用不着故意送死。”

前方有一棵树，孟娥让皇帝靠着树干，她握着刀四处观望。

韩孺子的确需要休息一会儿，他一直觉得自己体力不错，修炼内功之后，可以连续几夜只睡很短时间，之前也参加过战斗，都能完整地坚持下来，这回只经历一次冲锋、一次枪刺，就已累得气喘吁吁。

“别绷得太紧。”孟娥说。

韩孺子点点头，慢慢平复呼吸，没错，他太紧张了，毫无必要地浪费了大量力气。

“樊撞山真是一员猛将。”韩孺子由衷赞叹，现在才明白樊撞山有多么难得，庆幸将他留在了函谷关。

“嗯。别动。”孟娥提刀跑出去，很快回来，不远处地上的一支火把熄灭了，周围更加黑暗。

“我可以了。”韩孺子说，感觉力量又回来了。

孟娥没动，也没吱声。

“咱们可以回战场了。”韩孺子又道。

“你刚刚说过，到处都是战场。”

韩孺子无言以对，半晌才道：“我要战斗。”

“多杀死几名敌兵，并不能取得胜利，你活下来才是胜利。”

韩孺子再次无言以对。

两人就这么静静地并肩站在树下，倾听周围的杀喊之声。

“有点冷。”韩孺子说，胸口也疼，伸手摸了一下，护心镜凹下去一块，他怀疑自己的骨头可能断了。

“走。”孟娥带路，韩孺子紧随其后。

几名士兵呼喊异族语言跑过来，孟娥立刻转身，拽着皇帝退到一边，蹲下不动。

韩孺子将长枪放在地上，等敌兵从前方不远处经过的时候，他突然一跃而起，挺枪冲了过去。

孟娥伸手没抓住，只得持刀追随。

敌兵被吓了一跳，撒腿就跑，韩孺子追上去，一枪刺倒一人，另外三人跑得更快，等他拔出枪，只能隐约看到黑暗中的背影。

孟娥拦在他前面，低声道：“不要命了吗？”

“敌兵在逃跑，你瞧，他们没有兵器，声音也很急促。”

“才几个人而已，楚兵肯定也有逃跑的人。”

孟娥继续带路，她就像一只警觉的猫，通过声音与火光，总能避开大大小小的战场，只与少量散兵遭遇过，走走停停，从不在一个地方待太久。

只有一次，两人还是不小心陷在一处激烈的战场里，双方士兵浴血奋战，孟娥不顾一切地挥刀，也不管砍中的是什么人，开出一条路，又将皇帝带了出去。

韩孺子胸前越来越痛，但他没说，也没再坚持参加战斗，握着长枪跟随孟娥。

这一夜如此漫长，又好像只有一瞬间，不知不觉间，天光放亮，周围的景物与人逐渐清晰。

韩孺子惊讶地看到，京城就在数里之外，而附近不远处就有一处战场，战斗刚刚结束，一群士兵正茫然地四处游荡。

“楚兵，那是楚兵。”韩孺子看得不是特别清晰，但他对自己的判断极为肯定。

孟娥看了一会儿：“是楚兵，咱们过去，你先别说自己是谁。”

韩孺子的甲衣与普通士兵不同，但是头盔丢了，身上沾满了血泥，手里拿着寻常的长枪，看上去就是一名侥幸脱难的将领。

韩孺子走过去，聚集到数十名士兵。

“是胜是败？”

“敌军呢？”

“太傅大人呢？”

“陛下呢？”

人人都有问题，谁也无法回答。

“去与其他人会合。”韩孺子以将领的身份下令。

远处还有散落的士兵，韩孺子带头走去，很快聚集到百余人，甚至弄到了一匹马。

对面驰来一名骑兵，大声喊道：“敌军溃逃！敌军溃逃！”

韩孺子大喜，第一个想到的人是孟娥，转身看去，却已不见了她的踪影。

第五十五章

不明之战

一开始，谁也说不明白整个战斗过程，只记得自己在浴血奋战、在艰难跋涉，寻找敌人的同时，也在寻找自己人，但是每个人都有相似的感觉：在某个时候，敌兵开始逃散，不是同时，而是陆陆续续。

天亮没多久，每个人都“记起”了更多事实，拍胸脯保证敌军是被楚军的气势吓跑的。

韩孺子四处集结散落的将士，很快被人认出，再也不敢陪着他到处乱走，立刻分出一队人，要护送皇帝前往京城。

韩孺子拒绝，仍然骑马在战场上跑来跑去，他要重新集结军队，还要寻找孟娥。

孟娥不见了，以她的本事，绝不会跟丢，只有一种可能，她走了，不辞而别。

将近午时，聚集的将士已达四五千人，韩孺子放弃寻人，开始专心调查战斗情况，希望尽快弄清形势，制订下一步计划。

城里出来一小队士兵，他们并非有意怠慢，实在是因为城门都被堵死，敌军难以攻进去，里面的人也很难出来，他们出城是来请示，需不需要清理道路。

“再等等，找到崔太傅和敌军下落再说。”

城内居高临下，虽然不能看得更清楚，却有旁观的优势，而且他们与攻城者交战多日，了解敌军的习惯：“敌军是撤走的。”

昨晚楚军鼓响，连京城都分不清到底有多少援军，心中振奋，却没法出来帮忙，而且当时的攻城之势并未缓解，敌军士兵还在疯狂进攻，一个方向不行，就换另一个方向。

说不清是什么时候，大概是子时以后，一支正在攻城的军队突然选择撤退，最初还有条不紊，后来尚未离开守城一方的视线，就变成了鸟兽散。

奇怪的是，在守城士兵看来，敌军之退并非逐渐扩散，而是东一块、西一块，黑暗中，各支敌军也没法互相通信，都是独自做出决定，一个多时辰以后会合成逃亡大军，再也没人能够阻止。

但这不算溃散，很快就有人用锣声传令，约束敌军士兵朝同一个方向退却。

韩孺子找到了失魂落魄的众侍卫，他们跟丢了皇帝，正抱着必死之心到处乱跑，看到皇帝还活着，全都喜极而泣。

晁鲸也跑过来，倒是没怎么担心皇帝："马大追一支敌军，不知跑哪儿去了。"

在一条小土沟里，士兵们找到了兵部尚书崔宏。

崔宏被数名亲兵守护，面无人色，身边聚集百名士兵之后，他迅速恢复镇定，立刻下达一连串的命令，很难说这些命令有什么用处，但是的确能够稳定人心，让士兵们明白一切都受控制。

赶到皇帝面前时，崔宏已经基本恢复了兵部尚书的权力。

向皇帝下跪磕头，崔宏继续下达命令，都很简单，无非是找人、收集旗鼓、打扫战场，甚至要求几名士兵前去寻找皇帝的坐骑，生要见马，死要见尸。

"敌军溃逃，臣请乘胜追击，不给敌军喘息之机。"崔宏请战。

韩孺子反而有些犹豫："据闻敌军并非溃散，数量仍多……"

"士气一散，再多士兵也是乌合之众，机不可失，请陛下速作决定。"

一名亲兵壮胆开口："太傅大人，您与敌军奋战多时，手刃敌兵无数，真的不能再劳累了。"

"放肆，这种时候还说什么劳累？就算死，也要死在追敌的路上。"崔宏向亲兵怒喝，又向皇帝拱手道，"陛下，请下令吧，我只需带兵一万，若是敌军已有准备，我自会择机退回。"

崔宏难得主动请战，韩孺子只好同意："太傅不可勉强，能战则战，不能战则退。"

"遵旨。"崔宏带人匆匆离开。

等崔宏稍稍走远，晁鲸向皇帝小声道："太傅'奋战多时'，身上可挺干净啊，脸上那点泥，倒像是自己抹上去的。"

"只看大略，莫问小节。"韩孺子无意追究真相，崔宏原本就不是冲锋陷阵的将军，年岁已大，又兼体弱，昨晚他肯率兵冲入战场，已经算是极大的勇敢，没必要再苛求。

就是皇帝本人，虽然满身血污，昨晚大多数时候也是在东躲西藏。

"你呢？杀了多少敌兵？"韩孺子问。

晁鲸一拍胸脯："瞧我这一身的血迹，都是敌人的，至少十个，别看我长得小，可我灵活啊，猫着腰，趁敌兵注意不到的时候，上去一刀……"

晁鲸说得天花乱坠。

下午，终于有确切消息传来，敌军正向小周城退却，数量未知，一路上丢盔弃甲，车辆辎重沿路堆积。

韩孺子心中警觉，立刻派人去追太傅崔宏，命他放慢速度，不可追得太紧，与此同时，传旨让京城立即开出一条通道。

京城做的是死守准备，清理比较麻烦，直到入夜之后，才开出一条能供军队进出的通道。

韩孺子进城，没有仪卫，没有龙辇，没有旗鼓，只有一队疲惫至极、饥寒交迫的将士跟随，从皇帝到士兵，都像是从地下钻出来的。

但就是这样一支队伍，受到了最为隆重的欢迎，留守京城的全体官员，从宰相到九品小吏，列队跪拜，远处，“万岁”的呼声此起彼伏，虽不整齐，却更显真实。

韩孺子立刻下马，亲自扶起卓如鹤等几位大臣：“诸卿劳苦功高，大楚赖诸卿以存。”

规矩没法像从前一样完整，终归还是要遵守，韩孺子在大臣的簇拥下进入同玄殿，在这里他宣布，敌军尚未剿灭，不是论功行赏的时候，传旨城中军队备战，明天一早出发去支援兵部尚书崔宏。

军队需要休息，皇帝也需要，而且还有更重要的事情要做，传旨之后立刻进宫给太后请安。

宫里的人少多了，中司监刘介亲迎皇帝，引路来到慈宁宫。

慈宁太后与王家人都在，韩孺子冲到母亲面前下跪请罪，众外戚全都伏地痛哭，这是真哭，死里逃生之后的激动。

最镇定的人是慈宁太后，从宫女手里要来手巾，亲自为皇帝擦去脸上的尘土，微笑道：“我儿无恙，陛下无恙。”

韩孺子起身，说了几句话，问道：“慈顺宫呢？朕应该去看一眼吧。”

慈宁太后对王家人道：“你们都退下吧，我跟陛下说会儿话。”

王家人告退，韩孺子亲扶外公送到门口。

“上官太后薨了。”屋内没有外人时，慈宁太后平静地说。

韩孺子一惊：“什么时候的事情？”

“就是昨晚，听说敌军攻破城门，上官太后悬梁自尽，命太监烧掉尸体，以免死后受辱。”

韩孺子大惊：“这……上官太后怎么会做出这样的事？”

慈宁太后盯着皇帝：“这不奇怪，这些天来，宫里所有人都做好了自杀的准备，我的房里也有一口剑、一条长绢，我更愿意用剑，据说几个老太监在争宫里的一口深井。”

韩孺子还是不能理解上官太后的做法：“可其他人并没有自尽。”

慈宁太后沉默了一会儿，然后问道：“陛下见到孟娥了？”

“见到了。”

“她没对陛下说什么？”

韩孺子缓缓摇头：“她昨晚随朕作战，后来走散了，迄今下落不明，更早之前……她没说过特别的事情。这和她有什么关系？”

“真是个嘴严的姑娘，可惜……”慈宁太后叹息一声，“陛下去问景耀吧，还能见到陛下，我已无憾，该休息一会儿了。”

“是，太后。”韩孺子困惑不解地退下，回到自己的寝宫，本想让刘介立刻传景耀，可事有轻重缓急，他得先顾及别的事情。

“一个时辰之后叫醒朕。”

“是，陛下。”刘介看上去并无疲态，虽然他很可能也是一天一夜没睡。

“刘公辛苦了。”韩孺子道。

“陛下率兵在外苦战，宰相领兵在内死守，臣等毫无作为，在宫中等候消息而已，哪来的辛苦。”

韩孺子笑了笑，没再多说什么，他必须休息一会儿了，好养好精力处置更多事情。

一个时辰之后，几乎是在听到刘介呼声的同时，韩孺子自己也醒了。

头昏脑涨，比没睡之前还要痛苦，但是精力的确更充沛一些。

“传景耀，你们随朕一块去勤政殿。”

已是深夜，宰相卓如鹤等人仍守在勤政殿里。

“崔太傅派人送来消息，他已率兵到达白桥镇，占领了一座敌军营地，准备休整一夜再追敌军。臣也派人送去陛下的旨意，请崔太傅稍待，等京城守军明日赶上之后，一同进军。”卓如鹤简单报告情况。

韩孺子扫视一圈，目光落在瞿子晰身上，稍点下头，随后向宰相问道：“守城之策是谁制定的？”

卓如鹤不会抢功，侧身道：“瞿御史全权负责守城。”

瞿子晰这才开口：“臣负责守城，但出主意的另有他人，墙内建墙是花缤之策，以火攻火则是谢存之计。”

韩孺子吃惊不小：“自此之后，谁还敢说自己识人呢？”

瞿子晰道：“若非陛下当初秉仁厚之心、行宽容之道，也没有花缤等人今日立功的机会。”

韩孺子在勤政殿里与众臣议事，拟定了一连串的旨意，直到凌晨，听说京城守军开始出城，才算告一段落。

韩孺子回后宫，刘介等人跟随，在寝宫里，韩孺子屏退众人，独留景耀。

“上官太后为何自尽？”韩孺子直接问道。

景耀跪下：“陛下是要从头听起吗？”

“嗯。”

“此事要从思帝驾崩说起。”

第五十六章

思帝之亡

有了慈宁太后的允许，景耀可以随意、随时询问宫里的任何一名奴仆，但他很谨慎，没有大张旗鼓，更不想打草惊蛇，他心中早有一个大致方向，顺此方向慢慢摸索，最后查清的真相让他也吃了一惊。

景耀向慈宁太后要了个官儿——内史官，假称要为思帝实录提供材料，挨个拜访相关人等，思帝与上官皇太妃的侍者都被外放到城外看守园林与陵墓，对景耀的到访有人紧张，有人不在意，还有人想利用这次难得的机会回到宫里。

景耀深谙问话之道，利用每个人的不同心思，给予不同的许诺，但都含糊其词，以后不用非得负责。

一名宫女提供了极其重要的回忆，她并非思帝身边的侍女，只是负责打扫寝宫，事了离去，按理说，一辈子与皇帝也见不着面。

事实上，她的确没见过思帝，但是听到过声音，当时她正在打扫里间，思帝却提前回来了，坐在外间的椅子上，屏退众人。

宫女害怕，躲在里间没敢出来，更没敢吱声。

没过多久，上官太后来了，也是一个人，将侍者留在了外面。

母子二人一见面就发生了激烈的争吵。

思帝质问母亲父皇因何而亡，上官太后严厉地斥责皇帝无礼，后来语气有所缓和，对思帝说：“旧事何必再提？陛下现在位为至尊，还有什么不满意的？”

思帝却更加愤怒：“朕若是连父仇都不能报，还有什么资格自称皇帝？”

这场争吵最后不欢而散，上官太后离开时让思帝好好想一想，思帝一个人生闷气，嘴里不停地念叨：“朕就知道是这么回事。”

小宫女更加害怕，在里间大气不敢喘。

然后杨奉来了。

思帝对杨奉很尊敬，什么话都对他说，连心中的怀疑也不例外：“朕已猜出父皇因何驾崩，朕该怎么做？”

“陛下想怎么做？”杨奉问。

思帝沉默。

杨奉道：“陛下只有两个选择：一个是速战速决，但不可提起先帝之事，上官家最近颇为嚣张，陛下可以此为契机，将太后贬入冷宫；另一个是隐忍不发，等陛下长大些，掌握全部权力之后，再做打算。”

听景耀说到这里，韩孺子心中竟然有些嫉妒，杨奉向思帝提出了明确的建议，对自己却总是留有余地，不肯一次点透。

景耀没看出皇帝的心事，继续讲下去。

思帝当时被说服了，同意做长远打算，小宫女就听到这里，等皇帝与杨奉离宫之后，她也迅速离开，没敢对任何人提起此事，她希望景耀能将自己调回宫中。

其他人的证词没这么重要与直接，但是合在一起，勾勒出比较清晰的过程。

思帝没忍住，不久之后又与母亲吵了一架，好几个人听到了声音，事后，上官太后的一只手明显受伤。

杨奉对思帝的作为非常不满，几次与他长谈，景耀推测，杨奉发现思帝不想再忍之后，建议思帝速战速决，甚至有可能建议下死手，借机将帝权全部夺回。

这只是景耀的一面之词，韩孺子不是特别相信。

不管怎样，思帝那段时间里心神不宁，他想为父皇报仇，却对母亲下不了狠心；他想隐忍，又没法忘记父亲的枉死。

韩孺子从来没想过要为父亲报仇，桓帝在他的记忆里形象模糊，甚至不如只有一面之缘的祖父武帝更深刻，在读过完本与未完本的各代实录之后，他对祖父的印象更深，桓帝在位时间不长，几乎没有能够名垂青史的作为。

思帝不一样，他从小在父亲身边长大，被当成未来的继承者培养，对父亲感情深厚。

杨奉督促思帝速作决定，上官太后则希望思帝忘记父皇之死。

几个月之后，思帝平静下来，有一次对贴身太监说：“人人都说皇帝是天下至尊，其实皇帝不过是一个普通人，力量不比别人更强、聪慧不比别人更多，唯一多的是苦恼，享受不到寻常人家的快乐。”

这个太监同样没敢对任何人透露这些话，直到景耀到访，他别无所求，愿意一直为思帝守墓，只希望能够一吐为快。

韩孺子打断景耀的讲述：“等等，杨奉若曾经督促思帝‘速战速决’，上官太后为什么还会信任他？”

景耀微笑道：“即便事隔多年，臣仍然大费周折才让众人开口，回到当时，根本没人敢透露半个字，在上官太后看来，杨奉没准一直在帮她劝说思帝。陛下，这是所谓的灯下黑，上官太后虽曾掌管宫中，却不是每个人都会向她说实话，何况上官太后本人尤其不愿提起此事，宫人避之唯恐不及。”

另一位太监做证，思帝曾有一次偷进太后寝宫，时间不长，很快就出来了，在那三天之后，思帝开始出现中毒症状。

景耀猜测，思帝从上官太后那里偷出了毒药，自己吃了下去，由此证明父皇的确是被母亲毒死的。

在整个中毒期间，思帝几乎不与母亲说话，只与抚养自己长大的上官皇太妃谈过几次，每次之后上官皇太妃都会哭着离开。

思帝显然没说出全部实情，因此在上官皇太妃看来，害死思帝的人就是姐姐。

韩孺子还是感到难以理解：“思帝为这个自杀？”

景耀道：“陛下见过思帝吗？”

“见过吧。”韩孺子对这位长兄的印象更浅。

“臣服侍过思帝，虽非近侍，但也算比较了解。思帝人很聪明，看书过目不忘，能与鸿儒辩论而不落下风，性子也很和善，对宫人比较仁慈，但思帝是天生骄子，只适应一帆风顺，不适应大风大浪。

“有一件事是臣亲眼所见，思帝还是太子的时候，身边的两名太监因为一点小事发生争执，越闹越僵，最后竟然去找太子做决断。太子一开始兴致很高，想要主持公道，可是两人各执一词，每个人都有道理，却彼此矛盾，偏偏没有外人能够当证人。太子越听越怒，当时臣就在旁边，向两名太监使眼色，让他们其中一人认错，化解此事。可惜那人没明白臣的意思，反而争得更激烈，赌咒发誓，声称自己所言为真。”

景耀叹了口气，显然对当时的场景印象极深。

“太子突然就爆发了，跳起来说：‘你们要逼死我吗？’那两名太监这才反应过来，急忙谢罪，仓皇告退。两人离开之后，太子面红耳赤，对臣说：‘我哪里做得不对吗？这两人都不肯说实话。’”

韩孺子道：“或许这两人说的都是实话，是他们自以为是的实话。”

景耀点头：“陛下所言极是，依臣所见，这两人不过是意气之争，思帝从一开始就没必要参与，或者打声哈哈，让两人消消气也就算了。可思帝非要查清真相，眼里不容沙子，偏偏又看不到真相，这让思帝极其愤怒。最重要的是，思帝以为错在自己，因为自己不够聪明、不够威严，所以两名太监都不肯说出实话。后来这两人都被派去守墓，臣这次也找过他们，两人仍然彼此怀恨在心，而且都声称思帝支持过自己，若非当时就在现场，臣也会无所适从。”

杨奉与上官太后就是互相争吵的两人。

杨奉对皇帝的要求很高，当然要督促思帝速做决定，结果却令思帝更加痛苦。

“上官太后不知道是自己逼死了思帝吗？”韩孺子问。

“或许知道，或许不知道，世上之事并无一定之真相，思帝至死不悟。总之在上官太后心中，思帝之死另有元凶。”

上官太后将仇恨转嫁到崔家，杀死崔太妃之后，终得心安。

“上官太后又为何自杀？”

“听闻敌军将要破城，上官太后惊恐之余，大概再也没办法对自己隐瞒真相，所以……”

韩孺子盯着景耀，整个讲述的确厘清了许多事实，但是漏洞也不少，尤其是上官太后自杀的原因。

“上官太后并非遇事慌乱之人，即便敌军真的破城，她也不会是第一个自杀之人。”

景耀躬身行礼：“正如臣所说，世上并无一定之真相，上官太后心中有鬼，比别人更脆弱一些，听说敌军将要破城，就以为是已经破城，因此悬梁焚尸，自称是不愿死后受辱，臣倒以为她是无脸去见桓帝、思帝与上官皇太妃。”

韩孺子沉默片刻：“是谁告知上官太后敌军破城的？”

“是臣。”

再问下去就是谁派景耀去的，韩孺子却决定到此为止：“天下广大，皇帝能做的事情有许多，思帝都错过了。”

“思帝一开始就领略了皇帝的好处，在思帝看来，皇帝大概也就如此了。”景耀上前一步，“臣也老了，命不久矣，别无他愿，只望陛下千秋万岁、永保江山。”

景耀掌握太多的秘密，知道自己会受到忌惮，但他一生中最大的失败就是被上官太后贬黜，此仇已报，他已无憾。

“等敌军退了，你也去给思帝守墓吧，听说敌军对城外陵墓破坏不小，需要大修。”

景耀跪下磕头，明白皇帝免去了自己的死罪。

“对杨奉，你的猜测不准。”韩孺子道，杨奉的妻儿就在城内，他有机会更深入地了解这名太监。

景耀再次磕头，没有争辩。

屋外已是大亮，韩孺子只睡了一个时辰，却无意休息，奇怪的是，他想的不是思帝之死，不是杨奉，不是宫里的任何人，而是不见踪影的孟娥。

回忆前晚的点点滴滴，良久之后，韩孺子忽然心中一动，大步向外走去，向外面的刘介等人招手，直奔勤政殿。

卓如鹤等人忙碌多时，都回家休息了，只剩一个小吏在收拾东西，韩孺子进来之后问道：“城内守军都出发了？”

小吏急忙下跪：“是，最后一批半个时辰之前出城了。”

敌军是撤离而不是溃散，韩孺子心中对此越来越不安，有些事情莫问太多，有些事情却必须弄清真相。

第五十七章

追敌

白桥镇一片狼藉，敌军如飓风一般扫平了整个镇子，房屋被拆得一干二净，拿去建造高台与攻城器械，镇民大都已经逃入京城，剩下的少数人皆遭杀害，尸体掩埋，头颅悬在河边的木桩上。

看到这样的场景，楚军将士无不义愤填膺。

崔宏却冷静下来，停下脚步，先占领敌军的一座空营，打算看清形势再做下一步打算，于是派出斥候前去追踪敌军，很快，皇帝派人送来旨意，也是命令他暂缓追敌，等候京城楚军。

入夜之后，崔宏觉得身体不太舒服，旧伤又在隐隐作痛，裹着好几层毯子，仍觉得寒意入骨。

“真是老了，冻一夜就成这个样子。”崔宏叹道。

随从捧着热酒，一口一口地喂主人，笑道：“大人整晚力战，仍能策马追敌近百里，多少正当壮年的小伙子都做不到。”

崔宏面无表情，随从总是这么会说话，平时他很爱听，今天却有点意兴阑珊，摇摇头，表示不喝了，说：“拿笔纸来，我要写封信。”

“大人有急事吗？不急的话，明天再写不迟，今晚好好休息一下。”

崔宏真不愿意从毯子里钻出来，犹豫片刻：“我口述，你来写。”

行军匆忙，许多东西都没带，随从正要出去找军中文吏索要笔纸，崔宏又改了主意：“等等，不用写信了，我说几句话，你记住就行，以后转告给皇后和崔腾。”

随从面露惊讶：“大人即将凯旋，自己告诉皇后与二公子吧。”

“别想太多，我只是以防万一而已，若能平安回去，自然不用你转告。”

“是，大人。”

崔宏想了一会儿：“告诉崔腾，老大不小了，尽快给崔家多生几个孙子，多孝敬母亲，对丑王要执弟子之礼，对，一定要着力结交丑王，这是最重要的事情，比服侍陛下还重要。”

“是……大人。”随从感到惊讶，他跟随太傅多年，从来不记得崔家与洛阳丑王有过交往，只是最近一段时间，崔腾被发配到马邑城时，可能得到过丑王的一点照顾。

“皇后……皇后很聪明，用不着多说什么，但是有时候过于软弱，只怕在后宫难以立足，陛下的恩爱终究不是一生的依赖，你告诉她，无论如何要生一个太子，如果不能，也要抱养其他嫔妃的皇子。”

“是，大人。”随从回道。

崔宏裹紧毯子，仍然感到寒冷，沉默片刻，又道：“慈宁太后极有远见，抱养庆皇子绝非宠爱长孙那么简单，她在给未来布局，真担心皇后能不能应付得了。”

“皇后虽然平时稍显软弱，该强硬的时候还是能做到的。”

崔宏点点头，突然一扭头，双目圆睁，似乎刚发现帐中还有外人。

随从也吓了一跳，急忙上前：“大人……”

“关于太后，我什么也没说，你也没听到，明白吗？”

“是是，我只向皇后传一句话，早生太子，或者抱养一位皇子。”

崔宏“嗯”了一声，神情缓和：“退下吧。”

“我留下服侍大人。”

“不必，有急事叫醒我。”

随从只得退下，交代门口的卫兵，一发现异常，立刻叫他。

崔宏躺下，迷迷糊糊地睡了一会儿，不知过去多久，突然睁开双眼，可是又等了一会儿才清醒过来，只觉得更加寒冷，浑身颤抖不已。

外面响起一个声音：“尚书大人，斥候回报。”

崔宏强迫自己坐起来，强迫自己开口：“进来。”

一个满脸冰霜的军官走进来，带入一股寒风。

“尚书大人，敌军溃散，已不成队伍。”

崔宏一喜：“你亲眼所见？”

“是，我亲眼见到一股敌军分崩离析，甚至互相攻击，然后朝各个方向奔逃。我在回来的路上遇见其他斥候，大家看到的情况都差不多。”

崔宏腾地站起来：“什么时候了？”

“将近五更。”

“立刻召集众将。”

崔宏不冷了，恰恰相反，他感到一股暖意油然而生。

一听到消息他就意识到，一件百年难逢的大功正摆在自己面前，此功能让他重返巅峰，还能给崔家奠定更加稳定的根基。

崔宏穿戴整齐，前往中军帐，麾下诸将都已到齐，他们已得到消息，与尚书大人一样兴奋，都急着率兵追击。

崔宏迅速分派任务，敌军原路逃走的可能最大，崔宏亲率中军一路北进，争取与塞外楚军会合，将入侵之敌一举歼灭，几名心腹将领率左军前往西边的玉门关，那里的逃兵估计也不少，其他将领就只能往东追击散兵游勇了。

“追亡逐败以快为上，多招降、少缠斗，降后不安者，可杀。”

军中开饭，天亮不久，崔宏率领主力七千人首先出发，对后续到来的京城军队，他也都有明确安排，多数将士仍然随他北上，少数人分到东、西两个方向。

楚军憋闷已久，前晚的战斗不清不楚，胸中的一口气没有全吐出来，这回听说要追赶溃散敌军，无不大喜，身上的疲惫一扫而空。

崔宏感觉极佳，旧伤不疼，身上也不冷了，骑在马上，只想跑得更快一些。

当天下午，楚军遇到第一股敌兵，这些异族士兵不认路，在附近的山中兜了一圈，竟然又绕回来了。

不等两军交锋，敌兵纷纷跪下投降，他们没有别的选择，大多数人手中连兵器都没有。

一千多名敌兵就这样沦为俘虏。

如果说斥候的报告还有几分不可信的话，这些没头苍蝇似的士兵，确凿无疑地表明敌军已经大乱。

崔宏只留少数士兵看管俘虏，率军继续追击，同时给后方军队留下命令，让他们加快速度。

第三天，后方的一部分军队追上来了，崔宏麾下已有兵近两万，抓获的俘虏则已多达万人。

同一天，崔宏接到圣旨。

皇帝命令兵部尚书不可急躁，要步步为营，提醒他敌军可能是在使诈，引诱楚军追击。

崔宏一笑置之，皇帝一向爱冒险，如今却太谨慎了，也难怪，皇帝留守后方，看不到前方的形势，敌军乱象如此明显，没有必要多疑。

崔宏继续追击，打算在小周城稍作整顿，补充一下军中粮草。

小周城已成为一片废墟，路边不知是谁用楚人头颅堆起一座高台。

楚军更怒，杀死了当天投降的数百名敌兵，都要继续追击。

崔宏毕竟不是鲁莽之人，胜算再大，也要做好准备，于是下令扎营休息，将人头高台拆掉，就地掩埋，同时派兵四处搜集粮草。

数十里之内找不到幸存的楚人，只是又抓到几批俘虏，该这些人倒霉，赶上楚兵怒意未消，大开杀戒。

循东而去的右路军在满仓城找到一些剩余的粮草，及时送给中军。

满仓城已被烧毁，地下还藏有一些存粮，敌军不知，留给了楚军。

当天晚上，皇帝又有圣旨追来，表达了对敌军使诈的忧虑，要求崔太傅切不可大意，多审俘虏，务必弄清敌军的真正动向。

崔宏此时已拥军四万，信心十足，将圣旨向众将出示，众将也都觉得敌军是真溃散。圣旨不可轻视，派人回京向皇帝详加解释即可。

次日凌晨，崔宏率军继续北上追敌。

这一天，楚军迎来“大丰收”，在几处山谷里，接连堵住敌军逃兵，数量多达三万以上。

崔宏再没有任何怀疑，派人将这个好消息迅速送回京城，以安帝心。

崔宏命令麾下军吏审问俘虏，可是军中通译不足，敌军又说各种语言，几乎问不出什么。

楚军加快速度，崔宏甚至有点着急，希望能赶在塞外柴悦之前夺回神雄关，甚至生擒神鬼大单于。

这将是大楚定鼎以来最伟大的功劳。

敌军确实凶残，所过之处几乎寸草不生，楚军只能吃随身携带的粮食，草料不足，马匹吃的与士兵一样。

但是大家都不着急，这毕竟是大楚地界，只要打败敌军，自会找到供应。

大军急行十几日，终于在一天下午追上了最大的一股敌军。

当时正在下雪，距离敌军很近了，前方斥候才发现敌情，根据以往的经验，敌军毫无斗志，一见到楚军就会投降，崔宏因此没有停下整顿队形，立即下令包围。

此地离神雄关不远，人马疲惫，粮草不足，崔宏希望最迟明日就能夺回关口，如果今天能抓获神鬼大单于，那就圆满了。

人人都急，大军踏雪疾驰，甫一交锋就发现不太对劲儿，敌军竟然发起反击，而且攻势极猛，完全没有乱象。

前头楚军猝不及防，被击退回来，崔宏与众将没有惊骇，反而大喜，以为神鬼大单于必在敌军之中，于是下令继续围攻，要以雷霆之势压垮敌军士气。

战斗持续了近一个时辰，楚军节节败退，坐镇后方的崔宏望着满天飞雪，终于醒悟过来，他上当了。

相隔数十里，丘洪走进一顶小小的帐篷，抖掉身上的雪，向里面的人笑道：“将计就计，你们这回知道正天子的厉害了吧？我们只是甩掉了一批不稳定的仆从军，就将楚军从京城引出，今天就是他们的灭亡之日。”

东海王面无人色：“何必留我？”

丘洪笑了笑：“西方的军队用来攻占楚国，楚国人多，正好可以分一批去守卫西方，正天子需要一位听话的皇帝。”

第五十八章

招降

林坤山想不到自己还有翻身的机会，送信者到来的时候，他正在盘腿打坐，一副高人气派，心里却在哀叹望气者的一败涂地。

他曾经帮助杨奉剿灭云梦泽盗匪，算是立了一小功，因此得以逃过死罪，被送到湖中岛上看守船只，出屋就能望见皇宫，却半步不得靠近，在十几名士兵的监督下，更是不能离岛。

湖面结冰，晁鲸小心翼翼地走过来，不客气地推开房门，看着打坐的林坤山，撇撇嘴，咳了一声。

林坤山睁眼，认得这是皇帝身边的宿卫军官晁鲸，淡然道："何事？"

晁鲸笑了几声："你这一套可蒙不了我。"

林坤山下床，笑道："我准备好了。"

"准备好干吗？"晁鲸一愣。

"为陛下效劳。"林坤山庄重地说。

晁鲸又是一愣，随后笑道："我明白你的套路了，你猜到我是皇帝派来的，也不问，跳过这件事，直接说下一件事，稍微糊涂点儿的人就会被你说晕。可我不糊涂，林坤山，你骗不了我。"

林坤山微笑："你在耽误陛下的时间。"

晁鲸收起笑容："你既然这么能猜，猜猜陛下要让你做什么吧？"

"陛下欲用我，必然是要说服某人，至于是谁，我可猜不到。"

"嘿嘿，果然是假神仙，有你猜不到的事情。"

"我当然不是神仙，望气之术人人皆可学之，并非不传之秘。"林坤山的目光中若有期待。

晁鲸急忙摇头："陛下交给你一项任务，大功告成，还你自由，没有成效——你还好意思活在世上吗？"

"望气者早看淡了生死，这是入门的第一步。"林坤山没被吓到。

晁鲸四处看了看："你这间屋子比我的还好。"

"让给你了。"

"呸，我才不要，屋子再好也是监牢。咳……嗯。"晁鲸盯着林坤山，最后还是他沉不住气，首先开口，"陛下让你去说服敌军俘虏。"

林坤山露出惊讶之色，只是一瞬间的事，还是被晁鲸看到，指着他大笑："露破绽了，装得不像。"

林坤山笑了笑："早跟你说过，望气并非仙术。陛下想让这些俘虏投降吗？"

"不只投降，还要倒什么……"

"倒戈？"

"对对，就是帮楚军打仗的意思。"

"陛下愿意给他们什么好处？"

"好处？陛下可没说，陛下只说让你'顺势而为'。"

林坤山苦笑，皇帝这是用人还不想负责。

"你不是已经准备好了吗？走吧。"

"稍等。"林坤山背负双手，在晁鲸面前来回踱步，来回三趟之后，停下脚步，"走吧。"

俘虏都被关在城外的几座军营里，地位比较高贵的将领则被安置在驿馆。

驿馆也遭到敌军的破坏，只留下十余间屋子，大部分敌将还是要住在帐篷里。

敌军来自多国，将领多是本国王公，共有百余人被送进驿馆，让他们自己安排住处，十多名独占一屋的人，自然就是地位最高者。

林坤山奉命来劝说的就是这些人。

对他来说，这是一个不小的挑战。首先语言不相通，虽有通译，却很难准确表达他的意思；其次风俗不同，他这一身的仙风道骨，只怕对方根本就不当回事，甚至会觉得他太老。

林坤山在路上想出一个办法。

十几名敌军将领被叫到一间屋子里，各自心怀忐忑，同时又彼此忌惮，看了一眼须发皆白的楚使，果然谁也不将他当回事，反而都瞧向军官打扮的晁鲸。

林坤山也不在意，走到桌前，拿起茶壶、茶杯，随手放置，动手缓慢，像是在找什么东西。

敌将终于被这个白发老头儿吸引住，在通译的示意下走过去，谁也不明白有何用意。

林坤山摆好了，抬头看向三名通译："我说，你们译。"

通译们点头。

“这里是大楚京城，也是你们所在的位置。”林坤山指着茶壶，等通译说完，他移动手指，到了一只杯子停下，“这里是神雄关与神鬼大单于。”

通译分别译说的时候，林坤山拿起一只装水的茶杯，由“神雄关”开始，慢慢倒水，画出一条水线，一直到桌边。

“这条线是你们回家的路。”

听完这句话，众敌将立刻议论纷纷，林坤山一句听不懂，也不在意，通译想要对他说话，他抬起手，示意不必。

“想回家，就必须——”林坤山推倒代表神鬼大单于的茶杯。

通译们立刻转译，林坤山走到晁鲸面前：“我的任务完成了，剩下的功劳交给你了。”

晁鲸目瞪口呆：“就这么几句话？”

“顺势而为，重势不重话，说明白即可，他们若是不在乎回家，说别的更没用。”

众敌将突然全拥到林坤山和晁鲸面前，七嘴八舌地说话，通译甚至来不及转达。

“停！停！”晁鲸抬起双手，制止太多人开口，然后向通译道，“他们在说什么？”

三名通译互相看了看，一人道：“他们在问，真能放他们回家？”

晁鲸看了一眼林坤山，老家伙脸上挂着微笑，一副事不关己的样子。

“呃……可以，只要击败敌军，陛下可以……别提陛下，你们就说‘只要击败神鬼大单于，回家之路自然畅通’。”

通译照翻，林坤山笑道：“不错，话别说死，让他们自己领会即可。”

晁鲸沉下脸：“我可没想学你的那一套。”

“最好的神情是没有神情，如果做不到，等而下之的选择是微笑，笑能掩盖最多的情绪，一个人对你凶狠的时候，你不必在意，一个人对你无故而笑的时候，倒要小心应对。”

“这么麻烦干吗？老子想笑就笑、想凶就凶、想哭……也不在你面前哭。”

三名通译小声沟通了一会儿，一人向晁鲸拱手道：“将军，这些人愿与神鬼大单于作战，但有一个要求。”

“嘿，他们还敢提要求？”

通译一呆，晁鲸挥手道：“说说他们的要求吧。”

“楚军为主，他们为辅，而且楚军得送他们回家，夺回诸国，保护他们与家人的安全。”

“胃口还不小，他们是俘虏，是入侵之敌，居然想让大楚送他们回家，真是白日做……”晁鲸又看一眼林坤山，望气者脸上似笑非笑，说不清是有深意还是无所谓。

晁鲸立刻改口：“这些话先不要说，让我想想……啊，有了，告诉他们，大楚已经派兵去往他们的国家，而且是两支。”

通译很快回道：“他们说这两支楚军都被消灭了。”

晁鲸笑着摇头：“有人亲眼见到吗？有人看到楚将的人头吗？神鬼大单于害怕军心不稳，骗你们说楚军已败，其实他心里最清楚，楚军正在连战连胜，他就要完蛋了，所以才会急着开战，才会抛弃你们。”

通译说得比较细致，敌将开始不太相信，但是互相议论了一会儿，他们的神情发生了变化。

其间，晁鲸一直保持微笑。

通译道：“他们说神鬼大单于有一段时间没当众露面了，而且这次溃逃，他们都没见到神鬼大单于的本族将士，他们真可能被抛弃了，看来神鬼大单于没打算让他们回家，或许家中真发生了什么。”

晁鲸笑道：“或许？他们一无所知，大楚可不是，我们有海上的消息，神鬼大单于后院早就着火了，数十万楚军将他的老巢端了，等等，别说这么夸张，还是数万楚军吧，就要把神鬼大单于的老巢给端了。”

通译一一照说，众敌将大惊失色，全都看向大楚的“将军”。

晁鲸笑而不语，任他们观看。

通译道：“他们询问将军的身份。”

“我是陛下身边的人。”

不知通译具体怎么说的，众敌将都露出敬畏之色，晁鲸保持微笑，不多也不少。

林坤山问：“我什么时候能得自由？”

“等陛下觉得万无一失的时候。”晁鲸笑道。

韩孺子急需军队，可他眼下能调动的精锐将士只有数千人，还有近万名刚从函谷关外征来的新兵，难堪大用，于是他想到了这些敌军俘虏。

连日来，前方送回来的俘虏已达到几万人，中路军不占大头，西路的玉门关抓回来的俘虏最多，敌军不认路，只知道往日落的方向逃跑，根本不知道前方有沙漠拦路。

楚军在神雄关大败，逃回者寥寥无几，更多士兵不是阵亡，就是下落不明，连兵部尚书崔宏也失踪了。

京城再度面临威胁，群臣张皇，卓如鹤与瞿子晰都力主再度封城，准备死守，同时劝谏皇帝离京，指挥塞外军队尽快发起进攻。

韩孺子不想走，也不想再度守城："神鬼大单于擅使计谋，但是有一点确定无疑，敌军军心不稳，神鬼大单于急需用几场大胜挽回军心，楚军此时不可再退却。狭路相逢勇者胜，敌军已没有最初的实力，楚军可以一战。"

韩孺子临时拼凑了一支军队，投降的敌军可不知道，所谓的主力楚军大都是拿到兵器不久的新人。

白桥镇百里之外有一座迎风寨，地势险要，韩孺子决定在这里迎战敌军，除了招降大批敌军，他已经想不出更多奇计。

这将是真正的决一死战。

第五十九章

难解的杨奉

韩孺子来请母亲迁宫前往洛阳，慈宁太后仍不想走：“陛下若能守住京城，我不必走；陛下若是不能，我不想走。”

韩孺子躬身道：“朕不会守卫京城，而且不只是太后，朝中大臣也都要迁往洛阳。”

慈宁太后脸色一变：“陛下要放弃京城，放弃……皇宫？”

“有朝廷的地方就是京城，至于皇宫，只是皇帝的居处而已。”

慈宁太后怒容满面：“陛下怎么能说出这样的话？咱们母子付出多少努力才……我不走，就让我与皇宫共存亡吧。”

韩孺子知道母亲有时会非常固执，早想好对策，沉默片刻，说：“若有万一，洛阳就是新都，庆皇子将是新皇帝，他还年幼，其母惠贵妃无权无势……”

慈宁太后被击中软肋，她之前不走，是因为皇帝还在外面，如今皇帝要留下与敌军死战，庆皇子立时显得无依无靠：“皇后会照顾他，她答应过我。”

“崔太傅下落不明，很可能已经殉难，崔家只剩下崔腾做主。皇后为人贤淑，不喜权势之争，等她觉得自己需要照顾庆皇子的时候，只怕大势已去，什么都来不及了。”

慈宁太后沉默良久：“陛下决定立庆皇子为太子？”

“庆皇子年长，理应由他继位，旨意已经送到皇后手中了。”

慈宁太后长叹一声：“为什么陛下不能像别的皇帝一样，留守在安全的地方，将守卫国土的事情交给朝中大臣呢？”

韩孺子微笑道：“时势不同，大楚需要一位进取的太祖，而不是守成的皇帝。敌军兵多势众，大楚只要稍微露出一点软弱，北方的匈奴就会趁机参战，到时候大楚将无路可退。”

慈宁太后再次长叹：“咱们母子的命总是不好。”

韩孺子上前一步：“朕选择不了‘命’，但是朕能选择如何应对。朕看史书越多，越觉得没有皇帝能拥有‘好命’，皇帝既为天下之主，就要承受天下之难题，此乃必然之理。从太祖以至武帝，列祖列宗皆是如此。若论命之好坏，朕自以为比父兄二帝都要好些。”

桓帝中毒、思帝自杀，甚至来不及展现自己的治国才能。

慈宁太后凝视皇帝，明白自己已经彻底掌控不住儿子：“陛下若是大胜，还会改立太子吗？”

“请太后不要问这种事，只有朕在前线驾崩之后，皇后才会出示圣旨，朕若平安返回，则一切按规矩来。”

规矩就是皇后生不出嫡子，庆皇子才有资格成为太子。

“什么时候出发？”慈宁太后问。

“明天一早。”

“唉，要么是千古一帝，要么是无知昏君，陛下这次赌得可大了。”

“名声归史书，胜败归自己，朕无遗憾。”

慈宁太后挥挥手，表示默许，韩孺子告退，命中司监刘介立刻做准备，然后前往勤政殿，正式传旨，要求朝廷迁往洛阳。

如何应对大臣们的反对，韩孺子已经做好准备，可是出乎他的意料，从宰相卓如鹤以下，没人提出异议。

“城中百姓怎么办？”卓如鹤问。

“随朝廷一同迁往洛阳，年二十以上、四十以下的男子留下。”

“百姓如散沙，仓促之间如何成军？”瞿子晰惊讶地问。

“人多即可，不求战力。”韩孺子顿了一下，补充道，“塞外压力很大，神鬼大单于也腾不出太多军队，至多十万人，楚军主力是那些投降的西方将士，可他们需要一点信心，楚军数量越多，他们的士气越高。”

群臣呆若木鸡。

韩孺子又道：“战争进行到现在，比的就是士气，神鬼大单于自以为击溃了楚军，正是骄傲之时，必然率兵急速南下，楚军以逸待劳，胜算不小，也算是以其人之道还治其人之身。”

卓如鹤良久方道：“京城百姓数十万，颇有老弱，怕是来不及搬迁。”

“尽量吧，每家可留一名成年男子。”

“是，陛下。”卓如鹤勉强回道，带领群臣躬身领旨。

“即刻传旨，明晨出发。”

韩孺子离开勤政殿，亲自前往京城武库查看，那里储藏的兵甲足够装备七八万人，他让刘介将宫中武库的兵甲也都拿出来，一件不留。

他又去太祖衣冠室，请出太祖宝剑，想起杨奉在鞘中留下的四个字——“枭请收手”，本不想分心，这时却忍不住了，传旨给不要命，让他去找杨奉的妻儿进宫。

传召平民百姓进宫，往常都是很麻烦的事情，如今却立即得到执行。

凌云阁里，韩孺子正在欣赏宝剑，太监通报，杨奉妻儿到了。

侯小蛾带着儿子罗世浮登楼，给皇帝磕头，抬头盯着皇帝，问道：“皇帝怎么才见我们娘儿俩？”

跪在旁边的青年小声道：“母亲……”

韩孺子露出微笑，表示不在意，仔细打量两人。

侯小蛾即便在年轻时大概也不是美女，与杨奉没有半点夫妻相，身材粗壮，看得出力气挺大，脸上皱纹不少，却不太显老，尤其是那双眼睛，竟如少女一般清澈。

对视片刻，韩孺子突然明白杨奉为何娶此女为妻了。

杨奉心机太多，几乎到了草木皆兵的地步，必须与毫无心机的女子才能同床共枕。

杨奉的儿子罗世浮很年轻，比韩孺子还要小一些，跪在地上微微低头，与杨奉确有几分相似。

“你们母子二人当初为何从湖县搬走？”韩孺子问。

侯小蛾站起身，指着跟来的不要命：“问他。本来住得好好的，街坊邻居都熟，他来了非要我们搬家，还不能通知任何人。”

“是杨奉的遗命。”不要命神情稍有些尴尬，“杨奉说若是天下太平，他的妻儿永远不要见陛下，若是有事，倒可一见，一是寻求保护，二是……给陛下一些指点。”

侯小蛾冲皇帝扬扬头：“皇帝有什么为难的事情，问我就好。”

韩孺子笑了：“杨公真是个怪人。”

“可不，他从小就挺怪的，长大之后就更怪了，既要改姓，又要当太监。”

“你与杨公自幼定亲？”

侯小蛾摇头：“呵呵，我俩同意，老夫人也不会同意。我原是罗家老夫人身边的丫鬟，老夫人死后我就服侍公子。一天晚上，公子心情不好，我就说劝劝他吧，结果把自己劝给他了……”

“母亲，不用说这些。”罗世浮再次提醒，脸有些红。

侯小蛾爱怜地看向儿子：“小孩子腼腆。总之公子娶了我，我给他生了一个儿子。”

"杨公为什么要易姓自残？"韩孺子最迷惑的就是这件事。

侯小蛾长叹一声："要不说公子是怪人呢。他最初本来是要进京考进士、当大官的，他们罗家在朝中有不少亲戚，看他有才华，都愿意提供帮助。可倒霉的是，事情刚有起色，没等公子参与大考，罗家的一个亲戚不知怎么得罪了武帝，被满门抄斩，老夫人受惊吓而死，公子只好带着我逃亡。"

"罗家曾被满门抄斩？"韩孺子吃了一惊，杨奉从未提起过这件事，只说自己频繁遭到陷害，无奈之下只好选择隐姓埋名，甚至自宫以进王府。

"对啊，这在当时是件挺轰动的大事。"

韩孺子回想自己看过的武帝实录，不记得有罗姓大臣遭此惨祸。

不要命上前道："罗家曾有人在东宫任职，因太子一案受到牵连。"

韩孺子有了一点印象，因太子案而被杀的官员太多，罗家人并不显赫，只留名姓而已。

他心中的疑惑没有减少，反而更多："可杨公从未支持过前太子遗孤。"

侯小蛾笑道："公子当初也不支持太子，罗家被抄斩之后，公子就开始变得多疑，总说这里藏着什么、那里藏着什么，还说武帝被人控制了，我问他是谁，他说控制者必然不显山不露水，非得是皇帝身边的人才能知道。"

"这么说来，杨公自残就是为了靠近皇帝？"

"对啊，他说别人能控制皇帝，他也能，还说要证明给我看。"

罗世浮面红耳赤，不停地咳嗽，侯小蛾全不在意："你老爹又没说让我撒谎，当然要实话实说了，何况皇帝看上去不错，是个好人。皇帝，你被公子控制了吗？"

韩孺子笑了一声，没有回答："杨公……难以理解。"

"挺好理解啊，公子当太监不只是为了靠近皇帝，更是为了报仇。"

"替罗家人报仇？"

"罗家人、武家人、林家人，好多家人，公子说武帝以天下为玩物，不配当皇帝，他要给韩氏一点教训，让韩家人明白，皇帝并非无所不能。"

韩孺子呆住了。

罗世浮忙道："陛下休听我母亲乱说，家父不是那种人……"

"'家父'不是哪种人？你出生不久他就抛下咱们母子，你根本不记得他。我最了解公子，他很骄傲，非常骄傲，却一直不得志，他归咎于武帝，常说皇帝无非一独夫，只要进入十步之内，谁都能与皇帝抗衡。"

韩孺子一听就知道这是杨奉的话，怪不得他不想让皇帝找到妻儿。

韩孺子生出一股上当受骗的恼火："杨公的确进入了朕的十步之内。"

不要命上前一步："请陛下不要只看当年的杨奉，在云梦泽，杨奉曾对我说，所有皇帝天生多苦，根本没必要报复，他还说，陛下是位好皇帝，不怕陛下受不了苦，就怕陛下太得意，反而变成坏皇帝。"

韩孺子意兴阑珊："杨奉预见过大楚今日的危机吗？"

不要命摇头："杨奉没这种本事，但他关于皇帝的话，也可以用在神鬼大单于身上。"

韩孺子眉毛微挑，恍然间觉得杨奉似乎就站在角落里看着自己。

第六十章

解惑

杨奉的形象越来越清晰，留下的疑惑却越来越多，韩孺子有点后悔，更希望回到从前，杨奉是名一心想要培养出合格皇帝的怪人，而不是藏着仇恨、要给皇帝一个“教训”的复仇者。

又聊了一会儿，韩孺子派人送走侯小蛾母子，让他们与太后一同前往洛阳，单独留下不要命。

侯小蛾只了解从前的公子，不要命却看到了后来的权宦。

“随朕走一趟。”韩孺子起身，带领众人出宫，轻装简行，没用仪卫。

这是皇帝无所不能的时刻，他的行为不会受到任何阻拦。

街上已经乱成一团，百姓要迁走，家中男子却要留下，生离死别之际，许多人就在街上号啕大哭。

韩孺子带领数十人疾驰而过。

这些天城里城外尽是骑马横行的士兵，百姓们早已习惯，自觉让路，然后继续哭着与亲人告别。

城外人比较少，大都是前往军营报到的壮年男子，在公差的看守下，十几人一队，默默前行。

敌军俘虏都已被调往迎风寨，看不到京城的乱象与临时征兵。

韩孺子没有进入军营，驰上一座高地，望向左、右两座大营，鼻中呼出的气白茫茫一团。

“杨奉是自杀的，对不对？”韩孺子问。

“我没看到。”不要命回道。

“你肯定知道一些什么，或者说能猜到一些。”

不要命沉默片刻：“杨奉的确说过，无所畏惧的皇帝是暴君、无所不知的皇帝是昏君，真正的皇帝应有所敬畏、有所不知。”

“嘿。”韩孺子冷笑一声，“杨奉想不到短短几年之后大楚就会面临生死危机，从皇帝以至平民百姓，全都有所畏惧、有所不知。”

“神鬼大单于孤军深入，没有立即大获全胜，却落入两面受敌的局面，被迫抛弃大量仆从之军，他想必更加畏惧。”

韩孺子笑了笑：“你是杨奉的好学生。”

“我只是学生而已。”

“杨奉归还太祖宝剑时，鞘内留下四个字——‘枭请收手’，你明白这是什么意思？”

不要命点头：“大致明白，如果我没猜错，这是留给太后的警告。”

“太后？”

“上官太后，陛下难道忘了，上官太后曾经冒充过淳于枭。”

韩孺子一愣，很快恍然大悟，上官太后本人没有冒充过淳于枭，但她的确曾经派出几名心腹太监，假装是望气者，引诱众皇子皇孙参与夺位之争。

不要命继续道：“上官太后对望气之术感兴趣，手里可能还留有一些毒药，杨奉大概就是因此留下警告，让上官太后老实一些。”

“孟娥估计猜出了真相，所以将纸条的内容告诉了上官太后。”韩孺子又笑一声，孟娥总是不肯对他说出全部事实，她与杨奉倒有一点相似，喜欢制造神秘。

疑惑消除，韩孺子没有如释重负的感觉，反而有些失望：“那本书又是怎么回事？杨奉拿到之后为何意兴阑珊，连病都不想治了？”

“那本书，有一部分章节是杨奉写的。”

“嗯？”韩孺子又一次意外。

“书早就有了，在武帝时曾流入过京城，杨奉那时候还年轻，与一些读书人评论此书，觉得意犹未尽，于是各写一段，与此书订在一起。”

“杨奉那时候要造反？”韩孺子讶然。

不要命笑道：“陛下以为那是造反之书？”

“据说如此。”

“陛下有没有想过，教人造反就是教人做皇帝，所以造反之书也是帝王之书，当初在京城读书人眼里，这本书与造反没有半点关系。杨奉为何意兴阑珊？因为他追寻了半生，结果源头早在他手中，他却没有认出来。同样一本书，有人以为是帝王之术，有人却当成蛊惑人心的秘籍。最让杨奉无法理解的是，有一部分内容就是他亲自写的，望气者从中领悟的含义却与他的本意背道而驰。”

“怎么会有这种事？”韩孺子对这本书更加好奇，可惜书已经毁掉，只剩下三页。

“我不爱读书，不明白这是怎么回事，杨奉大概觉得世事如此，你所做的一切努力，在别人眼里却是另一回事。杨奉一开始想教训皇帝，后来又想培养皇帝，结果都没有如意。”

“杨奉……”韩孺子想问思帝的事情，话到嘴边又咽了回去，对杨奉，他知道得已经太多，不如留些秘密，“多谢，朕受益良多。”

不要命“嗯”了一声，扭头看去，不远处，数十名侍卫与卫兵都在盯着他，其中几人手握刀柄，在他们眼里，不要命总是个危险人物。

“杨奉留给我的任务都已完成，他的妻儿今后也不需要我的照顾，不管陛下怎么想，我可是终于解脱了。告辞。”

“你要去哪儿？”

“看心情，可能跟着大家一块去关东避难，可能留在京城静观其变，可能回老家看看，虽说没人能记得我，但我还记得一点东西，也有可能去刺杀个把人。”

“那样没用，你为什么不加入楚军，与众人一块抗敌？”

“陛下忘了，我加入过楚军，和南直劲一块去烧过满仓城，老实说，战场不适合我，人太多，场面太乱，我施展不开。”

“那也没必要白白送命。”

“呵呵，我开始理解杨奉的意思了，我之慷慨赴难，在陛下看来却是白白送命。同理，陛下之决一死战，在我看来……”不要命突然不说了，大笑几声，掉转马头，疾驰而去。

韩孺子没动，也没派人阻止，仍然遥望军营，良久之后，对身后众人说：“去军营。”

这是一次意外到访，营中将士都没有准备，尤其是新兵众多，连兵甲都没领齐，对军官的命令更是茫然不解，但是一听说皇帝来了，全都拥来，挤在道路两边观看。

一名卫兵前驱，一路大喊“陛下驾到”。

韩孺子骑马驰过营地，目光与众多士兵接触，有人心慌意乱，跪下磕头，有人兴致盎然，笑呵呵地与皇帝对视……

韩孺子拔出太祖宝剑，高高举起，两边突然响起“万岁”的呼声。

到了尽头，韩孺子掉头，收起宝剑，等卫兵再次列队之后，他控马缓缓前行，向两边的人大声道：“大楚必胜，朕与众将士同战。”

“万岁”的呼声又起，逐渐被“同战”代替。

韩孺子连去多座军营，入夜才回城里。

函谷关的樊撞山与崔腾不召自来，尤其是崔腾，听说父亲下落不明，他一定要参战。

韩孺子没有劝阻，只要不影响大局，他愿意让每个人自主选择。

他回寝宫坐了一会儿，命人叫来景耀。

景耀还没来得及去守墓，很快赶到。

韩孺子身穿戎装，手扶剑柄，站在屋子中间，神情冰冷。

景耀心中一惊，立刻跪下："陛下。"

"你好大胆啊，景耀。"

景耀又是一惊，连磕三头："臣胆子不大，陛下……"

"敌军攻城那一晚，是你给上官太后传信？"

景耀抬起头，茫然道："是，臣对陛下说过了。"

"嗯，你还有没说的事情吗？"

景耀神情微变。

"朕待你如何？"韩孺子问，握紧了剑柄。

"陛下不念旧怨，将臣由卑贱处救出来，大恩大德，臣虽万死也不足为报。"

"朕不要万死，只要一句真话——上官太后藏着的东西去哪儿了？"

自从得知杨奉的四字留言是给上官太后的警告，韩孺子就知道事情还没完，杀死桓帝、思帝的毒药肯定还在。

景耀接连磕头，却不肯开口回答。

韩孺子慢慢拔剑，剑身出鞘一尺，他停下了："在慈宁宫？"

景耀磕头更紧，仍不开口，但已默认。

韩孺子收回宝剑："你一点没留？"

"臣留之无益，臣将去守墓，再没有回皇宫的机会……"

韩孺子相信景耀的话，大步出门，景耀瘫坐在地上，半天起不来。

慈宁宫已经收拾妥当，宫里人剩得不多，这回都要随太后一同迁宫，只有刘介例外："总得有人看守皇宫，我是中司监，责无旁贷。"

韩孺子停在慈宁宫门口，与刘介聊了几句，同样没有劝阻。

夜已经很深了，慈宁太后尚未休息，站在屋子里四处打量："好多东西都带不走，唉，真是舍不得。"

"带不走的就留下吧。"韩孺子站在门口说。

慈宁太后看向皇帝："除此之外还能有什么办法？"

"母亲。"

慈宁太后露出一丝惊讶，皇帝很久没叫她"母亲"了，两人一直以"陛下""太后"互称，若在从前，她会纠正皇帝，今天却感到亲切："陛下一定能大获全胜。"

“母亲还记得我被杨奉接走的那个晚上吗？”

“当然，至死不忘。”

“临别之时，母亲对我说：‘除了你自己，别相信任何人，也别得罪任何人。’”

“亏陛下还记得。”

“我该相信母亲吗？”

慈宁太后哑口无言，盯着儿子看了好一会儿，缓缓道：“景耀多嘴？”

“与景耀无关，是杨奉，他留下一点线索，我今天才弄清楚。”

“嘿，阴魂不散的太监，我一直很讨厌他。”

“上官太后毒杀先帝，本意是为思帝夺位，可在思帝眼里却完全是另一回事，上官太后之悲，皆源于此。”

慈宁太后转身，走到一只箱子前，打开箱盖，伸到最下层，摸出一个小木匣，双手捧着，递向皇帝。

韩孺子走过来，接下木匣：“都在这里？”

“有必要分开放吗？”慈宁太后语气稍显生硬。

如果能用在神鬼大单于身上，这东西倒是不错，念头一闪而过，韩孺子告退，回到泰安宫，景耀已经不在，他让太监找来一些菜油，浇在木匣上，一烧了之，自始至终没有开匣。

终于，他了无牵挂，可以放心与敌军一战了。

第六十一章

真心话

迎风寨内外，连同官道之上，成为一片相连的巨大军营，前后是楚军，中间则是投降的敌军，因为来自多国，语言不通，被楚人称为“百家军”。

这支军队只有盔甲没有兵器，按照原计划，要到决战的前一刻，才会将兵器分发下去，这些人原有的器物大都散失，虽然找回来一些，数量还是远远不够，需要楚军给予补充，至于用得顺不顺手，根本不被考虑。

一开始，楚军少而百家军多，双方互相提防，心里全都惴惴不安，楚军担心降军反抗，降军害怕楚军杀人除患。

没过多久，楚军数量越来越多，大都部署在后方，营地成片，一眼望不到头，双方的警惕反而因此减少许多。

只有楚人自己知道，这支突然冒出来的庞大军队里，大都是临时征调的平民百姓，远远看去一团威风，真到了战场上，只怕起不了多大作用，甚至能不能让这些人冲进战场，大多数将领都没有把握。

唯一信心十足的人是皇帝。

韩孺子屏退繁复的仪卫，通常只带五十几名卫兵在军营里进进出出，也不提前开路，士兵们临时让开即可，总之，他更像是身先士卒的将军，而不是高高在上的大楚天子。

他不停地发出许诺，向将军们许诺加官晋爵，向士兵许诺金银布帛，向平民许诺田宅减赋……四名史官跟随左右，皇帝一边说，他们一边记，以示这一切并非空口无凭。

赶到军营的第三天，韩孺子前往百家军营地，仍然只带五十几名卫兵。

异族将士对大楚皇帝更感好奇，韩孺子所到之处，众人围观。

向这些人发出许诺比较困难，最多的时候需要五名通译合作，好在韩孺子的话很简单：“助神鬼大单于，你们永无回家之日；助大楚，你们很快就能与家人团聚。”

每走过一处营地，就有楚军将兵器分发下去。

数日间，整支军队士气大振，就连事先最为悲观的将军，也生出几分信心。

韩孺子将中军帐设在迎风寨内，寨子边缘建了一座木制望楼，天气晴朗的时候，能够望见远处的开阔之地，那里将是战场。

腊月十一，敌军赶到，发现前方有大军阻挡，敌军显然很意外，立刻在数十里外安营扎寨。

韩孺子派使者送去战书，内容极其简单，只有四个字——“明日决战”。

使者当晚返营，带回来十余颗人头，都是楚军将领，崔宏与南直劲也在其中。

兵部尚书总算有了下落，崔腾捧头大哭，发誓要为父亲报仇，请求充当先锋。

韩孺子当然不能让崔腾冲在最前面，强令他留在身边，派出的前锋仍是樊撞山。

樊撞山伤势尚未痊愈，但已没有大碍，他迫切地请求参战，一天之内连请五次，韩孺子终于同意：“将军此战，不为破敌陷阵，只为向百家军显示我大楚威风，切不可冒进。”

韩孺子不放心，将自己的卫兵分出一半给樊撞山，唯一的任务就是保护将军的安全。

第二拨军队就是百家军了，他们将罗列阵前，按照命令逐次进入战场。

楚军虽然缺少真正的将士，军吏却有不少，他们没日没夜地计算数字，然后排兵布阵，将五十几支军队安排得妥妥当当，孰先孰后、孰主孰辅，看什么旗帜、听什么命令，都说得清清楚楚。

第三拨军队则是临时征调的楚军，数量不少，韩孺子却没打算真派出去，这些人的作用是守住后方，给前方军队一点信心。

韩孺子未向任何人透露自己的真实想法，作战计划仍然制订出来，详细分派下去，让人人都知道明天要做什么。

韩孺子命人将楚军将领的头颅送上高台，面朝北方战场，要让他们看到明日的大胜。

夜色渐深，韩孺子在寨内大厅里宴请诸将，不设桌椅，所有人都站着。

迎风寨不大，敌军第一次经过的时候没来得及完全拆掉，大厅仍很完整，火把照得亮如白昼，韩孺子亲自执酒，连敬三杯，向楚将道：“京城已无守卫，百姓尚在东迁途中，楚军绝不后退，是胜是败，全看明日一战，望诸位努力。”

众将豪饮，韩孺子又向百家军将领敬酒：“终归是要回家，逃回去，仍会落入神鬼大单于手中；打回去，却能与家人团聚，从此摆脱奴役。”

异族将领的欢呼声更加响亮。

酒宴为时很短，几杯酒下肚，众人告辞，回去休息，准备大战。

韩孺子留在大厅里，望着一地零乱破碎的酒杯，心中所想全是明日的战斗，思考每一个细节，力求不出意外。

如果百家军不能获胜，后方的临时军队将不得不参战，那是最差的结果，而且获胜的可能微乎其微……

有人走进大厅，韩孺子看去，是崔腾与侍卫头目王赫。

韩孺子坐在厅内唯一的椅子上，两人上前，在台阶下行礼，崔腾先开口："陛下可有最后的准备？"

"什么是'最后的准备'？"

崔腾与王赫互视一眼，还是崔腾开口："明日之战胜负难料，若有万一，楚军能挡一阵，陛下还可退往关东，但是需要提前安排好路线。"

韩孺子笑了一声，看向王赫，觉得这是他的主意："胜负难料？大家都有这样的想法吗？"

王赫被皇帝盯得脸色微红，再不能保持沉默："胜败乃兵家常事，从来没有必胜之理。"

"没有必胜之理，却有必胜之心。朕思考多时，以为楚军必胜，为何？所谓盈则必亏，神鬼大单于百战百胜，攻打京城时却被迫退去，虽是诡计，对军心却是一大打击。敌军虽盛，其实已是强弩之末，一旦锋锐被破，大败无疑。百家军受压迫已久，又怀着回家之心，必能越战越勇，更不用说还有楚军押后。"

崔腾已经为父亲哭过了，这时只在意皇帝，上前一步道："就是这些百家军，真的……不值得相信啊，他们先是投降神鬼大单于，现在又投降大楚，保不齐明天阵前会站在哪一方。"

"用人不疑，朕倒觉得百家军可信。"

崔腾无话可说，看向王赫："还是你劝吧。"

王赫道："就当是以防万一，陛下也该准备一条后路。"

"你提醒了我，将兵部的人叫进来。"

王赫很快叫进来七八人，京城兵部只剩这些官吏，却是皇帝向全军发布命令的第一层缓冲。

韩孺子下达两条旨意：一是传令后方楚军，关闭壁垒，门户全部钉死，不准任何人出入；二是送给百家军将领一封信，让他们带往西方，择机交给邓粹与黄普公。

兵部官吏领旨而去，崔腾与王赫目瞪口呆。

"我早跟你说过。"崔腾小声道。

王赫无可奈何，本想劝皇帝留条后路，结果皇帝却将唯一的路给堵死了。

两人告退，韩孺子却不允许："留下陪朕喝几杯。"

酒有的是，杯子却没几个完整的，崔腾找出两只，给王赫一只，自己一只，用袖子仔细擦拭。

王赫抱来酒坛，先给皇帝倒酒，然后是崔腾，最后是自己。

韩孺子笑道："今夜此间并无君臣，你我痛饮，不必拘礼。"

王赫客气地饮酒，崔腾却将皇帝的话当真，连饮几杯，大声道："痛快，可惜东海王不在，也不知他是不是还活着。"

"送回的人头里没有他，他就是还活着。"

想起父亲之死，崔腾又悲又怒，再次连饮三杯，也不用王赫倒酒，自己抱着酒坛自斟自饮，有了三分醉意，问道："陛下为何不派我打头阵？"

"因为你不是樊撞山。"韩孺子回答得很直接。

樊撞山威名远扬，不只是楚军，百家军也都知道这是一员无敌猛将，崔腾自然不如，可他不服气："让我给樊将军当跟班也行啊，免得日后有人说我胆小，有仇不报。"

"有你出战的时候。"韩孺子喝了两杯，"不必总想着明日的大战，说点别的。"

王赫不吱声，崔腾的醉意却更加明显，斜眼道："陛下想听我一句真心话吗？"

"当然。"

崔腾沉吟片刻："我哥哥死在军中，但那是他自找的，与陛下无关，我父亲死于敌手，但那是他自己不小心，怨不得陛下，小君妹妹深得陛下宠爱，更没话说，崔昭是被陛下送入匈奴的，现在想来，对她可能是好事，至于削官夺爵，我都不在意，唯有一件事，我耿耿于怀，不是今天这种时候，绝不会说出来。"

王赫连使眼色，崔腾权当没看见，死死盯着皇帝，说："张琴言是刺客，但她死了，我真的心痛，就是现在，心还在痛。"

"你需要朕做什么？"韩孺子问。

崔腾长叹一声，再给自己倒了一杯，举起来说："不用，说出来就好多了，平时在陛下面前总是小心翼翼，装作什么都不在意，能说真话，就是陛下最大的恩典。"

韩孺子大笑，也拿起杯子，王赫立刻过来倒酒："好，朕自罚一杯。"

韩孺子正要举杯饮下，一名兵部官吏匆匆跑进来，惊慌失措，甚至没有下跪："大事不好，百家军造反了！"

崔腾扔掉酒杯，转身就要冲出去，韩孺子喝道："崔腾留下。"然后向官吏道，“是全军造反，还是一军闹事？”

官吏愣了一会儿：“还不清楚。”

“那有什么可惊慌的？百家军自有将领，等他们将消息报上来，再来见朕，下去吧。”

官吏稍稍安心，可还是不踏实：“不用派人去查看情况吗？”

“该睡觉睡觉，该值夜值夜，任何人不得轻举妄动。”韩孺子顿了一下，饮下杯中之酒，“都退下吧，朕也要休息了。”

远处隐隐有喊声传来，韩孺子却打个哈欠，面露倦意。

第六十二章

临阵之赌

韩孺子一觉睡到凌晨时分，侍卫王赫与一名太监进来将他唤醒，太监服侍皇帝穿衣，王赫道：“百家军发生一点小骚乱，据说是有人大喊楚军要动手，营中将领自行弹压，已经没事了，后半夜过来报告了情况。”

韩孺子“嗯”了一声，这不是昨晚一同饮酒的时候了，现在的他是皇帝，是一军之主。

王赫一向沉稳，今天却有点沉不住气，犹豫再三，问道：“陛下是怎么猜到百家军不会叛乱的？我实在是想不明白。”

“对百家军来说，时机已经过去了，他们若想叛乱，就该早些动手，然后北上迎接神鬼大单于，如今敌酋已至，列阵于前，百家军就算提着朕的人头去邀功，还是死罪一桩。”

韩孺子穿好了衣服与盔甲：“朕了解神鬼大单于，百家军更了解，他们已被逼至绝境，除了与楚军联手，别无选择。”

王赫敬佩不已，躬身道：“陛下知人，我等愚钝，想不到这么多。”

韩孺子微微一笑，身为皇帝，他的权威越来越高，身边却没有可说真话之人，他再也不会告诉某人自己心中有多么惊慌、双眼紧闭却不能入睡、好不容易睡着梦里全是自己被杀的场景……

他不会说了，一切都藏在心里，所有人只能看到或听说一个深谋远虑、镇定自若的皇帝。

外边天还没有亮，将士们都已起床，营地里各种声音交会，鼓声、锣声、号声、吼声、甩鞭声……不同的军队用不同的方式召集士兵，分派早饭，进行一次训令与鼓动。

崔腾等人早已候在厅外，这时全迎上来，簇拥着皇帝登上望楼。

楼上，十余颗头颅一字排开，面朝北方的开阔地带，准备“目睹”一场大战。

崔腾跪在父亲面前，低声嘀咕了几句，随后起身，守在皇帝身边。

作战计划早就安排好了，皇帝象征性地击了一下楼上的鼓，兵部官吏立刻通知楼下的传令兵，十几名士兵背着旗，疾驰出寨，分传圣旨。

朝阳初升，韩孺子道：“今日天晴，正是决战的好日子。”

崔腾翘首遥望，笑道：“敌军好像也不是很多。”

敌军数量的确不是很多，但绝不比楚军少，而且都是神鬼大单于的本族精锐士兵，就是依靠这支军队，他征服了整个西方，驱使大批将士远攻大楚。

最前线的楚军已经列好阵势，当先的应该是樊撞山，可是相隔太远，望楼上的人看不清楚。

太阳又升起一点，双方军队开始互射箭矢，造成的伤亡极小，三轮之后不约而同停止浪费行为，派出第一支队伍，开始冲锋。

崔腾心焦如焚：“哪个是樊将军？一定要给敌人一个下马威啊。”

王赫更关心皇帝，所以第一个看出异样，小声道：“陛下……”

韩孺子严肃地摇摇头，也小声道：“无事。”

王赫看着皇帝苍白的面色，知道这绝非“无事”，他刚才分明看到皇帝面露痛意，显然是身体不适。

上次京城夜战的时候，韩孺子胸前受伤，断了一根肋骨，事后只是由御医草草治疗一下，韩孺子禁止御医再来，更不准他向外透露消息。

他相信自己能受得了，而且他必须受得了，在这种时候，皇帝的一点小意外都可能惹来数不尽的猜疑。

远方两军交锋，那必定是激烈的一战，远远望去却不是那么回事，所有马匹跑得都太慢，嘶喊声也听不清楚，鲜血飞溅的场面更是见不到。

远观者只能用想象来描述战场上的惨烈。

崔腾握紧了拳头，半截身子探出望楼，被两名卫兵硬拽回来，以防他掉下去。

韩孺子望了一会儿，坐到楼上唯一的交椅上，向陪同的将领与官员笑道：“左右无事，大家打个赌吧，今天这一战什么时候会分出胜负？”

众人目瞪口呆，尤其是两名百家军将领，听通译小声说完，比楚人更显惊讶。

“朕赌午时前后结束，押一百两银子，有人愿意赌吗？崔腾。”

崔腾又向远方的战场望了一眼：“我赌申时结束，押……十万两。”

韩孺子斥道：“乱说，只能押一百两，你们崔家比皇室还有钱吗？”

崔腾不好意思地笑了两声：“那就一百两，申时……前后，差一刻钟也算我赢吧？”

“当然。”

其他人还是没有参与的热情，韩孺子继续点名：“王赫，你也猜一个时间。”

“我希望越早越好，巳时吧。”

“只剩不到一个时辰，王赫，你这是明摆着要送钱啊。”崔腾瞪眼说道。

王赫笑笑：“难说，或许就是我赢呢？大家若是都不押巳时，我岂不是独赚一大笔？”

“嘿，大家都押一百两，总共也没多少……”崔腾兴致上来了，催促楼上的其他人说时间下注，连卫兵和两名异族将领也不放过。

众人没办法，纷纷下注，绝大多数人押酉时或戌时结束，那时候天色已黑，战斗只能结束。

这是一场正面交锋，没人愿意在夜里作战。

一名兵部官员提笔一一记下，既感觉紧张，又觉得好笑。

韩孺子看向人群中最年轻的一名将领：“谢存，你还没下注吧？”

谢存曾经辅佐瞿子晰守卫京城，立下大功，尚未封赏，京城军队前去支援崔宏的时候，他也没有跟去，逃过一劫。

“是押战斗结束，还是押分出胜负？”谢存问。

“分出胜负。”

“非得押今天吗？”

“不必。”韩孺子道。

谢存又想一会儿：“我押后日。”

崔腾摇头：“只能押某个时辰，不能押一天。”

“后日午时……不，未时前后。”谢存道。

“都记下了吗？”崔腾问道，兵部官员点头。

崔腾很兴奋，搓搓双手：“其实我也觉得今天不会分出胜负，陛下，我能再押一次吗？”

“不能，一人就猜一次。”

崔腾想了想：“我替父亲押一注，他也在这里，应该算一份，对不对？”

“好。”韩孺子同意了。

“后日申时，比谢存晚一个时辰。”崔腾道，监督兵部官吏写下。

远方锣鼓声突然响亮起来，崔腾比谁都急，跑到楼边遥望：“百家军参战了。”

这是一个关键时刻，两名异族将领也来到楼边，踮脚观战，互相说些什么。

通译上前，要向皇帝传译，韩孺子挥下手，表示不用。

足足两刻钟之后，崔腾转身，极庄重地向皇帝说：“百家军勇猛无畏。”

韩孺子“嗯”了一声，显得很不在意。

王赫第一个输了，上午巳时已过，远方战事正酣，全无结束的迹象。

“拿银子来，一百两。”崔腾伸手来讨，对赌博，他向来认真。

王赫拍拍身上，尴尬地说：“没带，等我回帐取来吧。”

“可以吗？”崔腾问道。

“签字记账。”韩孺子道。

“宿卫军剑戟营副都尉王赫，欠银一百两，某年某月某日。”崔腾口授，让兵部官吏记下，然后对王赫说，“签字。”

王赫无奈，提笔签字，众人惊讶，甚至对远方战斗的关心都少了一些。

第二个输的是皇帝本人，午时已过，崔腾上前笑呵呵地说：“陛下输了，陛下不会也没带银子吧？”

“等等，朕说的是午时前后，还有一刻钟呢。”

军中有人专门记时，每隔一刻钟，楼下就会传来锣响，崔腾侧耳倾听，甚至忘了观战，锣声一响，马上向皇帝笑道：“到了。”

“没结束吗？”韩孺子坐的地方看不到战场。

“没有，打得正激烈呢，百家军快有一半参战了。”

韩孺子身上还真没有银子，身边的太监也没有：“好吧，朕认输，也记账。”

兵部官吏没敢落笔，不知道该怎么写。

韩孺子招手，叫人拿来笔纸，亲自写下：朕欠银百两，某年某月某日。落款画了一个小圆圈。

崔腾看了一眼，笑道：“我若是赢了，不要银子，就要陛下这几个字，拿回去装裱起来，价值连城。”

韩孺子哼了一声，他的字迹不太好看。

好在崔腾也没赢，这一战由早打到晚，双方僵持不下，天黑之后也没分出胜负，只能各自退兵。

樊撞山活着回来了，满身血迹，寨内早备好了酒肉，他先抓起一块肉大嚼几口，然后埋怨皇帝派去的卫兵：“比敌人看得还紧，根本不让我冲锋嘛。”

卫兵讲述的却是另一幅场景，樊撞山在战场上几进几出，前后换了三匹马、十几杆长枪，挑落敌军将士至少二十人。

崔腾踅到樊撞山身边，小声道：“下一注吧。”

“嗯，什么注？”

崔腾虽然输了，赌兴却更高，出示打赌的纸张：“打赌什么时候能分出胜负，今天大家都输了，就谢存一个人猜是后天。”

“我们在前线浴血奋战，你却在后方拿我们的性命打赌？”

崔腾脸上变色，急忙道：“这是陛下……明天，明天我跟你一块上战场，用自己的命打赌。”

樊撞山哈哈大笑：“我押明日天黑之前。”

“那就是酉时前后。”

“押一万两。”

崔腾赞了一声“爽快”，随后遗憾地摇头：“陛下只许押一百两。”

“那就押一百两，等等，我手下的士兵能不能下注？”

崔腾扭头看向皇帝。

韩孺子点头。

“可以。”

“死人能不能下注？”

崔腾曾经替亡父下注，不用再问皇帝，直接道：“可以。”

“好，那就赌，前锋军一千一百六十人，全押明日酉时，一人一百银，赢了大家分，输了我出。”

崔腾好心提醒：“那可是十一万多两。”

樊撞山没想到这么多，一下子含糊了。

韩孺子开口道：“将领百两，士兵十两就够了。”

崔腾一边写，一边笑道：“樊将军不太会赌啊，你应该将一千多人分成几次下注，赌不同时间，赢面更大。”

樊撞山一挥手：“赌就赌大的，要什么赢面？”

赌局一下子扩大了，好几位将军挤过来，也要为自己和麾下将士下注，就连百家军的将领也围着通译询问赌局详情。

韩孺子对身边的太监小声说：“你也押一注吧，赌后日午时。”

第六十三章

书还在

自从早晨吃过一点食物，东海王再没有进食，不是他不想，而是没人送，整整一天过去了，帐篷里冰冻如铁，他僵硬得似乎连血液都不流动，甚至对大战的结果都失去了兴趣。

“肯定是把我给忘了。”东海王喃喃道，紧了紧身上的毯子，分外怀念王府中的生活。

外面突然传来脚步声，东海王一喜，以为终于有人想到给他送饭了。

帐帘掀开，进来一个人，手持蜡烛，另一只手却是空的，没有食物。

东海王立即抛开毯子，挺身站起，冷冷地打量来者，不肯做出屈服的动作。

丘洪同样面无表情，缓慢扫视，目光最后落在那堆毯子上。

“没打赢吧？”东海王想要冷笑一声，结果脸上的肌肉却不听使唤，“你没来炫耀，我就猜到了结果。”

丘洪哼了一声，让开位置，帐外又进来两名士兵，手持长枪。

东海王心中一惊，那两人挺枪对准的却不是他，而是床上的毯子，戳了两下，又在别的地方或捅或刺，发现没有异常，退了出去。

丘洪也要走，东海王叫道：“慢着，你在找什么？”

丘洪不回答，也不停留，径直走了。

“他们这一战输得肯定很惨，真纳闷，陛下从哪儿又找出一支军队？”东海王心里稍微温暖了一些，干脆就在地上练起拳来，空间狭小，又没有灯光，他不敢大展拳脚，只是伸伸胳膊和腿，肚子因此更饿，但是没那么冷了。

噗，东海王的一拳竟然击中了什么东西，更让他汗毛倒竖的是，自己的拳头被咬住了！

异族军营、冰寒之夜、伸手不见五指……随意伸出的手却被一口咬住，东海王魂飞魄散，不由自主地张嘴就要尖叫。

胳膊一弯，咬手者靠近，又有东西堵住嘴巴，随后是一个低低的声音：

“别叫。”

原来“咬”住拳头的不是血盆大口，而是另一只手。

东海王还是惊恐万分，但对方既然是人，会说楚语，他放心许多，点点头。

“我是楚人。”

东海王又点点头。

“是来刺杀敌酋的。”

东海王终于缓过劲儿来，用力点点头，那人松手。

“神鬼大单于不在这里。”东海王极小声地说，“他很小心，除了极少数人，没人知道他住在哪顶帐篷里。”

“我就是那极少数人。”对面说。

“原来丘洪要找的人是你。”

“嗯，我故意让他们有所察觉，从而暴露敌酋所在。”

“聪明。”东海王心中突然生出一股新的希望，“你能把我救走？”

“不能。”对面的回答干净利索。

东海王大失所望：“找我干吗？刺杀的话，我可帮不了你。”

“以后你有机会返回楚军。”

“你知道什么？被杀死已经是我最好的结果，更惨的是被敌人带到极西方去，我……唉。”对方不能救他脱离苦海，东海王言语间也不那么客气了。

对面的人却不听他的抱怨，继续道：“告诉皇帝，那本书还在。”

“什么书？”东海王莫名其妙。

“记住这句话，它对皇帝很重要。”

“你究竟是谁？”

握着拳头的手一松，东海王退后一步，稍稍提高声音：“你不表明身份，我可不会替你传话。”

无人回答，东海王慢慢伸出手臂，到处摸索，帐篷里除了他以外，再无别人，东海王心慌意乱，使劲儿揉揉眼睛，怀疑自己是不是做了个梦。

身上还是那么冷，肚子里也还是那么饿，东海王重新裹起毯子，毫无睡意。

外面突然响起一片嘈杂声，许多人在大喊大叫，像是在下命令。

东海王精神一振，如果那人真能刺杀神鬼大单于，敌军必溃，楚军必胜，至于楚使……他不敢想下去了。

叫喊声持续了很长时间，隐隐还有兵器相撞的声音，东海王走到帐边侧耳倾听，心中患得患失。

丘洪又闯进来，一手握着蜡烛，另一手提着弯刀，看向东海王：“你在做什么？”

东海王挺直身子：“听听你们在做什么，楚军攻进来了？”

“嘿，几名大胆的刺客而已，楚军无能，自知必败，连这种招数都用上了。”

东海王心里一颤，脸上却能挤出一点微笑了：“你的样子不够悲伤，想必神鬼大单于还活着。”

“小小刺客，连正天子的边儿都碰不着，他们都被杀死了。”

东海王摇头：“不对，你的样子也不够得意，所以刺客跑了，你们没抓住。小心，没准刺客还会回来。”

丘洪上前两步，举刀对着东海王：“小心说话，我们可以选择任何人当降军的皇帝，不一定非得是你。”

“看眼下的趋势，投降的是你们吧？我倒是能为你们传话，大楚天子一向宽宏大量，或许会饶你们不死。”

丘洪手中的刀架在东海王脖子上，刀身冰冷，东海王打了一个寒战，却没有躲避，反而露出更多笑容，但不敢再做更多挑衅。

丘洪盯着东海王，最终没有动手：“楚国皇帝无耻，竟然招降正天子麾下仆从之军与我们作战，可这一招注定……”

东海王大笑，放声大笑，连脖子上的刀都不在意了，丘洪反而要将刀稍稍挪开，一脸的不明所以。

“陛下果然擅出奇招，竟然以敌之兵攻敌不备，哈哈。你们今天没能打赢，就意味着降军很卖力。”东海王一下子明白许多事情，又笑了几声，身体由里到外感到温热，“大楚天子就是有这个本事，神鬼大单于丢掉的士兵，大楚天子却能拿去为其所用，而且还很应手，哈哈。”

丘洪脸色难看：“别高兴，明天正天子一声令下……”

“一声令下？丘洪，你心里也不信吧，事情到了这一步，你们的胜算可是越来越少了，仆从国士兵因为惧怕才替神鬼大单于卖命，今日一战，他们发现你们没有那么厉害，还会再听神鬼大单于的‘一声令下’？等到下一战，他们必定士气大振。”

丘洪大怒：“你以为正天子第一次遇到反叛吗？叛军必败、楚军必败。”

“不同不同，从前有哪支叛军能与神鬼大单于的军队正面抗衡？想必没有，丘洪，究竟发生了什么，竟让你们的士兵大不如从前？哦，对手不一样了，你们现在的对手是大楚天子，你们以为他会退却，他却迎战，你们以为他会惊恐，他却无畏，你们以为他麾下无兵，他却派出一支大军，你们以为……”

丘洪手上用力，刀刃入肤，东海王不敢再说了，心情却是越来越好。

“刺客假意刺杀，其实是来救你吧？”丘洪问。

东海王这才明白丘洪为何半夜跑到自己这边来，本想否认，话到嘴边又改了主意：“或许吧，以眼下的形势，楚军没必要派出刺客，在战场上就能将你们打败，可大楚天子很在意我这个弟弟……”

丘洪举起弯刀：“那我们就用你的人头向楚军示威。”

“好啊，这样一来，大楚天子就不必对你们再存宽容之心了。”东海王心中忐忑，却扬起脖子，露出一副不惧神情。

丘洪没有动手，停顿片刻，收起弯刀：“刺客敢来，就让他死无葬身之地。”

东海王不屑地撇撇嘴，心里却有一点失望，刺客神出鬼没的，可还是没能杀死神鬼大单于。

丘洪作势要走，却又转回身，将弯刀收起，从怀中取出一张纸，问道：“这是什么东西？”

东海王凑近些，借着烛光看了一眼：“‘淳于子曰：强者因强而弱，弱者因弱而强，皇帝至强，一朝陨落，家国难继，皇帝至弱，或生或死，与国无碍……’这是书中一页，淳于子，淳于枭，你怎么会有这东西？”

“这是什么书？”

“是……算命的书。”东海王道，心里明白，这是刺客留下来的，却不明白其中有何用意。

丘洪一脸困惑，不相信，却没有再问，转身向外走去。

“你在哪儿发现的？肯定是神鬼大单于的床头，刺客用这种方式告诉你们，他能杀死神鬼大单于，可大楚不需要……”

“它放在了我的床头。”丘洪大步离去，帐篷里又是一片黑暗。

东海王心中喜悦，看样子楚军还有胜算，而且是很大的胜算，至于那页书，则是刺客留下的，可他到底想表达什么呢？丘洪疑惑，东海王同样疑惑。

“那本书还在。”东海王小声重复刺客的话，原本没太当回事，现在却决定，若是真有机会，一定要向皇帝传达，只有皇帝能明白其中的确切含义。

这一夜，东海王一会儿睡一会儿醒，次日天还没亮，终于有士兵送来一盘冷肉和一壶凉奶，东海王狼吞虎咽吞下去，肚中有食，人也变得耳聪目明，听到外面锣声、号声不断，知道又要开战了。

丘洪又来了，脸上没有半点疑惑，恢复了从前的得意扬扬：“吃饱了吗？愿意随我观战吗？”

东海王当然愿意，总比在帐篷里一无所知强：“这种食物真不知道你们怎么吃得惯。”

“那是你不懂美味。”

“你这么高兴，是因为神鬼大单于没在一怒之下砍掉你的脑袋吧。”

“不用套我的话，东海王，今天你将看到什么是‘临阵倒戈’，看到正天子和楚国皇帝谁才是那些仆从军队的真正主人。”

东海王不喜欢丘洪的得意劲儿。

第六十四章

皇帝来了

太阳逐渐升高，双方军队严阵以待，却都没有发起进攻。

一名军官骑马匆匆回到迎风寨内，向皇帝报告一个意外的消息：“敌军押出西方七王，声称将在阵前祭军，以此要挟百家军反戈。”

望楼之上众人大惊，崔腾第一个跳起来：“我就知道异族人不可信，反复无常，又要阵前倒戈。”

楚人看向楼上仅有的两名百家军将领，两人惶惑，听通译说完，立刻跪下，激动地解释了一通。

几名通译互相对视了一下，其中一人上前道：“陛下，这两人说事已至此，百家军绝不会再度投降神鬼大单于，请陛下允许他们去往前线，督促诸军发起进攻。”

“陛下别信他们，这两人分明是想与百家军会合，一同倒戈。”崔腾大声提醒。

韩孺子摆下手，示意崔腾闭嘴，然后道：“问问他们，七王是怎么回事？”

通译询问，两将回答，说得颇多，通译再向皇帝传达时却比较简单：“极西方国家众多，但是各家王族皆有亲缘关系，所谓七王，是他们公认的嫡系王族，类似于咱们大楚的长房，备受尊崇，自从战败之后，就被神鬼大单于留在身边。其中一王，就是这位拉赫斯将军的父亲。”

拉赫斯大概听懂了自己的名字，再次向皇帝磕头，急促地说了几句。

通译道：“他说自己了解神鬼大单于，就算全军投降，七王也未必能得到宽赦，一鼓作气将神鬼大单于击败，反而可能救下七王，就算不能，也无遗憾，他愿意去前线劝说诸军。”

崔腾一个劲儿向皇帝摇头，其他人也都觉得不可放人，但是没有开口，他们已经习惯了在这种时刻由皇帝拿主意。

韩孺子思忖片刻：“让他们去。”

不等通译开口，崔腾急道：“陛下……派一个人去，留一个也好，就留这个拉什么斯。”

“不必。崔腾，你不是想参战为父报仇吗？今日许你参战。”

崔腾渴望参战，却不是这个时候，闻令不由得一愣：“陛下……”

韩孺子指着望楼边上一字排开的十余颗头颅：“让百家军明白，败给神鬼大单于，只有这样的下场。”

崔腾终于醒悟，紧紧束带：“遵旨，陛下。”

通译也已说给两名百家军将领，两人又磕数头，起身下楼。

崔腾也要下去，忽然止步，对皇帝说：“我能带着父亲吗？我要他亲眼看到我打一场胜仗。”

韩孺子点头，对王赫说：“带全部卫兵跟去。”

皇帝的卫兵一半跟随樊撞山，剩下的一半临时赐给崔腾。

王赫躬身领命，崔腾亲手将父亲的头颅装入木匣内，双手捧起，与卫兵一块下楼。

望楼上的人一下子少了许多，韩孺子在椅子上微微斜坐，似乎在思考什么，不久之后他向兵部官员下令：“全军戒备。”

“遵旨，陛下。”兵部官员早已惊慌失措，就等着皇帝传旨，立刻下楼，很快，迎风寨内外响起了稀疏的锣鼓声。

韩孺子看向小将谢存，问道：“你以为如何？”

“百家军不会倒戈，敌军今日不会发起进攻。”

“为何？”韩孺子问，其实是替诸人说出疑惑。

谢存上前躬身行礼：“神鬼大单于晚了一步，他若是昨日招降，余威尚在，百家军惊恐之余，或许有人愿意屈服，可是经过一战之后，百家军惧心已去，愿意倒戈的人不会很多。”

“可他们却在犹豫，没有按计划进攻。”

“百家军群龙无首，各王族虽有血亲，彼此间的猜疑却是只多不少，犹豫乃是因为无人肯出头，拉赫斯将军出面，能说服他们。”

韩孺子点头，又道：“你刚才还说敌军今日不会进攻。”

“敌军拿七王当作人质，已露怯意，神鬼大单于今日必无战意。”

韩孺子又点点头，向众人笑道：“军心即人心，猜军不如猜人，朕也以为百家军必不至倒戈，但是朕猜测神鬼大单于必会进攻，此人知难而进，今日越是不宜开战，他越要逆势而行。”稍顿一下，他又道，“待会儿开战之后，命楚军列队前移，是否参战，要等朕的命令。”

另一名兵部官吏领旨，带人走到望楼一角，这里放着一面蚩尤大旗，竖起来就是楚军前行的意思，再竖则意味着参战，远方有专人盯着，看到旗帜就会传令下去。

楚军大部分士兵都是第一次参战，许多人甚至没学会骑马，只能充当步兵。

时间一点点过去，太阳越升越高，这仍然是一个好天，众人心中急躁，比昨日战事正酣时更觉煎熬。

每当有人觉得再也忍受不下去的时候，就扭头悄悄看一眼皇帝，心里又能踏实一会儿。

皇帝坐在椅子上，双眼微闭，心思似乎根本就不在战场上。

远方鼓声骤急，立刻有观战将领转身道："前方似乎开战了，应该是樊、崔两位将军冲锋。"

"嗯。"皇帝仍不肯多看一眼。

"百家军未有动作。"将领加上一句。

谢存再度开口："陛下，臣请去向百家军传令。"

"无须你去，按规矩传令。"

兵部官员下楼传令，立刻有士兵一声声传出去："前军参战！"

前军共有四支军队，两支昨日参加过战斗，另位两支则是第一次进入战场。

楼边的几名官吏与将领望眼欲穿，一人突然道："百家军未动，敌军先出动了。"

众人都是一惊，唯有谢存向皇帝道："陛下言中，微臣自叹不如，百家军看来很快也会参战了。"

韩孺子笑了一下，没有开口。

楼上的观战者可没有这么镇定，无不踮脚翘首，好一会儿之后，终于有人喊道："百家军参战了！"

一直显得很悠闲的皇帝突然挺身道："竖旗。"

没人再对皇帝的命令产生疑问，早已准备多时的兵部官员与几名士兵一同竖起蚩尤旗，这意味着第一批后备楚军开始接近战场，进入待战区域之后停下，等候第二次竖旗。

韩孺子随即下达一连串命令，百家军的各支军队无一例外都接到了命令，或进攻、或辅战、或防守、或绕行……谁都不能闲着，接下来是楚军，将近一半接到前移命令，剩下的一半也都进入备战状态。

几名兵部官员手忙脚乱，有人记录，有人下楼传令、上楼回复，累得气喘吁吁。

皇帝终于部署完毕，又斜靠在椅子上闭目养神。

他的命令其实都很简单，对正在进行的战斗没有直接影响，但无论是传令的官员，还是领旨的各支军队，都以为皇帝胸有成竹，对战场形势了如指掌，前方许多将士甚至以为皇帝本人已亲临战场。

又是一场大战，负责记录赌约的官吏忙碌起来，输者越来越多，好在银子都不多，大家更在乎最后的结果。

观战的将领不停地转身报告情况，今天这一战开始得比较晚，规模却更大，一多半百家军参战，楚军也是步步紧逼，只等皇帝最后一声令下。

韩孺子迟迟没有下令，事实上，他心里很清楚，以新兵为主的后备楚军无论如何不能投入战场，那会暴露楚军的最大软肋，不仅会令敌军士气大增，还会让百家军失去斗志。

他的心里远没有外表那么镇定，他比谁都急，急于听到战事进展有利于楚军，再这样僵持下去，后备军迟迟不战就会显得很奇怪。

众人当中，只有年轻的谢存大致明白皇帝的心思，趁别人都在观战，他走过来，小声道："请陛下给我一支军队，前去救急。"

韩孺子想了一会儿："左军第九营两千人当中多为老兵，你带他们参战，驰骋往返，尽量避免缠斗、混战。"

"是，陛下，微臣明白。"

韩孺子叫来兵部官员，传旨、发令牌，谢存下楼去接管军队。

观战将领习惯报喜不报忧，只说楚军、百家军进展如何，很少提及敌军状况，韩孺子眼虽不看，心里却明白得很，像这种战斗，一旦开始很快就会变成混战，必须持续不断地投入军队，后参战军队看得更清楚一些，他们的士气直接影响那些参战已久的人。

谢存带一支楚军参战，最大的作用不是击败敌人，而是给百家军一个印象：楚军果然能打硬仗。

战场比较远，等了小半个时辰，才有将领回报说左军一部分将士参战。

通报声越来越少，因为战场上的形势实在太乱，站在望楼之上，根本分不清敌我，更无从判断胜负。

双方都知道今天这一战有多么重要，如果说昨天是试探，今天就是真正的交手，敌军再打不赢，士气将更加受挫，百家军若是明显战败，好不容易激起的斗志很可能消失殆尽。

一名兵部官员实在看不下去了，转身来到皇帝面前："陛下，让楚军参战吧，虽然新兵居多，总比没有强。"

“再等等。”韩孺子仍不想走出这一步。

斜阳西倾，又有几名将领提议派出后备军，皇帝终于起身，来到楼边向战场的方向望了一眼，说：“随朕去前线。”

众人一惊，可是没人相劝，此时此刻，皇帝只要开口，他们就会执行，哪怕是下令从楼上跳下去，他们也会毫不犹豫地照做。

韩孺子扭头看了一眼楚将头颅，目光停在南直劲脸上，低声道：“你为大楚而亡，朕亦为大楚而战。”

韩孺子下楼上马，命人举起皇帝大纛，前方开道，一路吆喝着穿过备战的楚军，宣布皇帝来了。

第六十五章

第三日

大楚皇帝亲自来到阵前，旗纛飘扬，身后只有数十名官吏与将领，没有卫兵，楚军士气大振，同时振臂高呼万岁，响彻云霄。

韩孺子派出最后一支百家军，待此军进入战场之后，他下令擂鼓，率领前军近万名将士缓缓前移，后方的大军也都紧握兵器，开始原地踏步。

楚军大都是步兵，韩孺子派出大批将官骑马在队前驰骋，维持队形不乱，事实上，第一线基本都是老兵。

战场看上去很近，可是只凭双脚却要走一会儿，韩孺子勒住缰绳，尽量走慢一些，扭过头，望见残阳如血，天又要黑了，他不想再打夜仗，但是更不想在敌军之前退却。

这是一场士气之争，一口气没提上来，接下来就会再衰、三衰。

他没有回头，在来前线的路上，他已经见过众多惊慌茫然的目光，太多新兵，许多人连握兵器的姿势都不对，在寒风中站得久了，冻得脸色发青，从未靠近过战场的他们，面对强敌，不可能不心生惧意，能够坚守位置不退，就是他们最大的士气。

距离战场一箭之地，韩孺子停下，身后的大军也停下。

绝不能让这些新兵进入战场，韩孺子再一次提醒自己，向旁边的将领小声交代几句，将领亲自去传令。

他只能派出第一线的老兵，数百人而已。

太阳落山，光线迅速减弱，战场突然变得既遥远又迫近，远到看不清面目，只见人影幢幢，近到喊杀声就在耳边，似乎下一刻就有刀枪刺来。

对面的号角声突然变得急迫，像是在督促己方军队奋力战斗，韩孺子不再犹豫，立刻派出一线老兵，同时下令剩下的士兵摆出防守阵势。

阵势很简单，前排士兵握持长盾短刀连成一片，后几排士兵伸出长枪，更后面的士兵暂时放下兵器，只有一个任务，待会儿用肩膀抵住前面的人，保证大军不退。

敌军的强硬只是昙花一现，不等少量楚军加入战斗，对面的号角声一变，敌军士兵开始退却。

但这不是无序的溃退，而是稳扎稳打，士兵们互相寻找，尽量聚在一起，凑够一定数量之后一起后退，与更多士兵会合。

皇帝身边的将领大喜："敌军退了，我军可乘胜追击。"

最爱冒险的皇帝却变得异常谨慎，等了一会儿，在看到敌军确实在后退，而太阳也即将完全落到山后时，下令："收兵。"

将领很意外，但还是立即执行旨意，传令鸣锣收兵。

退却通常比前进更难，即便是收兵，也要花很长时间，奋战中的将士很可能忽略掉后方的声音，非得受到身边其他人提醒，才能反应过来。

好在敌军先撤，减少了许多不必要的纠缠，夜色渐深，韩孺子亲自监督一批批士兵退下来。

一整天战斗下来，很难说谁胜谁负，但无论是百家军，还是少量楚军，都以昂然的姿态返回己方阵营，只在经过皇帝时低头致意。

连续两天的战斗，已经让将士们越来越自信，尤其是那些百家军，恍然发现之前被视为天兵天将的神鬼大单于将士，也没有想象的那么厉害，完全能够被战胜。

后方楚军让出几条通道，但是仍保持防守阵势。

韩孺子驻马观望，心中渐渐不安，许多将领都回来了，聚在皇帝身边，樊撞山和崔腾却一直不见踪影，也没人声称见过他们。

韩孺子派出一名使者，带着三名通译前往敌军阵前，提议共同收拾战场、抬走各自的伤员，以便明日再战。

敌军爽快地同意了，使者复命，韩孺子倒有几分意外，但是没有多想，撤回迎风寨，按照约定，只留一千名士兵收拾战场，特意传令，找到樊撞山与崔腾之后，立刻送到寨子里。

军队撤回各自营内时，已是后半夜，韩孺子召见数十名百家军将领，表示自己看到了他们的勇猛表现，简单地鼓励几句，暗示明日即是最后决战，楚军将在战斗中途全部参战。

面对这些异族人，韩孺子不能表现得太亲切，相反，他坐在唯一的椅子上，身前身后皆是身披重甲、手持长戟的楚军卫士，百家军将领则一律伏地回话。

皇帝没有因为百家军早晨的犹豫不决而发怒，他们已经很高兴。

异族将领退下，只留下两人参与御前会议。

全线进攻的计划早已制订完毕，这时拿出来连夜修改，百家军颇有伤亡，楚军也有变动。

韩孺子时不时抬头看向大厅门口，不断地有人进来通报情况，却一直没有樊、崔两人的消息，皇帝的卫兵只回来寥寥七八人，很早之前就与这两人失散，说不出他们的下落。

小将谢存安全返回，累得不轻，冲锋陷阵的确不是他的优势，休息了一会儿才来参与会议，一来就提出诸多建议："明日一战必分胜负，楚军不能只想着如何打败敌军，还要准备好追击与包围。既然必胜，就要大胜，不能让敌军逃回神雄关，与塞外军队会合。"

塞外还有一支大军，正与柴悦率领的楚军主力对峙。

百家军将领听通译说完，表现得很激动，大声说了许多话，通译道："他们说塞外之军大都也来自西方诸国，不足为虑，这边打胜之后，他们就去劝降，十拿九稳。"

通译加了一些修饰，但意思不变。

神鬼大单于百战百胜，正因为如此，一次惨败，就能令从前的仆从军对他产生怀疑。

韩孺子接纳了谢存的建议，诸将官当中，唯有谢存最了解皇帝的用意，御前会议一方面是真的排兵布阵，另一方面更是给百家军树立信心。

楚军总是不参战，毕竟会引发一些怀疑，皇帝因此希望第三日就能结束战斗。

计划制订得差不多了，众人告退，他们还来得及睡上一两个时辰。

韩孺子没睡，坐在大厅里阅览后方送来的公文，同时也在等候前方收拾战场的消息，两名太监陪伴皇帝，不停地修剪烛芯、更换火把与炭盆。

大厅空荡，寒意还是越来越明显。

厅外脚步杂沓，韩孺子抬头，看见王赫匆匆跑进来，知道事情总算有了着落。

王赫一身血污，刚要下跪，就被皇帝阻止："王都尉平身。"

王赫拱手道："樊、崔两位将军受了重伤，正在回来的路上，臣先回一步向陛下报信，臣等失职，未能保得两位将军安全，请陛下降罪。"

韩孺子大大地松了口气，起身来到王赫面前，拱手道："侍卫并非冲锋陷阵的士兵，朕早知如此，却派卿等上战场保护樊、崔两将，实是强人所难，王都尉有功无过。"

对异族百家军将领保持威严，对自己身边的人却不必虚张声势。

见皇帝拱手，王赫吃了一惊，听皇帝说完，更是惊讶，又要跪下，却被皇帝扶住："不必多礼，还有多少侍卫回来？"

“大概三十多人，另有宿卫士兵五十余人。”王赫回道，皇帝的卫兵损失惨重，伤亡过半。

韩孺子轻叹一声：“王都尉快去休息吧。”

王赫退下，心中感激。

韩孺子在大厅里来回踱步，又过了两刻钟，士兵们终于抬回了樊撞山与崔腾。

樊撞山受伤最重，人还在昏迷中，立刻送到营房中，由御医医治，崔腾好些，但是伤了一条腿，站不起来，只能坐着，双手仍然抱着木匣，匣子系着粗绳，挂在脖子上。

“陛下为什么撤军？再打下去，今晚就能活捉神鬼大单于啦。”

韩孺子笑着摇摇头：“只知进攻，不懂自保，你可没有大将之风。”

“我早就不想当大将了，而且我得向陛下说实话，我一名敌军也没杀死，只顾骑马跟着樊将军冲锋了。”

崔腾武艺平常，双手又要抱着木匣，除了乱冲，做不了什么，他的腿也是掉下马时被压伤的，倒是樊撞山，不愧猛将之称，横冲直撞，杀敌无数，自己也多处受伤，全靠着皇帝的卫兵拼死保护，才没有落入敌手。

韩孺子让崔腾去休息，自己去看望樊撞山，御医刚刚包扎好伤口，向皇帝小声道：“樊将军受伤太多、太重，或许能活下来，但是再想上战场就难了。”

韩孺子叹息，楚军空虚，不得不过度使用樊撞山：“别管战场，救活樊将军，就是你最大的功劳。”

“是，陛下，微臣必尽全力。”

韩孺子一夜未睡。

第三天的战斗开始得比较晚，原因不在百家军，而是敌军不肯出阵，采取了明显的守势。

等了一个多时辰，百家军前进，双方隔着很远互相射箭，谁也不肯冒着大量伤亡的危险直接冲锋。

将近午时，楚军开始按照原定计划向敌军侧后方绕行。

午时过后不久，楚军尚未抵达位置，敌军开始撤退，最初有条不紊，可是没过多久就显出混乱迹象。

前方将领来不及向皇帝报告，立刻下令追击。

韩孺子在望楼上看到了前线的变化，稍感困惑，突然醒悟，脱口道：“神鬼大单于已经逃走了！”

韩孺子后悔莫及，神鬼大单于若是逃走，这一战不知又要持续多久。

第六十六章

献城

比迎风寨之战还要稍早几天，塞外已经开战，规模更大，战线绵延数百里，彼此犬牙交错，胜利与失败的消息交替传来，个别军队甚至就此失去了行踪，消失在风雪交加的草原上。

柴悦统领大楚一多半军队，面对更加庞大的敌军仍然捉襟见肘，但他充满信心，经常对麾下的将士说：“敌军粮草很快就将耗尽，只要坚持下去，大楚必胜。陛下率区区万余人保卫京城以吸引敌酋，为塞外创造大好战机，你我唯有拼死一战。”

敌军攻破神雄关之后，从关中搜集到一些粮草，柴悦估计他们坚持不过这个冬天，如果连番交战的话，消耗得更快，因此不停地派兵施加压力。

这天下午，柴悦迎来一位特殊的信使。

南军将领刘黑熊曾追随倦侯征战，后又调回南军，此次征战归属左军某营，数日前奉命前往百里以外伏击一支敌军，一直没有消息，突然只身回营，声称自己带来重要消息，要立即面见大司马柴悦。

刘黑熊一进中军帐就向柴悦跪下请罪：“末将无能，所带将士尽已陷没。”

“你是怎么回来的？”柴悦问，刘黑熊的确有罪，但是不必立刻给予惩处，可以等战后再论。

“末将为敌军所俘，前日获释，受托带回一条消息。”

中军帐里还有十几名将领，听到这句话都沉下脸来，兵败被俘就算了，受敌所托却是重罪。

“什么消息？”柴悦也有几分不满。

“希望楚军立刻进攻碎铁城，他们愿意献城纳降。”

众将大吃一惊，七嘴八舌地询问、质疑，柴悦拍拍桌案，命众人噤声，然后问道：“是谁要献城纳降？为何要降？从头到尾细说一遍。”

刘黑熊没敢起身，跪在地上讲述自己的经历。

他带兵伏击，结果敌军数量庞大，且有后备军，反而将楚军包围，一番苦战之后，楚军死伤众多，剩下的将士全被活捉。

刘黑熊以为自己必死无疑，没想到前日夜间，一名敌军将领带着通译突然造访，声称神鬼大单于在南方迟迟未能攻下京城、击败大楚皇帝，反而损失巨大，以致军心不稳，大家都想快些结束战斗，返回家乡，因此愿意献城纳降，只要楚军进攻，碎铁城里就会有人打开城门。

刘黑熊绝处逢生，没想太多，立刻应承下来，连夜离开敌方军营，骑马回来报信。

他当时没问太多，楚军将领的疑问却是一个接一个。

“对你说话的将领是谁？在敌军中是什么身份、地位？”

“谁要献城？是他自己，还是有同伙？”

“他为什么不直接率兵起义，非要借助楚军？”

“你肯定这不是陷阱？”

……

刘黑熊面红耳赤，一条也回答不出来：“那是一名异族人，长相古怪，不肯透露自己的身份。”

老将军狄开上前一步，抱拳道：“大司马，刘黑熊明显是被敌军欺骗，他不自知也就罢了，还来劝楚军入彀，其心可诛，请大司马速速将他斩首示众，以安军心。”

刘黑熊脸色更红，他回来得急，一路上没怎么细想，这时被众人逼问，自己也觉得事情不对劲儿，只能一个劲儿地请罪。

柴悦擅长提前制订计划，几十万的军队也能安排得妥妥当当，丝毫不露破绽，却缺少一点当机立断的能力，挥手制止众将喧哗，说：“不管怎样，刘将军安全返回总是好事，就算敌人设下陷阱，也与刘将军无关。先这样吧，楚军还是稳扎稳打，派斥候去碎铁城查看情况。”

众将消停下来，刘黑熊再次请罪，告退之后心中困惑不解，自己怎么会如此糊涂，竟然不问清楚就替敌军传信？到了帐中左思右想，不得不承认自己其实是贪生怕死，当时太害怕了，只想着离开，根本没关注对方说什么。

来了三名军吏，详细询问兵败、被俘以及获释的过程，刘黑熊一一细说，其间免不了要回答一些疑问，比如为什么敌军将领非选中他传信，既然要献城纳降，为何不肯透露真实身份，等等。

刘黑熊越回答越憋闷，觉得自己像是犯人，同时也感到惶恐，战争还没结束，自己就连犯过失，如今麾下已无一兵一卒，连个将功补过的机会都没有。

“像我这样，回去之后会受到什么惩罚？”刘黑熊小心地问。

一名军吏将笔送到刘黑熊手中，让他签字，另一名军吏笑道：“我们只是例行公事，不管其他。刘将军无须担心，兵部自会公平对待所有人。”

刘黑熊茫然地写下自己的名字，越是努力，写出的字越是歪歪扭扭，刚写完最后一笔，军吏立刻收走笔纸，似乎生怕他再多看一眼。

三名军吏告辞，刘黑熊长叹一声，喃喃道：“早知如此，我就该老老实实当教头，干吗非要领兵打仗？我根本不是这块料啊。”

刘黑熊垂头丧气，除了送饭的士兵，一连几个时辰没人来找，他也不管了，吃喝一顿，倒下睡觉，心想自己只是传信，并未送楚军进入陷阱，应该不至于是死罪，只要能活着，比什么都强。

他是被人推醒的，翻身坐起，发现天已经黑了，有人正举着蜡烛站在床边。

“这么快？”刘黑熊吃了一惊，以为这就要处置自己。

“必须快，要不然一切都来不及了。”那人道。

刘黑熊晃晃头，觉得两人说的不是同一件事：“阁下是……”

到访者将蜡烛送到面前，照出一张如画中恶魔般的脸孔。

刘黑熊又是一惊，出了一身冷汗，差点叫出声来，但是马上认出此人的身份：“丑王？”

“是我。”王坚火稍稍放下蜡烛，“刘将军睡得倒是踏实。”

“没别的事情……呃，阁下有事？”刘黑熊站起身，拱手致意，他与丑王并无来往，但也与其他人一样，十分敬重这位豪侠的名声。

“听说你给敌军将领带信，说有人要献出碎铁城？”

刘黑熊脸上一红：“大家都觉得这是陷阱，仔细一想，我也觉得有问题，当初就不该应承下来。”

“嗯。”王坚火寻思片刻，“刘将军以后打算怎么办？”

“以后？”

“战争结束之后。”

刘黑熊怅然一叹：“败军之将，除了领罪，还能怎么办？”

“刘将军就没想过将功补过？”

“怎么补？我现在没有一兵一卒，大司马也不会再给我兵——”刘黑熊突然反应过来，抱拳道，“丑王以扶危济困名满天下，刘某如今就在危困之中，万望出手搭救，我不在乎一己存亡，只是愧对陛下与朝廷的信任，更无颜回见家中老小。”

王坚火示意刘黑熊坐下，滴些蜡油，将蜡烛竖在旁边的小凳上：“我只是军中一囚徒，救不了任何人，倒是能给刘将军出个主意，让刘将军自救。”

“但求丑王点醒。”

“敌军要献出碎铁城，众将都不相信，刘将军何不自去收城？”

“可那是陷阱。”

“若是陷阱，刘将军为国捐躯，前过尽免，万一不是陷阱呢？则刘将军将立下不世奇功，何止将功补过，甚至功盖众将，封侯不在话下。”

刘黑熊呆住了，寻思半晌：“这是在拿命冒险啊。”

王坚火一笑：“刘将军若是惜命，权当我没说。”

王坚火拿起蜡烛，转身向帐外走去。

“丑王稍等。”刘黑熊狠狠心，起身道，“我不在乎自己的性命，可敌军将领说是要楚军攻城，城内才有人开门，我只身前往，他们不会当回事。”

“刘将军不爱己躯，军中自有敢死之士愿意追随，只是此事宜早不宜迟，战事瞬息万变，再过几天，谁也不知道敌军会不会生出变故。”

“好，我去，可是找兵这件事……”

“刘将军自去向大司马求兵吧。”

丑王离去，帐篷里陷入黑暗，刘黑熊独自站了一会儿，也走出帐篷，向外面把守的士兵说：“帮我通报一声，我要见大司马。”

柴悦很快召见了刘黑熊，听完他的计划，沉吟良久，最后道：“战事紧张，我不能分出太多士兵给你。”

“三千足矣。”

“三千楚兵若是陷在碎铁城，也是一大损失，最多五百人。”

五百人有点少，甚至摆不出像样的阵势，刘黑熊一咬牙：“五百就五百，我就说自己带来的是前锋，大批军队就在后面。”

“嗯，我可以命楚军缓缓前移，给刘将军造势。”

刘黑熊谢过，也不睡了，请求立刻带兵出发。

自从马邑城大胜之后，楚军西进，中军距离碎铁城不算太远。

五百士兵也不好找，如果碎铁城是陷阱，这五百人可一点回来的机会都没有，柴悦许以重赏，总算在天亮前凑齐五百人。

刘黑熊率兵出发，只带少量马匹，翻越山路绕过正对面的敌军大营，直到后半夜才赶到碎铁城。

碎铁城被敌军占领之后，重新得到加固，城外哨所众多，楚军刚下山就遇到一个，刘黑熊早将生死置之度外，当先大喊一声：“楚军攻城，还不速速投降？”

哨所里敌兵不多，听到喊声转身就跑，根本不做抵抗。

刘黑熊命士兵全点起火把，故意抻长队形以显得人多，直奔碎铁城下，沿途几个哨所里的敌军全都闻风而逃。

终于到了城门下，上面没有箭矢射击，但也没有开门，刘黑熊又大声道："楚军来了，快快开门。"

上面没有回应，良久之后，城门打开，有人用楚语说："真是楚军？"

"我乃大楚前锋将军刘黑熊，受约领城。"

城门又打开一些，有人走出来："总算来了，碎铁城是你们的了，正天子刚刚逃跑，你们要不要追？"

第六十七章

雪中追敌

战事尚未完全分出胜负，敌军数量依然庞大，神鬼大单于居然在这种时候选择逃跑，出乎所有人的意料，尤其是韩孺子。

一直以来，他都在努力揣摩神鬼大单于的心思，已经越来越准，却在最后一刻失效了。

韩孺子深深自责，与此同时也抓住机会，挥师北上，扫除关内的残余敌军。

神鬼大单于是这支军队最大的凝聚力，逃亡的消息传开之后，敌军争先恐后地投降，就连神鬼大单于的本族将士也不例外。

在神雄关，楚兵送来一名特殊的俘虏，据说此人是神鬼大单于身边的近臣，会说楚语，而且只有他在事先就已经知道主人将要逃回西方。

俘虏名叫丘洪，长着一张楚人的面孔，身上的华服已经破破烂烂，脸上尽是尘土与血污，这不是战斗时留下的，大军溃败之后，他没命逃亡，中途迷路，马也累死了，若不是落入楚兵之手，他很可能死在冰天雪地里。

此前的诸多俘虏都指称丘洪最了解神鬼大单于，因此他是皇帝指名要活捉的人之一。

丘洪被士兵拖进厅内，士兵一松手，他就瘫在地上，很快反应过来，不停地磕头、亲吻地面：“大楚天子光照四方，最为卑贱的灰土也无所遁形……”

此人的楚语倒还流利，韩孺子挥了下手，一名士兵踢出一脚，丘洪全身一抖，立刻闭嘴。

“抬起头来。”韩孺子道。

丘洪又磕几次头，才抬起头来，双手却不敢离开地面，只能仰起脖子，目光低垂，动作很是古怪。

“据说你与大楚使者接触很多。”

“是，小人曾奉命服侍大楚使者，尽心竭力，未敢怠慢。”

“使者人呢？”

"被神鬼大单于带走了，这是他的惯用伎俩，扣留人质以作要挟。"

"神鬼大单于要用东海王要挟朕？"

"可能不是陛下，而是陛下派往西方的军队。"

韩孺子心中一动，脸上却没有变化："如此说来，神鬼大单于也知道西方楚军未被击败。"

"当然知道，神鬼大单于早就得到消息，但他口风极严，其他人都不了解真相，还以为两路楚军皆被消灭，其实正好相反，由虎踞城出发的楚军接连得胜，所过诸城纷纷投降。神鬼大单于因此急于结束这边的战争，一旦遇挫，就逃了回去，却将我们留下替他卖命，让我们坚持到春天，等他带兵回来，这怎么可能？"

"海上的楚军呢？"

"实不相瞒，海上楚军真的没有消息，神鬼大单于不愿看到臣民出海，毁掉了沿岸的码头与船只，与海外隔绝。"

韩孺子动了下桌上的手指，太监点头，士兵拽起丘洪，向外面拖去。

丘洪大呼："陛下饶命！我什么都说，没有人比我更了解神鬼……"

士兵将丘洪拖了出去，韩孺子觉得自己对神鬼大单于的了解已经够多，他接下来的事情是如何彻底赢得这场战争。

一名将官进来："陛下，百家军拉赫斯将军求见。"

"嗯。"

拉赫斯与通译一块进来，跪地磕头，十分恭谨，随后用恳请的语气说话，通译代传道："陛下，他说百家军已经实现诺言，希望大楚也能遵守当初的约定，放他们回家乡。"

"问他，回家乡之后要怎么办？"

拉赫斯的语气变得激昂慷慨。

"他说神鬼大单于已经显露出虚弱，他们不会再屈服为奴，回家之后立刻就会号召诸国自立。可神鬼大单于带走了七王，还有一支精锐的亲信军队，如今西方各城空虚，只有老弱妇孺，全是百家军的亲眷，一旦为神鬼大单于所控制，将会束缚许多人的手脚。"

"告诉他，朕明日给他回复。"

拉赫斯脸上露出明显的失望之色，起身向外退去，突然大声道："皇帝，我们……战斗过。"

拉赫斯的楚语很生硬，韩孺子却听懂了，他在提醒皇帝，百家军曾为皇帝而战，该是皇帝遵守约定放他们离开的时候了。

韩孺子召见群臣与众将，多数人都反对立刻放走百家军。

“西方之人反复无常，神鬼大单于已经先逃一步，回国之后必占优势，百家军可能会再度投降，不如留之半年一载，待神鬼大单于杀死人质、引发众怒之后，再放他们回去报仇。”

谢存又是持不同意见的少数人，在迎风寨的赌局中，他押的时间最为接近，赢得不少银两，但他全捐出来犒赏军队，颇受皇帝赏识，因此敢于说话。

“此言差矣，百家军思乡心切，留之无益，反生祸患。西方之人反复无常，乃是因为神鬼大单于反复无常，大楚怎可步其后尘？天子无戏言，既然早有约定，就该及时放百家军归乡，趁神鬼大单于威名扫地之时，收复各国，永绝后患。”

另一名官员上前道：“百家军放回去，神鬼大单于的本族军队怎么办？塞外投降的大批士兵怎么办？”

“塞外降军与百家军一样，来自西方诸国，若愿臣服大楚，也可以放回去，至于神鬼大单于的本族将士，交给百家军处置。”

“哈，百家军不过替大楚打过一仗，就有这种优待？”崔腾瘸腿走出来，“那我们这些浴血奋战过的大楚将士，该得什么好处？”

谢存客气地拱手：“这不是优待，而是观其行，百家军若是杀死神鬼大单于的本族士兵，则意味着决裂，正可放其回乡，若是不肯动手，再另做决定。”

崔腾没话说了，扭头看向皇帝。

“照此办理。”

神鬼大单于数万同族将士的命运就这么被决定了。

韩孺子在神雄关只停留一天，次日出发前往碎铁城，在这里与柴悦的大军会合，并且接受大批异族王公的投降与效忠。

柴悦已经派出数支军队循踪追赶神鬼大单于，迄今尚无回信。

皇帝仍不久驻，从柴悦军中分走五千南军将士，亲自去追赶神鬼大单于。

韩孺子心有不甘，觉得还有机会追上。

皇帝的旨意如今没有任何人敢于反对，柴悦派出精兵强将，悄悄将五千人增至七千，多备马匹与粮草，将皇帝送出百里以外。

冬季不利行军，但也会留下明显的足迹，楚军因此能够紧追不舍。

数日之后，韩孺子追上一支楚军，留他们在背风之处扎营，同时派人原路返回，再征调一些粮草。

皇帝军中的粮草最多坚持一个月，算上返程，只能追击十五天，韩孺子打算沿途留下营地，这样的话可以多追几天，不用太担心返程时的供应。

经过二十余天的奔波，韩孺子追上了最早一拨出发追击敌酋的刘黑熊。

神鬼大单于已如丧家之犬，一路奔逃，抛下大量辎重、马匹与人员，楚军俘获甚多，一度接近目标，却被一队敌军牵制，没能将其包围。

刘黑熊率兵三千，估计神鬼大单于就在前方一日路程之内，身边的士兵只剩四五百。

刘黑熊之军已经疲惫不堪，韩孺子命其择地扎营，将自己的军队也留下一部分，只带两千人轻装追击。

刘黑熊没料到皇帝会亲自追敌，不敢反对，但是提醒道："军中斥候曾在北边见过匈奴人，他们似乎也在追击敌酋，数量不知，陛下千万小心。"

在这场战争中，匈奴人一直态度暧昧，除了派出一小支军队参与偷袭粮道，再没有参战，刘黑熊因此十分警惕。

韩孺子还是要追击，哪怕身边将士不足一千，他也要追，这成了他的一份执念，非完成不可。

又是五天过去，逃兵足迹越来越清晰，路边常有倒毙的人马，韩孺子知道，他离目标已经很近。

这天中午，军队停下小憩，斥候前探，很快返回，他们在高处望见前方有一处营地，很可能是敌军队伍。

敌人也不能一路逃亡，必须停下休息，韩孺子立刻下令上马，一千人前行，一千人随后。

驶过一处山坡，韩孺子看到了一小片营地，虽无旗帜飘扬，但是足迹相通，必是神鬼大单于的队伍。

一路紧追不舍，在最后一刻，韩孺子恢复了几分谨慎，传令士兵散开，分为三队：一队进攻；一队绕行截击；一队备用。

神鬼大单于有可能只身逃亡，留下军队断后，韩孺子得留下人手，一旦发现营中没有目标，立刻派人继续追赶。

他又等了一会儿，正要下令进攻，一名将官提醒皇帝望向远方。

远处的高地上多出一支军队，看上去不多，人数却在迅速增加。

"匈奴人。"将官小声道，略显惊慌，这里是塞外，不属于大楚疆界，而是匈奴人的地盘。

神鬼大单于的营地被两军夹击，更显渺小软弱。

"以将军刘黑熊的名义去慰问匈奴人，告诉他们，大楚只要神鬼大单于。"

将官领旨，带着几名士兵，绕过营地，驰往对面。

营地里毫无反应，没人出来迎战，也没人逃跑，像是已经认命，准备向强者投降。

韩孺子又指派一名将官，带领数十骑同样绕过营地，继续向西查看，如果有足迹离去，就一直追赶，并派人回来报信。

第二名将官先送回信，营地以西并无逃跑足迹，他会继续查看。

第一名将官回来得比较晚，还带来一名匈奴使者。

匈奴使者是名女子，远远望见皇帝，笑道："小姐猜得没错，果然是皇帝。"

对面军队竟然是金垂朵率领的，韩孺子大大地松了口气，向金垂朵的侍女蜻蜓问道："你们也是来追赶神鬼大单于的？"

蜻蜓骑马来到近前："咱们都来晚一步，两个大单于正在见面。"

第六十八章

先下手为强

金垂朵的音容笑貌如在眼前，韩孺子坐在帐篷里，脸上不由得浮现微笑，身上莫名地感到一丝燥热。

“陛下。”外面有人道。

“进来。”韩孺子收起笑容，也收回走神的心思，他现在的处境可不太有利，只带两千人孤军深入，远远少于对面的匈奴人，一直没有直接参战的匈奴大单于，一下子成为左右局势的关键人物。

金纯忠原本留在柴悦军中，在碎铁城与皇帝会合，随驾追敌，正好充当使者，去与匈奴人谈判。

天已经黑了，楚军在避风处扎营，粮草只够三日之用，最近的援军也在百里之外，他们得省着用，就连皇帝本人，也只能就着融化的雪水，啃几块干粮。

金纯忠脸上红扑扑的，看样子不完全是在外面冻的，韩孺子借助烛光看着他：“你喝酒了？”

金纯忠脸色更红，急忙道：“妹妹留我喝了几杯，她那里没有别的待客之物。”

匈奴人喝酒如喝水，既解渴，又能御寒，楚军出兵塞外也都带着酒囊，只是几天前就喝完了，一滴不剩。

韩孺子笑了笑，当然不会在意这种事：“情况如何？”

金纯忠端正神色：“匈奴大单于统兵数万，今天上午将神鬼大单于接到营中，谈了很长时间。我妹妹说她会尽量促成一次谈判，让匈奴人交出神鬼大单于，不过陛下得想好条件。”

“嘿，匈奴人险些亡于神鬼大单于手中，如今却要庇护他吗？”

金纯忠拱手道：“我妹妹说，匈奴人害怕神鬼大单于，但是现在更害怕陛下。”

“怕朕？”韩孺子很意外。

金纯忠点头：“陛下以少胜多，击败了西方人人恐惧的神鬼大单于，名震万里，挟此余威，灭匈奴只在弹指之间，匈奴人因此惶恐不安。”

韩孺子更觉奇怪，本要辩解，想想又算了，金纯忠只是转述匈奴人的想法而已。

“匈奴人想要什么条件？”

“陛下可效仿前代惯例，册封匈奴大单于，赐印，约定通关。”

韩孺子点点头：“只要匈奴肯交出神鬼大单于，朕可以接受这样的条件。朕只等一天，明日天黑之前要见到人。”

金纯忠上前一步，小声道：“匈奴兵多，大单于年轻气盛，似乎不宜激怒他。”

“你刚刚说过，朕威名远扬，令匈奴人害怕，朕若不给出期限，匈奴人还以为朕怕他们呢。”

金纯忠恍然，楚军人少势弱，必须表现得寸步不让，向匈奴人营造不惜一战的假象。

“我这就再去见妹妹，务必将事情谈成。”

韩孺子点点头，见金纯忠要退出帐篷，忍不住问道：“金贵妃能来见朕一面吗？”

金纯忠尴尬地躬身回道：“只怕有些困难，匈奴人那边……”

韩孺子挥挥手：“早去早回。”

“是，陛下。”金纯忠退出，连夜又去匈奴人营中。

韩孺子太累了，没等多久，倒在床上昏昏睡去，梦中尽是金垂朵的身影……

金纯忠次日早晨才回来，他见到了妹妹，还见到了匈奴大单于本人。

“大单于希望能与陛下当面谈判，由我妹妹担当通译，双方交换人质……”

“交换人质就算了，尽快安排谈判。”

金纯忠领旨，不敢懈怠，再去匈奴人那边传信，来回传话，终于将一切安排妥当。

当天下午，韩孺子带一小队护卫前往附近的一座小山上，此山与各处营地的距离差不多，视野开阔，不至于受到伏击。

楚军士兵临时搭建了一座小小的帐篷，双方卫兵守在外面，只有皇帝、大单于与金垂朵入内。

韩孺子与金垂朵很久没见过面了，大概是在塞外待得久了，她的模样稍有变化，美丽之外多了一些风霜与严厉，比从前更显得难以接近，见到皇帝只是稍点了下头，除了转译双方的话，一个字也没多说。

大单于很客气，在帐外当着双方将士的面，向皇帝躬身行礼，进入帐篷之后，他让金垂朵对皇帝说："匈奴与大楚乃是兄弟之国，我的阏氏是大楚公主，陛下的贵妃则是匈奴贵女，关系更加亲密。"

即使在说到自己的时候，金垂朵也没有特殊的表示。

韩孺子不是来套交情的，寒暄几句，直接问道："匈奴什么时候交出神鬼大单于？"

匈奴大单于说了许多，金垂朵微皱眉头，似乎争论了几句，但还是忠实地转译："大单于说，帝王之争，有胜有败，不宜斩尽杀绝，神鬼大单于兵败如山倒，很难东山再起，陛下何不放他一马？"

韩孺子也微微皱眉，盯着大单于道："这不是今天谈判的内容，朕率军千里奔袭，不是为了放敌酋一马，而是要永除后患。匈奴人不记得当初的灭种之难了吗？老单于念念不忘的大敌，今天单于这么轻易就忘在了脑后？"

金垂朵显然没对这些话加以掩饰，大单于听完之后脸色稍变。

"大单于说，苍天眷顾，匈奴未亡，当初的仇恨不提也罢，如果此刻遇难的是大楚皇帝，他也会居中说和。"

韩孺子忍不住笑了一声："苍天眷顾？大单于真以为匈奴未亡是因为苍天帮忙？"

金垂朵直接回道："大单于不会当面感谢陛下的。"

"朕要的也不是感谢，而是神鬼大单于。"

金垂朵转译，大单于摇头。

"他说神鬼大单于是匈奴人抓到的，就算要杀，也该由匈奴人动手，以慰老单于在天之灵。"

韩孺子想了一会儿："可以，但是朕要看到人头。还有，朕的弟弟在神鬼大单于手中，必须活着交还大楚。"

匈奴大单于点头，说了几句。

"明日一早，匈奴人会将神鬼大单于当众斩首，午时之前将人头转送给楚军，至于陛下的弟弟，一同送还。"

谈判比预想的要顺利，韩孺子起身，盯着匈奴大单于，却向金垂朵说话："他可信吗？"

金垂朵不动声色，向匈奴大单于说了一句，然后向皇帝回道："我会尽自己所能确保大单于遵守诺言，也请陛下多做准备，预留一手。"

双方各自离开，一回到楚军营地，韩孺子立即下令进攻神鬼大单于的营地。

营地里只剩下百余人，见到楚军立即跪下投降，士兵们搜索营地，没见到东海王，只找到了赵若素。

其他楚使在路上都被杀死了，赵若素也是极度虚弱，被楚兵抬回营中，吃了一点东西，总算稍微好些。

“东海王被神鬼大单于带走了。”赵若素能起身说话之后，立刻来见皇帝。

“辛苦你了。”

赵若素挤出一丝微笑：“罪上加罪，本应如此。”

“差不多了，朕今日免你一切罪过，你重新立功吧。”

“陛下能晚一天免我的罪吗？”

韩孺子一愣，随后笑道：“你还有话要说？”

赵若素点头：“微臣有话要说，可能有点太早，但是也只有此时此刻，微臣还能向陛下畅所欲言。”

“好吧，朕赐你‘有罪’，说吧。”

“经此一战，陛下帝位之稳，已经超越武帝与太祖，从此再不会有大臣敢与陛下抗衡，陛下一言九鼎，虽在万里之外也无人敢于反抗。”

“嘿，朕不求万里之外，只要对面的匈奴人肯交出神鬼大单于的头颅。”

“匈奴人猖狂一时，不足为惧，倒是陛下，想好该怎么当一言九鼎的皇帝了吗？”

韩孺子想了一会儿：“现在不是说这些的时候，你的‘罪上加罪’多延续一段时间吧。你见过神鬼大单于本人吗？”

“神鬼大单于不喜露面，虽在逃亡途中，也以重盔遮脸，微臣没见过他的容貌，只听过他的声音，微臣猜测，神鬼大单于脸上必有显疾。”

“匈奴人声称明天一早会将神鬼大单于斩首，朕有点担心。”

赵若素想了想：“陛下的确应该担心。”

“嗯？”

“据微臣所知，神鬼大单于并非被匈奴人所虏，而是主动去投降的，想必已有说服匈奴大单于的办法。”

“匈奴大单于不会愚蠢到相信他的话吧？”

赵若素道：“有一样东西，天下帝王都想要，神鬼大单于能给匈奴人，而陛下不能。”

“名号。”韩孺子站起身，明白赵若素的意思，“神鬼大单于要将自己的名号献给匈奴人，凭此名号，匈奴人将能统领西方诸国。”

“想必如此，这是神鬼大单于手中唯一能打动匈奴人的东西了。”

韩孺子来回踱步，突然止步：“如此说来，匈奴人明日必不守约，楚军要先下手为强，无论如何也要杀死神鬼大单于。”

赵若素没吱声，说到打仗的事情，他出不了主意。

韩孺子也不问他，走到帐边，命令卫兵去传军中的主要将领，他要安排一次夜袭，楚军虽然兵少，但是气势正盛，趁匈奴人不备，或许可以取胜。

将领们还没到，金纯忠匆匆赶来，他小睡了一会儿，又去匈奴人营中查看情况，刚刚回来，骑马直驰至皇帝帐前，也不让卫兵通报，直接闯了进来。

“陛下，大事不……”金纯忠看到赵若素，急忙闭嘴。

“说吧，没关系。”

“我妹妹希望陛下立刻退兵，明天中午匈奴人不会送来神鬼大单于的头颅，而是要进攻楚军。”

“果然如此，金贵妃是怎么发现的？”

“大单于身边有我妹妹的眼线，说神鬼大单于昨天就已离开营地，在匈奴人的护送下西去。匈奴大单于本想拖延时间，楚军刚才进攻神鬼大单于营地，令他恼怒，决意明日开战！”

第六十九章

返程

神鬼大单于竟然就这样逃走了，韩孺子大怒，他不想逃，仍要夜袭，虽然人数远远少于匈奴人，但他仍然不惧。

“首恶是匈奴大单于，他放走了敌酋，就由他接受惩罚。金纯忠，你立即再去匈奴人营地，就说朕怀念弟弟，今晚要亲自前去探望。”

“可东海王已经被带走了，不在营地里。”金纯忠没有反应过来。

韩孺子冷笑一声：“当然，所以大单于惊慌之余会亲自向朕做出解释，朕要的就是这一刻。”

金纯忠惊得呆住了，看了一眼角落里的赵若素，茫然道：“陛下……陛下是要……”

“朕也当一回刺客。”

金纯忠极少向皇帝表示反对，这时却使劲儿摇头：“万万不可，陛下，匈奴人已有攻营之心，陛下此去，岂非自投罗网？”

“匈奴大单于的反应没有这么快，此人意志不坚，做事瞻前顾后，易被他人左右。朕突然造访，必出他的意料，他做不到当机立断，肯定会与我见面，想以言辞将我打发走。”

金纯忠认可皇帝对匈奴大单于性格的判断，却断然不能同意皇帝的冒险计划，正要开口劝谏，皇帝道：“金纯忠，执行命令。”

金纯忠心中一凛，再不敢多嘴，躬身道：“是，陛下，我……我这就去。”

“稍等，营中将领马上就到，待朕安排一下，带侍卫随你一同前往匈奴人营地。”

话音刚落，帐外卫兵传道：“陛下，将军们到了。”

赵若素上前几步，抢在皇帝之前对外面说道：“请几位将军稍等。”

敢在皇帝之前擅自做出决定，即使是在皇帝位置不算太稳的时候，也是难以想象的僭越与大胆之举，金纯忠惊讶至极，瞪眼看着赵若素。

赵若素不怕，转身向皇帝道：“陛下何时才能停止使用奇招？”

“奇招不好吗？”韩孺子反而不那么意外，也没有发怒。

“好，但不可持久，除非是没有更好选择的时候，不可常用。此次与西方之战，陛下在关中大胜，乃是奇招，邓将军深入西方，更是奇招，但是真正打败敌军的，还是塞外楚军，没有他们的牵制，则所谓奇招无所施放。”

“朕明白你的意思，如今正是没有更好选择的时候，匈奴人放走敌酋，此乃大不敬，楚军怎能忍受如此羞辱？况且朕之计策看似冒险，其实十拿九稳，匈奴人一旦失去大单于，立刻就会陷入混乱，不战自败。”

“问题就在十拿九稳上，若是寻常人，只看‘九稳’，陛下偏偏是皇帝，要看那‘一失’，陛下若有‘一失’，能抵得上此前的‘九稳’吗？大楚好不容易稳定，陛下年富春秋，数十年内不会再有反抗者，此前的诸多难题皆将迎刃而解，大楚复兴，指日可待。陛下若在这冰天雪地里发生‘一失’，皇子年幼，太后、皇后不和，眼看着又是一番明争暗斗，群臣无措，复兴无望。”

金纯忠简直不敢相信自己的耳朵，赵若素本是有罪之身，刚刚由敌军营地里被救出来，不感恩戴德也就算了，竟然对皇帝一口一个“一失”，天下人皆称皇帝为“万岁”，他却实打实地只给“数十年”。

更让金纯忠难以置信的是，早已说一不二的皇帝，竟然仍未恼怒，反而低头沉思。

赵若素不肯见好就收，又道：“所谓奇招还有一个问题，一切皆由陛下决定，反倒是群臣拱手而治，长此以往，陛下就得凭一已之力治理天下了。所以，微臣还要再问一次，陛下想好该怎么当一言九鼎的皇帝了吗？”

韩孺子又沉吟片刻，开口道：“让将军们进来。”

金纯忠可不敢对皇帝有半点违逆，急忙去门口传唤。

五位将领陆续进帐，恭敬地向皇帝行礼，并不知道之前发生的争论。

韩孺子将眼前的形势说了一遍，没提要去刺杀匈奴大单于的计划，而是向众将征求意见。

五将互相看了一眼，陆续开口，全都建议趁夜退兵。

韩孺子又问该如何退兵：“匈奴人一旦发现楚军退却，必然追击，楚军本就人少，退却途中更难抵抗匈奴骑兵。”

五将倒是不慌，纷纷提出建议：营地多树火把，迷惑匈奴人，起码保证天亮前不被发觉；兵分两队，皇帝带少数轻骑在前，尽快与百里外的楚军取得联系，由于之前的安排，返程途中有多个楚军营地，营营相护，不怕匈奴人的进攻。

金纯忠胆子也大起来，开口道：“我去匈奴人营地，尽量拖延大单于。”

大家说完了，韩孺子仔细权衡，他曾经依靠过朝廷，放手让宰相等人管事，结果不是十分令人满意，难道大胜之后，反而又要重蹈旧辙？

韩孺子看了一眼赵若素，扭头向众将道：“就按诸位的计划行事，立刻传令，尽快出发。金纯忠，你不必去匈奴人营地，太危险，而且无济于事。”

“有我妹妹在，不会有危险。正如陛下所言，匈奴大单于为人犹豫，听说陛下已经离开，没准会放弃追击，以免与大楚决裂。”

韩孺子一旦做出决定，就不拖泥带水：“好，你去一趟，替朕问候匈奴大单于，就说朕有急事不得不走，大楚与匈奴联手击败强敌，兄弟之情越发深厚，望有朝一日能开怀畅饮。仓促相会，无以为礼，楚军营中诸物，权当薄礼，请大单于收纳。”

“是，陛下。”

仅仅两刻钟之后，楚军士兵牵马悄悄出营，将帐篷、火把等物都留在原地，走出数里，上马疾驰。

韩孺子没有离队，只派出少量斥候前驱，他本人仍与大军待在一起，绝不让队伍发生一点混乱。

第三日下午，北方出现了匈奴人的身影，数量不是很多，看样子应该是来打探情况的斥候。

军中将领征得皇帝的同意之后，命令全军士兵下马步行，弓弩满弦对外，保持警惕。

匈奴人越来越多，数量已经超过楚军，却一直没有发起进攻。

第五日，楚军被迫以战马为食，终于迎来后方的楚军，两军会合，兵力超过四千，数量仍处弱势，匈奴人却为之一退，不敢步步紧逼。

将士们仍感到紧张，韩孺子却已放下心来，匈奴大单于一怒之下曾想杀死大楚皇帝，失去良机之后又变得犹豫不决，显然是想在大楚与西方之间左右逢源。

金纯忠的口才看来不错。

又一拨楚军过来迎驾，匈奴人彻底退却了，走之前派使者过来，声称他们是奉大单于之命护送皇帝，见皇帝已无危险，他们就不继续送了，大单于感谢皇帝留下的礼物，还赠一批酒肉奶酪之类的食物。

这些食物送得很及时，韩孺子当然收下，派人向匈奴使者表示感谢，只字不提神鬼大单于。

大楚与匈奴没有公开决裂。

韩孺子明白，大楚与匈奴终归成不了真正的“兄弟”，千年之战还将延续下去。

回程比较慢，又过数日，楚军迎上了第一批返乡的西方军队。

与匈奴人不同，西方将士对大楚皇帝只有感激，没有异心，远远停下，诸将领亲自来楚军营中拜见皇帝，谦卑如奴隶。

楚军停留数日，休息一下，顺便补充给养。

韩孺子还有一件重要的事情要做，在附近的一座山顶上，他以大楚的礼仪祭天，西方诸将也纷纷以本族的方式祭神，再向皇帝朝拜，正式称臣。

西方军队一批批经过，韩孺子接连分封七十多位王公，共同立誓，必将神鬼大单于余孽扫除荡尽，任何人取得神鬼大单于头颅之后，即使是在万里之外，也要传送给大楚，再有降敌者，为天下诸国之共仇。

誓言中没有提及匈奴。

大单于或许是感到了恐慌，派亲叔叔过来告罪，声称神鬼大单于趁匈奴人不备，已经逃走，匈奴人正在追击云云，希望也能参与立誓。

韩孺子同意，让匈奴使者代表大单于在山顶立誓，他明白，战争不是一时之事，现在还不是与匈奴人翻脸的时候。

韩孺子回到碎铁城时已是年后，会见众将，论功行赏，同时将大批军队调回关内。

北方仍然寒冷，京城却已开始化冻，宫中、朝廷与百姓都已返城，回顾之前的危机，恍如隔世。

皇帝驾临，受到前所未有的盛大欢迎，宰相亲率百官到迎风寨接驾，跪在尘土中，无人敢于仰视。

在白桥镇，群臣再度恭贺，百姓几乎倾城而出，跪立道路两边，万岁之声持续不绝。

回至京城，又是一番论功行赏，与此同时还要制订反击神鬼大单于的计划，韩孺子已向西方诸军承诺，三年之内，必向西方派出一支大军。

一切事情忙完之后，韩孺子病倒了，并不严重，只是胸前伤势未愈，需要静养调理，他现在最关心的是邓粹与黄普公。

万里之外，一支孤独的楚军正在踽踽而行，犹豫着是继续前进，还是返回故国。

茫茫大海之上，另一支楚军已经望见了陆地，却没有决定是否要登岸。

塞外染绿，在匈奴人军中滞留多时的金纯忠终于踏上返程，带着匈奴大单于的虚情假意、妹妹金垂朵的一封书信，还有一个年幼的孩子。

第七十章

非常人也

邓粹的作战风格就是一个字——“快”，根本没有事先的排兵布阵，也不派斥候去前方打探情况，由他带头，说去哪儿就去哪儿。

兵贵神速，他的确做到了，进攻第一座城池的时候，对方甚至没来得及关闭城门，士兵与百姓眼睁睁地看着一支陌生的军队闯进来，二话没说，立刻投降。

神鬼大单于不信任外族人，每攻下一城，必然杀死或征调大部分壮年男子，然后派本族人带领其他地方的士兵把守。

远离家乡至少千余里，语言、风俗都不相通，守城士兵总是紧张不安，对当地原住民充满警惕，基本不会互相勾结，但是数量太少，斗志全无，用来对付百姓绰绰有余，一见到大军，立刻放下兵器。

邓粹在一座城中从不长久停留，多则三日，少则一日，通常杀死神鬼大单于任命的守城官，另外委任当地贵族，然后征集一些粮草、马匹，带上守城士兵，声称要送他们回家，实际上是编入军中。

出城之后，邓粹说是要继续西进，没准什么时候就会突然改变方向，进攻下一座毫无防范的城池。

将军关颂早就认识邓粹，却从来没接受过他的指挥，第一次追随就深入敌区，越走越远，不由得心惊胆战，军中的楚兵也都惶恐，但是没有办法，他们连回家的路都不认得，只能跟着邓粹一通乱闯。

邓粹认路，早在战前他就在这一带游历过，第一次出征时曾到过不少地方，搜集到大量地图，但他一张也不保留，所有方向与位置都藏在心里。

大概一个月后，楚军攻下神叶城，也是第一座大城，对方早有准备，关闭城门，准备死守，并且调集周围各城的士兵，要与楚军决战。

邓粹从不决战，以为那会浪费麾下不多的兵力，围了半日，呼啸而来，又呼啸而去，随后派出一小队之前投降的士兵，冒充援兵进入神叶城，子夜时分动手，为去而复返的楚军打开城门。

夺城之后，邓粹立刻半闭城门，不准任何人外出，接连三天，迎入一批批敌方援军，全都扣下，然后当众斩杀数十名神鬼大单于的同族人，将人头悬挂在各处城门，宣告此城已为大楚所有，新的守城官要称郡守。

在神叶城，楚军意外地救出几名楚人。

皇亲韩息数年前出使极西方，被囚在神叶城，之所以没被杀死，只是因为神鬼大单于忙于征战，一时没想到这几个人。

虽说是被囚，韩息的生活不算太差，拥有独立的住处，有仆人服侍，甚至娶了一位当地的妻子。

但他没有忘记自己的使命，见到邓粹之后，立刻问道："将军有何计划？"

"嗯，去海边看看。"

韩息又聊了一会儿，终于明白邓粹根本没有清晰的计划，再往西，邓粹也不认路了，打算一直向南方进发，以为总能到达海边。

于是韩息提供了一份计划："神鬼大单于有三座都城，一座在西北，是他的老家，重兵把守，将军兵少，去那里讨不到好处，而且那里位置偏僻，占之无益。第二座位于正西方，距此三千余里，是座千年名城，神鬼大单于的霸业就是在那里奠定，如被攻占，必将震动四方。第三座位于西南，靠海，原是一座大港，神鬼大单于下令毁船，那里成为一座据点，驻兵也不少。"

"往西南去。"邓粹一听说靠海就来了兴趣。

"去那里道路最远，即使侥幸夺占，也无法动摇神鬼大单于的根基。"

"你玩过踹树的游戏吗？"

韩息一愣："将军何意？"

"就是下雨或者下雪的时候，看到有人站在树下，你悄悄跑过去踹上一脚，将那人吓上一跳，挺好玩儿的。"

韩息张口结舌，还是没有明白邓粹是什么意思。

邓粹也不多做解释，拍拍他的肩膀："既然你认路，跟我走吧，咱们路上详聊。"

邓粹率军继续左冲右突，一会儿奔西，一会儿去南，让敌我双方都猜不透他的最终目标，只知道非西即南。

西方震动，敌方终于凑出一支数万人的大军，号称二十万，在往西、往南的必经之路上堵截楚军，要决一死战。

邓粹麾下这时也已聚集上万将士，号称十万，做出决战的架势，却在最后一刻掉转方向，远途奔袭神鬼大单于的家乡。

半路上，邓粹向韩息解释自己的计划："我军兵少而散乱，一败必溃，所以不能战。你说神鬼家乡有重兵把守，我猜这支重兵必然已经南下支援其他城池，咱们绕过去，正好能打个空虚。”

“将军猜？”

“打仗这种事，不就是你猜我、我猜你吗？兵不厌诈，猜准者获胜，猜错者完蛋。数千楚军深入敌国领土，除了踹下一些雨水、雪花，还能做什么？要做就做狠一点，非要吓得神鬼大单于魂飞魄散不可，然后咱们就可以回大楚向陛下邀功了。”

在邓粹面前，韩息等人只有目瞪口呆的份儿。

“唉，也不知道我妹妹生下皇子没有，我还指望外甥以后能当皇帝呢。”

将士们惴惴不安，但是除了跟随邓将军疾驰，他们没有别的选择。

真让邓粹猜对了。

楚军一直以来惯用声东击西之计，敌军早就习以为常，发现楚军北上，仍以为是诱敌之计，因此没有全力追赶，神鬼大单于留在家乡的重兵也按原计划南下，准备包围楚军，然后夺回失地。

北上、南下的两支军队擦肩而过，最近的时候相隔只有几十里，彼此却不知道，邓粹仍然不派斥候提前打探消息，只相信自己的“猜测”。

“诸城震动，正常人都会派出重兵镇压，咱们就以不正常之道应之。”邓粹偶尔也会多做几句解释，却没办法让麾下将士心安。

最后让大家对邓粹心悦诚服的是一场大胜仗。

楚军攻占了神鬼大单于的家乡，放火烧光了一切能烧的东西，军中的各国士兵受欺压已久，恨意极深，得到楚军的默许之后，进行了多次屠杀，将神鬼大单于留在后方的族人杀伤殆尽。

只有极少数人得以活命。

邓粹留下一位美姬，此女虽无高贵的名号，据传却是神鬼大单于最爱之人，因为偶染风寒，没有随军前往东方，结果落入楚将手中。

将美姬接到军中的那一天，韩息专程赶来劝说。

邓粹笑道：“入乡随俗，神鬼大单于每夺一城，必娶当地贵人之女，所以此女并非当地人，也是被夺来的可怜人。而且韩大人不也娶过一位当地女子？城里你看中谁了，都可以要走。”

韩息劝不动邓粹，但是没要任何美女，督促楚军不得参与屠杀与抢人，至于其他国家的士兵，他管不着，也不想管。

军队虽然没打硬仗，收获却极丰，对西方诸城的震动更是无以复加，叛乱此起彼伏，纷纷驱逐外人，响应楚军。

邓粹再次率军南下，在一条名字极长的大河边，与一支敌军相遇，此时双方兵力已经相差无几，他没再避战，让关颂排兵布阵，真要打一场硬仗。

到了战场上，邓粹并无出奇之处，全靠麾下将士自己的本事，楚军自不必说，此战若败，他们连逃的地方都没有，别国将士刚刚屠杀过神鬼大单于的族人，抢获大量美女与珍宝，同样无路可退。

战斗持续了整整一个白天，入夜时敌军溃败。

邓粹甚至没有临阵督战，躲在帐篷里向美姬学习她的本族语言，胜利消息传来，他只回一句“知道了”，仍不肯出来与众将见面。

邓粹就是这样一个人，麾下将士都对他的能力有所怀疑，却又心存敬畏，觉得他是天之骄子，别人费尽心机、辛苦努力得到的东西，他弯腰就能捡到，有时候还不爱捡。

可“天之骄子”的好运也有用完的时候。

接下来发生的是一件谜案，多年之后仍是许多人念念不忘的怪事。

将军邓粹被刺杀了。

没人知道为什么，美姬被夺来的时候，并没有显出拒绝或是反感，似乎还有一点高兴，一路上与邓粹如胶似漆，却在大胜的当天晚上，杀死了枕边人。

也没人知道经过，次日一早，将士们来请邓粹，几次没有得到回应，终于觉得不对，闯入帐内，只见邓粹躺在血泊之中，全身赤裸，皆被染红。

美姬握着匕首，在一边瑟瑟发抖。

愤怒的将士们当场将美姬砍为肉泥，仍不放心，将营中掳掠而来的女子全都杀死，一个不留。

过后才有人提出疑问，杀死邓将军的人到底是不是美姬？没准她只是吓坏了，凶手另有他人。

军中士兵立刻互相怀疑起来。

大好形势说没就没了，韩息是皇亲，成为楚军统帅，斟酌再三，他觉得自己没本事统领所有人，更没本事一路南下，与楚军将士商议之后，决定向大楚退却，对外则宣称是要东征。

诸国将士分裂为多支军队，各有主意，但是无一例外都打着大楚与邓粹的旗号。

邓粹的心被取出来，由楚军带走，躯体则交给一支异族军队，他们要一路南下，完成邓将军看海的心愿。

韩息是文人，途中遇事必记，打算回国之后呈献给皇帝，可是说到将军邓粹，他无法形容，几次提笔，几次放下，直到进入虎踞城，稍得安宁之后，他终于写下几个字：

“邓将军，非常人也。”

第七十一章

真假皇帝

海面平静，显露出温柔可亲的一面，但就像那些凶猛的野兽，即使是在摇尾求饶的时候，也令人警惕。

黄普公早已习惯与这头野兽相处，不在乎被它一口吞掉，目光越过海面，望向远处若隐若现的山脉。

“前方就是敌国领土了。”

黄普公只是自言自语，忘了身后跟着一个人。

栾凯脸色苍白，看上去萎靡不振，出海越久，他越厌恶这无尽的颠簸，即使是在风平浪静的时候，也不得一刻安歇。

“那还等什么？打过去啊。”栾凯有气无力地说，似乎随便一个人吹口气，就能将他撞倒。

黄普公摇摇头：“咱们人太少，打不过。”

“打不过也打。”栾凯抓住船舷，向外面干呕几声，“起码能死在岸上。”

黄普公笑了笑：“别急，咱们很快就会靠岸，看见那座小岛了吗？那就是咱们的暂息之地，等海上诸国的援军赶到之后，或可一战。”

“嗯，他们会来吗？咱们这位皇帝，可比家里那位差远啦。”

黄普公严肃地纠正：“船上的人是英王，武帝幼子，不是皇帝，皇帝只有一位，在大楚京城。”

栾凯不在意这些区别：“跟我说没用，跟他说。”

栾凯抬手指去。

英王从船舱里走出来，伸了个懒腰，打了个哈欠，他倒是很适应海上生活，能吃能睡，从前给黄普公当亲兵，现在独占一屋，什么活儿都不用干，吃得更好，睡得也更香了。

他穿着一件黄色“龙袍”，上面的龙不是绣上去的，而是出自画笔，笔法拙劣，那些龙看上去就像是一群惊慌失措、想要逃跑的有爪长虫。

“啊，天又要黑了，今晚吃什么？”英王走到黄普公身边，也向远处望去，过了一会儿突然露出惊喜的笑容，“看见了吗？陆地！前方就是陆地！咱们终于快要到了。”

船上听到这些话的人都在暗笑。

黄普公按下英王的胳膊，说：“咱们今晚先在岛上休息，等诸国援军到达之后，再做打算。”

“又是岛上，有啥好玩的？”

“可能有过往渔民、商旅留下的一些东西。”

“没意思，都见过了。援军快来吧，我要上岸，都说西方大城的繁华不输给京城，我要挨个逛逛去。”英王兴奋至极。

英王扭头扫了一眼，身后跟着的大小船只有三五十艘，基本都是从大楚带出来的：“援兵会来吧？我是皇帝，他们都得听我的旨意，对不对？”

黄普公咳了一声：“这个……靠岸休息时再说。”

小岛是座临时避风港，楚军船只无法全部靠岸，一多半留在海上，以做警戒，虽说敌军自毁船只，但也不能大意。

一旦脚踏实地，栾凯迅速恢复正常，再看海也不头晕了，甚至能跟着英王一块去岸边钓鱼、捉虾。

新鲜的烤鱼就是英王的晚膳，他很满意，吃饱之后对栾凯说：“你给我当太监吧，我封你做中司监，最大的官儿。”

栾凯使劲儿摇头：“就算你是真皇帝，我也不当。”

英王的脸色一下子沉下来：“你什么意思？难道我不是真皇帝？我有武帝留下的手书，上面盖着大楚宝玺之印，你还要再看一遍？”

栾凯还是摇头，笑道：“我哪认得那玩意儿？黄普公说什么我信什么，我听他的。”

黄普公就坐在英王对面，一声不吭地吃饭。

“黄普公，你不相信我吗？在爪哇国的时候，你可是相信的。”

在爪哇国，黄普公急需一个人物让岸上的国王相信这是一支真正的楚军，所以隆重推出英王——武帝最小的儿子。

对于许多岛国来说，武帝就是大楚天子的代名词，而且许多国王曾派人入贡，认得大楚宝玺，于是接纳了楚军，提供补给。

英王的野心却很大，要做皇帝，而且真以皇帝的名义写下诏书，命令海上诸国派兵支援楚军，一同进攻神鬼大单于。

楚军已经赶到约定地点，援兵却没有影子。

黄普公放下吃了一半的烤鱼，说："我相信你是英王。"

"你不当我是皇帝吗？我是武帝幼子，当初夺位的时候，冠军侯死了，倦侯、东海王违规，失去了资格，只剩下我，就该是我当皇帝。"英王站起身，双手按着桌面，紧紧盯住黄普公。

栾凯笑呵呵地看着，总算觉得这次出海有点意思。

黄普公面不改色："这不重要，前方的敌军才是大麻烦。据说神鬼大单于逃回来之后，平定了大部分叛乱，又集结起一支大军。唉，可惜咱们来晚一步，若是早半年，就能与陆上的楚军会合……"

"黄普公，你别打岔，我就问你……朕问你一句话，你承不承认我是皇帝？"英王仍盯着不放。

黄普公沉默一会儿："我是大楚天子亲封的远征将军。"

"我封你当大将军、当宰相。"

黄普公笑了一声："你为何这么想当皇帝？"

"因为我赢了啊。"英王莫名其妙地看着黄普公，不明白他为何疑惑。

"英王既然自认为是皇帝，为何不肯回宫？"

英王也沉默一会儿，随后坐下，气哼哼地说："倦侯和东海王说是要带我出来玩儿，结果早把我忘了。我干吗要回皇宫？我要自己出来玩儿，用不着他们两个带我。"

"陛下没有忘记英王，一直派人寻找你的下落。"黄普公缓和语气，像对待小孩子一样哄英王。

英王身材不算矮小，性格却的确像是小孩子，回道："我不会让他找到我的。"

"英王是怎么从云梦泽逃出来的？"黄普公一直感到好奇，问过几次，英王都不肯说。

"趁看守不备，就逃了出来。"英王含糊其词。

"云梦泽的人一直没有发现武帝手书？"黄普公又问道。

"我藏得好，没让他们发现。"英王还是不肯透露细节。

黄普公绝不相信英王能瞒过云梦泽的强盗，但是没有追问下去："皇帝不是打赌赢来的，也不是自封的，需要别人的承认，不只是我，而是所有人。"

"不对，皇帝是我们韩家的，太祖将帝位留给子孙，用不着别人承认。"

"既然如此，你为什么不承认现在的大楚天子呢？"

"因为倦侯作弊，不是真皇帝！"

"瞧，就是这样，你觉得倦侯作弊，别人也觉得你身份不真，你不承认大楚天子，许多人也不承认你。帝位是你们韩家的，但韩家子孙众多，谁当皇帝都有可能，而且就算当上皇帝，也未必能拥有全部权力，当今天子不也当过一段时间傀儡吗？”

英王沉默了，半晌才道：“是一名望气者将我放出来的，这份手书——”英王又取出来，“也是他给我的，我不知是真是假。”

黄普公看过手书，上面以武帝的语气写给妃子，让她好好照顾皇帝幼子，未来光大宗室。

“望气者叫什么？”

“淳于枭。”

黄普公大致明白了：“他让你随楚军出海？”

“嗯，他说倦侯势力太大，爪牙众多，我得避其锋头，在海外建立根基，然后再打回去，我是真命天子，到时候一呼百应，肯定能夺回帝位。”

望气者很清楚，那份手书只能骗海外诸国，瞒不过大楚官员。

黄普公早有怀疑，但是不太在意，只要能给这支楚军带来好处，稍微出点格也没关系。

“望气者人呢？也混在船上？”黄普公问道，绝不允许军中有这种人存在。

英王目光躲闪：“谁知道，我上船之后就没再见过他。”

“英王，望气者不怀好意，‘淳于枭’是他们常用的假名，此人绝不可留，必须尽快除掉，否则的话，以后必成大患。”

英王如释重负：“原来你是要除掉他，不用麻烦了，他已经死了，被我杀死了。”

黄普公吃了一惊，栾凯更是“呵呵”笑个不停：“你能杀人？你连提笔都费力，钓上来的鱼自己不敢收拾，还得是我动手开膛破肚。”

英王脸色微红：“杀鱼和杀人是两码事，必要时杀人和无故杀人更是截然不同，迫不得已，我什么都能做。你觉得我提笔费力，望气者也是这么想的，所以对我毫无防范，我将匕首刺进去的时候，他睡得正香，连眼睛都没睁开。”

栾凯笑不出来了：“没有力气，却有胆子，你这种人……在云梦泽死得会很快。”

“可我活下来了。”

栾凯无言以对，黄普公则对英王刮目相看：“你在上船之前将望气者杀死的？”

“嗯，我当时无处可去，又不想回京城，于是就按照望气者制订的计划，拿着他准备好的东西报名参加水军。”

黄普公起身道：“休息吧。”

“究竟要怎样，你才肯承认我是皇帝？”

"天下人承认，我就承认。"

"天下人那么多……"

不等英王说完，黄普公已经走了，英王又看向栾凯，栾凯笑道："黄普公承认，我就承认。"

英王气恼地推倒桌上的盘子。

次日一大早，英王闯进黄普公的帐篷，大笑大叫："援兵来了，好多船只，你还说没人承认我？"

黄普公急忙起床，去外面查看。

援兵的确来了，百余艘船，悬挂着各式各样的旗帜。

各国援兵派使者登岸，表示愿与楚军并肩作战。

海上诸国对神鬼大单于十分恐惧，但是神鬼大单于封闭港口、毁掉船只，等于终结了东西交通，海上再无商旅往来，时间一长，各岛国承受不住了，没有商旅往来，他们很快就变得贫穷。

听说神鬼大单于在大楚惨败而归，诸国有了追随楚军的信心。

英王的高兴劲儿很快消失，因为所有使者，无论是在口头，还是在书面上，只称他英王或是武帝之子，拒绝称"皇帝"与"陛下"。

"等我打败神鬼大单于，总有人承认我了吧。"英王没有完全泄气，"我看过那本书，也懂帝王之术。"

第七十二章

认输

与邓粹的飘忽风格截然不同，黄普公总是提前制订详细的计划，甚至细到一支十人小队该做什么，但是与擅长调动庞大军队的柴悦也不同，黄普公每次都会亲临战场，甚至亲自冲锋，身边永远跟着一群勇猛无畏的部下，趁着战场乱象初显，直击敌军首脑。

登陆之后的第一战轻易获胜，黄普公率兵冲锋在前，手斩敌将，诸国将士无不惊骇，再不敢自认为与楚军平等，庆功时，乖乖地行部属之礼。

但这些人有一条底线，无论是黄普公还是英王，都很难打破。

海上诸国拒绝进攻内陆，坚持沿海岸线前进，水陆并进，以攻占各大港口为第一要务。

他们只想恢复商旅线路，无意与神鬼大单于决战。

黄普公也不着急，决定先打几仗立威，等聚集的士兵更多之后，再做下一步打算。

只有英王心急，第一座城市很小，人口不过数千，除了服饰奇特一点，再无其他异处，令他很是失望。

第二战、第三战，楚军接连获胜，黄普公就像一把尖刀，一刺到底，从不拖泥带水，开战顶多半个时辰之后，必做冲锋，他的眼力极准，总能选中敌军最弱的一面，一举突破，扑向敌方大将。

就像是一群孩子爬树，最轻巧、最具威信的那一个总要摘下最高处的果子，黄普公每战必要亲手斩将断旗，灭敌军威风、涨我军士气。

到了这时候，诸国军队对黄普公已是敬若神明，他若说进攻内陆，再不会有人反对。

但黄普公仍不着急，继续沿海岸前进，他在等待更好的时机。

登陆一个月之后，赶来一支军队，不是来挑战，而是求联合的。

对方将领自称拉赫斯王，竟然拿出了大楚天子的册封文书与王印，立即取得了黄普公的信任。

西方诸国军队早已回国，在雪山上接受皇帝分封时，承诺得很好，说是要共同抗击神鬼大单于，一进入各国疆界，立刻分崩离析，新仇旧怨又都显露出来，各回各国，就为过界与供给问题，甚至打了几仗。

诸国有的闭城自守，有的向神鬼大单于暗通款曲，只有少数国家能够保持联合，敢于公开反对从前的主人。

拉赫斯王是这些国家推出的首领。

他一点也不隐瞒当前的形势，借助通译说："我们这里向来如此，分分合合，偶尔有人统一，很快又会分裂，明明危在旦夕，还不忘彼此争斗。从前有七王做主，还算好些，如今七王遇害，为了争夺他们的名号，大家打得更厉害了。西方本是富庶之地，名城遍地，却被异族人所统治，并非没有理由。"

黄普公不关心这些事情，只问拉赫斯王带来多少士兵。

"三万人，如果将军北上，以大楚皇帝的名义，还能招来更多士兵。"

英王插话道："大楚天子在这里呢，我就是。"

通译看了一眼英王，没有传达这句话，英王不满地说："告诉拉赫斯王，我乃武帝最小的儿子，也是真正的大楚皇帝。"

通译看向黄普公。

"英王的确是武帝幼子。"

通译说了几句，英王倾听，一个字也不懂，追问道："说我是皇帝了吗？"

通译道："拉赫斯王说了，西方诸国不知道武帝是谁，他们只认一位皇帝，就是在雪山上分封诸王的那个人，他们称为'孺子帝'。"

英王愣了一下，随后大笑："大楚哪有'孺子帝'这种称呼？孺子是倦侯小名，怎么能当作帝号？就算是谥号，也要等死后才有。"

通译直接回道："我们不懂大楚的这些规矩，只知道大楚天子是'孺子帝'。我们听说海上来了一支楚军，才赶来投奔，希望一同抗击神鬼大单于，如果你们不是孺子帝的军队，那我们是找错人了，马上就走。"

英王面红耳赤："你只是通译，做不得主。"

通译向拉赫斯王说了几句，拉赫斯王站起身，慷慨激昂地说了几句，通译道："王说，既然如此，我们告辞了，以后大家战场上相见。"

黄普公急忙起身，笑道："别急，我们的确是大楚军队，有皇帝的圣旨。英王也的确是武帝之子，年纪小，说话不得体，勿怪。"

英王脸更红了，可对方表现激烈，他也不敢再说什么，坐在那里低头小声嘀咕。

两军联合，黄普公有了足够兵力，决定向内陆深入，只留少数人守船。

在一座大城外面，楚军与大批敌军遭遇，双方各占有利位置，相隔数十里。

黄普公兵少，并不急于开战，深挖壕沟，筑壁固守，让拉赫斯王派人前往四方诸国，以大楚将军的名义，命令各国派兵参战。

敌军没有立刻发起进攻，而是派使者送来一封信，声称他们手里有重要人质，命令楚军立即投降。

“东海王？”听通译念完信，英王大吃一惊，“他竟然也在这里！真是……我还以为只有我能跑这么远呢。”

拉赫斯王稍稍了解一些内情：“大楚皇帝倒是说过，西方诸国若是胜得东海王，必须以礼相待，尽快送归大楚。”

英王没说什么，等客人都走了，他对黄普公道：“倦侯分明是要东海王送死，只是不好明说而已。这可麻烦了，咱们若是不救东海王，遂了倦侯的意；若是救他——咱们不可能投降啊。”

黄普公只将英王当成一个孩子、一个名号，不太在意他的意见：“没什么麻烦的，该怎么做就怎么做。”

“怎么做？”英王好奇地问。

黄普公没有回答，一个时辰之后，他召集诸国将领，派出使者去见敌军大将，当众宣布自己的回信：“东海王乃大楚天子的弟弟，地位尊贵，战后，他若活着，楚军赦免敌军百名将领的性命，他若遇害，则以百名敌将、万名士兵殉葬。别无他话，五日后上午，决战。”

黄普公以斩将闻名，他的威胁很有分量。

各国军队陆续赶到，人数或多或少，全都远远地观战，暗中同时与双方将领通信，做好脚踩两只船的准备。

这是一场真正的大战，敌军虽非神鬼大单于的主力，但是兵力占优，又有城池为后盾，胜算较大，联军一方则全依仗数千楚军，尤其是黄普公本人的本事。

大战如期开始，黄普公派出几乎所有军队，只留千余骑兵，他这回等的时候稍长一些，足足一个时辰之后，才开始他标志性的冲锋，由一角斜入战场，中途突然改变方向，直扑敌方中军位置。

战前，黄普公曾给观战的诸国军队下达命令，午时入场，后至者斩，离午时已不到半个时辰，还没有任何军队参战。

黄普公的打法并不稀奇，敌军早有耳闻，做好了准备，诸多士兵层层叠叠地保护着己方将领。

可他们还是低估了黄普公以及他麾下那群海盗士兵的凶悍，他们像是水中的鲨鱼，在鱼群中间穿插往来，将鱼群分隔开来，一口口吞掉。

敌兵采取守势，正中黄普公下怀，他总是斜线冲锋，冲突一角之后，反身包围人数较少的那一角，迅速将其歼灭。

一般将领不敢这么做，因为这意味着将后背暴露给敌方大军，黄普公敢，而且以此闻名，他越是大胆，敌军越是谨慎，收缩阵脚以求自保。

黄普公骨子里仍是一名强盗，通过几次书信往来，以及敌军的种种表现，他看出了对方的胆怯，因此敢于放手一搏。

午时前后，观战的诸国军队终于进入战场，毫无例外，都站在楚军一边。

这一战持续到傍晚，敌军大溃，连城都不要了，纷纷逃亡。

黄普公实现诺言，将百名敌将列于城下，声称一个时辰之内看不到东海王，先杀敌将，再坑杀万名士兵。

只过了半个时辰，城门大开，东海王被送出来了。

东海王绝没想到自己还能活下来，而且是被黄普公所救，更没料到会在楚军帐篷里看到英王。

英王长高、长大不少，可模样还能认得出来，东海王惊讶得闭不上嘴："你……你真是英王？"

"可不就是我？"英王很开心，"当初你说过会带我出来玩，现在不用了，我自己就能玩遍天下。还有，争夺帝位你输了吧？"

"输了。"

"那你承认我是皇帝吧？"

东海王摇头："皇帝只有一位，不是你，也不是我。"

英王大怒："你们为什么都不承认呢？愿赌服输啊。"

东海王笑道："你被强盗掳走，后来是怎么逃出来的？"

"反正是逃出来了。"英王不愿细说。

"咱们都当过俘虏，你逃出来了，我是被救出来的，皇帝也陷入过类似的险境，可他还是成为皇帝，无须指定，无须承认。咱们都有机会成为皇帝，但是成功者只有一位，失败者理应认命，不为别的，只因为咱们都姓韩，皆为太祖子孙。"

英王泄了气："你们是我的侄儿，却欺负我年纪小。"

黄普公大胜，但是军队不肯跟着他继续前进了，海上诸国觉得再打下去对自己无益，西方诸国仍然各怀异心，楚军士兵多是海盗，一路上抢到不少战利品，也有思归之心。

黄普公明白，只凭自己的军队，最终还是无法与神鬼大单于抗衡，据说大楚以后会派来大军，他决定撤退，先占据海岸，到时候与楚军联合作战。

东海王也要回大楚，但是陆路不通，只好跟随大军南下。

黄普公率领海上诸国继续攻占沿海诸城，连成一片，建造大量船只，可攻可退。

有一座港口自愿投降，它的名字很怪，译成楚语是“无心之城”的意思，城内供着一尊神像，以多种文字记载其事迹。

楚将邓粹的躯体被送到这里，塑成金身，成为面朝大海的神像。

在一小段楚国文字里，称他是“大楚孺子帝帐下最伟大的将军”。

就是在看过这段文字之后，英王终于放弃称帝的野心，叹息道：“我以为自己走得够远，倦侯的名声却已先到一步，好吧，他赢了。”

东海王被送上一艘大船，向着家乡缓缓行驶，他有很多事情要对皇帝说，也有许多事情永远不想说。

第七十三章

朕一人定夺

每到夜里，韩孺子从书案上抬起头稍稍休息一下的时候，眼中总会有东西一闪，似乎看到角落里默默地站着什么人。

他想起那个叫孟娥的宫女，心中微微发痛，不知是因为过于困惑，还是旧伤发作。

他现在批阅奏章非常快，大多是扫一眼，朱笔写下“阅”字，交给勤政殿处理，更多的时候，他伏案细读的是一部部史书。

今天摆在桌上的书有些特别，是半部实录，记载着他登基以来的事迹。

按惯例，皇帝不能看本人的实录，但这只是惯例，而不是明文律法，韩孺子现在可以做任何事情，史官们只是不出声地犹豫了两天，在第三天将尚未装订成册的实录乖乖送来。

韩孺子知道自己不该这么做，可最近听到的一些传言，让他十分好奇。

几年前的冬天，大楚定鼎以来最为强大的一股敌人闯进关内，直逼京城，皇帝亲率将士迎敌，涌现诸多大将、名将、猛将，殉难者众多，可皇帝本人赢得的名声远远超出众人，甚至诞生了许多神奇的说法。

崔腾的一条腿瘸了，神医也治不好，他在战场上曾经亲口承认，自己没杀过人，双手抱着装有父亲头颅的木匣，跟着樊撞山一路冲锋，战事平定几个月之后，他却改了说辞，声称自己手刃若干敌将，如何在尸体堆中救了樊将军一命。

樊撞山当时晕过去了，又的确看到过崔腾紧随自己身后，因此信以为真，对崔腾极为感激，两人现在是至交，经常一块喝酒。

就在十来天之前，韩孺子带着皇后回倦侯府小住，崔腾突然神秘兮兮地问皇帝：“京城夜战的时候，陛下挺高兴吧？”

夜战时崔腾被留在了函谷关，没有参战，因此与普通人一样，对那一晚发生的事情一无所知，偏又极感兴趣。

韩孺子奇怪地说：“打仗而已，四下里黑黢黢一片，有什么可高兴的？”

“呵呵，别人黑黢黢一片，陛下眼前却是光明一片。我对天发誓，绝不泄露天机，陛下跟我说说，天兵天将长什么模样？是穿金盔金甲吗？”

韩孺子这才明白，那一战已经被神化，连天兵天将都出来了，于是他命史官送来实录，倒要看看史书中会如何记载。

“帝乃率万骑夜袭敌营，彼时浮云遮月，目不见物，众将士皆失所在，唯帝如在白昼，领百骑纵马驰骋，所指必有敌军，时不逾刻，敌军必乱，往往如有神助。”

实录还算严谨，没提天兵天将，用了“如有神助”四个字，可是与事实仍大相径庭，那晚很黑，但还没黑到“目不见物”的地步，韩孺子身边只跟着孟娥一个人，两人尽量避开混战，以求自保，根本没有带百骑冲向敌军。

韩孺子清晰记得那一晚发生的事情，从未改变。

韩孺子余光瞥见一道身影，这回是真的，并非眼花：“有事？”

张有才恭敬地说：“陛下，赵若素到了，还要见吗？”

天已经晚了，韩孺子几乎忘了白天时曾经召见此人：“他又出城了？”

“嗯，说是踏青去了。”张有才有些不满。

“嘿，他倒逍遥自在，传进来。”韩孺子倒不生气，脸上反而露出一丝羡慕的微笑。

赵若素“罪上加罪”的身份已被免除，但皇帝不封他官职，他也不愿意再入朝廷，心甘情愿留在倦侯府当一名小吏，闲暇无事，就去赏景弄诗，竟然有了几分文人的雅意。

赵若素很快进来，颔下留着长长的胡子，向皇帝拱手行礼，而不是磕头。

张有才更加不满，但是不敢说什么，搬来一张凳子，退出房间。他是中掌玺，宫中地位最高的太监之一，就连宰相也对他客客气气，只有这个赵若素的态度还跟从前一样不冷不淡，点下头就算表示感谢了。

“陛下传我有事？”赵若素问，虽然客气，却不卑微。

“今年大比可谓英雄辈出。”

“这是好事，大楚需要他们。”

“当然，可是有几位‘英雄’令朕略有不解，望你解惑。”

“读书人的事情，不如问瞿御史。”

韩孺子笑着摇头：“必须是你。”

“陛下请说。”

“申大形这个名字你有印象吗？”

“这是前宰相申明志的小儿子。”

韩孺子欣赏赵若素的就是这一点，此人不会对自己明明知道的事情加以掩饰，省去许多麻烦。

“南冠美呢？你肯定更了解。”

“这是南直劲的孙子，小时候就是有名的才子。”

还有一个名字，韩孺子低头看了一眼，没有问出来。

“这两人是今年的状元人选，朕看过他们的卷子，确实出类拔萃。”

赵若素“嗯”了一声，知道皇帝的疑惑不在这里。

韩孺子停顿片刻，继续道：“朕纳闷这两人为何会在今年参加大比。”

“三年一选，应该是赶上了吧？”

韩孺子摇头：“你熟悉朝廷的那套做法，朕有所感觉，朝中官员明显分为两派，各自支持一人成为状元。申明志致仕、南直劲殉国，都是多年前的事情了，朝廷还记得他们，这是好事，可是热情得像是在还债，就有些不同寻常了。”

韩孺子极少直接参与朝廷事务，冷眼旁观，看得却更准。

赵若素想了一会儿：“我与朝廷久已没有往来，只能凭空猜测，陛下要听吗？”

“召你来，就是要听你的‘凭空猜测’。”

“当年申明志致仕，进行得非常顺利，南直劲插手其中，这个我是知道的。我猜申明志之所以自愿交出相印，想必是从南直劲那里得到过承诺。”

“给申家一个状元？”

“申大形可有状元之才？”

韩孺子寻思一会儿才道：“有。”

“那就是了，南直劲不会随便许诺，必是了解其为人之后，才许以状元。”

“既有此才，何必求托？”韩孺子问完之后笑着摆下手，表示不必回答。

有状元之才的人不止一位，谁当状元都有可能，而且申明志要的大概也不只是状元，而是要让儿子进入朝廷之后能够一路顺风。

“南直劲曾想一人承担所有罪过，也是为了给孙子要一份前程？”

“还是那句话，南冠美若无状元之才，南直劲绝不会强人所难。陛下觉得群臣各有支持，或许不是还债，而是拉拢，因为大家隐约都能猜到，这两人以后必定飞黄腾达。”

韩孺子觉得赵若素说得有道理：“那就怪了，申明志从南直劲那里得到承诺，如今两人的子孙却同台竞技，必有一人失败，幕后人是怎么策划的？”

“或许这恰恰说明没有所谓的幕后人，两子各凭实力参考，只是相关传言比较多，使得朝中大臣参与进来。”

韩孺子笑了一声："如此说来，朕不必调查，更不必干涉？"

"我只是给出一点猜测，并无真凭实据，一切仍由陛下定夺。"

韩孺子大笑："不愧是赵若素。城外的景致可好？"

"极佳，可是百姓无心观赏，母子洒泪相别，令人伤感。"

韩孺子脸色一沉："你刚说过一切由朕定夺，不必再劝，朕心意已决。"

"是，陛下。"赵若素没再说下去。

韩孺子却要辩解几句："神鬼大单于的势力虽然一直在衰落，但他还活着，此仇不报，大楚何以立威？还有塞北匈奴，一直三心二意，常派小股骑兵侵边，必须加以严惩。大楚如今已经缓过来了，先破匈奴，再灭神鬼，从此一劳永逸。"

"陛下所言极是，只是我记得陛下的初心并非如此。"

刚刚当上真皇帝的时候，韩孺子尽量避免开战，以给百姓休养生息的机会。

"此一时彼一时，大楚既有余力，就不能再让外敌看轻。"

"陛下说得对。"赵若素显出几分唯唯诺诺。

"很晚了，你还是快些回家吧。"韩孺子意兴阑珊，发出逐客令。

赵若素走后，韩孺子独自坐了一下，相信远征势在必行，朝廷准备得非常充分，西方诸国也都在翘首以待，以此为名，半路上突袭匈奴，两大强敌将能一块解决。

"只需几个月。"韩孺子喃喃道，站起身，又看了一眼自己之前写下的三个名字：申大形、南冠美，还有一个罗世浮。

杨奉的儿子也参加了今年的大考，文章极佳，是韩孺子心目中的状元，却不得大臣的喜爱，试官将他列为二甲进士。

韩孺子将纸点燃烧掉，随后下楼回转内宫。

慈宁太后不喜欢太多的规矩，皇帝三日一请即可，韩孺子今晚不用去请安，径去皇后的秋信宫安歇。

淑妃邓芸正在秋信宫里等皇帝，她要告一状："陛下得管管北皇子，他今天又将几个弟弟给打了。"

韩孺子忍不住想笑，勉强忍住，正色道："朕会管教他。"

"真的管教，不是随便说几句，他已经不小了，该学些宫里的规矩了。"

"当然，朕正准备给他选一位严厉的师父。"

邓芸无话可说，向皇帝、皇后请安，告辞离去。

"他人呢？"韩孺子问。

"在另一间屋里，躲着不肯出来。"崔小君含笑道。

韩孺子穿过客厅，推门进入另一间屋，屋子里很黑，一个小小的身影坐在床边。

“你又打架了？”韩孺子严厉地问。

小孩子却不怕，生硬地问：“母亲为什么要将我送来？她自己都不喜欢皇宫，却让我困在这里。”

韩孺子走到床前，在儿子身边坐下，发现有些事情比选择状元和大军远征还要困难。

第七十四章

小孩子

几年前，金纯忠由塞外带回来一位皇子，打乱了宫中的诸多安排。

他是从北边来的，因此被称为“北皇子”，慈宁太后听说后极不高兴，因为她曾经多次或派人、或写信向金垂朵询问是否有子嗣，得到的都是否定回答，就在她属意于庆皇子，已经视其为太子的时候，却突然冒出来一位皇长子。

慈宁太后觉得这是有意为之，没准是匈奴人的阴谋，可是在仔细看过北皇子之后，她叹息一声：“他和孺子小时候长得几乎一样。”

慈宁太后接纳了北皇子，一开始养在身边，很快就向皇帝抱怨：“我终于明白金贵妃的用意了，她故意将皇子留在塞外，先将他变成匈奴人，再送回大楚，等他长大，必然心向匈奴。瞧瞧他，除了容貌相似，哪里还像是皇室子孙？顿顿要吃肉，才几岁，就偷着喝酒，甚至爬上慈宁宫房顶，说是宫里太憋闷，他要到高处放松一下，这是小孩子能做出的事情、说出的话吗？”

韩孺子微笑以对，劝母亲将北皇子交给皇后抚养。

皇后很有耐心，看得也很紧，她不得不如此，孺君公主就是个淘气的主儿，来了一位更淘气的哥哥，互相鼓励，更加无法无天。

后宫嫔妃又为皇帝生下几个儿女，年纪尚幼，只有惠贵妃生下的庆皇子和淑妃生下的邓皇子年龄稍长，成为受欺负的主要对象，偏偏他们总来找北皇子和孺君公主玩耍，挨打了就向祖母和母亲哭诉。

皇后头痛不已，经常为一对儿女道歉，有时候她出面也没用，就只能将麻烦交给皇帝。

“母亲为什么要将我送回来？”北皇子生硬地问。

韩孺子轻轻抚摩着儿子的头顶：“你也不算小了，应该能明白一些道理，告诉你也无妨。你母亲将你送回来，是因为觉得匈奴那边不安全。”

北皇子扭头看向黑暗中的父亲：“大单于和大阏氏最喜欢我了，在那边没人敢多说我一句，怎么会不安全呢？”

六七岁的孩子正是似懂非懂的时候，韩孺子发现很难用几句话将事情解释清楚，本想敷衍过去，以后再说，可是北皇子语气中的不信任，让他改变了主意。

“等等，朕让人掌灯，详细对你说。”

“嗯。”

一名宫女进屋点燃蜡烛，韩孺子亲自铺纸研墨，正要动笔，扭头看到门口露出一颗小脑袋：“进来。”

孺君公主蹦蹦跳跳地扑向父亲，抱住他的一条腿：“不怪大哥哥，是庆皇子和邓皇子先捣乱。”

韩孺子微笑道：“朕不怪任何人，但是朕希望你们懂道理。”

兄妹二人同时点头。

韩孺子在纸上画了一条横线：“这是长城，当然，真正的长城没这么直，意思一下吧。北边是匈奴，南边是大楚，从很久以前就开始打仗，持续了上千年。”

“为什么要打仗呢？肯定是匈奴先捣乱。”孺君公主道。

北皇子很喜欢这个妹妹，在这件事上却有不同想法：“匈奴人不会捣乱，他们只在受欺负的时候才反抗。”

对这种“大逆不道”的言论，韩孺子没有斥责，说道：“打仗的原因已经不重要，既然开打，每一方都想打赢，对不对？”

兄妹二人又同时点头，孺君公主向北皇子悄悄做个鬼脸，表示不服气。

韩孺子在横线左端又画一条竖线，说：“西方是神鬼大单于。”

“他是坏蛋。”北皇子马上道。

“最大的坏蛋。”孺君公主补充道。

两人年纪虽小，却都对神鬼大单于入侵大楚一事印象深刻。

“嗯，他是坏蛋，最终还是被打败了。”

“被父皇带兵打败的。”孺君公主抢着说。

“父皇见过神鬼大单于吗？”北皇子问。

“差一点就见着了。”韩孺子在竖线顶端画了一个小圆圈，“神鬼大单于战败逃亡，朕在这里追上他，正要动手将他除掉的时候，匈奴人出现，将他保护起来，然后放走了。”

“匈奴人真坏。”孺君公主恼怒地说。

北皇子瞪了妹妹一眼，问道：“我在匈奴的时候，大家都说神鬼大单于如何如何坏，干吗要将他放走？”

“因为匈奴人更害怕大楚，他们担心只剩下自己以后，更不是大楚的对手，于是放走神鬼大单于，给大楚增加一个敌人。”

“匈奴人果然坏。”孺君公主盯着北皇子说，他们两人玩得很好，却也经常吵架。

北皇子皱眉嘟嘴，似乎不太相信父皇的话。

“有话就说。”韩孺子道。

“匈奴人都说，大楚害怕匈奴。”

韩孺子笑了一声：“你从北边来，见过一些城镇，你说说，是匈奴人多，还是大楚人多。”

“大楚人多。”北皇子不得不承认，随舅舅一路南下路过诸城的时候，他简直不敢相信世上会有这么多人挤在一起。

“匈奴繁华，还是大楚繁华？”

“也是大楚。”北皇子喃喃道。

孺君公主又抢道：“大楚强盛，才能占据好地方，匈奴不强，只能待在塞外，所以匈奴害怕大楚。”

北皇子无言以对，眉头皱得更紧。

所谓强弱当然没有这么简单，韩孺子却不想对孩子说得太细：“楚强，匈奴弱，所以匈奴需要帮手，这就是为什么他们会放走神鬼大单于。”

“匈奴与大楚不能和好吗？”北皇子问道，语气软了下来。

“这正是你母亲的想法，匈奴人放走神鬼大单于，她不同意，与匈奴大单于发生了争执，这些年来，她一直不去龙庭参拜大单于，带着一部分匈奴人独自生存。”韩孺子轻叹一声，难以想象金垂朵是怎么忍受过来的。

北皇子道：“我明白了，母亲担心我被大单于当成人质，所以将我送回父皇这里。大单于那里有不少人质，经常受欺负。”

韩孺子放下笔，轻轻拍了一下儿子的头：“正是如此。”

北皇子昂然道：“等我长大，一定要接母亲回来，还要打败大单于，让他老老实实地听话，不准再与大楚作对。”

韩孺子大笑几声，吩咐道：“天晚了，睡觉去吧。”

北皇子点头，孺君公主却缠着父皇讲故事，韩孺子无奈，讲了一段太祖的事迹，兄妹二人都不满意，要听父皇打败神鬼大单于的经历。

韩孺子却没什么可讲的：“真正打败神鬼大单于的人是邓粹，他是邓皇子的舅舅，率孤军深入敌后，为大楚树立威名，就因为他，西方诸国发起反叛，逼得神鬼大单于不得不从大楚逃走。就是现在，他的威名仍在西方流传，诸国轻易不肯再向神鬼大单于屈服，每到开战的时候，还打着他的旗号。”

“邓皇子的舅舅这么厉害？”北皇子和妹妹互视一眼，都不相信。

“过几天，朕会请一位师父，专门给你讲故事，等你认的字再多一些，就能自己看故事了。”

“哦。”北皇子不太喜欢读书。

孺君公主兴奋地说：“我也要听故事！我也要师父！”

韩孺子本来没有这个想法，这时却觉得也不是不可，笑道：“你和哥哥用一个师父吧。”说罢将两人向门口推去。

宫女迎上来，抱起兄妹二人，分别送回自己的住处。

韩孺子松了口气，回到卧房，皇后还没睡下，轻轻摇头：“陛下这样轻描淡写的惩处，淑妃是不会满意的。”

“小孩子打架而已，无须大惊小怪，淑妃太在意了。真是奇怪，淑妃与惠贵妃关系一般，怎么两人的孩子却常在一块玩耍？”

皇后自从生下公主之后，就再也没有怀孕，选立太子之事因此变得扑朔迷离，淑妃邓芸颇有野心，对邓皇子寄予厚望，而且也不加以掩饰，为此与慈宁太后发生过几次冲突。

庆皇子与邓皇子本该是对头，关系却很亲密，韩孺子有点意外。

崔小君微微一笑：“小孩子，哪懂那么多？”

“小孩子不懂，大人懂。”

“弱弱联合，陛下刚才不是说得头头是道吗？”

韩孺子一愣，随即明白过来：“原来你听到了。”

“又不是国家机密，不算过分吧？”

韩孺子笑着摇摇头，随后道：“宫里人是不是都觉得朕会立北皇子为太子？”

“北皇子是长子，又是金贵妃所生，宫中有传言也是正常的。”

“皇后怎么想？”

“这种事可轮不到我开口，陛下若是宠爱孺君公主，就让我们娘儿俩置身事外吧。”

韩孺子默然，这是一个难题，比击败匈奴和神鬼大单于还难，他到现在也没想出一个合适的解决办法。

“谭王妃又派人送信给我，打听东海王的下落。”

“这还真是一件怪事，据说东海王三年前就已登船，却在中途失去了消息，海上风急浪大……唉，大家肯定以为这是朕的授意。”

“悠悠众口，谁也堵不住，陛下不必过于在意，谭王妃倒没想太多，只希望若有消息能第一个通知她。”

“当然。”韩孺子走到皇后面前，轻声道，“咱们努力吧，你若生下儿子，问题都能迎刃而解。”

崔小君羞红了脸，轻轻推开皇帝，小声道：“接下来几个月不用‘努力’啦，就是不知道问题能不能解决。”

韩孺子大喜，轻按皇后的小腹：“大楚的安宁就看你了。”

第七十五章

状元之选

从遥远的西方送来一封信，令韩孺子十分恼怒，连皇后再度怀孕所带来的喜悦都少了一大半。

信是黄普公写来的，措辞委婉而谦卑，一多半内容是在感激皇帝的知遇之恩，随后说到了正题：他要撤军，而且不回大楚，将留在海上，“遥望故土，感念圣恩，垂涕不已”。

然后他找了一堆理由，海上诸国厌倦战争，都想回归本国，西方诸国彼此矛盾太深，互相猜忌，稍有矛盾就会投降敌军，反复无常，没办法凝聚成为一支大军。

另外，神鬼大单于已经衰落，龟缩西北一隅，已不值得楚军大动干戈。

最后，他提出一个“小小的”要求，希望皇帝正式册封英王，许他在海外建国，永世向大楚称臣。

韩孺子很久没这么愤怒了，在桌上重重一拍：“别人也就算了，黄普公乃朕一手提拔，竟然也会忘恩负义！”

凌云阁里顾问甚多，敢在皇帝发怒时开口说话的人只有一个，崔腾问道：“黄普公做出什么事让陛下如此生气？”

韩孺子挥下手，崔腾一瘸一拐地走到桌前，拿起信看了一遍，也是大怒：“这个浑蛋，没有陛下，他现在还是人家的奴仆呢，得到一点权力就忘乎所以。大楚正集结军队准备西征，他竟然要撤军，这不是与朝廷唱对台戏吗？而且还不肯回大楚，要在海外辅佐英王！谁知道那个英王是真是假，没准就是黄普公自己冒充的。”

崔腾一怒，韩孺子反而平静下来，看向房间里垂手肃立的十几名顾问，缓和语气道：“黄普公说神鬼大单于龟缩一隅，已不值得大动干戈，诸位怎么看？”

众人都松了口气，崔腾抢先发言：“这和龟不龟缩没关系，神鬼大单于胆敢入侵大楚，虽在万里之外，也必须受到惩罚，就算他生病死了，也要派楚军去将他的尸体拖回来。”

顾问们挨个发表见解，意思都与崔腾差不多，但是一个比一个慷慨激昂，找出更多的证据，比如有匈奴支持，神鬼大单于早晚还会东山再起，绝不能养虎为患，必须一劳永逸地铲除。

韩孺子甚觉无聊，除了赵若素，很少再有其他人敢在他面前畅所欲言，而他需要的恰恰是真话。

事情往往如此，帝位不稳的时候，他常常能听到真话，虽刺耳，但是有益处，如今帝位稳固，耳中所闻却都是奉承与赞同。

赵若素不懂军事，问之无益，韩孺子正在发呆，被崔腾唤醒。

“陛下，还等什么，楚军已经准备妥当，尽快出发吧。少则三月，多则一年，必能凯旋回京。”

“原计划是夏末出军，不必着急。”

“我就是气不过黄普公的背叛，楚军一到，看他还敢不敢提条件。”

“神鬼大单于龟缩西北，黄普公驻军南方海港，相隔数千里……”韩孺子摇摇头，甚感失望。

崔腾心生一计，话到嘴边却没说。

皇帝明显露出倦意，众人告退，崔腾磨磨蹭蹭等到最后，只剩他一人时，上前小声道：“陛下，黄普公还有家眷留在京城呢。”

黄普公临出征前娶了一位妻子，留在大楚没有带走，韩孺子记得此事，每到节日，必给重赏。

“嗯？”

“黄普公敢背叛陛下，陛下没必要再对他讲仁义，先将他的夫人下狱，然后命她写信，看黄普公什么反应，如果……”

“去！乱出主意，堂堂大楚，容不下一位将军夫人？黄普公就算真的背叛，朕也不会动他夫人一根汗毛。”

崔腾讪讪地说：“我不是想为陛下出气吗？”

“这种事不用你操心，另有一件事要交代给你，皇后有喜……”

崔腾一跳三尺高，落地之后“哎哟”一声，揉着受伤的腿，脸上却满是笑意：“真的？”

“御医昨天确诊。从今天开始，你要老实些，少喝酒，最好别喝酒，更不要惹是生非，免得让皇后和你母亲担心，明白吗？”

崔腾脸上一红：“陛下听说了？”

“就为了一个女人，竟然与人当街打架，早传得沸沸扬扬，朕怎么可能没听说？”

“不是为了女子，是为了争一口气……”

“你是朕的近臣，宿卫军将军，身为列侯，子侄也都是侯爵加身，天下的气都让你们崔家争去了，还有什么可争的？”

崔腾“嘿嘿”地笑，不敢争辩，但是又不服气，最后还是道：“陛下，不是我多嘴，柴家的气焰最近可是非常嚣张啊，他们家也是一门数侯，而且柴悦在塞外统领精兵数十万，啧啧，哪像我这个将军，宿卫八营一个也不归我管。”

“放肆，说完黄普公，又要编派柴悦了？”

“黄普公是陛下……”崔腾急忙收敛，“我还是走吧，快点回家告诉母亲好消息，给皇后准备一下。”

看着崔腾出门，韩孺子无奈摇头，崔腾实在不成器，否则的话绝不会只是当一名近臣。

等屋内再无外人，张有才进来，双手呈上一份奏章：“勤政殿送来的。”

这是一道宰相与礼部联名送上的奏章，提醒皇帝，殿试已经结束三天，该定出三甲人选，发榜公布了。

状元也是一件麻烦事，礼部尚书等几位试官看中了南冠美，宰相等大臣则在权限范围内力荐申大形，争执不下，只能交由皇帝决定。

韩孺子心中却另有一人，他之前见过罗世浮，印象中那是一名有点害羞的年轻人，与杨奉不像同一种人，几日前的殿试再见面，他已经是一名沉稳有度的读书人。

韩孺子写下一份回复，交给张有才，让他送达勤政殿。

皇帝提出一个不同寻常的要求，要在凌云阁召见十名成绩最佳的考生，当面问策，以定状元之选，宰相与礼部试官受邀旁听。

殿试之外又来一次“阁试”，放在从前，宰相和礼部都会坚决反对，如今却是立即筹备，当天下午就将十名考生送到凌云阁。

宰相还是卓如鹤，礼部尚书换了新人，十余名大臣旁听这次问策，再加上十名考生、十几名太监，房间里显得很拥挤，却也热闹。

见礼毕，皇帝赐众人平身，太监们将已经写好的问策书交给考生，两刻钟之内写一份简答，然后再由皇帝提问。

问题很简单，却与经典无关，而是询问他们如何看待西方形势和大楚的备战。

有几名考生立刻皱起眉头，他们寒窗苦读十几年，圣贤之书背得滚瓜烂熟，除此之外，两耳不闻窗外事，根本不了解西方的形势。

但所有人都伏案疾写，起码要给皇帝一个好印象。

时间很快到了，太监们收回试卷，放在桌上，宰相等人不自觉地窥视，都想看看自己支持的状元回答得怎么样。

韩孺子当场阅卷，无论看到什么，脸上都不动声色，可是有一份回答实在让他忍俊不禁，推给宰相。

卓如鹤扫了一遍，礼部尚书是主试官，也凑过来看了一眼，扭头向一名考生道："刘检，陛下问的是西方形势，如何应对神鬼大单于，你怎么尽写西域的事？"

考生脸色苍白，扑通跪下："小生……我……"

中司监刘介从皇帝那里得到示意，上前道："别急，你知道神鬼大单于是谁吗？"

"听……听说过。"考生费力地说。

"对西方诸国，你了解多少？"

"啊？"

刘介看了一眼皇帝，对刘检说："站到一边，听别人怎么说。"

刘检退到门口，全身发抖，一副失魂落魄的样子。

韩孺子又拣出四份平庸的答卷，刘介让这四名考生也站到门口去，只剩五人等待皇帝提问，南冠美和申大形都在其中，宰相等人互视一眼，感到满意，起码他们推荐的状元人选没有露怯。

考生之中，南冠美最年轻，还不到二十岁，皇帝先问他："南冠美，你说大楚不宜劳师远征，可以敌制敌，做何解释？"

南冠美拱手行礼，回道："楚军远征，国内空虚，会给匈奴可乘之机，近患不除，怎可远征？不如以西方诸国制西方之敌。"

礼部尚书轻轻摇头，他支持南冠美，可此子的回答却错了，大楚远征的目的之一就是中途进攻匈奴，先除近患，再灭远敌。

这不怪南冠美，楚军的策略还是秘密，连朝中都只有少数人知晓。

韩孺子又问了几句，换下一人，第三人是罗世浮，他建议不必急于出兵，可以再等等，若西方诸国能够击败神鬼大单于，大楚可以省下一笔巨大的军费。

第四人是申大形，回答最为巧妙，先将西方形势说了一遍，以示自己很了解时事，最后却道："国之大事，执政者为之，陛下决之，臣等不在其位，难谋其事，大楚或出兵，或不出兵，皆有道理。"

卓如鹤也轻轻摇头，他了解皇帝，知道这样的两面讨巧对皇帝无效。

韩孺子不做判断，最后问到一位名叫曾荡云的考生："你说大楚远征必败，为何？"

此言一出，众人侧目，连门口站立的五名考生也吃惊地看了一眼，大楚备战数年，大军集于塞外，尚未出征，此人竟断言必败，着实大胆。

韩孺子很意外，却也最想听曾荡云的解释。

“大楚应顺势而为。”

韩孺子心中一惊，他好久没听到“顺势而为”四个字了。

第七十六章

状元之名

韩孺子的本意是要从南冠美、申大形、罗世浮三人当中选出一位状元，全未料到会突然听见“顺势而为”四个字。

可这四个字并非望气者独有的口号，偶尔冒出来说明不了什么，韩孺子不动声色，问道：“怎么个顺势而为法？”

曾荡云二十多岁，个子很高，看上去却很虚弱，总像是在往左边微微歪斜，即使是躬身行礼的时候也不例外。

“神鬼大单于大势已去，楚军若是远征，必然大胜。”

“你刚刚还说楚军必败无疑。”宰相卓如鹤忍不住开口，觉得这个人是在哗众取宠。

“并不矛盾，楚军必然击败神鬼大单于，却会败给西方诸国。”

卓如鹤忍不住笑了，周围的官员以及来面圣的考生也都发出笑声。

“这话可就怪了。”卓如鹤当宰相久了，知道什么时候该由自己开口，像这种质疑的话，皇帝轻易不能当着众人的面提出来，以免遭遇尴尬，只能由他人代劳，“楚军西征是要帮助诸国，皆是盟友，何来胜败之说？”

曾荡云不笑，正色道：“数十万楚军，耗费巨资，只为取一颗人头？击败神鬼大单于之后必然要留下一部分吧？”

“当然。”朝廷对此制订过计划，卓如鹤看了一眼皇帝，决定稍稍透露几句，“可以效仿西域之例，派置都护官以及少量楚军，羁縻而已。”

“据我所知，西方诸国矛盾重重，否则的话，也不至于为神鬼大单于所制，这些矛盾存在已久，有如长城南北的千年争战，有共同敌人时还好些，神鬼大单于一亡，必然恢复明争暗斗。到时各国都向大楚求裁，信使一来一往，需要半年甚至一年之久，大楚不管，则威名扫地，大楚干涉，则少量楚军必然不够，只好再度增派军队，长此以往，对西方诸国来说，大楚就是新的神鬼大单于，必生反心。”

“放肆！大楚从未想过将西方诸国纳入大楚疆界，怎么会被当成神鬼大单于？”卓如鹤厉声呵斥。

曾荡云行礼：“所谓‘说者无心听者有意’，大楚的一举一动，在西方诸国眼中怕是别有含义，到时候非由大楚所能决定。”

卓如鹤又要开口驳斥，韩孺子冲他摆下手，向另外几名考生道：“你们有何看法？”

众人都明白，这是皇帝的另一轮测试，申大形抢先开口，向曾荡云道：“羁縻之策在西域曾行之有效，为何不能在更远的地方仿效？”

曾荡云拱手还礼：“西域与大楚相隔遥远，难以纳入版图，因此施行羁縻之策。古人云：五服，由近及远有甸服、侯服、宾服、要服、荒服，以此观之，道路的远近、难易极为重要，羁縻在西域有效，放在更远的地方却未可知。此乃大势，人力难以逆之，或有一日，器械之利达于极致，日行数千里，大军朝发夕至，届时西域为郡县，极西可羁縻之。”

众人又大笑，南冠美站出来道：“此言差矣，大楚非要统治西方之地，乃是惩恶诛凶，诸国矛盾重重，正可利用之，扶弱除强，不必非由大楚出兵。”

“兵者，凶器也，数十万楚军远征西方，按最好的可能估算，损失也有一两万，至于马匹、粮草更是不计其数，声势之大、耗费之多，亘古未有，却只为惩恶诛凶？”

韩孺子向罗世浮看了一眼，微点下头，罗世浮得到鼓励，也开口道：“所谓惩前毖后，楚军远征，耗费虽多，却示天下以威，此后千百年不受西方之乱，一劳而永逸，很是划算。”

曾荡云微微一笑：“今人休言千年事，一劳永逸只是一厢情愿，神鬼大单于忽然而兴，莫说千年前，便是百年前、十年前有谁能料到？敌变，我亦变，怎可存一劳永逸的想法？势者如水，须与之沉浮，方得自由，君名‘世浮’，大概也是此意吧？”

罗世浮脸上微红：“按你的意思，大楚备战数年，大兵陈于塞外，却要虎头蛇尾？”

“非也，圣人不逆势，却可顺势、造势、助势、借势，大楚备战数年，西方诸国尽皆知之，也正因此而敢于反抗神鬼大单于。在下不才，献一愚计：塞外继续陈兵，与此同时多向西方派遣使者，与诸国约定开战之机，并许下诺言，先破敌酋者、斩送头颅者，封以大王，位在诸王之上。西方诸王必争此位，不待楚军移师，而敌酋之头已悬于京城北阙。”

众人一时无话，韩孺子看向门口的五名考生，问道：“你们也说说。”

五人以为自己早已出局，突然听到皇帝亲口发问，吓了一跳，一人跪下，其余四人急忙也跪下。

太监让他们起身，五人互相看看，名叫刘检的考生颤声回道："这个所谓的'大王'不就是新的神鬼大单于吗？他日后若是生出野心，大楚就是亲手扶植了一名敌人，还不如大楚代替之。"

众人又都看向曾荡云，觉得这句话问得有道理。

曾荡云低头略作思考，开口道："或有这种可能，唯一的应对之计就是楚强。楚强则敌不敢侵，无人敢生野心，楚弱则人人觊觎，好比神鬼大单于，若不是有匈奴入侵在先，他也不至于倾巢而至。"

申大形已经察觉到自己之前的应对过于油滑，难得皇帝欢心，这时抢着说道："兜了一圈，曾兄等于什么都没说，何谓楚强？必是远征万里之外，探取敌酋之头，楚军若是不动，岂非示弱？"

曾荡云有点招架不住，低头思考得更久一些："示强而不用强，事半而功倍。"

申大形抓住软肋，乘胜追击："示强而不用强，若敌人反击，反而事倍而功半。"

曾荡云正要开口，刘介已经得到皇帝示意，开口道："可以了，今日之辩结束，诸生退下。"

十名考生向皇帝跪拜，被太监们送出皇宫，大臣们留下，他们要等皇帝选出状元。

韩孺子感觉不错，诸生争辩让他又有了初掌皇权时的热情，这种场景很长时间没出现过了。

"陛下可有中意者？"卓如鹤上前问道。

韩孺子对谁是状元却已不在意，只凭一张考卷、一场辩论分不出谁优谁劣，也没必要非得立刻排出名次："勤政殿拟名次吧，今年的考生都不错，无论谁当状元，朕都满意。"

韩孺子将权力交还回去，大臣们都很高兴，同时也都暗地里摩拳擦掌，要为自己支持的对象争得状元之位。

大臣告退，回勤政殿自有一番激烈的争斗，韩孺子静待结果。

房间里终于空下来，张有才带几个人收拾东西，差不多了，其他人退下，张有才说："陛下对那个曾荡云很感兴趣吧？"

"你又看出来了？"

"呵呵，陛下别怪我，听到'顺势而为'四个字，我也吓了一跳，不知他是无意还是有意。"张有才常在皇帝身边，所见所闻甚多，记得望气者的这句口头禅。

"嗯。"

“要不要叫来问问？”

“先不着急，等榜单下来之后，调他进翰林院再说。”韩孺子深知皇帝的一言一行有多受关注，若是现在就召见曾荡云，没准会给大臣们一个错误信号，反而坏事。

“是，要不要我找人私下里调查一下？”

“你？”韩儒子有些惊讶，景耀已退，金纯忠进入大理寺任职，韩孺子身边再没有可做私下调查的人。

“不是我，是晁鲸，我瞧他最近闲得慌，天天和老乡喝酒闲逛，也不急着成家立业，不如给他找点事情做。”

经历几次战争，晁家渔村的人死亡大半，幸存者不多，韩孺子已经决定再不派他们参战，反而让他无所事事。

“好吧，对晁鲸说清楚，不可引起注意，不可惹是生非。”

“是，陛下。”张有才没动，继续道，“我可不敢口头传旨，陛下是不是给我写点什么？”

张有才还记得规矩，韩孺子笑了笑，提笔写了一封手书，命张有才找晁鲸办事，不提具体内容，而且注明一次有效。

张有才小心地收起字条，转身要走，又忍不住问道：“陛下觉得谁会是状元？”

“让大臣决定，半天也等不了吗？”

张有才笑着退下，向其他太监交代几句，便自去找晁鲸。

皇帝喜欢一个人独处，太监们都留在外面听宣。

韩孺子坐了一会儿，又拿起黄普公的信，心中已不像一开始那么愤怒，而是更冷静地看待整件事情。

他抬起头，看向角落，好像那里站着一个人，小声道：“远隔万里，自给自足，无念于大楚，无求于皇帝，即便是忠臣也有自立之意，黄普公未能免俗，与其空怀愤怒，不如因势利导。”

韩孺子叹息一声，又想起杨奉的那句话，皇权只在十步以外、千里之内，他现在的确感受到对千里之外的无力。

罗世浮显然没有继承父亲的衣钵，韩孺子略感失望。

入夜之前，勤政殿送来名单，正如韩孺子所料，宰相获胜，申大形成为新科状元，南冠美榜眼，罗世浮探花，二甲若干人，应对失策的刘检，被归入三甲，舌战诸生的曾荡云也落入三甲。

大臣们显然不喜欢这个人。

韩孺子没有犹豫，朱批“阅”字，派人送回勤政殿，明天一早，礼部就将张榜公布名单，又是几家欢喜几家愁。

次日一早，韩孺子起床洗漱，张有才过来侍候，等皇帝穿戴整齐，趁周围无人，他说：“陛下，晁鲸有消息了。”

“这么快？”韩孺子十分意外。

“人家根本没躲没藏，曾荡云带着教书先生一块进京，这位先生陛下认得。”

“林坤山。”

张有才点头：“要抓来吗？”

韩孺子摇摇头，他知道，望气者林坤山这是主动送上门来，根本不需要派人去抓。

第七十七章

一走一回

林坤山战时立功，获得了自由，从此远遁他乡，以教书为生，慢慢地，他的心又活泛起来，仿佛一身绝技的剑客，归隐之后，时时慨叹宝剑归匣，没了用武之地，望着通向远方的道路，仍会怦然心动。

林坤山不只心动，还要行动，他在学生当中选择了曾荡云，决心培养出一位状元来。

他没能如愿，曾荡云只进入三甲，如果没在凌云阁得罪大臣，也只能位列二甲，离状元差着一大截。

但他并不失望，曾荡云毕竟见到了皇帝，并引起了皇帝的注意。

“这就够了。”他对弟子说，“你我二人前途无量。”

“我本该是二甲进士，却跟刘检一块落到三甲，唉。”曾荡云唉声叹气，自觉比只会读书的刘检要强得多，“陛下明明很欣赏我的口才，为什么……”

“因为他要重用你，所以不想让你过早惹人注意。”林坤山笑道。

曾荡云一向佩服自己的老师，这时候却有些摸不着头脑。

放榜数日之后，热闹过去，众人各奔前程，师生二人却仍然住在客栈里，曾荡云每次想要回家报喜，林坤山都说：“再等等。”

这天傍晚，林坤山终于等到了。

一名客人前来拜访，也不打听，向伙计说了声“找人”，径入后院，敲响了林坤山的房门。

“好久不见，大人可是发福了。”林坤山拱手笑道。

晁鲸的确胖了许多，脾气也跟着涨，伸手将林坤山推进去，迈步进门，随手关上：“你好大胆啊。”

曾荡云正坐在屋子里看书，这时放下书，有些惊慌地看着身穿军服的客人。

“你去别的地方看书吧，这里的事情跟你关系不大。”晁鲸命令道。

曾荡云看了一眼老师，抱着书，匆匆出门，回隔壁自己的房间，心中惴惴不安，贴墙偷听，却只能听到单独的几个字眼。

林坤山目送弟子出门，笑道："我的胆子还是不够大。"

"你还想怎样？"晁鲸四处打量。

"呵呵，不说这些，先说你的目的吧，我等很久了。"

晁鲸不客气地找椅子坐下："陛下说，你想出使西方？"

"陛下果然聪明，一点就透，不一定非得是我，我只是出个主意而已，当然，如果陛下传旨，我绝不会推脱，能为陛下和大楚效力，是我的职责，也是荣幸。"

"在我面前拍皇帝的马屁有什么用？我又不会替你传达。"

"由衷而发，非是奉承。"

"陛下说，你可以出使西方。"

"嗯。"林坤山看着晁鲸，若有所待。

"干吗？"

"圣旨，没有圣旨，林坤山只是一介匹夫，有了圣旨，才是大楚使者。"

"你看我像是传圣旨的人吗？"

林坤山笑得有些尴尬："有话就明说吧，别绕来绕去的。"

晁鲸咳了两声："明天，朝廷会降旨招募使者，你报名吧。"

林坤山抱拳道："等的就是这个，请转告陛下……"

晁鲸起身摆手："我难得见皇帝一面，哪有工夫替你传话？"

晁鲸离去，林坤山松了口气，甚至觉得应该要点酒肉庆祝一下。

韩孺子决定接受曾荡云的一部分建议，向西方派遣使者，宣布楚军将至，鼓动诸国向神鬼大单于发起进攻，如果真能提前获胜，当然是好事，如果不能，也不耽误楚军远征。

圣旨一下，应募者不少，数十万楚军陈于塞外，西征必胜，人人都想趁机立功，却不是人人都能上战场，充当使者因此成另一种选择。

仅仅十天之内，京城内外就有近五百人报名，兵部与礼部共同筛选出一百人，附上简介，供皇帝选用。

韩孺子仔细看了一遍，林坤山名列其中，简介里没提"望气者"三个字，只说是某郡某乡的百姓，以教书为生。

韩孺子笑了一声，先将林坤山的名字圈上，继续往下看，突然看到"刘检"的名字，不由得一愣。

刘检是今年的考生，考试时成绩不错，被推荐到凌云阁内接受策问，结果他连"西方"所指是哪儿都不知道，写了一段关于西域的应答，当众丢脸，本应是二甲的名次，最后却落入三甲。

韩孺子犹豫片刻，在“刘检”两字的右上方画了个小三角，全部看完之后，命人传召刘检。

再度见驾，而且是单独一人，刘检颤抖得更严重，身边的太监不得不伸手扶他起来。

明明不了解西方，为何却要报名充当使者？刘检早想好了答案，说的时候仍有些结巴，慢慢才好起来：“读书人本应……心怀天下，微臣……微臣却只知死读书……读死书，以致……以致在陛下面前出乖露丑，微臣羞愧难当，想起俗语说‘读万卷书、行万里路’，微臣读过万卷书，该行万里路了。”

“可你并不了解西方。”

“微臣这些天逢人便问，对西方和神鬼大单于多些了解，而且微臣以为，听得再多，也不如亲往查看。微臣此去，不求建功立业，不求博达显赫，只为一探究竟，观察风土人情，看看这个被微臣忽略多年的广大区域究竟是什么样子。”

韩孺子越发觉得，所谓状元只是一时之称号，选拔人才还是得多做观察：“好，朕就让你去西方一探究竟，除了完成使节任务，回来之后给朕写一本游记，将你的所见、所闻、所感都记下来。”

刘检跪下磕头：“遵旨，陛下。”

韩孺子选中了三十五名使节，分为五路，每路人数不等，配以杂役若干，分赴不同国家，传达大楚皇帝的旨意：楚军将至，先得神鬼大单于人头者，封为大王。

正使是礼部的一名官员，每路再有一名副使，刘检没有职位，只是普通使节。

其中一路只有一名使节，大部分人都不愿当，因为他要亲自去见神鬼大单于，数罪问责，这简直就是羊入虎口。

林坤山愿意，甚至有点急迫，似乎生怕这份“好差事”落入他人之手。

暮春时节，使节出发，经由西域，由各国接力护送，在虎踞城，他们将分赴不同方向。

刘检所在的这一路使节路途最远，将穿过西方，直抵南方海港，向英王和黄普公传达圣旨。

英王得到了正式册封，名号中加一个“海”字，成为“海英王”，允许他自立官署，十年一朝请，黄普公则被封为王相，至于退兵，皇帝命令他们再等一年，此后进退自由。

这一箭射出去了，要等许久才会得到回应，韩孺子只能耐心等待，在此期间，继续督促楚军备战。

使节出发之后不久，东海国传来急信，东海王从海外回来了。

虽然之前常常争宠、吵架，崔腾却十分怀念这个表弟，得到皇帝许可之后，亲往迎接，在洛阳见到了东海王，款待一番，带他返回京城，在家休息了一个晚上，次日一早就来见驾。

韩孺子站在楼上窗边，远远地望见了东海王和崔腾，向两人招手，东海王抬头看见，立刻下跪，被崔腾拽起来，加快脚步赶往凌云阁。

到了楼上，东海王又要下跪，韩孺子上前扶起，左右打量，笑道："你总算回来了。"

东海王带着哭腔说："陛下，差一点儿我就葬身鱼腹，再也见不着陛下了。"

崔腾笑道："你还好，起码身体完整，好像还胖了一些，不像我，瘸了一条腿。"

三人唏嘘良久，韩孺子问道："快说说，你为什么在海上耽误这么久？"

"唉，一言难尽。"东海王讲述自己的经历，原来他在海上突遇大风，船毁人溺，他侥幸被路过船只救起，带到一座岛上，被困许久，才弄清返回大楚的航线，于是搭船辗转多国，其间不敢透露自己的真实身份，直到踏上大楚国土，才去找东海国的谭家人，得以上报官府。

崔腾已经听过一次，这时仍然边听边叹息，经常替东海王补充一点细节，好像自己也跟着漂洋过海似的。

韩孺子也不时地叹息，却不打岔，最后忍不住道："崔腾，你去让太监准备一点佳肴，中午留东海王用膳，然后你就不用上来了。"

崔腾笑道："是我多嘴了，行，我等用膳的时候再来，说来真是很久没跟陛下一块喝酒了。"

崔腾告退，东海王说得也差不多了："就是这样，我真没想到还能活着见到陛下。"

"王妃很高兴吧，她非常关心你，到处求人打听你的消息。"

"当然高兴，昨晚哭了半夜，说是以为再也见不到我了。"

韩孺子笑了笑，盯着东海王又打量一番。

"怎么了，陛下？"东海王摸摸自己的脸。

"你在海上漂泊这么久，也不见黑，反而白了一些。"

"是，我一直躲在船舱里。"

"渡海而来，船只不停在南方，却到东海国靠岸，东海王，你乘的是什么船？"

东海王扑通跪下了，哭着道："陛下看出来了，其实我早就回来了，一直不敢进京见驾。"

"'不敢'是什么意思？"

"神鬼大单于有意放我归国，让我刺杀陛下。"

"你不做就是，有什么害怕的？"

"神鬼大单于对我下毒，说是两年之内刺杀成功，才会给我解药。"

"两年早过去了，你不是没事？"

"是孟娥将我救了。"

韩孺子大惊："孟娥？"

"是，她还有一封信写给陛下，我本想找别的机会……既然陛下已经看穿……"东海王从怀里取出信，双手捧着递给皇帝。

韩孺子伸手去接，心中突然一动，问道："你又见过林坤山吗？"

第七十八章

最好的师父

韩孺子突然想起了林坤山，觉得自己又看到了望气者的惯用伎俩。

听到这三个字，东海王痛哭流涕。

韩孺子收回手臂，退到桌后坐下，看着自己的弟弟，渐渐明白了一切：“林坤山一个人去不了西方，所以要借助朕的力量，嗯，这的确是‘顺势而为’，他要去向神鬼大单于邀功，可你怎么办呢？留下等死吗？”

东海王止住哭泣，双手仍然捧着那封信：“按照原计划，信上的毒不会立刻发作，大家一时半会儿怀疑不到我，等神鬼大单于再次东征，朝廷急需新主，更不会计较谁是下毒者。”

“你还没死心？”韩孺子既恼怒又心痛。

“我早就死心了，这封信上没有毒药。”怕皇帝不信，东海王伸舌头在信封上舔了几下。

韩孺子一愣，刚刚想明白的事情又变得模糊：“这究竟是怎么回事？”

东海王又讲了另一个故事。

在西方港口上船的时候，东海王并非孤身一人，还有几名奴仆，其中一人是神鬼大单于的亲信，他带着解药，每隔三个月让东海王服一次，延缓毒性，只有等大楚皇帝死后，他才会交出治本之药。

东海王早就回到了大楚，却不想向皇帝下手，于是假称要找更好的机会，隐藏在东海国谭家，对妻兄声称自己怕见皇帝，要躲一阵，其间若干次试着要骗取解药，都没成功。

一年前，谭家人不小心说漏嘴，没过几天，同在东海国隐居的林坤山找上门来，见到了东海王与那名仆人，没几天就弄清了前因后果。

在取得仆人的信任之后，林坤山出了一个主意。

在信上涂毒是老手段了，寻找合适的毒药却很麻烦，林坤山一力承担，造出一封毒信，然后他先出发去见神鬼大单于，通报消息，准备趁大楚内乱再度发起东征。

可东海王将信调包了，毒信留在家中，此时双手捧着的是一封普通信件。

“我宁可自己死也不会谋害陛下，我只是……只是……”

“想要骗取仆人的解药？”

东海王点点头。

“仆人呢？”

“在我家里。”

“他真有解药？”

“他只有三个月一次的解药，治本解药要重新配制。”东海王全身虚脱，跪在地上站不起来。

韩孺子想了一会儿：“你并没有见过孟娥，是吧？”

“见过，否则的话我也想不到用她来蒙骗陛下，这封信虽然不是原件，内容却是一模一样，我抄下来的。”

韩孺子又犹豫一会儿：“拿来我看。”

东海王膝行向前，将信封拆开，拿出信，又舔几下，表示无毒，然后将信放在桌上摊开。

信的内容很简单：陛下无恙。听闻楚军大胜，甚喜。自此之后，陛下当无大忧，我亦无事可做，乃去海外寻兄。追随陛下多年，获益良多，不胜感激，心中却有所悟，帝王之术者，学之有益，不学亦可，终是小道。陛下破强敌、保大楚，帝位稳固，无须帝王之术也可治国平天下。再三思之，我非帝王之才，勉强为之终是害人害己，莫如泛舟海上，怡心养性。陛下保重。娥手书，某年某月某日。

韩孺子仔细看过一遍，问道：“如果这是毒信，怎么会令朕中毒？”

“林坤山说陛下心细，拿到此信后必然反复阅读，毒药沾手……”

“嘿，他倒是还跟从前一样聪明。把信留下，中午吃完饭回家吧。”

东海王一愣：“陛下……不怪我？”

“朕怪你，怪你早没回来。你回家之后稳住仆人——这种毒药几时发作？”

“要看接触的时间长短，据说是十到二十日，再久的话，毒药就失效了。”

“到时候朕会养病，你按自己的计划行事。”

东海王更加不敢相信：“陛下真的不怪我？”

“楚军远征，劳民伤财，所获却没有多少，神鬼大单于肯再次东征，那就是自己送上门来，朕求之不得，当然要利用一下。顺势而为。”韩孺子冲东海王眨了下眼睛。

东海王大大地松了口气：“我发誓，我虽然想过要欺骗陛下，却没有半点谋害之意。”

“朕相信你，起来吧。”

东海王起身，拿起桌上的信：“我把它烧掉吧，无论是原件，还是这封，都不该保留。”

“不用，留下吧。”

东海王放下信，韩孺子拿镇纸压住，起身道：“走吧，先去逛逛，然后用膳。”

到了楼下，崔腾又凑上来，看着东海王嘲弄道：“你竟然哭了？哈哈。”

用膳之后，东海王告辞回家，韩孺子回到楼上，挪开桌上的镇纸，将信重新看了一遍，走到门口，让太监将桌上的信带走，找地方烧掉。

如果这真是孟娥的信，那她走得一定非常决绝，文字中什么也没透露。

“泛舟海上。”韩孺子忍不住笑了一声。

第二天下午，东海王又来见驾，没有外人时，他说：“仆人应该是信了，但是要等陛下发作之后，才肯配制解药。”

“嗯，别急，他想利用你操纵朝廷，必然会给你解药。”

“我真希望自己当初死在战场上。”东海王恼恨地说。

“是朕派你当使者的，怪不得你。”

“还有一件事，昨天就要说，一时却给忘了。”

“什么事？”

“楚军与敌军交战的时候，曾经有人夜入营中刺杀神鬼大单于，没有成功，刺客来见我，让我给陛下传一句口信，说是‘那本书还在’。”

韩孺子一愣：“刺客是谁？不要命吗？他的确说过要去刺杀，却一直没有消息，战后也没了踪影。”

“不知道是谁，肯定是男子。”

“‘那本书还在’——是说《淳于子》吧。”

“想必是，他没有解释，很快就走了，我猜他是在故弄玄虚，还说我会被放走，结果等了这么久。其实书还在又能怎么样？”

“或许他说的并不是书，而是望气者，林坤山这不是又重出江湖了吗？”

“望气者已经死得差不多了，林坤山还想怎样？”

“《淳于子》是造反之书，也是帝王之书，所以‘顺势而为’既是望气者的手段，也是帝王之术。”韩孺子极轻地叹息一声，更希望将这些话说给孟娥听，但是很快将她从心中抛去，“朕这不是也用上了？”

东海王面露惊讶：“陛下说自己也是望气者？”

韩孺子笑着摇摇头：“你先回去吧，这几天不用再过来，朕养病的消息自会传出去，你想办法弄到解药，这比什么都重要。”

东海王又要哭，强行忍住，告退离去。

韩孺子回后宫比较早，今天该是给太后请安的日子。

慈宁太后正在哄几个孙子，北皇子站得最远，一脸的不情愿，庆皇子、邓皇子却赖在祖母怀里不肯稍离。

见到皇帝，慈宁太后命宫女将孩子带走，接受请安之后，说：“东海王回来了？”

“是。”

“他不该回来。”

“东海王为国效力，能活着回来是一件大好事。”

“陛下心太善，我却不相信他。在外面闯荡好几年，谁知道他是不是变得更坏、更阴险了。”

韩孺子笑了笑：“太后不必担心，几个月之后，朕会将他送回东海国。”

“真的？”慈宁太后有些意外。

“诸侯理应就国，这是祖上的规矩，东海王老大不小，不能总留在京城。”

“陛下总算想通了。”慈宁太后露出微笑。

韩孺子不会再将东海王留在身边。

“我还听说英王要在海外自立，陛下竟然同意了，这是为何？”

“相隔遥远，大楚无力制约英王，不如遂其心意，先一同击败神鬼大单于。朕向英王军中派出使者，除了册封之外，还会向海上诸国承诺，战时立功、战后来大楚朝贡者，将获重赏。届时朕将亲封几位重要的王公，用来制约英王，这比空口威胁要有效。”

慈宁太后看着皇帝，发现自己竟然提不出任何建议，轻叹一声：“国事解决了，家事也得考虑。”

“皇后已经再度有喜。”

“当然，皇后若是生下嫡子，我没话说，如果还是女儿呢？陛下有准备吗？”

“朕给三位皇子各选一位师父。北皇子急躁，朕给他安排一位老成持重的人，叫罗世浮。庆皇子软弱，朕安排一位意志坚定的人，叫南冠美。邓皇子机灵，朕安排一位出言谨慎的人，叫申大形。五年之后，朕择优而立。”

慈宁太后沉默了一会儿：“陛下这是让自己的儿子从小相争。”

“非得是争来的皇位，才知道珍惜，即便是皇后生下嫡子，朕也不会马上立为太子，而是要观察几年再说。”

慈宁太后又叹了一声：“陛下是皇帝，一切由陛下做主吧，趁着皇子们还小，我再多享几年祖孙之乐。”

“太后满意吗？”

“对皇帝，任何人都得满意。不过，我觉得三位师父是谁不重要，皇子们最好的师父就是陛下本人。”

韩孺子笑笑，告退离去，走在半路上，突然停下，太监们不明所以，也都停下。

韩孺子忽有所悟，母亲说得没错，自己就是最好的师父，他总想再找一位杨奉式的人物，却没想过，自己就是杨奉的继承者，当年的学生已经变成先生，可以教导下一代了。

望气者死灰复燃，杨奉为什么不能呢？

韩孺子没去秋信宫，而是回泰安宫，派人将三位皇子带来。

三个儿子站成一排，韩孺子坐在榻上，离他们十步之外。

“记住这句话，皇帝是孤家寡人，你们不用理解，记住就好。”韩孺子开口，不再关心消失不见的那些人，不再关心正在府中忐忑不安的东海王，不再关心万里之外的神鬼大单于和英王。

三位皇子同时点头。

“皇帝最强大，也最脆弱，朕要向你们讲一讲皇帝的脆弱。”

韩孺子想起杨奉，想起杨奉留下的三页书，想起东海王传达的口信，他要教给儿子们的第一课，就是心存敬畏。

“这世上有一个神秘组织，暗中操纵朝政，甚至策划刺驾，朕一直在寻找他们的下落，等你们长大了，要继续寻找。”

三位皇子瞪大眼睛，既惶恐又兴奋。